Ellen Berg
Mach mir den Garten,
Liebling!

atb aufbau taschenbuch

Ellen Berg, geboren 1969, studierte Germanistik und arbeitete als Reiseleiterin und in der Gastronomie. Heute schreibt und lebt sie mit ihrer Tochter auf einem kleinen Bauernhof im Allgäu, wo sie sich völlig ohne Fachkenntnisse, dafür mit umso mehr Leidenschaft ihrem Garten widmet.

Mehr zur Autorin unter www.ellen-berg.de

Luisas Arbeitsplatz ist das reinste Haifischbecken. Nicht nur, dass sie bei der lange überfälligen Beförderung übergangen wird und ein fieser Bürohengst die Geschäftsleitung übernimmt, sie kann auch sonst anstellen, was sie will, mag noch so kompetent und engagiert sein – wo Boshaftigkeit und Intrigen blühen, da wächst kein Gras mehr. Ausgerechnet jetzt kündigt ihre Tante Ruth, um deren Schrebergarten sich Luisa eigentlich kümmern sollte, ihre Rückkehr aus Italien an. Dumm gelaufen, denn das Projekt Garten hat Luisa alles andere als gut gemanagt. Wie soll sie die runtergekommene Ödnis bloß wieder in eine paradiesische Parzelle verwandeln? Doch dann trifft sie Eddy, den Mann aus dem Nachbargarten. Dank ihm spürt sie nicht nur schon bald eine neue Harmonie, es beginnt auch gewaltig zu blühen ...

Ellen Berg

Mach mir den Garten, Liebling!

(K)ein Landlust-Roman

atb aufbau taschenbuch

ISBN 978-3-7466-3146-2

Aufbau Taschenbuch ist eine Marke
der Aufbau Verlage GmbH & Co. KG

5. Auflage 2022
© Aufbau Verlage GmbH & Co. KG, Berlin 2015
Umschlaggestaltung U1berlin, Patrizia Di Stefano unter
Verwendung einer lllustration von © Gerhard Glück
Satz LVD GmbH, Berlin
Druck und Binden CPI books GmbH, Leck, Germany
Printed in Germany

www.aufbau-verlage.de

Kapitel 1

Luisa Fröhlich machte ihrem Nachnamen alle Ehre. Ausgelassen trällernd lenkte sie ihren Wagen auf den Parkplatz der »Great Fun Connection« – ein großer Name für ein kleines Unternehmen, das Geschenkartikel herstellte. Heute war Donnerstag, und ihr absoluter Glückstag stand unmittelbar bevor. Bei der Feier anlässlich des dreißigjährigen Firmenjubiläums würde ihr Chef eine Sensation vom Stapel lassen: Er hatte sie als neue Geschäftsführerin ausersehen.

Jawohl, Luisa Fröhlich würde bald die Herrscherin über Glücksschweinchen, Gartenzwerge und Bettwäsche mit Mopsmuster sein. Noch wusste niemand davon, erst am folgenden Abend sollte es offiziell verkündet werden. Sie drehte das Radio lauter.

»Ein Hoch auf uhuns, uhuns, auf unser Leeeeben!«

Natürlich wusste Luisa, dass Geschenkartikel weder dem Weltfrieden noch dem allgemeinen Fortschritt dienten. Aber das störte sie nicht. Außerdem war sie Ende dreißig, unbemannt und zielstrebig. Ein Karrieresprung war überfällig.

Wow. Geschäftsführerin! Sie hätte die Windschutzscheibe knutschen können. Schwungvoll stieg sie aus und schloss den Wagen ab. Seit Jahren arbeitete Luisa auf das große Ereignis hin. Endlich würden ihr Bienenfleiß, ihre unbezahlten Überstunden und ihr Verzicht auf Urlaub belohnt werden.

Angefangen hatte sie als Produktmanagerin. Das war zehn Jahre her. Damals hatte sie den Firmeninhaber mit singenden Plastiktorten, essbaren BHs und einem aufblasbaren XXL-Glücksschwein überzeugt. Im Laufe der Zeit war sie zur rechten Hand ihres Chefs aufgestiegen und kümmerte sich quasi um alles – Buchhaltung, Vertrieb, Marketing.

Kein Problem für Luisa. Ihr Kopf arbeitete mit der Präzision eines Hochleistungsrechners, das enorme Pensum absolvierte sie mit ihrem ausgeprägten Sinn für Planung. Leider war mittlerweile auch ihre gesamte Freizeit zugeplant.

Dennoch, Luisa arbeitete organisiert und strukturiert. Wenn jemand diese Beförderung verdient hatte, dann sie. Und wenn jemand die Firma wieder auf Erfolgskurs bringen konnte, dann Luisa Fröhlich. Momentan schwächelten die Umsätze, die Bilanzen zeigten steil nach unten. Doch das betrachtete sie nur als weitere Herausforderung.

»Einen wunderschönen guten Morgen!«, rief sie, als sie die Tür zum Büro öffnete.

Niemand antwortete. Luisa war es gewohnt. Morgens um neun befanden sich ihre Kollegen noch im Dämmerzustand. Teilnahmslose, verschlafene Gesichter hingen hinter den Rechnern, und nur ein schwacher Kaffeegeruch verriet, dass es bereits zu ersten Aktivitäten gekommen war.

»Müde ist kein Zustand, müde ist eine Lebenseinstellung«, murmelte sie vor sich hin.

Mario, ein schmächtiger junger Mann mit einem pechschwarzen Pferdeschwanz, der seine Arbeitszeit entweder in Chatrooms oder rauchend auf dem Balkon verbrachte, hob schläfrig den Kopf.

»Hast du was gesagt?«

»Na ja, ein bisschen mehr Motivation wäre nicht schlecht.«

»Meine Motivation und ich haben Beziehungsprobleme«, grinste er. »Wir leben momentan getrennt.«

Wenn sie das Ruder übernahm, würde das anders werden. Ein frischer Wind würde durch die schlechtgelüfteten Räume der Great Fun Connection wehen, die von den Mitarbeitern nur noch Fun Connection genannt wurde. Das Great war irgendwie verloren gegangen.

Seufzend nahm Luisa einen Kaffeebecher aus dem Regal in der Kochnische. Auf dem braunen Porzellan prangte der Spruch *Wenn ich an einer Überdosis Koffein sterbe, bin ich dabei wenigstens wach.* Na, das konnte bei dieser dünnen Filterbrühe nicht passieren. Eine anständige Kaffeemaschine hatte der Chef nie genehmigt, der war ein hoffnungsloses Sparbrötchen. Was die Mitarbeiter wohl sagten, wenn sie eine Profi-Espressomaschine anschaffte?

Mit ihrem vollen Kaffeebecher marschierte sie durch die engstehenden Schreibtische zu ihrem Platz.

Tja, es gab schönere Büros. Es sei denn, man stand auf schmutziggraue Wände, vergilbte Gardinen und eingerissene Werbeposter. Und das war noch nicht alles. Den abgeranzten, ziemlich vermüllten Raum musste sie sich mit fünf Kollegen teilen. Eigentlich ein Unding.

Aus der Garagenfirma, die vor drei Jahrzehnten mit Wackeldackeln Furore gemacht hatte, war inzwischen ein mittelständischer Betrieb geworden. Doch noch immer ging es zu wie in der einstigen kleinen Klitsche.

Von wegen organisiert und strukturiert. Wenn alle gleichzeitig telefonierten, verstand man sein eigenes Wort nicht mehr. Wenn einer Ärger, Liebeskummer oder zu viel getrunken hatte, war das ein Gruppenproblem. Und wenn jemand eine antriebsschwache Phase durchmachte, fielen auch alle anderen ins Koma. Was der momentane Dauerzustand war.

Während sie sich setzte, löste sich ein gelbes Blatt von der Topfpflanze neben ihrem Rechner und segelte schaukelnd Richtung Schreibtischplatte. Dort blieb es mit einem leisen Knistern liegen.

Luisa hatte Topfpflanzen noch nie ausstehen können. Schon gar nicht dieses mickrige Exemplar im billigen lila Plastikübertopf. Aber weil es ein Geburtstagsgeschenk ihrer Kollegen gewesen war, hatte sie es eifrig gegossen. Vielleicht ein bisschen zu eifrig. Oder doch zu wenig?

»Mensch, du hast echt einen schwarzen Daumen«, kam es bissig vom Schreibtisch gegenüber.

Dort residierte Ulla, die Buchhalterin, halb hinter üppigem Grünzeug verborgen. Sie gehörte zu jenen schrecklich netten Kollegen, die heimlich Kaffee und Druckerpapier aus der Firma mitgehen ließen, aber nur zu gern den Sheriff spielten.

Entschuldigend hob Luisa die Hände.

»Sorry, Natur ist nicht so mein Ding.«

»Auch in der Zivilisation zeigt man ein bisschen Dankbarkeit, wenn man was geschenkt kriegt«, giftete Ulla. Sie schob die Ärmel ihres verfilzten gelben Wollpullovers hoch und stach mit einem Kugelschreiber Löcher in die Luft. »Wer so grausam mit Pflanzen umgeht, sollte mal über seine sozialen Kompetenzen nachdenken!«

Ach, du liebes bisschen. Luisa presste die Lippen zusammen. Sag besser nichts, dachte sie, sonst fliegen gleich wieder die Fetzen. Von einem guten Betriebsklima konnte nämlich keine Rede sein. Eher von einer Klimakatastrophe. Hier blühte das Mobbing, als würde es täglich gedüngt und gewässert. Auch so eine Sache, die sich dringend ändern musste.

Hüstelnd schaute Karl Wenninger zu ihr herüber, ein magerer, altersloser Mann mit Halbglatze, der am Schreibtisch links von Luisa eine Zeitung durchblätterte. Er erinnerte sie an ihren alten Physiklehrer. Nicht nur wegen seiner dauermiesen Laune, auch weil es immer aussah, als hätte er sich mit seiner eigenen Krawatte stranguliert.

»Soziale Kompetenzen, ha«, legte er los. »Ego ist Frau Fröhlichs zweiter Vorname.«

Luisa verdrehte die Augen.

»Das ist nicht Ihr Ernst.«

»Steht etwa irgendwo Scherzbold auf meiner Stirn?«

»Nee.« Ulla lächelte breit. »Für Scherze sind Sie nun wirklich nicht zuständig, Herr Wenninger. Schätze mal, Ihnen wurden gleich nach der Geburt die Lachmuskeln entfernt.«

Mit eckigen Bewegungen faltete er seine Zeitung zusammen, sehr langsam, sehr konzentriert, sehr verärgert.

»Und schon wieder habe ich eine Minute meines Lebens vergeudet, die ich nie zurückkriege.«

»Bedanken Sie sich bei Luisa, der Pflanzenmörderin.«

Hinter den Rechnern ringsum lugten feixende Gesichter hervor. Wer auch immer Großraumbüros erfunden hatte, bestimmt war es ein Sadist gewesen. Was sollte schon dabei rauskommen, außer Gemecker, Streit und Trara, wenn man komplett unterschiedliche Menschen in ein Zimmer stopfte, das die gefühlte Größe eines Dixi-Klos hatte?

»Jedenfalls würde ich Frau Fröhlichs Teamgeist stark bezweifeln«, sagte Karl Wenninger streng. »Sie meidet die Kantine, sie geht nicht mit zum Kegeln, sie zahlt nicht in die Schnapskasse ein.«

»Und wenn wir nach Feierabend ein Bier trinken gehen, ist sie auch nie dabei«, ergänzte Ulla.

»Streberin!«, rief jemand aus der Tiefe des Raums.

Luisa unterdrückte ein Stöhnen. Ja, es stimmte, sie hielt lieber Abstand, statt sich am üblichen Klatsch und Tratsch zu beteiligen. Andererseits bemühte sie sich, mit allen gut auszukommen, war die Freundlichkeit in Person und immer zur Stelle, wenn jemand Hilfe brauchte.

Nur, dass es ihr keiner dankte. Für die lieben Kollegen war sie die Unnahbare, die Streberin, neuerdings die Pflanzenmörderin. Krass. Wenn sie jetzt auch noch zur Geschäftsführerin aufstieg, musste sie sich warm anziehen.

»Ich habe zwei Katzen«, erklärte sie zum ungefähr hundertsten Mal. »Die müssen mittags gefüttert werden, da bleibt keine Zeit für die Kantine.«

»Schnickschnack«, grummelte Karl Wenninger.

»Schätze mal, Luisa geht mittags shoppen und lässt ihre Katzen verhungern, so wie sie ja auch die arme Pflanze verdursten lässt«, legte Ulla nach. »Typisch Steinbock – ehrgeizig und rücksichtslos.«

Selbst auf Dornensträuchern können Rosen blühen, sagte Luisas Tante Ruth immer. Doch wo Ulla zuschlug, wuchs kein Gras mehr. Als selbsternannte Expertin für Astrologie beanspruchte sie uneingeschränkte Autorität. Stundenlang surfte sie durch die Astro-Portale, und was sie dort aufschnappte, war in Stein gemeißeltes Gesetz.

Unauffällig klaubte Luisa das trockene Blatt vom Schreibtisch und ließ es im Papierkorb verschwinden.

»Meinen Katzen geht es großartig«, versicherte sie. »Außerdem würde ich sehr gern mit zum Kegeln kommen«, sie sah Karl Wenninger an, und beide wussten, dass das nicht ganz stimmte, »aber Produktmanagement ist eine Menge Verantwortung. Ich muss eben oft Überstunden machen, um in Ruhe meine Ideen auszuarbeiten.«

»Ideen.« Ulla blinzelte sie feindselig an. »Meinst du den sexistischen Aschenbecher in Form roter Lippen? Die rosa Porzellanfrösche? Die Gartenzwerge in Badehose?«

»Das sind nicht meine Entwürfe, die Sachen waren schon vor mir im Programm«, verteidigte sich Luisa. »Wenn's nach mir ginge, würden wir das Sortiment verjüngen.«

»Ach nee«, grunzte Kevin Junghans, ein fülliger Endzwanziger, der ausschließlich schreiend bunte Hawaiihemden trug. »Hast du einen kreativen Schub? Oder eine Altersdepression?«

Luisa schluckte. Sie war neununddreißig.

»Ich denke zum Beispiel an iPad-Hüllen mit coolen Sprüchen drauf.«

Mittlerweile hörte das gesamte Büro zu. Alle starrten Luisa an, als hätte sie soeben eine Pistole entsichert. Das Sortiment verjüngen, steckte darin nicht der Vorwurf, die jetzige Produktpalette sei altbacken? Im Grunde wusste das zwar jeder, aber offen wagte es niemand auszusprechen.

Mario pfiff leise durch die Zähne.

»Coole Sprüche«, äffte er Luisa nach. »Da fällt mir doch glatt der Joint ins Morgenbier. Seit wann bist du denn – cool?«

Bloß nicht provozieren lassen, dachte Luisa. Stumm klickte sie auf die Tastatur und scrollte durch ihre Ideenliste – von A wie Aromakerze bis Z wie Zimmerspringbrunnen. In den letzten Jahren hatte ihr Chef Hans-Martin Haase so gut wie alle ihre Vorschläge abgeschmettert. Er setzte lieber auf Altbewährtes, Diskussionen über neue Produkte beendete er mit dem Spruch »Haben wir noch nie gemacht, machen wir auf keinen Fall«. Es gab viel zu tun für Luisa, wenn sie ihren neuen Posten antrat.

Ohnehin war Herr Haase speziell. In kreativer Abwandlung seines Nachnamens hatten ihn die Kollegen »Karnickel« getauft, weil er vollkommen ungeniert die Mitarbeiterinnen anbaggerte.

Nun ja. Jeder in dieser Firma bekam früher oder später einen Spitznamen. Auch Luisa. Keiner sagte es ihr ins Gesicht, aber sie wusste, dass man sie hinter ihrem Rücken »Knäckebrot« nannte, weil sie für die Kollegen eher trocken rüberkam.

Mit einem lauten Plopp öffnete Ulla ihre unvermeidliche Tupperdose und fischte eine Handvoll Apfelstückchen heraus. Obwohl sie recht korpulent war, behauptete sie, eigentlich nur Obst und Gemüse zu essen. Das hatte ihr den Spitznamen »Biotonne« eingetragen.

»Schon wieder eine neue Diät«, stellte Mario schadenfroh fest. »Nimm lieber mal ab.«

»So ist das nun mal bei meinem Sternzeichen Stier«, seufzte Ulla. »Die sind sinnliche Genießer und neigen zu rundlichen Formen, vor allem, wenn sie wie ich im Mai Geburtstag haben.«

»Sie sind doch schlank wie eine Giraffe«, mischte sich Karl Wenninger ein. »Oder, Frau Fröhlich, wie hieß noch mal dieses große graue Tier mit dem Rüssel?«

Was für ein unterirdischer Schwachsinn. Luisa schwieg vorsichtshalber, denn sie war bereits belehrt worden, nicht nur Steinbock, sondern im Aszendenten Waage zu sein. Was laut Ulla Charaktermerkmale wie Schönheitssinn und Diplomatie, aber auch Gefühlskälte einschloss. Da konnte Luisa machen, was sie wollte, zack, der Stempel war drauf.

»Warum müsst ihr Skorpione immer so gemein stechen?«, fragte Ulla in Karl Wenningers Richtung. »Ich bin nun mal vollschlank. In letzter Zeit denke ich öfter über eine Fettabsaugung nach.«

»Für deine Haare?«, ätzte Mario.

Empört strich Ulla durch ihre strähnige Kurzhaarfrisur, die in der Tat nicht so wirkte, als ob sie öfter eine Dusche abbekam. Luisa versuchte, sich zu konzentrieren. Ihr Zeitplan sah vor, dass sie jetzt ihre Mails checkte. Wie sollte sie ihre vielen Aufgaben erledigen, wenn sie dauernd in belanglose Gespräche verwickelt wurde? Doch eher fror die Hölle zu, als dass man sie in Ruhe ließ.

»Hey, Luisa, gehst du morgen zu der Jubiläumsparty?«, fragte Ulla.

Niemand ahnte, dass Luisa gute Gründe hatte hinzugehen.

»Ja, ich denke schon. Wieso?«

»Karnickelalarm!«, rief Mario plötzlich.

Sofort kam Bewegung in die Büroangestellten. Gerade noch hatten sie gähnend vor ihren Rechnern gedöst, jetzt brach von einem Moment auf den anderen gespielte Betriebsamkeit aus.

Ulla warf ihre Tupperdose in die Schreibtischschublade und hackte wie wild auf ihre Tastatur ein. Karl Wenninger versenkte seine Zeitung im Papierkorb, schoss vom Stuhl hoch und eilte mit einem Stapel Akten zum Kopierer. Annika Meyer, die Vertriebsassistentin, fing an zu telefonieren, Kevin Junghans kritzelte manisch auf gelben Haftzetteln herum.

»Sinnlose Hektik kaschiert geistige Windstille«, lachte Mario, während er seinen Computer hochfuhr. »Achtung, da kommt Karnickel!«

Und schon schritt Hans-Martin Haase durch die Schreibtischreihe. Unter seinem geöffneten dunkelblauen Jackett wölbte sich ein imposanter Bauch. Sein schütteres, rostbraun gefärbtes Haar hatte er quer von einem Ohr zum anderen gekämmt, auf seinem Gesicht lag ein selbstgefälliges Lächeln. Als Sympathen konnte man ihn beim besten Willen nicht bezeichnen. Er hingegen hielt sich für den Gipfel der Evolution.

Begleitet wurde der Chef von einem blonden, großgewachsenen, auffallend elegant gekleideten Herrn, dessen Bräune nach einem längeren Urlaub und dessen modischer Haarschnitt nach einem sündteuren Friseur aussah. Cooler Typ, dachte Luisa. Aber was hat er hier zu suchen?

»Das sind meine Leutchen und so weiter«, erklärte Hans-Martin Haase. Er blieb direkt neben Luisa stehen. »Darf ich vorstellen – Luisa

Fröhlich, Produktmanagement, Ulla Dependorf, Buchhaltung. Da drüben am Kopierer, das ist Karl Wenninger, Vertriebsleitung. Annika Meyer, das hübsche Kind mit dem Pagenkopf, assistiert ihm.« Nach einer kleinen Verschnaufpause ging es weiter. »Kevin Junghans, bekennender Hawaiihemdfan, ist fürs Design zuständig. Und unser schwarzbezopfter Berufsjugendlicher hier«, er schnalzte mit der Zunge wie ein Hundedompteur, »ist Mario Hambach, Marketing und so weiter.«

»Man nennt ihn auch Espresso«, kicherte Ulla. »Schwarz, heiß, süß.«

Die Augen des Gastes schweiften durch den vermufften Raum, über die verkramten Schreibtische, die vergilbten Gardinen, die eingerissenen Werbeposter an den Wänden, um schließlich an Luisa hängen zu bleiben.

»Aha, Sie sind also Frau Fröhlich.«

Es klang interessiert. Und eine Spur herablassend. Luisa räusperte sich, brachte jedoch keinen Ton heraus. Der Typ hatte etwas Selbstgewisses, fast Arrogantes, das sie verunsicherte.

»Eine sehr motivierte Mitarbeiterin, das Fräulein Fröhlich«, befand Hans-Martin Haase gönnerhaft. »Unser blonder Engel und so weiter. Sehen Sie sich die Dame an: Können diese Augen lügen? Können diese Füße fremdgehen?«

Luisa hasste abgeschmackte Scherze. Ganz besonders hasste sie die frauenfeindlichen Sprüche ihres Chefs. Mit gemischten Gefühlen fiel ihr ein, wie er sie einmal bei einer Weihnachtsfeier angegraben hatte, hackedicht und völlig charmefrei. Seitdem war sie solchen Veranstaltungen konsequent ferngeblieben. Der morgige Abend würde eine Ausnahme bleiben.

»Ja, gute Leute sind das Herz der Firma und so weiter«, schwadronierte Hans-Martin Haase. »Aber …«

Der Rest des Satzes ging in unverständliches Gemurmel über. Luisa verstand nur »Umsatzeinbrüche« und »verfehlte Quartalsziele«, woraufhin der gebräunte Herr etwas von »Change Management«

raunte. Die Kollegen ringsum warfen einander bedeutungsvolle Blicke zu.

»Die übrige Truppe stelle ich Ihnen später vor«, sagte der Chef, nun wieder mit lauter Stimme. »Lassen Sie uns jetzt zum Versand gehen und danach die Produktionshalle besichtigen. Also, werte Kollegen, wir sehen uns morgen Abend bei der großen Jubiläumsparty ...«

»Und so weiter!«, riefen alle im Chor.

Hans-Martin Haase besaß keinerlei Sinn für Humor. Deshalb begriff er auch nicht den Sinn dieser kleinen Choreinlage. Ohne weiteren Kommentar zog er zusammen mit dem geheimnisvollen Besucher ab.

Sobald sich die Tür hinter ihnen geschlossen hatte, erhob sich lautes Stimmengewirr. Niemand konnte sich einen Reim darauf machen, was es mit dem neuen Gesicht auf sich hatte. Ulla ließ verlauten, der Mann sei die Gelsenkirchener Antwort auf Brad Pitt, Karl Wenninger witterte eine heikle Steuersache. Annika Meyer vermutete einen Unternehmensberater, Kevin Junghans einen Innenarchitekten, der das Büro renovieren sollte.

Mario drehte sich erst einmal seelenruhig eine Zigarette. Dann stand er auf und setzte sich auf Ullas Schreibtischkante, wofür er diverse Blumentöpfe, eine angebrochene Tafel Schokolade sowie unzählige Glücksschweinchen in allen Farben und Größen beiseiteschieben musste.

»Der Kerl riecht nach Ärger«, knurrte er.

Ulla schnupperte genüsslich.

»Aber du riechst gut. Was ist das?«

»Shampoo. Solltest du auch mal probieren.«

Während die beiden sich weiter anpflaumten, saß Luisa still auf ihrem Stuhl. Wer war dieser Typ? Und was sollte »Change Management« heißen?

Sie spürte ein mulmiges Gefühl im Magen, als sie den Begriff googelte. *Veränderungsmanagement*, las sie, *Strategien und Maßnahmen in Organisationen und Unternehmen, um Arbeitsprozesse zu optimieren.*

Aha. Bestimmt hat das was mit meiner Beförderung zu tun, beruhigte sie sich. Der Chef will was ändern, und wenn er mir die Geschäftsführung überträgt, ist das doch ein guter Anfang.

»Hey, Luisa, gehst du denn nun morgen Abend zu der Firmenparty?«, fragte Ulla. »Oder bleibt das feine Fräulein auch solchen Events fern?«

Karl Wenninger, dem man den wenig schmeichelhaften Spitznamen »Pupsi« verpasst hatte, stupste einen uralten Wackeldackel an, der seinen Schreibtisch zierte. Einen jener Wackeldackel, die einst den Ruhm der Great Fun Connection begründet hatten.

»Frau Fröhlich schiebt bestimmt lieber ihre Überstunden«, knurrte er. »Ich meine, die glaubt ja, dass außer ihr alle einen lauen Job machen, ab und zu platzt mal 'ne Bratwurst ...«

»Ist doch so!«, rief Mario dazwischen. »Solange Karnickel nur so tut, als würde er uns anständig bezahlen, tun wir auch nur so, als würden wir anständig arbeiten!«

Das entsprach voll und ganz der Wahrheit. Die meisten Kollegen befanden sich durchgehend im Energiesparmodus. Genau hier würde Luisa ansetzen, wenn sie die Geschäftsführung übernahm – an der Motivation. Sie freute sich sogar darauf. Ungenutzte Potenziale zu entwickeln war bestimmt hochbefriedigend.

Okay, von jetzt auf gleich würde das nicht klappen. Schon gar nicht bei Ulla. Träge kauend schaute die Buchhalterin in ihre Tupperdose, als ob dort die ultimativen astrologischen Offenbarungen lauerten.

»Das Blöde am Nichtstun ist«, sie fischte sich ein neues Apfelstückchen heraus, »dass man nie weiß, wann man fertig ist.«

Kevin Junghans, der wegen seiner Hawaiihemden Caipirinha oder auch kurz Caipi genannt wurde – eine nicht ganz logische, aber allgemein akzeptierte Herleitung –, zielte mit einer Büroklammer auf die Tupperdose und bekam eine Punktlandung zustande.

»Ich hasse diese aggressiven, energiegeladenen Widder«, grollte Ulla. »Mensch, Caipi, du solltest deine sternzeichentypische Ruhelosigkeit mal woanders abreagieren. Wie wär's mit arbeiten?«

Herr im Himmel! Von Luisas morgendlicher Hochstimmung war nicht mehr viel übrig. Ächzend faltete sie ihre Hände, während sie stumm flehte, per Knopfdruck auf eine einsame Insel gebeamt zu werden. Auf eine sehr, sehr einsame Insel. Doch nichts dergleichen geschah.

»Natürlich gehe ich zu der Party«, nahm sie den Gesprächsfaden wieder auf.

»Dann pass bloß auf, dass du nicht zu viel trinkst, sonst wachst du mit dem Falschen auf«, grinste Mario. »Glaub mir, betrunken flirten ist so gefährlich wie hungrig einkaufen.«

»Um sich eine wie Luisa schönzutrinken, müsstest du schon einen ganzen Kasten Bier exen«, prustete Caipi los.

Sehr witzig. Dabei war Luisa sogar auffallend hübsch mit ihren ebenmäßigen Gesichtszügen, den grünen Augen und den feingeschwungenen Lippen. Blondes, schulterlanges Haar umrahmte ihr Gesicht. Zu hübsch fürs Büro, hatte Karl Wenninger mal gesagt. Und das war kein Kompliment gewesen.

Sie tat so, als hätte sie die respektlosen Bemerkungen nicht gehört. Konzentriert überflog sie eine Mail, in der ein Seminar zum Thema Life-Work-Balance angeboten wurde. *Wir unterstützen Sie dabei, Leben und Arbeit in ein ausgewogenes Verhältnis zu bringen*, stand in der Mail, *wir zeigen Ihnen, wie Sie Berufliches und Privates in harmonischen Einklang bringen.*

Harmonischer Einklang. Darüber konnte Luisa nicht einmal lächeln. Ihr Leben bestand aus Arbeit, ihr Privatleben aus ihren Katzen. Andererseits – hatte der Chef nicht gesagt, sie dürfe heute freinehmen? Weil demnächst als Geschäftsführerin noch mehr Arbeit auf sie warte?

Pflichtbewusst, wie sie nun einmal war, hatte sie dankend abgelehnt. So wie sie seit Monaten auf freie Tage und Urlaub verzichtete, weil sie ihr Riesenpensum sonst nicht schaffte.

Ein weiteres Mal überflog sie die Mail. Hm. Eigentlich hatte sie diesen freien Tag verdient.

»Du guckst so komisch«, sagte Ulla. »Was hast du denn?«

Luisa griff zu ihrer Handtasche und stand auf.

»Einen freien Tag.«

Daraufhin wirkte Ulla so perplex, als hätte Luisa ihre geheime Leidenschaft für Fesselspiele offenbart. Auch Mario war ziemlich verdattert.

»Du? Wolltest du nicht Karriere machen?«

Erwischt. Doch Luisa behielt die sensationelle Neuigkeit lieber für sich und versuchte stattdessen, ein kleines, unbekümmertes Lachen hinzubekommen.

»Ich bin komplett überarbeitet, deshalb nehme ich heute meinen Jahresurlaub.«

»Bullshit«, knurrte Mario. »Wer lacht, hat noch Reserven.«

Kapitel 2

»So ein Mistwetter!«

Starker Regen hatte eingesetzt. Schon der kurze Weg vom Wagen zur Haustür genügte, um Luisas grauen Hosenanzug in ein formloses Etwas zu verwandeln, das einem schwarzen nassen Müllsack ähnelte. Auf dem Boden des Hausflurs bildete sich eine Pfütze, als sie die Post aus dem Briefkasten nahm. Dann stieg sie die Stufen zum dritten Stock hoch und schloss ihr kleines Zwei-Zimmer-Appartement auf.

Ein zweistimmiges Miauen begrüßte Luisa. Sie hockte sich hin. Geschmeidig glitten ihre beiden Katzen in den Flur, nahmen Anlauf und sprangen auf ihren Arm. Anfangs hatte Luisa sie aus reiner Hilfsbereitschaft von ihrer Tante Ruth übernommen. Mittlerweile konnte sie sich ein Leben ohne Franz und Sissi nicht mehr vorstellen.

Luisa schloss die Augen, während sie das weiche, weiße Fell der Katzen kraulte. Tante Ruth hatte eine Schwäche für die alten Sissi-Filme, auf diese Weise waren die beiden Tiere an ihre eigenwilligen Namen geraten. Es rührte Luisa, wie vertrauensvoll Sissi und Franz die Köpfe an ihrer Schulter rieben. Wenn du die Hand eines Menschen brauchst, nimm lieber die Pfote einer Katze, sagte Tante Ruth immer.

»Hey, ihr Süßen, bestimmt habt ihr Hunger«, raunte sie.

Sissi stellte die flaumigen Ohren auf, Franz leckte sich mit seiner winzigen rosa Zunge über das Mäulchen. Man konnte glatt meinen, dass sie Luisa aufs Wort verstanden.

»Ich hab was Leckeres für euch«, sagte sie schmeichelnd, »es gibt Thunfisch!«

Synchron sprangen die Katzen auf den Boden, liefen in die Küche und setzten sich an die Stelle neben dem Kühlschrank, wo der Futternapf stand. Ja, Sissi und Franz verstanden wirklich jedes Wort.

Nachdem Luisa den beiden das Mittagessen serviert hatte, sortierte sie ihre Post. Viel war es nicht. Wer schrieb denn heute noch Briefe, außer Banken und Versicherungen?

Wobei die Briefe von der Bank die unangenehmsten waren. Luisa stotterte einen hohen Kredit ab, weil sie einem ihrer wenigen Exfreunde eine größere Geldsumme geliehen hatte. Das Übliche – »ein todsicheres Geschäft, ehrlich, du bekommst dein Geld schnellstens zurück!«

Das war drei Jahre her und sie seitdem pleite. Das bisschen, was sie bei der Fun Connection verdiente, reichte so gerade für Miete, Strom und Essen, der Rest ging für die Raten des Kredits drauf, den sie damals für ihren Ex aufgenommen hatte. Eine Beförderung inklusive Gehaltserhöhung würde die Lösung einiger Probleme sein.

Zwischen Rechnungen, Werbeprospekten und Pizza-Flyern entdeckte Luisa eine Postkarte ihrer Tante Ruth. Die war achtundsiebzig und lebte in Italien, seit sie ihrer Freundin Lissy dorthin gefolgt war. Gemeinsam mit Lissys Lebensgefährten Benno betrieben die drei ein kleines Restaurant an der Amalfiküste. Meist berichtete Tante Ruth kleine Anekdoten über die Gäste. Doch diesmal war es anders.

Meine liebe Luisa, stand auf der Karte, *wie du weißt, nagt das Alter an meinen mürben Knochen. Jetzt habe ich nur noch einen Wunsch: Dich zu besuchen. Vielleicht ist es das letzte Mal. Bei der Gelegenheit möchte ich auch gern den Garten sehen, den ich Dir anvertraut habe. Bestimmt grünt und blüht es jetzt im Sommer herrlich darin. Wenn Du nichts dagegen hast, komme ich am übernächsten Wochenende. Den Flug habe ich schon gebucht. Es grüßt Dich herzlich Deine Tante Ruth.*

Wie vom Donner gerührt, ließ Luisa die Karte sinken. Ach du Elend, der Garten! Schuldbewusst begann sie, an ihrer Unterlippe zu knabbern.

Vor einem Jahr war Tante Ruth weggezogen. Es war ein schwerer Abschied gewesen, zumal Luisa ihre Eltern früh durch einen Verkehrsunfall verloren hatte. Schon als Kind hatte sie sich zu der patenten, lebenslustigen Tante Ruth hingezogen gefühlt und ihre Herzensklugheit bewundert.

Vor dem Umzug hatte Luisa versprechen müssen, sich um ihren Schrebergarten zu kümmern. Ausgerechnet! Wo Luisa doch immer sagte, Natur sei nicht ihr Ding. Außerdem war ihr schleierhaft, warum Tante Ruth den Garten nicht aufgeben wollte, wo sie doch so weit weg zog.

Trotzdem hatte Luisa die Sache zugesagt. Und sie gemanagt, wie sie alles managte: organisiert und strukturiert. Gleich am nächsten Tag hatte sie im Internet einen Gärtner für diese lästige Aufgabe gesucht. Das günstigste Angebot war von einem Friedhofsgärtner gekommen, schlappe zwanzig Euro im Monat. Luisa hatte ihn vom Fleck weg engagiert und seither nie einen Fuß in den Schrebergarten gesetzt.

Ob der Gärtner gewissenhaft seine Pflicht getan hatte? Auf keinen Fall durfte Tante Ruth den Garten sehen, bevor Luisa ihn selbst in Augenschein genommen hatte. Am besten sofort. Also blieb ihr wohl nichts anderes übrig, als bei diesem Sauwetter hinzufahren.

Vermutlich will Tante Ruth bei mir übernachten, überlegte sie, während sie ihre feuchte Bürouniform auszog. Ein Hotel wäre viel zu unpersönlich. Aber ist meine Wohnung überhaupt gästetauglich?

Es sah, nun ja, eigentlich ganz nett aus. Das Wohnzimmer war in einem warmen Apricot-Ton gestrichen und liebevoll eingerichtet, mit einer farblich abgestimmten Couch in hellem Orange, naturweißen Nesselgardinen und einem beigefarbenen Teppich. Auf Strümpfen tapste sie weiter. Das Schlafzimmer erstrahlte in Hellblau, wozu der bemalte Bauernschrank mit seinen diversen Blauschattierungen passte. Auf dem Bett lag eine himmelblaue Tagesdecke, die Wände zierten alte Werbeplakate.

So weit, so gemütlich. Nur wirkte das Ganze leider nicht sonderlich einladend. Überall in der Wohnung lagen Aktenordner und Broschüren herum. Sogar der Boden war bedeckt mit Firmenunterlagen, weil Luisa auch zu Hause arbeitete. Dauernd halste der Chef ihr Extras auf. Mal musste sie Präsentationen vorbereiten, mal Marios Marketingkonzepte überarbeiten oder Ullas fehlerhafte Buchhaltung korrigieren. Irgendwas war immer.

Am schlimmsten sah Luisas Schreibtisch aus. Er dominierte das Wohnzimmer wie eine unheilvolle Erinnerung daran, dass die Bewohnerin ihr Leben der Arbeit und nichts als der Arbeit widmete. Design-Zeitschriften und Prospekte begruben die Schreibtischplatte unter sich, Inventurlisten türmten sich neben dem Monitor, Bücherstapel ragten dahinter auf.

Bevor Tante Ruth zu Besuch kam, musste hier gründlich aufgeräumt werden. Sissi und Franz hingegen fanden das Chaos genial. Ganz besonders unterhaltsam fanden sie es, in den raschelnden Papieren auf dem Boden zu toben.

»Nein, Sissi, bitte nicht Ullas Bilanzen zerfetzen!«, rief Luisa.

Sie brachte ein paar Blätter in Sicherheit, die schon einige Krallenspuren zeigten. Wie der Blitz raste Sissi davon und sprang auf ein halbhohes Regal, wo Franz neben einer scheußlich schönen rosa Kristallvase saß und sich putzte. Es grenzte an ein Wunder, dass die beiden noch nie etwas umgeworfen hatten, weder die Nippesfiguren aus Porzellan noch Luisas Sammlung alter Spieluhren.

Vorsichtig nahm sie ihr liebstes Stück in die Hand, eine Ballerina im Glitzertutu. Mit graziös abgewinkelten Armen drehte sie sich um sich selbst, sobald man den Spielmechanismus aufzog. Auch die winzige Spieluhr in Form einer Torte mit roten Herzchen versetzte Luisa in Entzücken, so wie das Äffchen, das an einer Stange Purzelbäume schlug. Alle diese Fundstücke hatte sie selbst repariert – verformte Metallteile zurechtgebogen, abgesplitterte Farben erneuert, fehlende Teile ersetzt.

Daneben quollen die Regale über von Merkwürdigkeiten, die Luisas Leidenschaft für Geschenkartikel verrieten – eine Pfanne in Herzform zum Beispiel, ein Herrentanga aus roten Liebesperlen, künstliche Blumen, die auf Knopfdruck »Happy Birthday« sangen.

Eine Weile durchwühlte sie den Kleiderschrank, bis sie ihre Gummistiefel und eine wetterfeste gelbe Regenjacke gefunden hatte.

»Tschüss, ihr Süßen«, flüsterte Luisa.

Sie kraulte Sissi und Franz den Nacken, dann machte sie sich auf den Weg zur Schrebergartenkolonie. Bei dem Wetter die reine Freude. Luisa brauchte mit ihrem Wagen fast eine Dreiviertelstunde im strömenden Regen, bis sie das Schild mit der Aufschrift *Kleingartenverein Sonnenschein e.V.* vor sich auftauchen sah. Ein älterer Mann in einer roten Funktionsjacke stand daneben, mit Harke und Schaufel bewaffnet. Er war völlig durchnässt. Feuchte weiße Strähnen lugten unter seinem Käppi hervor, seine graue Hose triefte. Dennoch wirkte er wild entschlossen, irgendetwas Superwichtiges zu erledigen.

O nee, dachte Luisa, wer tut sich das freiwillig an? Ist doch vollkommen bekloppt, bei dem Wetter in der Erde rumzuwühlen. Für sie kam so etwas nicht in Frage. Sie war Städterin durch und durch, keine Landpomeranze, die sich die Hände schmutzig machte. Nie im Leben! Am liebsten hätte sie gleich wieder kehrtgemacht. Aber sie war es Tante Ruth nun mal schuldig, nach dem Rechten zu sehen. Deshalb steuerte sie auf das Rasenstück neben dem Eingang zu und stellte den Motor ab.

Luisa war noch nicht ausgestiegen, als der ältere Mann auch schon mit erhobenen Armen auf sie zurannte, seine Gartenwerkzeuge wie Lanzen schwenkend. Sie ließ das Seitenfenster herunter.

»Ja, bitte?«

»Sie dürfen hier nicht parken!«, brüllte er. »Das ist streng verboten!«

Klar. Was war hier nicht verboten? Mit Schaudern erinnerte sich Luisa daran, dass es in der Anlage mehr Verbotsschilder als Bäume gab. Fahrradfahren auf den Wegen – verboten. Wäsche aufhängen – verboten. Zelten – verboten. Gewächshäuser aufstellen – verboten. Laute Musik – verboten. Grillen nach 22 Uhr – verboten. Kindergeschrei zwischen 12 und 15 sowie zwischen 22 und 7 Uhr – verboten. Fehlte eigentlich nur noch: Atmen verboten. Das reine Spießerparadies.

»Autolärm können wir nicht gebrauchen«, schimpfte der Mann weiter. »In dieser Anlage herrscht strikte Ruhe.«

Luisa überlegte kurz, ob sie ihm die Vorzüge weiß-rosa gummierter Ohrstöpsel aus dem Hause Fun Connection erläutern sollte, ließ es aber bleiben. Nachdem sie ihren Wagen weit entfernt am Straßenrand abgestellt hatte, schlenderte sie missmutig zurück. Der Mann war zum Glück verschwunden. Dafür hörte man hinter den Hecken und Zäunen das ohrenbetäubende Geräusch einer Motorsäge. So viel zum Thema Ruhe.

Der aufgeweichte Boden schmatzte unter den Sohlen ihrer Gummistiefel, als sie das weiße Holztor passierte. Noch immer schüttete es wie aus Eimern. Warum Menschen ihre Freizeit freiwillig in diesem Wahnsinn aus Matsch und Grünzeug verbrachten, war Luisa ein absolutes Rätsel.

Widerstrebend folgte sie dem schnurgeraden Hauptweg, der durch die Schrebergartenanlage führte. Rechts und links erstreckten sich die Parzellen, wie mit dem Lineal angelegt, wie mit der Nagelschere gepflegt. Tante Ruth hatte mal erzählt, dass der Vereinsvorsitzende höchstpersönlich mit dem Zollstock nachprüfte, ob die Hecken die ordnungsgemäße Höhe von einhundertzwanzig Zentimetern besaßen.

Während Luisa weiterging, spürte sie argwöhnische Blicke. Sicher hielt man sie für einen hochkriminellen Eindringling, den man am besten mit dem Spaten den Ausgang zeigte. Suchend sah sie sich um. Und auf einmal erkannte sie das winzige Gartenhäuschen von Tante Ruth – die verwitterten, nussbraun gestrichenen Holzwände, das graue Schindeldach, die kleine Veranda. Nur den Garten erkannte sie nicht wieder.

Starr vor Entsetzen blieb Luisa vor dem verrosteten Gartentor stehen. Was sie sah, war eine Wüste. Auf den fast leeren Beeten verrotteten ein paar Kohlköpfe, die Sträucher waren kaum mehr als wild wucherndes Gestrüpp, der Rasen hatte einen bräunlichen Ton – wenn man die wenigen dünnen Hälmchen zwischen Unkraut und pelzigem Moos überhaupt als Rasen bezeichnen konnte. Tante Ruths üppige Rosenspaliere waren verschwunden, stattdessen standen ein paar klägliche Buchsbäume herum wie bestellt und nicht abgeholt.

Jetzt kam es Luisa fast makaber vor, dass sie ausgerechnet einen

Friedhofsgärtner für die Gartenpflege engagiert hatte. Denn genau das war dieses Grundstück: ein Friedhof.

»Sind Sie etwa verantwortlich für diesen Schandfleck?«

Es war Funktionsjacke. Bedrohlich baute er sich vor Luisa auf, so dass sie instinktiv zwei Schritte zurückwich. Der Typ hatte ein Kreuz wie ein Hammerwerfer. Am Ende zog er ihr noch eins mit der Harke über, so krawallig, wie der drauf war.

»Äh, ja, das heißt, nein, eher nicht«, stammelte sie. »Der Garten gehört meiner Tante Ruth.«

Der Mann zog die Stirn in Falten.

»Ruth Minnemann?«

Luisa nickte.

»Hab ich ja eine Ewigkeit nicht mehr gesehen, aber die wird sich umgucken«, donnerte Funktionsjacke los. »Ihr Garten ist ein Skandal. Ich werde einen Antrag bei der Vereinsleitung stellen, dass man ihr den Pachtvertrag kündigt.«

Abwehrend hob Luisa die Hände.

»Nein, bitte nicht. Ich kann alles erklären. Sie ist …«

»Verschonen Sie mich mit faulen Ausreden«, fuhr ihr der Mann über den Mund. »Was wollen Sie mir denn vorschwindeln? Dass Ihr Kanarienvogel erkältet war? Hier stehen so viele Bewerber für die Gärten Schlange, dass wir kurzen Prozess mit Leuten wie Ihnen machen.«

Langsam, aber sicher schwante Luisa, dass sie in einen Riesenschlamassel schlitterte. Dies war mehr als ein verwahrloster Garten. Dies war der Super-GAU. Nichts hatte Tante Ruth mehr geliebt, als an ihren wundervollen Rosen zu schnuppern, saftiges Gemüse zu ernten, an lauen Sommerabenden den Mücken beim Tanzen zuzusehen. Der Garten war ihr ganzer Stolz und ihre größte Leidenschaft gewesen. Es würde ihr das Herz brechen, ihn so zu sehen. Und es würde sie wahrscheinlich umbringen, wenn jemand anders ihn bekam.

»Lassen Sie uns in Ruhe darüber sprechen, Herr …?«

»Kasunke, Rudi Kasunke«, stellte sich Funktionsjacke vor.

»Also, Herr Kasunke, meine Tante ist letztes Jahr nach Italien gezogen. Aber weil sie so an dem Garten hängt, wollte sie ihn nicht aufgeben. Verstehen Sie? Das ist eine Herzensangelegenheit.«

»Hier gelten Regeln, Fräulein«, entgegnete Herr Kasunke schroff. »Wenn Ihre Tante sich nicht um den Garten kümmern kann, muss jemand anderes ran. Einer, der sich damit auskennt. In den letzten Monaten ist hier nur ein Kerl aufgekreuzt, der keine Ahnung von nix hat. Jetzt sind Sie an der Reihe.«

Luisa ersparte ihm den Hinweis, dass sie weder Zeit, Lust noch die blasseste Ahnung hatte, was man mit einem Garten anstellte. Auch die Erwähnung, dass es sich bei dem *Kerl* um einen Friedhofsgärtner handelte, verkniff sie sich.

»Ich bringe das in Ordnung«, zirpte sie. »Ganz bestimmt.«

»Dann fangen Sie gefälligst sofort damit an, aber dalli.« Herr Kasunke nahm sein nasses Käppi ab, wrang es aus und setzte es wieder auf. »Ich bin Ihr Nachbar. Ich sehe alles. Ich habe sogar Beweisfotos gemacht. Da sind Fremdgräser in Ihrem Rasen!«

»Fremdgräser?«

Missbilligend deutete Rudi Kasunke auf Tante Ruths Garten.

»Laien reden von Unkraut. Die Samen fliegen übrigens auf mein Grundstück. Aber das ist ja nur eine Kleinigkeit, wenn man bedenkt, dass Sie auch die Drittelung missachten.«

Luisa hob fragend die Augenbrauen. Was war das denn nun wieder?

»Ein Drittel Obst, ein Drittel Gemüse, ein Drittel Zierpflanzen, so sieht der vorschriftsgemäße Garten aus«, kam es wie aus der Pistole geschossen. »Ach ja, und in Ihrem Gebüsch liegt Müll rum. Der muss als Erstes weg. Na los, worauf warten Sie noch? Hopp, hopp!«

So ein Blödmann. Aber irgendwie konnte dieser Kontrollsenior einen so zusammenfalten, dass man nicht zu widersprechen wagte. Luisa zog einen Flunsch. Das hatte sie nun davon, dass sie an einem hoffnungslos verregneten Tag der Schnapsidee eines Gartenbesuchs erlegen war. Na ja, ich tu's für Tante Ruth, dachte sie, also demonstriere ich meinen guten Willen.

Ohne ein weiteres Wort drückte sie die schmiedeeiserne Pforte auf, deren Quietschen jedem Horrorfilm zur Ehre gereicht hätte. Kopfschüttelnd musterte sie die Bescherung. Nicht eine einzige Blume war zu sehen. Wo einst Rosen, Jasmin und Hortensien geblüht hatten, lag grauer Kies. Das Ganze wirkte so deprimierend, dass Luisa kurz darüber nachsann, den Gärtner zu erwürgen, bevor sie ihn feuerte.

Sie holte ihr Handy heraus und tippte seine Nummer im Speicher an. »Guten Tag, hier ist der Gärtnerservice Grab & Garten ...« Wütend klickte sie die Mailbox weg.

Wie sollte es weitergehen? Der Gedanke an Tante Ruths erwartungsvoll lächelndes Gesicht erzeugte heftigste Schuldgefühle in Luisa. War es nicht der größte Wunsch der alten Dame, einmal noch ihr grünes Paradies zu sehen? Und musste Luisa nicht alles dafür tun, ihr diesen Wunsch zu erfüllen? Nur – es gab kein grünes Paradies mehr.

Eine blaue Plastiktüte flog über den Zaun. Direkt vor ihre Füße.

»Die ist für den Müll«, brüllte Rudi Kasunke. »Da, im Gebüsch!«

Folgsam begann Luisa, das durchnässte Gestrüpp zu durchsuchen. Mit bloßen Händen sammelte sie zerbrochene Bierflaschen und anderen Unrat auf, den sie sich lieber nicht so genau ansehen wollte. Tolle Ordnung, dachte sie. Jeder kehrt vor der eigenen Tür und schmeißt den Müll einfach in Nachbars Garten. Mit spitzen Fingern ließ sie eine vergammelte Bratwurst in die Tüte fallen. Einfach eklig. Zu Hause würde sie in Sagrotan baden müssen.

Ich krieg das hin, sprach sie sich Mut zu, irgendwie krieg ich das schon hin. Ein Garten ist kein Atomkraftwerk. Kann doch nicht so kompliziert sein, ein paar Rosen anzupflanzen.

»Hallo?«, ertönte eine Stimme.

Ogottogottogott. Etwa noch ein Nachbar? Was hier ja so viel hieß wie: noch eine Nervensäge, die ihr die Leviten lesen wollte. Langsam richtete Luisa sich auf. Ein großer, etwa vierzigjähriger Mann in einem olivfarbenen Parka lehnte am Zaun. Dunkle, fast schulterlange

Locken umspielten sein erstaunlich freundliches Gesicht, dem ein Dreitagebart männliche Konturen verlieh. Die braunen Augen blitzten amüsiert.

»Nur mal so aus Neugier: Was machen Sie da?«

»Wonach sieht's denn aus?«, fragte Luisa zurück. »Etwa nach Blumenpflücken?«

Ein Lächeln breitete sich auf dem Gesicht des Mannes aus. Wow, dachte sie. Als ob mitten im Regen die Sonne aufgeht. Wie kommt denn so ein Charmebolzen in dieses Spießerreservat?

»*Allora*, was auch immer Sie da tun, ohne Gartenhandschuhe könnten Sie sich verletzen. Hier«, er zog ein Paar derber Lederhandschuhe aus seinem Parka, »ich leihe Ihnen welche.«

Na, das war doch zur Abwechslung eine nette Geste. Luisa ließ die Mülltüte fallen und stapfte auf den Mann zu. Von nahem sah er noch besser aus. Gerade, markante Nase, sinnlicher Mund. Und seine Augen waren nicht braun, sondern braungrüngolden. Interessant.

»Eddy«, sagte er und streckte ihr die Hand hin. »Ihr anderer Nachbar. Rudi haben Sie ja schon kennengelernt.«

»Hm, ja, ein echtes Sahneschnittchen«, sie erwiderte seinen angenehm kräftigen Händedruck, »ich heiße Luisa und bin die Nichte von Ruth Minnemann, sie hat diese Parzelle gepachtet.«

»Ach von Ruth? *Mi manca,* ich vermisse sie. Wie geht es ihr?«

Es war seltsam, dass dieser Eddy Tante Ruth kennen sollte. So gut, dass sie sich sogar duzten. Das war gar nicht Tante Ruths Art, und sie hatte auch nie von ihm erzählt.

»Meine Tante lebt in Italien.«

»Ich weiß. Schließlich haben wir damals vor ihrem Umzug wochenlang über nichts anderes geredet als über *bella Italia.*«

Schwer vorstellbar, dass Tante Ruth so gut mit ihm befreundet war, wie er behauptete. Luisa musterte ihn ein weiteres Mal. Ja, er sah gut aus, und ja, er hatte was. Aber er passte überhaupt nicht in ihr Männerschema. Dafür wirkte er zu – hm, wie eigentlich? Zu jung, zu alternativ, zu flirtig?

»Demnächst will Tante Ruth mich besuchen.« Sie räusperte sich verlegen. »Und den Garten sehen.«

Mit größter Bestürzung riss Eddy die Augen auf.

»*Dio mio!* Der Anblick wird sie umbringen!«

»So weit bin ich mit meinen Überlegungen auch schon gekommen«, sagte Luisa trotzig. »Ich hatte einen Friedhofsgärtner für die Gartenpflege engagiert. Mit tödlichen Ergebnissen, wie man sieht.«

Eddys Blick streifte die armseligen Buchsbäumchen, den grauen Kies, das triefende Gestrüpp. Noch immer schüttete es gnadenlos, was den grauenvollen Anblick nicht gerade milderte.

»Wann will Ruth denn kommen?«

»Schon in vierzehn Tagen«, platzte Luisa heraus.

»Heilige Scheiße!« Eddy biss sich auf die Lippen. »Oh, sorry.«

»Geschenkt, besser hätte ich es auch nicht formulieren können.«

Selbstverständlich hätte Luisa es anders formuliert. Aber dieser Eddy gehörte eben zu der zweifelhaften Sorte Männer, die Kraftausdrücke verwendeten. Zerknirscht senkte sie den Kopf. Niemals hätte sie den Garten einem Wildfremden überlassen dürfen. Jetzt hatte sie den Salat. Beziehungsweise ein paar faulige Kohlköpfe.

»*Cara mia,* Sie müssten alles neu anlegen lassen«, sagte Eddy. »Und zwar von jemandem, der nicht gerade eine manische Phase durchmacht. Aber so einen verhunzten Garten komplett umzuschrauben kostet eine Menge Kohle. Ist das machbar für Sie?«

Luisa betrachtete ihre nassen Gummistiefel.

»Klar, ich bin reich. Und wir sprechen hier von zweistelligen Beträgen.«

Da war es wieder, das unwiderstehliche Lächeln. Doch Eddy wurde sofort wieder ernst. Heftig gestikulierend hob er die Hände.

»Neben Geld brauchen Sie Leidenschaft, *passione,* verstehen Sie?«

»Natur ist überhaupt nicht mein Ding«, brachte Luisa ihren Standardsatz an den Mann. »Grünzeug und krabbelnde Käfer und stinkende Komposthaufen, nee. Aber irgendwie muss ich es schnellstens reißen mit dem Garten, sonst ist Tante Ruth am Boden zerstört.«

»*Non è così semplice,* so simpel ist es nicht. Vor allem brauchen Sie etwas, was Sie definitiv nicht haben: Zeit.« Er deutete auf seinen eigenen Garten, in dem es üppig blühte. »Die Natur ist kein Drei-D-Programm, das man einfach anklickt und – zadong, ploppt der Traumgarten auf. Geduld und Liebe gehören auch dazu.«

Langsam begann Luisas Zuversicht zu schwinden. Bis eben hatte sie noch gedacht, man könnte so einen komischen Garten eins, zwei, drei wieder hinbiegen. War doch alles planbar. War es aber vielleicht doch nicht. Sie spürte einen dicken Kloß im Hals. Kleine Wasserrinnsale liefen von der gelben Kapuze über ihr Gesicht, und wenn man sehr genau hingeschaut hätte, wäre man zu dem Schluss gekommen, dass sie sich mit Tränen mischten.

»Herr Kasu-hu-nke«, sie konnte kaum das aufsteigende Schluchzen unterdrücken, »er wi-hill, dass der Verein den Pa-hachtvertrag kündigt.«

»Rudi foltert gern, bevor er tötet«, lächelte Eddy. »Der kann brutal stressen, wenn er schlecht drauf ist. *Maledetto coglione.*«

»Was soll das denn bitte schön heißen?«

»Das übersetze ich besser nicht«, lachte Eddy. »Meine Familie stammt aus Italien, wissen Sie, eigentlich heiße ich Eduardo. *Allora,* wenn Sie eine Frage haben, löchern Sie mich jederzeit.«

»Danke«, hauchte Luisa, während sie die Handschuhe überstreifte, die er ihr hinhielt.

Die Handschuhe waren viel zu groß, aber sie fühlten sich angenehm an. Überraschend weich. Und warm. Als hätte dieser Eddy sie eben noch getragen. Unschlüssig stand Luisa da. Sie wollte nicht, dass er wegging, denn er weckte die wahnwitzige Hoffnung in ihr, alles könnte doch noch gut werden.

Aus dem Gartenhaus von Rudi Kasunke hörte man lautes Hämmern, gefolgt von einem wilden Fluch. Eddy grinste vergnügt.

»Rudi bastelt mal wieder an seiner Bude rum. *Cretino,* der tut zwar total profimäßig, aber ich würde sagen, dass sich seine handwerklichen Fähigkeiten auf das Öffnen von Bierflaschen beschränken.«

»Deshalb liegen also so viele Scherben rum.«

»Wer weiß. *Non è una cima,* er ist nicht der Hellste, aber eigentlich ganz in Ordnung. Dann viel Glück.« Eddy hob einen Daumen. »Wenn Sie sich zwischendurch aufwärmen wollen, in meiner Gartenlaube steht eine Espressomaschine.«

Unglaublich. Er war ein Mann. Er war attraktiv. Er lud sie zu einem Kaffee ein! Das war Luisa seit Jahren nicht passiert. Zwar entsprach er nun wirklich nicht ihrem Männergeschmack, auf gar keinen Fall sogar, doch ihr Körper schien anderer Meinung zu sein. Eine Gänsehaut überlief sie, ihr Herz begann zu rasen.

»Ja, äh, gern, später vielleicht«, nuschelte sie verwirrt.

Jetzt reiß dich aber mal zusammen, zeterte ihre innere Stimme. Der Typ hat nicht euer Aufgebot bestellt, er bietet dir nur einen Espresso an! Und doch war es, als hätte jemand in ihrem Herzen die Möbel umgestellt. Plötzlich gab es viel Platz zum Tanzen.

Das Klingeln des Handys riss sie aus ihrer flaumigen Beschwingtheit.

»Hier Haase. Das mit dem freien Tag muss ich leider zurücknehmen. Ich brauche die aktuellen Verkaufsbilanzen. Sofort zurück in die Firma!«

Hallo? Kannte der gar keine Schmerzgrenzen? Reichte es denn nicht, dass sie als lebender Laptop quasi rund um die Uhr für ihn ackerte? Musste sie jetzt auch noch auf ihren einzigen freien Tag seit Monaten verzichten?

»Also, das geht gerade nicht, weil …«

»Geht nicht, gibt's nicht.«

»Nein, nein, bitte …«

»Ihr Platz ist heute am Schreibtisch.«

Damit legte Hans-Martin Haase auf. Und damit hatte sich auch das Thema Gartenarbeit erledigt.

»Ärger?«, fragte Eddy, der immer noch ganz entspannt am Zaun lehnte.

»Mein Chef. Ich muss los.«

»Scheint ja *molto simpatico* zu sein.«

»Ein Monster in Nadelstreifen«, brummte Luisa.

»Trotzdem wirken Sie sehr motiviert, *Signorina*. Was machen Sie denn Tolles?«

»Ich, äh, bin in der Kreativbranche.« Wie eingebildet das klang. »Na ja, ich erfinde Geschenkartikel, wenn Sie's genau wissen wollen.«

»Aha, und was machen Sie beruflich?«

Luisa starrte ihn volle fünf Sekunden an. War das eine Beleidigung? Oder ein harmloser Scherz? Sein schelmisches Grinsen sprach für das Zweite.

»Ich weiß, das hört sich unprickelnd an, ist es ja auch«, gab sie zu. »Ich warte noch auf meine Chance, etwas wirklich Sinnvolles zu tun. Leider warte ich schon ziemlich lange.«

»Narren hasten, Kluge warten, Weise gehen in den Garten. Hat ein Schlaukopf mal gesagt.« Eddy zupfte eine zartrosa Blüte von dem Strauch, der auf seiner Seite des Zauns stand. Mit einer angedeuteten Verbeugung überreichte er sie Luisa. »Für die *bella signorina*.«

Das Blut schoss ihr in die Wangen. Warum bloß fühlte sie sich in seiner Gegenwart wie ein aufgeregter Teenager? Lächerlich. Doch nicht bei so einem Waldschrat. Einem äußerst attraktiven Waldschrat, zugegeben. Aber nichts für Luisa Fröhlich.

Mit zitternden Fingern zog sie die Handschuhe aus, nahm die Blüte und stopfte sie in ihre Jackentasche.

»Sie hassen Blumen, richtig?«, fragte Eddy. »Ist übrigens eine breitblättrige Lorbeerrose, die Sie gerade zerstört haben.«

Himmelherrgott, was war bloß los mit ihr? Wütend auf sich selber, holte sie die zerknautschte Blüte wieder heraus.

»Nein, manchmal hasse ich mein Leben. Jetzt zum Beispiel. Mein Chef betrachtet mich als seine persönliche Sklavin.«

»Soso. Dann sollten Sie was ändern an Ihrem Leben.« Er zögerte, in seinen Augen blitzte es wieder amüsiert. »Sie sehen ein bisschen durch den Wind aus, *cara*.«

»Edle Schreibtischblässe«, winkte sie ab und zeigte auf ihre Regenjacke. »Wenn ich dann noch Gelb trage, wollen mich alle spontan ins Krankenhaus einweisen.«

Sein Lächeln sprühte wie ein braungrüngoldener Konfettiregen.

»Ich fühle Ihnen gern den Puls, falls nötig. *Ciao, bella.*«

Luisa lächelte schief. Den Puls fühlen? So weit würde es nicht kommen. Was bildete der Typ sich ein? Abrupt drehte sie sich um und bahnte sich durch das nasse Gestrüpp hindurch einen Weg zurück in die Zivilisation.

Kapitel 3

»*Ciao, bella. Bella, ciao, ciao, ciao*«, summte Luisa vor sich hin, als sie vor dem langgestreckten, zweistöckigen Gebäude mit der Neonschrift *Great Fun Connection* parkte.

Eddys rosa Blüte lag auf dem Beifahrersitz wie ein Versprechen auf mehr. Cool bleiben, ermahnte Luisa sich. Einen wie den kannst du überhaupt nicht gebrauchen. Außerdem ist er bestimmt beinharter Single, unfassbar glücklich verheiratet oder steht gar nicht auf Frauen. Ihre Intuition sagte ihr jedoch, dass nichts davon zutraf. Oder war es ihr ausgehungertes Herz?

Schleierhaft blieb ihr allerdings, was sie mit dem Garten anstellen sollte. Noch immer stand sie unter Schock wegen des trostlosen Anblicks. Eddy hatte ihr ein bisschen Angst gemacht, aber dagegen war ein Kraut gewachsen: Sie musste organisiert und strukturiert vorgehen. Zielvorstellungen formulieren, einen Zeitplan erstellen, die einzelnen Schritte festlegen. Und dann die Sache nur noch umsetzen. Das konnte doch nicht so schwer sein.

Wie gern hätte sie weiter mit Eddy darüber geredet. In Wahrheit hätte sie ihm sogar mit Begeisterung beim bloßen Atmen zugesehen. Nicht etwa, weil sie irgendwelche Absichten verfolgte. Nur so. Aber Hans-Martin Haase besaß die einmalige Gabe, noch die wenigen interessanten Momente ihres Lebens zu schrotten.

Willkommen zurück im Knast der Geknechteten, dachte Luisa, während sie die Treppe zum Eingang des Verwaltungsgebäudes hochstieg. Mit den kleinen, schmutzstarrenden Fenstern und dem billigen Blechdach sah der Firmensitz gerade mal wie ein besserer Schuppen aus. Auch ein neuer Anstrich wäre fällig gewesen. Aber der Chef sparte an allem, außer am Eigenlob. Stundenlang konnte er sich selbst zuhören, wenn er die ruhmreiche Geschichte seines Unternehmens erzählte.

In letzter Zeit hatte sein Mitteilungsbedürfnis allerdings deutlich nachgelassen. Vermutlich deshalb, weil selbst ihm inzwischen dämmerte, dass so einiges gewaltig in die Hose gegangen war. Trotzdem kein Grund, ihr einen freien Tag zu verbieten, fand Luisa. Bedauernd schnupperte sie an der Blüte, bevor sie die Tür zum Büro öffnete.

»Schon wieder da?«, grinste Mario. »Das war aber ein kurzer Jahresurlaub.«

»Und wieder voll im Businesslook«, mäkelte Ulla. »Rattiges Grau, korrekter Schnitt, boah, wie langweilig! Möchte mal wissen, ob Luisa morgens nach dem Frühstück einen Stock verschluckt, damit sie noch korrekter rüberkommt.«

Natürlich hatte sich Luisa zu Hause umgezogen, bevor sie zurück ins Büro gefahren war. Im Job fühlte sie sich nun mal am wohlsten, wenn sie Blazer und Hosenanzüge in Grau oder Schwarz trug. Sie konnte überhaupt nicht verstehen, wie man in schlampigen Freizeitklamotten so etwas wie eine anständige Arbeitsmoral entwickeln sollte.

Seufzend begann sie, die aktuellen Verkaufszahlen in eine Tabelle einzutragen. Es war erschreckend, wie wenig die Fun Connection umsetzte. Bald werde ich für neue Produkte sorgen und endlich ein eigenes Büro bekommen, dachte sie. Das hatte ihr der Chef hoch und heilig versprochen. Luisa war heilfroh, dass sie künftig nicht mehr mit Kollegen zusammensitzen musste, die ihr das Leben schwer machten.

Jetzt fing Karl Wenninger auch noch mit seinen Zaubertricks an, die er täglich im Büro übte. Ruckartig zog er bunte Tücher zwischen den Seiten seiner Zeitung hervor, während er »tadaa, tadaa, tadaa« murmelte und beifallheischend umherschaute.

»Hey, Luisa, hast du die kleine Annika gesehen?«, fragte Ulla. »In dem lachhaften Rüschenkleid?«

»Das ist kein Kleid, das ist eine Hochzeitstorte«, spottete Mario.

»Okay, passt ja auch irgendwie zu einer Firma, die ihre Kohle mit Geschmacksverirrungen macht.«

Annika Meyer schaute hinter ihrem Monitor hervor. Sie war ein zartes Persönchen Mitte zwanzig, »Lämmchen« genannt, weil sie so unschuldig wirkte und sich nie am allgemeinen Geläster beteiligte.

»Hallo? Ich sitze hier, ich kann euch hören!«

Aber Mario beachtete sie gar nicht.

»Ich habe diesen sinnfreien Krempel so satt! Mal im Ernst – wer braucht schon rosa Porzellanfrösche und Bettwäsche mit Mopsmuster? Ich hab mich woanders beworben, bei einem Pharmaunternehmen. Ist 'ne große Sache. Forschung, neue Medikamente, Leben retten. Und, Luisa? Was willst du mal werden, wenn du groß bist?«

Ertappt fuhr sie zusammen. Mario hatte einen wunden Punkt getroffen, denn in stillen Momenten stellte sich Luisa durchaus die Sinnfrage. Apropos Life-Work-Balance. Klar wollte sie Karriere machen. Aber konnte das wirklich alles gewesen sein? Von morgens bis spätabends arbeiten, danach zu Hause ein schnelles Abendessen vor dem Fernseher verdrücken und todmüde ins Bett fallen? Selbst am Wochenende unternahm sie so gut wie gar nichts mehr, außer Extrawürste für den Chef zu erledigen.

Aber was sonst konnte sie noch erreichen? Einige Male hatte sie sich heimlich woanders beworben, ohne Erfolg. Stets gab man ihr zu verstehen, dass im Kreativbereich junge, dynamische Leute gesucht wurden, keine Frau, die auf die vierzig zuging.

Ja, sie war fast vierzig. Einige Züge waren bereits abgefahren. Wenn sie jetzt nicht beruflich durchstartete, würde ihr wenig mehr bleiben als die Erinnerung an rote Rücklichter, die sich langsam entfernten.

»Luisa?« Mario erhob sich halb. »Träumst du noch, oder pennst du schon?«

»Moment, erst muss ich wissen, warum unser heißer kleiner Espresso fremdgehen will«, grätschte Ulla dazwischen.

»Der Job hier ist doch so spritzig wie Mayonnaise«, antwortete Mario naserümpfend. »Außerdem schmiert der Laden demnächst ab, hundertpro. Unsere Sachen sind viel zu teuer. Warst du mal in einem dieser Ein-Euro-Shops? Da bekommst du die Billigware aus Fernost fast geschenkt. Die Fun Connection ist so was von durch … Kein Wunder, hier schieben ja auch alle eine ruhige Kugel. Sieh dir die Kollegen doch an, entweder sind sie bewusstlos oder eingeschlafen.«

»Das ist nicht wahr!«, protestierte Luisa mit bebender Stimme. »Ich schufte wie verrückt!«

»Ja, und demnächst hast du einen Burnout und verreist auf Firmenkosten in ein Wellnesshotel«, maulte Ulla.

Mario vollendete seine Selbstgedrehte, steckte sie hinters Ohr und lächelte süffisant. In Ullas Kosmos war er als Vertreter des Sternzeichens Fische ein Wanderer zwischen den Welten. Realitätsnah und doch visionär, asketisch, aber anfällig für bewusstseinserweiternde Drogen. Sie schwor Stein und Bein, ihn mehrfach beim Kiffen erwischt zu haben. Er hingegen beteuerte, im Namen der Wissenschaft die Heilkraft exotischer Pflanzen zu erforschen.

»Luisa hat keinen Burnout, sie hat einen Blackout. Verstehe echt nicht, warum sie sich so ins Zeug legt mit ihren …«, Mario wedelte Gänsefüßchen in die Luft, »… Produktideen. Was ist in der letzten Zeit schon dabei rausgekommen außer einem roten Kugelschreiber mit Pudelmütze, der auf Knopfdruck ›Stille Nacht‹ dudelt?«

Leider stimmte das. Trotzdem – es war nicht fair.

»Ich habe jede Menge Entwürfe in der Warteschleife, die viel besser sind«, hielt Luisa dagegen. »Meine Aromakerzen in bemalten Tontöpfen könnten ein Brenner sein, wenn nur der Chef …«

»Pillepalle«, schnitt Mario ihr das Wort ab. »Kinderkram.« Er fischte einen Pharmaprospekt aus seiner Hosentasche und warf ihn auf Luisas Schreibtisch. »Also, wenn du dich demnächst im Sandkasten langweilst, weißt du, wo du mich findest.«

An guten Tagen hatte das Büro einen gewissen Unterhaltungswert. An schlechten Tagen fühlte sich Luisa wie ein Guppy im Piranhabecken. Dies war längst kein guter Tag mehr. Sie schnappte sich ihre Handtasche und floh zu den Waschräumen.

Kaum hatte sie sich in einer Toilettenkabine eingeschlossen, als auch schon die Tränen flossen. Es dauerte eine kleine Ewigkeit, bis sie einigermaßen klar denken konnte. Knick die Kollegen, bald bist du die Chefin und hast dein eigenes Büro. Und wenn der Laden erst mal wieder läuft, werden sie vielleicht ein bisschen netter zu dir sein. Vielleicht.

Sie spülte, obwohl es nichts zu spülen gab. Vor dem Spiegel genügte ein kurzer Blick, um festzustellen, dass ihr verheultes Gesicht tagelang Gesprächsstoff in der Firma sein würde. Das bin nicht ich, hämmerte es in ihrem Kopf, die hängenden Mundwinkel, die rotgeschwollenen Augenlider.

Wo war nur die Luisa geblieben, die heute Morgen laut singend ins Büro gefahren war? Und was war mit der Luisa passiert, die einst samstags tanzen ging und sonntags Spaghetti für ihre Freunde kochte?

Die Freunde hatten sich längst zurückgezogen, weil Luisa wegen ihrer Arbeit zu oft Verabredungen absagte. Tanzen war sie seit hundert Jahren nicht mehr gewesen. Das bin nicht ich, dröhnte es immer lauter in ihrem Kopf.

Das Schlimme war, dass niemand ihr den Rücken stärkte. Sie war Single, Vollwaise und hatte keine Geschwister, nur ihre betagte Tante Ruth in Italien.

Lange hatte sie von Mann und Kindern geträumt, zu mehr als Kurzzeitbeziehungen mit eingebautem Verfallsdatum war es jedoch nie gekommen. Ihr Liebesleben bestand aus einer Baustelle mit jeder Menge Umleitungen. Keiner der Liebeskandidaten hatte verstanden, warum sie so viel arbeitete. Keiner hatte akzeptiert, dass für Luisa immer die Firma zuerst kam. Eine kopfgesteuerte Karrierefrau hatte ihr letzter Ex sie genannt – »in die Arbeit verliebt, mit der Firma verheiratet«. Das war drei Jahre her und Luisa seitdem Dauersingle.

Ein weiteres Mal begutachtete sie sich im Spiegel. Mit Hilfe von etwas Make-up versuchte Luisa, die Spuren ihres Tränenausbruchs zu verdecken. Dummerweise konnte man Einsamkeit nicht wegschminken.

Nun ging auch noch die Tür auf, und Annika Meyer kam herein, die Vertriebsassistentin. In ihrem altrosa Rüschenkleid und mit ihrem braven Pagenschnitt sah sie keinen Tag älter aus als siebzehn.

»Hallo«, sagte sie leise. »Alles in Ordnung?«

Luisa setzte ein Mir-doch-egal-Gesicht auf. Man konnte nie wissen. Möglicherweise hatten die Kollegen diese etwas naive junge Frau als Spionin vorgeschickt.

»Gott, Sie sehen furchtbar aus.« Lämmchen schlug die Hand vor den Mund. »Entschuldigung, ich wollte nicht …«

»Geschenkt. Sie haben es wirklich drauf, mich aufzubauen.«

Mit festen Strichen bürstete Luisa ihr blondes Haar. Im Spiegel bemerkte sie, dass Annika Meyer sie immer noch verstohlen musterte. Die hat das Leben noch vor sich, dachte Luisa. Die ist noch nicht so frustriert und bösartig wie die anderen. Aus einem Impuls heraus drehte sie sich zu der jungen Frau um und legte ihr eine Hand auf die Schulter.

»Diese Firma ist nichts für Sie, Lämmchen. Nehmen Sie die Beine in die Hand und versuchen Sie Ihr Glück woanders. Sonst enden Sie so wie ich – arbeitssüchtig, ausgebrannt, allein.«

Blankes Entsetzen stand auf Annika Meyers Gesicht geschrieben.

»Aber, aber …«

Sie verstummte, als die Tür ein weiteres Mal aufging und Ulla hereinkam. Neugierig beäugte sie die beiden Frauen vor dem Spiegel.

»Läuft hier eine Party, von der ich nichts weiß?«

»Wir – wir reden gerade über, äh, Mode«, stotterte Annika Meyer.

Ulla stemmte die Hände in die Hüften und streifte das Rüschenkleid mit einem abschätzigen Blick.

»Soso. Dann redet ihr wohl über die Achtzigerjahre, als der Geschmack einen langen, langen Urlaub gemacht hat. Na ja, was soll man schon von einer Krebsfrau erwarten? Im besten Fall Kreativität, aber hier ist ja wohl alles danebengegangen.«

Die Wangen der Vertriebsassistentin färbten sich dunkelrot. Peinlich berührt starrte sie auf ihre Schuhspitzen. Luisa konnte Lämmchens Scham fast körperlich spüren.

»Lass sie in Ruhe, Ulla. Bitte. Ich meine, was bringt es denn, wenn sich alle gegenseitig in die Tonne kloppen?«

Einen Augenblick lang war Ulla derart entgeistert von dem ungewohnten Widerspruch, dass sie nach Luft schnappte. Fahrig kramte sie einen Parfumflakon aus ihrer Handtasche. Während sie sich in eine süßliche Duftwolke hüllte, richtete sie ihren bohrenden Blick auf Annika Meyer.

»Das Kleid gehört schnellstens entsorgt. Aber gib es bloß nicht in die Altkleidersammlung, Lämmchen. Die armen Leute, für die die Klamotten bestimmt sind, haben schon Probleme genug.« Ihr Blick wanderte weiter zu Luisa. »Steinböcke können so was von intrigant sein! Bestimmt habt ihr beide gerade was Fieses ausgeheckt.«

Das Einzige, was Luisa daran hinderte, auf der Stelle schreiend wegzulaufen und nie wieder einen Fuß in diese Firma zu setzen, war der Gedanke an ihre Beförderung. Du wirst dich noch wundern, Ulla, dachte sie. Wenn ich die Geschäftsführung übernehme, starte ich als Erstes ein Anti-Mobbing-Programm. Demnächst wird alles anders.

Kapitel 4

»Atemlos durch die Nacht«, schallte es durch den Festsaal.

An die hundert Gäste saßen lachend und lärmend an weiß gedeckten Tafeln, über den Köpfen schwebten bunte Luftballons mit dem Firmenlogo, einem goldenen Glücksschwein. *30 Jahre Fun Connection* stand auf einem glitzernden Banner, das die Stirnwand des Saals schmückte.

Mit dem stetig steigenden Alkoholpegel schwoll auch die Lautstärke an. Untermalt wurde das Ganze von einem Alleinunterhalter im pinkfarbenen Jackett, der einen Schlager nach dem anderen zum Besten gab. Einige Gäste sangen ausgelassen mit. Ulla zum Beispiel.

»Atemlos einfach raus, deine Augen zieh'n mich aus«, japste sie und knuffte Karl Wenninger in die Rippen.

Indigniert rückte er von ihr ab.

»Ein bisschen mehr Benimm, ja? Wir sind hier nicht am Ballermann.«

»Und Sie sind ein wandelnder Aktendeckel, Pupsi«, beschwerte sich Ulla. »Ein spaßfreier Skorpion, um genau zu sein. Heiraten Sie doch Luisa, dann können Sie zusammen einen Spielverderberverein gründen.«

Herr im Himmel! Schon seit Stunden musste Luisa die üblichen Bemerkungen über sich ergehen lassen. Und noch immer hatte der Chef keinerlei Anstalten gemacht, die große Neuigkeit zu verkünden. Das Buffet war bereits restlos geplündert worden, die Uhr zeigte kurz vor elf. Ging dieser Abend denn nie zu Ende?

»Taillenlos durch die Nacht …«, krähte Mario. Er saß neben Ulla und hatte bereits eine ganze Flasche Wein intus. »Herr Ober, eine

Kressesuppe für unsere Biotonne! Kresse entwässert und regt den Stoffwechsel an, schon gewusst?«

Der Kellner ignorierte ihn. Ohne eine Miene zu verziehen, sammelte er leere Weinflaschen ein.

»Wenn Sie was Warmes wollen, müssen Sie ein Bier bestellen«, sagte Karl Wenninger säuerlich. »Auf dem Buffet gab's ja nur kalte Salate. Typisch Karnickel. So ein Sparheimer.«

»Na gut, Herr Oberkellner, dann bringen Sie mal Pils für alle«, versuchte es Mario aufs Neue.

Luisa wand sich auf ihrem Stuhl. Trotz der Flaute auf ihrem Konto hatte sie sich ein neues Kostüm geleistet, dunkelgrau mit dezentem Karomuster, dazu neue schwarze Pumps, die bereits gewaltig drückten. Die Kostümjacke war schon leicht angeknittert, die Seidenbluse klebte an ihrem Rücken. Und noch immer keine Erlösung in Sicht. Sie hoffte inständig, dass ihr Chef seine Rede hielt, bevor das obligatorische Schunkeln losging.

Wenige Minuten später stand ein Tablett mit gefüllten Biergläsern auf dem Tisch. Ulla griff als Erste zu. Auf ihrer Stirn standen Schweißperlen, in ihrem warmen gelben Wollpullover glühte sie förmlich.

»Hitze bewirkt, dass Materie sich ausdehnt«, fachsimpelte Mario. Er stupste Kevin Junghans an, dessen sommersprossiges Gesicht ebenfalls erhitzt wirkte. »Was meinst du, Caipi? Demnach ist Ulla nicht dick, sondern heiß.«

Einige Sekunden dachte Ulla über den Satz nach. Dann begann sie zu kichern, offenbar in der Annahme, das sei eine galante Bemerkung gewesen. Sie erhob ihr Glas.

»Prost! Wer diese Feier verpasst, muss verrückt oder tot sein. Kann mal einer Luisa wiederbeleben?«

Nein, es nahm kein Ende. Verflixt noch eins! Eingeklemmt zwischen Karl Wenninger und Annika Meyer, nippte Luisa an ihrem Orangensaft. Sie trank ohnehin so gut wie keinen Alkohol und wollte nüchtern bleiben, für ihren großen Moment. Sogar eine kleine Dankesrede hatte sie vorbereitet. Nervös spähte sie zum Kopfende der Tafel, wo Hans-

Martin Haase saß, zusammen mit dem geheimnisvollen Gast. Wann ging es denn endlich los?

Gerade als Karl Wenninger begann, seine Tischnachbarn mit den neuesten Zaubertricks anzuöden, spielte der Alleinunterhalter einen Tusch. Ein Kribbeln überlief Luisa.

»Oha, bestimmt hält Karnickel eine Rede«, grummelte Karl Wenninger, während er einige bunte Zaubertücher in seinem Jackett verstaute. »Mal sehen, ob der noch unfallfrei artikuliert nach dem ganzen Schnaps, den er sich genehmigt hat.«

»Große Ereignisse werfen ihre Diamanten voraus. Vielleicht gibt's ja eine Gehaltserhöhung«, orakelte Ulla. »Als Löwe könnte der Chef ruhig mal seine Großzügigkeit zeigen.«

»Nach der Qualität des Buffets zu schließen, gibt's nur einen lauwarmen Händedruck«, entgegnete Mario. »Ich hab mir den Nudelsalat reingetrommelt, jetzt rebelliert mein Magen.«

»Na und?«, sagte Ulla. »Hat dich nichts gekostet.«

»Doch, drei Stunden meiner Freizeit.«

Alle standen nun auf und drängelten sich nach vorn zur Bühne, wo Hans-Martin Haase leicht schwankend das Mikrofon vom Stativ schraubte. Ein peinigendes Pfeifen gellte in den Ohren. Mit großer Geste warf sich der Inhaber und Chef der Fun Connection in Positur.

»Na, ihr Teilzeitkomiker, amüsiert ihr euch und so weiter?«, krakeelte er in den Saal hinein.

Ein vielstimmiges Gejohle antwortete ihm, worauf er zufrieden nickte und mit der linken Hand eine widerspenstige rotbraune Strähne zurück an den Kopf drückte.

»Mein lieber Herr Gesangverein, dreißig Jahre sind kein Pappenstiel. Aber die Zeiten ändern sich, Herrschaften. Wir brauchen Mitarbeiter, die sich mit der Firma identifi…«, er kratzte sich am Kinn, »identi…«

»Identifizieren!«, rief Karl Wenninger.

»Genau.« Keuchend wischte sich Hans-Martin Haase mit einem Taschentuch über das schweißnasse Gesicht. »Wir müssen den Kahn wieder auf Kurs bringen. Die Karre aus dem Dreck ziehen. Die richtigen Leute auf die richtigen Posi ... Posi ... hm, Posten setzen und so weiter.«

Es wurde mucksmäuschenstill im Raum. Luisa hielt den Atem an. Ihr Mund war trocken, ihre Zehen verkrallten sich in den unbequemen neuen Pumps. Jetzt kommt's, durchzuckte es sie. Jetzt ist es so weit. Vor lauter Anspannung begannen ihre Knie zu zittern.

»Tja, ihr Lieben, pünktlich zum Firmengeburtstag habe ich eine tolle Überraschung für euch«, verkündete der Chef. »Ich ziehe mich aus dem Operationsgeschäft zurück ...«

»... aus dem operativen Geschäft!«, brüllte Karl Wenninger. Flüsternd fügte er hinzu: »Mit dem, was der nicht weiß, könnten zehn Leute durchs BWL-Examen fallen.«

»Jedenfalls kümmere ich mich ab sofort um mein Privatleben.« Hans-Martin Haase warf Kusshände in den Saal. »Man wird ja nicht jünger, gell? Bevor ich in die Kiste steige, will ich noch mal kräftig auf den Putz hauen und so weiter. Die Geschäftsführung der Fun Connection übernimmt deshalb ab sofort –«

Unwillkürlich bohrte Luisa ihre Fingernägel in die Handflächen. Ihr Herzschlag setzte aus.

»Robin Konrad!«

»Robin – wer?«, fragte Mario.

In Luisas Ohren begann es zu rauschen. Sie spürte ihre Beine nicht mehr. Durch einen Nebelschleier hindurch beobachtete sie, wie der elegant gekleidete Herr das Podium erklomm, sich neben den Chef stellte und ihm das Mikro aus der Hand nahm.

»Hallo zusammen«, gurrte er mit einem gewinnenden Lächeln, »ich bin Robin Konrad. Es ist mir eine Freude, von heute an Geschäftsführer der Fun Community ...«

»Connection!«, schrie Karl Wenninger, seine Hände zu einem Trichter formend. »Es heißt Fun Connection!«

»Verdammt, Pupsi, halt die Klappe«, zischte Ulla.

Federnd wippte Robin Konrad auf den Fußballen, bevor er weitersprach. Der Zwischenruf schien ihn nicht im mindesten irritiert zu haben, ganz im Gegenteil. Er wirkte wie die Souveränität in Person.

»Sie haben richtig gehört«, sagte er ruhig. »Als Erstes werde ich die Firma in Fun Community umbenennen, was die Anfangsphase des Change Managements einleitet. Diese Firma ist berühmt für ihre originellen Geschenkartikel. Oder sollte ich besser sagen, *war* berühmt? Das Unternehmen ist ins Trudeln geraten, das dürfte kein Geheimnis sein.«

Kurz erhob sich aufgeregtes Gemurmel, das jedoch schnell wieder erstarb. Gebannt schauten alle zur Bühne. Alle, außer Luisa. Ins Trudeln geraten, gellte es in ihren Ohren. Auch sie geriet gerade ins Trudeln. Der gesamte Raum verformte sich, die Gesichter verschwammen im Nebel, ihre Beine sackten halb weg. Schwer atmend stützte sie sich auf eine Stuhllehne auf.

»In schweren Zeiten muss die Verantwortung einer kompetenten Führungskraft übertragen werden«, erklärte Robin Konrad immer noch lächelnd. »Nämlich mir. Herr Haase hat mir die aktuellen Bilanzen übermittelt. Nach einer ersten Analyse bin ich zu der Überzeugung gekommen: In der Anschlusskommunikation der Produktverantwortung müssen auch die Umsetzungsverantwortung sowie die Feedbackkontrolle bedacht werden. Hier gibt es momentan keine aussagekräftigen Zahlen. Es fehlt die Binnendifferenzierung.«

»Hä? Verstehe nur Bahnhof«, meckerte Ulla gedämpft.

»Ruhe«, herrschte Karl Wenninger sie an, »sonst landen Sie als Erste auf dem Abstellgleis.«

»Mann, bin ich froh, dass ich demnächst den Abflug mache«, flüsterte Mario. »Wenn das so weitergeht, müsst ihr am Ende noch richtig arbeiten. Aber für unser Knäckebrot dürfte das ja kein Problem sein. Wo ist sie überhaupt? Luisa?«

Sie antwortete nicht. Das Rauschen in ihren Ohren war lauter geworden, ein höllischer Kopfschmerz pochte hinter ihren Schläfen. Dies ist keine Feier, dies ist mein Untergang, war ihr letzter Gedanke, bevor sich der Nebel vor ihren Augen verdichtete und ihre Beine endgültig wegsackten. Dann trug sie eine gewaltige Welle ins Nirwana. Als Luisa wieder zu sich kam, lag sie auf zwei eilig zusammengeschobenen Stühlen.

»Was ist passiert?«, fragte sie benommen.

Mit gerunzelter Stirn beugte sich Ulla über sie.

»Du bist umgekippt wie ein Grabstein auf dem Friedhof der lebenden Leichen.«

»O Gott, wie peinlich«, wimmerte Luisa.

»Warum hast du das nicht gesagt, bevor ich die Fotos auf Facebook gepostet habe?«, griente Mario.

»Hier, ich habe ein Glas Wasser für Sie geholt«, hörte man die zarte Stimme von Annika Meyer. »Bitte, nehmen Sie einen Schluck, Frau Fröhlich.«

Während Luisa sich aufrichtete und etwas Wasser trank, schwebte auf einmal das hagere Gesicht von Karl Wenninger über ihr.

»Sind Sie unterzuckert? Betrunken? Schwanger?«

»Wovon soll die denn schwanger sein?«, kicherte Ulla. »Ich meine – hat ihr irgendjemand ein Konto bei der Samenbank eingerichtet, oder was?«

Luisa war viel zu schwach, um auf diesen Blödsinn zu reagieren. Plötzlich überwältigte sie wieder das gesamte Ungemach dieses verkorksten Abends: ihre großen Erwartungen, ihre Riesenenttäuschung, ihr Schwächeanfall. So elend war ihr noch nie gewesen. Es fühlte sich an, als hätte man ihr ein lebenswichtiges Organ entnommen.

»Schluss jetzt!«, rief Annika Meyer. »Frau Fröhlich braucht einen Arzt! Sie ist totenbleich, sehen Sie das denn gar nicht?«

»Nein, nein«, winkte Luisa müde ab. »Es geht schon wieder. Ich fahre am besten nach Hause und lege mich hin.«

Dummerweise gab es noch jemanden, der sich für ihren Gesundheitszustand interessierte. Ausgerechnet jener Mann, der all ihre Karriereträume begraben hatte.

»Frau Fröhlich?«, fragte Robin Konrad. »Darf ich wissen, was geschehen ist? Oder störe ich?«

»Nö, Sie stören überhaupt nicht«, antwortete Mario grinsend. »Wir wollten gerade eine Orgie feiern, einer hat uns noch gefehlt.«

Ulla brach in kreischendes Gelächter aus, verstummte aber sofort, als sie den polarkalten Blick von Robin Konrad auf sich spürte. Angewidert sah er von einem zum anderen.

»Eine Kollegin ist zusammengebrochen, und Sie reißen auch noch Witze?«

»Humor ist, wenn man trotzdem lacht«, erwiderte Karl Wenninger herausfordernd.

Mit diesem dämlichen Spruch war er eindeutig an den Falschen geraten. Robin Konrad verschränkte die Arme und fixierte ihn drohend.

»Wenninger, Karl, Vertrieb. Richtig?«

»Äh – ja?«

»Sie haben es versäumt, funktionierende Vertriebsstrukturen aufzubauen. Es gibt so gut wie keine zielführenden Kooperationen mit dem Internetversandhandel, die konventionellen Sales Points werden nur ungenügend bespielt. Also sollten Sie den Mund besser nicht so voll nehmen.«

»Jetzt bist du platt, was, Pupsi?«, gluckste Ulla.

Wie angestochen wirbelte Robin Konrad herum.

»Dependorf, Ulla, Buchhaltung. Ihr Browserverlauf zeigt an, dass Sie in den vergangenen Tagen Abführtabletten und figurformende Wäsche bestellt sowie einen Last-Minute-Urlaub auf Mallorca gebucht haben. In Ihrer Arbeitszeit, wohlgemerkt. Vom Besuch astrologischer Websites, diverser Flirtportale und einer Online-Diätberatung ganz zu schweigen.«

Ulla blieb der Mund offen stehen. Die anderen sahen einander betreten an. Hans-Martin Haase hatte ihnen einen gnadenlosen Kontrollfreak vor die Nase gesetzt, der sie das Fürchten lehren würde, so viel stand fest.

»Seit wann darf man denn die Computer von Mitarbeitern ausspionieren?«, fragte Mario entrüstet.

»Alles legal«, antwortete Robin Konrad prompt. »Arbeitgeber dürfen ihre Mitarbeiter bei konkretem Verdacht auf Missbrauch oder Betrug überwachen. Das Weisungsrecht beinhaltet auch ein Kontrollrecht.«

Nichts war mehr übrig vom gewinnenden Lächeln des neuen Geschäftsführers. Von Feierlaune konnte erst recht keine Rede mehr sein.

»Ich … ich gehe dann mal«, flüsterte Luisa.

Etwas wackelig stand sie auf und schlich wie ein geprügelter Hund durch den Festsaal zum Ausgang. Sie wollte nur noch weg. Weg von dieser grässlichen Feier, weg von den Kollegen, weit weg vom Ort ihrer Niederlage.

Während sie mit hängenden Schultern vorwärtstrottete, spürte sie auf einmal, wie sie untergehakt wurde.

»Ich bringe Sie nach Hause, Frau Fröhlich«, wisperte Annika Meyer. »Auf keinen Fall können Sie in diesem Zustand fahren.«

»Wirklich? Oh, vielen Dank. Aber das ist eigentlich nicht nötig.«

»Da bin ich ganz anderer Meinung.« Ein ungewohnt entschlossener Zug lag um Lämmchens Mund. »Sie hängen total neben der Kurve. Kann mir schon denken, warum. *Sie* hätten den Geschäftsführerposten verdient, nicht irgend so ein Lackaffe, der mit Fachchinesisch um sich schmeißt. Sie sind die Einzige, die sich mit allem auskennt, und Sie sind auch die Einzige in der Firma, die ihren Job ernst nimmt.«

Verblüfft blieb Luisa stehen.

»Woher wollen Sie das wissen?«

»Ich werde immer unterschätzt.« Annika Meyer lächelte schlau. »Die Kollegen denken doch, ich hätte den Horizont einer knienden Ameise. Deshalb labern sie ohne Filter, auch wenn ich zuhöre. Jeder hier weiß, dass Sie die Säule der Firma sind. Dass Sie dauernd für den Chef die Kastanien aus dem Feuer holen, dass Sie Ullas schludrige Bilanzen korrigieren, sogar Marios Job mit erledigen. Der hat doch keinen blassen Schimmer, wie man Marketing überhaupt buchstabiert.«

Luisas Verblüffung steigerte sich zu absoluter Fassungslosigkeit.

»Die Kollegen wissen das alles? Warum behandeln sie mich dann so eklig?«

Lämmchen zupfte an den Rüschen ihres Kleids herum.

»Weil Sie denen einen Spiegel vorhalten. Sie engagieren sich, Frau Fröhlich, Sie sind fleißig, zeigen Einsatz. Daran erkennen die anderen ihre eigene Faulheit und Bequemlichkeit.«

Niemals hätte Luisa dieser jungen Frau so viel Durchblick zugetraut. Nachdenklich betrachtete sie das feine, zarte Gesicht der Vertriebsassistentin. Ein Satz von Tante Ruth fiel ihr wieder ein: Wenn jemand versucht, dich schlechtzumachen, dann nur, weil er denkt, du bist besser als er.

»Und was soll ich jetzt tun?«, fragte sie.

»Erst mal raus aus der Stresszone«, antwortete Annika Meyer resolut. »Kommen Sie, mein Auto steht draußen auf dem Parkplatz.«

Schweigend durchschritten sie den Saal, vorbei an den Gästen, die in Grüppchen zusammenstanden und über den neuen Geschäftsführer diskutierten.

Kurz vor dem Ausgang prallte Luisa mit Hans-Martin Haase zusammen. In jedem Arm hielt er eine Mitarbeiterin, sein feistes Gesicht glänzte.

»Läuft doch knickknack! Mit dem Neuen werden Sie bestimmt in null Komma nix warm.« Er zwinkerte ihr ölig zu. »Falls Sie verstehen, was ich meine, und so weiter.«

Luisa überging die unsägliche Anspielung. Sie nahm all ihren Mut zusammen.

»Sie hatten es mir versprochen«, sagte sie leise. »Die Beförderung, die Geschäftsleitung.«

»Ach das.« Unbehaglich betrachtete ihr Chef seine Krawatte. »Tja, ich bin durchaus für Frauen, deshalb habe ich Sie ja auch nach Kräften gefördert, wie Sie wissen.«

Gefördert? Ausgenutzt hat er mich, dachte Luisa erbittert.

»Aber ein Mann war mir ehrlich gesagt lieber«, fuhr Hans-Martin

Haase fort. »Ich brauche einen knallharten Manager, der durchgreift und die Kollegen auf Zack bringt. Das ist nichts für Sie, mein blonder Engel.«

»Und mein eigenes Büro? Auch das hatten Sie mir versprochen.« Hans-Martin Haase presste die beiden Frauen in seinen Armen enger an sich. Mürrisch schob er die Unterlippe vor.

»Ihre Geschichte wird nicht besser, je öfter Sie sie erzählen. Wissen Sie was? Immer dann, wenn man zu übereifrig seine Zukunft plant, fällt das Schicksal lachend vom Stuhl.« Sein fettig glänzendes Gesicht kam näher. »Ich hatte eine brettharte Woche. Jetzt trinken wir alle einen schönen Schnaps, dann sieht die Welt doch gleich ganz anders aus und so weiter.«

»Frau Fröhlich fühlt sich nicht wohl, ich bringe sie nach Hause«, beendete Lämmchen das Gespräch. »Schönen Abend noch, Herr Haase.«

Sie zog Luisa einfach mit sich. Ohne sich noch einmal umzudrehen, steuerten die beiden Frauen den Ausgang an.

»Manager managen was, Unternehmer unternehmen was«, rief Hans-Martin Haase ihnen hinterher. »Wenn Ihnen das nicht passt, Frau Fröhlich, können Sie ja kündigen.«

Luisa zuckte zusammen, als hätte man ihr einen Faustschlag in den Magen verpasst. Das also war der Lohn für all die Jahre, die sie diesem Mann und seiner Firma geopfert hatte?

In ihre Enttäuschung mischte sich Wut. Mit energischen Schritten marschierte sie weiter, obwohl ihre Blasen in den neuen Pumps höllisch brannten. Immer schneller ging sie, bis sie fast rannte. Annika Meyer kam kaum hinterher.

Als sie den Parkplatz erreicht hatten, der im Dunkel der Nacht lag, schleuderte Luisa ihre Schuhe von sich. Jetzt endlich gestattete sie sich, ihrem Ärger Luft zu machen.

»Das kann doch nicht wahr sein! Das ist eine ... eine ...«

»... Schweinerei«, ergänzte Lämmchen und bückte sich, um die Pumps aufzuheben. »Wollen Sie die nicht wieder anziehen?«

»Meine Füße sind soeben verstorben«, ächzte Luisa. »Ich gehe auf Strümpfen weiter.«

»Sind Sie sicher, dass das eine gute Idee ist?«

Wütend ballte Luisa die Fäuste.

»Ideen sind mein Job, verdammt! Aber Karnickel hat ja immer alles abgeschmettert! Nicht nur meine Aromakerzen, auch die Tischlampen im französischen Vintagelook, die Badezusätze im Designerflakon, die handbemalten Seidentücher, die Sets aus gewebten Metallfäden. Stattdessen bieten wir immer noch sturzspießige Gartenzwerge an! Lächerlich! Der Chef hat keine Ahnung, was die Kunden wollen! Der geht ja auch nie in die angesagten Läden und informiert sich! Sitzt nur in seinem Büro rum, gräbt weibliche Angestellte an, fertigt jeden mit seinen blöden Sprüchen ab! Und! So! Weiter!«

Lämmchen hatte dem Wutausbruch mit ausdruckslosem Gesicht zugehört.

»Gibt es für Sie eigentlich auch ein Leben jenseits der Firma?«

Mit dieser Frage brachte sie Luisa vollkommen aus dem Konzept. Verwirrt rieb sie sich die schmerzenden Schläfen.

»Wie meinen Sie das – jenseits der Firma?«

Annika Meyer schüttelte den Kopf.

»So was Ähnliches dachte ich mir schon. Wie wär's mit loslassen? Vergessen Sie doch mal Herrn Haase und die Fun Connection. Was möchten Sie jetzt tun? Ins Bett gehen und heulen kann keine Lösung sein. Worauf haben Sie Lust?«

»Lust«, wiederholte Luisa lahm.

Beschämt stellte sie fest, dass ihr Leben schon seit Jahren nicht mehr nach dem Lustprinzip tickte. Selbst für den heutigen Abend hatte sie fest eingeplant, noch ein, zwei Stunden zu Hause am Schreibtisch zu verbringen. So sah sie nun einmal aus, Luisa Fröhlichs Life-Work-Balance.

»Es ist Freitagnacht«, sagte Lämmchen schlicht. »Wie lange waren Sie nicht mehr tanzen?«

»Erstens ist das eine Ewigkeit her, zweitens habe ich Mega-Blasen an den Füßen, drittens bin ich soeben aus einer Ohnmacht erwacht. Ich gehöre ins Bett.«

Ein spitzbübisches Lächeln huschte über Lämmchens Gesicht.

»Was meinen Sie, woran Sie sich später im Seniorenheim erinnern – etwa an die Nächte, in denen Sie genug geschlafen haben?«

Für den Bruchteil einer Sekunde zögerte Luisa. Ja, auf einmal hatte sie Lust, etwas Verrücktes zu tun – tanzen gehen, wild herumhüpfen, sich dem Rhythmus der Musik hingeben. Aber dann siegte die vernünftige Luisa. Es war ein anstrengender Tag gewesen, ihre Füße waren Notstandsgebiet, ihr Kopf schmerzte immer noch.

»Besser nicht.« Es klang heiser, sie räusperte sich. »Danke, dass Sie heute für mich da waren. Das ist nicht selbstverständlich, schon gar nicht in dieser Mistfirma. Sie haben mir sehr geholfen, Annika.«

»Sagen Sie ruhig Lämmchen. Und wenn Sie doch mal tanzen gehen wollen, bin ich dabei.« Die junge Frau sah sich scheu um. »Müssen wir ja nicht an die große Glocke hängen.«

»Verstehe, sonst kriegen Sie Ärger mit den anderen«, nickte Luisa. Auch sie sah sich jetzt um. Hatte sich nicht gerade ein Schatten bewegt? Doch auf dem Parkplatz, der nur von ein paar trüben Gaslaternen erhellt wurde, war niemand zu sehen. Aus dem Lokal dröhnten Musik und Gelächter. Offenbar hatten sich die Kollegen vom ersten Schock erholt.

»Also, dann wollen Sie jetzt nach Hause?«, fragte Lämmchen und klimperte mit ihrem Autoschlüssel.

»Ich kann allein fahren. Trotzdem vielen Dank für das Angebot. Bis Montag.«

Luisa nahm die Folterpumps, die Annika Meyer ihr hinhielt, und trippelte auf Zehenspitzen zu ihrem Wagen. Von weitem sah sie, wie Lämmchen ihr Auto aufschloss. Seltsam, auch ich habe sie unterschätzt, dachte Luisa. Dann stieg sie in ihren verbeulten alten Passat. Eilig kurbelte sie das Seitenfenster herunter. Sie hatte das Gefühl zu ersticken.

Etwas knisterte, als sie sich anschnallte. Es war ein Stück Papier, das in der Innentasche ihrer Kostümjacke steckte. Mit zittrigen Fingern holte sie den Zettel heraus und entfaltete ihn.

Sehr geehrter Herr Haase, liebe Kollegen, las sie im Halbdunkel des Wagens. *Ich freue mich sehr, dass Sie mir das Vertrauen schenken, künftig als Geschäftsführerin …*

Weiter kam sie nicht. Der Rest der Rede, die sie nie halten würde, ertrank in Tränen. Schluchzend knüllte sie den Zettel zusammen und warf ihn aus dem geöffneten Seitenfenster.

Kapitel 5

Wieder goss es in Strömen an diesem grauen Samstagmorgen. Unablässig prasselte es ans Küchenfenster, so dass sich Wasserschlieren auf dem Glas bildeten und die Welt draußen wie das Aquarell eines betrunkenen Malers aussah.

Gleichmütig schaute Luisa den zerfließenden Formen und Farben zu. Der Tee in ihrer Tasse war längst kalt geworden, das Müsli stand unberührt auf dem Tisch. Sonst pflügte sie sich samstags schon ab neun Uhr durch ihr Arbeitspensum. Heute Morgen reichte ihre Energie nicht einmal zum Frühstücken.

Es ging ja nicht nur um ihre Karriere in einem schrägen Laden wie der Fun Connection. Es ging um ihr Leben. Die Aussicht auf viele weitere Jahre Schufterei als persönliche Sklavin eines Chefs, noch dazu im Reizklima des Großraumbüros – all das wirkte einfach niederschmetternd.

Wie in Schockstarre saß Luisa da. Auch die Zeiger der Küchenuhr schienen sich nicht zu bewegen. Eine ungewohnte Leere dehnte sich in ihr aus. Sie hatte keine beste Freundin, die sie anrufen konnte, keinen guten Bekannten, dem sie bei einem Kaffee ihr Herz ausschütten würde. Ich habe nichts erreicht, schoss es ihr durch den Kopf, außer einem perspektivlosen Job und einem nichtexistenten Privatleben.

Na ja, wenigstens hatte sie ihre Katzen. Luisa servierte Sissi und Franz gerade einen Rest Thunfisch, als das Handy klingelte. Sofort erkannte sie die zarte Stimme von Annika Meyer.

»Hallo, wollte nur mal hören, wie es Ihnen so geht. Alles okay?«

»Och, ich habe heute nichts vor und liege gut in der Zeit.« Luisa bemühte sich, die aufsteigenden Tränen runterzuschlucken. »Nett, dass Sie angerufen haben. Dann bis Montag.«

Annika war wirklich sehr nett, aber im Moment konnte Luisa mit niemandem von der Fun Connection reden, ohne einen Weinkrampf zu bekommen.

Nachdem sie das Gespräch weggeklickt hatte, schnäuzte sie sich in ein Stück Küchenkrepp. Was jetzt? Irgendwelche Firmendinge zu erledigen erschien sinnlos. Wer konnte schon wissen, wie Robin Konrad vorzugehen gedachte.

Dafür hatte sie jetzt ein neues Projekt: den Garten. Das reine Horrorprojekt. Zieh es durch, dachte sie zähneknirschend. Strukturieren, organisieren, dann wird das schon.

Eine Stunde später hatte sie bereits einen zehnseitigen Einsatzplan geschrieben und ausgedruckt. Eine weitere Stunde später stand sie in Regenjacke und Gummistiefeln im Garten und fertigte eine Lageskizze an. Trotz Regen, Matsch und des sicheren Gefühls, dass die vielgepriesene Natur nichts weiter als eine blöde Mogelpackung war.

Unter der Regenjacke trug sie ein verwaschenes rosa T-Shirt mit dem Schriftzug *Let's get dirty*. Einst war es ein Verkaufsschlager der Fun Connection in der Sparte Junggesellinnenabschied gewesen. Jetzt passte es wie die Faust aufs Auge.

Leise fluchend holte Luisa einen Zollstock aus ihrer Tasche. Sie hasste Matsch und Dreck. Sie fand Pflanzen in etwa so interessant wie die Tapete an der Wand. Sie hatte überhaupt keine Lust auf die Vorschriften eines Kleingartenvereins. Aber sie hatte keine Wahl.

Mit dem Zollstock vermaß sie das beängstigend große Grundstück und notierte die Zahlen auf ihrer Lageskizze. Dann kämpfte sie sich weiter durch die Müllhalde im Gebüsch. Mit Eddys Handschuhen. Die hatte sie auf der Veranda gefunden. Was für eine tolle Geste, was für ein aufmerksamer Mann.

Dafür war er leider ein Exemplar aus einem anderen Sonnensystem und zudem spurlos verschwunden.

Wider Willen stellte sie fest, dass sie ihn ein winziges bisschen vermisste. Sein Lächeln, seine entspannte Lässigkeit, das amüsierte Blitzen seiner braungrüngoldenen Augen. Was er wohl tat, wenn er nicht gerade Gartenhandschuhe verlieh und breitblättrige Lorbeerrosen überreichte?

Während Luisa sich den Kopf über Eddy zerbrach, füllte sich die blaue Plastiktüte mit den seltsamsten Dingen. Eine kaputte Kinderschaufel war dabei, eine zerfledderte Gartenzeitschrift, eine leere Flasche Sonnenöl. Sie kam sich vor wie eine Archäologin, die die Reste einer untergegangenen Kultur entdeckte.

Am Zaun entlang lag der meiste Abfall. Am Zaun zum Nachbargarten, wohlgemerkt, und es handelte sich dabei nicht um Eddys Garten.

Luisa erschrak halb zu Tode, als das hochrote Gesicht von Rudi Kasunke vor ihr auftauchte.

»Dachte schon, Sie hätten sich aus dem Staub gemacht«, bellte er.

»Nee, nee.« Luisa kroch ein Stück rückwärts und hielt einen aufgeweichten Pappbecher hoch, den sie gerade gefunden hatte. »Ich hole mir meine tägliche Dosis Natur.«

Herr Kasunke starrte den Becher an.

»Sie denken wohl, Sie können hier ein bisschen rumkaspern, und fertig ist der Lack? Fehlanzeige. Gärtnern erfordert Fleiß und Disziplin. Die Natur wird nur beherrscht, indem man ihr gehorcht!«

»Jawoll, Herr Oberfeldwebel«, flüsterte Luisa mit zusammengebissenen Zähnen.

»Das habe ich gehört«, blaffte er. »Ich höre alles. Ich sehe alles. Montagmorgen mache ich einen Riesenstunk bei der Vereinsleitung, dann ist Ihre Tante die Parzelle los.«

Luisa zog es vor, das Gespräch nicht fortzusetzen. Deshalb kroch sie tiefer ins Gebüsch und setzte ihre Aktion Sauberer Garten außer Sichtweite von Rudi Kasunke fort.

Zwei Stunden und eine Menge schweißtreibender Arbeit waren nötig, bis sie den gesamten Müll aufgesammelt hatte. Puh. Die randvolle Mülltüte stellte sie ans Gartentor, dann spähte sie ein weiteres Mal sehnsüchtig rüber in Eddys Parzelle.

Nichts. Kein Eddy. Kein *allora,* kein *cara,* kein Lächeln, das eine Spur zu frech, aber trotzdem irgendwie unwiderstehlich war.

Der Anblick seiner grünen Oase überwältigte Luisa. Wie schaffte er es nur, dass es da drüben so üppig blühte? Und dass die Gemüsebeete überquollen von Zucchini, Tomaten, Gurken? Die Obstbäume bogen sich unter Äpfeln und Kirschen. Sprach er mit seinen Pflanzen? Beschallte er sie mit Mozart? Las er ihnen Gedichte vor?

Ein Sonnenstrahl durchbrach die Wolken. Vielleicht ein Zeichen, dass ich weitermachen sollte, überlegte Luisa. Als Erstes würde sie den scheußlichen grauen Friedhofskies zusammenkehren. Sicher gab es im Gartenhäuschen einen Eimer und eine Schaufel.

Sie ging auf die verwitterte Laube zu. Der Holzboden der Veranda knarrte unter ihren Schritten, als sie darauf trat. Hier hatte sie als Kind Gänseblümchenketten geflochten und Tante Ruths Pflaumenkuchen verschlungen. Mit Streuseln und viel Hagelzucker. Das Wasser lief ihr im Mund zusammen. Noch immer hatte sie nichts gegessen, ihr Magen knurrte wie ein schlecht gelauntes Raubtier.

Vorsichtig drückte sie die Klinke der Eingangstür herunter. Die Tür klemmte ein wenig, war jedoch unverschlossen. Ein vertrauter Geruch strömte ihr entgegen, leicht muffig, gemischt mit Holzaromen und Blütendüften. Ein herrlicher Geruch. Es duftete nach glücklichen Kindheitserinnerungen.

Wie aufgeräumt drinnen alles wirkte. So wie Tante Ruth ihr Leben im Griff hatte, sah es hier aus. Ein schlichter runder Tisch aus hellem Holz, zwei Biedermeierstühle und ein Sofa mit graurosa Blümchenmuster verteilten sich in dem niedrigen, holzgetäfelten Raum. In einem alten Küchenschrank mit weißen Scheibengardinen stand säuberlich aufgereiht Geschirr, in der Ecke lehnten Harken, Spaten und eine Schaufel.

Auf der Suche nach einem Eimer sah Luisa sich genauer um. Jetzt erst nahm sie den Briefumschlag wahr, der mitten auf dem Tisch lag. Er war an sie adressiert.

Sie schluckte. Damals, als Tante Ruth weggezogen war, hatte Luisa es nicht für nötig befunden, noch einmal selbst herzukommen. Was bedeutete, dass der Brief seit einem vollen Jahr ungeöffnet rumlag. Beklommen setzte sie sich auf einen Stuhl und riss das Kuvert auf.

Meine liebe Luisa, hatte Tante Ruth in ihrer hübsch verschnörkelten Handschrift geschrieben, *ich freue mich so, dass Du nun einen eigenen Garten hast. Ja, Du hast richtig gelesen – ich habe Dir das Grundstück übertragen, bezahle die Pacht aber für Dich weiter. Natürlich hätte ich den Vertrag kündigen können. Aber ich dachte mir, dass es für Dich eine Bereicherung sein wird, wenn Du die Freude am Gärtnern entdeckst. Das ist ein wunderbarer Ausgleich. Ich mache mir nämlich große Sorgen um Dich, weil Du so hart arbeitest, Engelchen.*

Luisa stiegen Tränen in die Augen, während sie weiterlas.

Du verbringst so viele Stunden am Schreibtisch, meine kleine Luisa. Von der Natur kannst Du lernen, dass alles seine Zeit hat – das Säen und das Ernten, das Blühen und Vergehen, die Arbeit und die Ruhe. Ich wünsche Dir viel Freude mit Deinem Garten. Und vergiss nicht: Blumen sind das Lächeln der Erde. Deine Tante Ruth

Mittlerweile schluchzte Luisa völlig hemmungslos. Wie liebevoll Tante Ruth geschrieben hatte. Wie rührend besorgt. Und dann der wundervolle Plan, ihrer Nichte so etwas wie Lebenskunst beizubringen. Tante Ruth hatte ihr ein Geschenk hinterlassen, und sie hatte es ein ganzes Jahr lang nicht bemerkt.

Mit dem Handrücken wischte sie sich die Tränen von den Wangen. Deshalb also hatte sich Tante Ruth auf ihren Postkarten dauernd nach dem Garten erkundigt. Luisa hatte immer dasselbe geantwortet: Dem Garten geht's prima, alles klar, danke der Nachfrage.

Das Knarren der Verandabohlen holte sie in die Wirklichkeit zurück.

»Hallo? Jemand zu Hause?«, ertönte eine Männerstimme.

Sie schrak zusammen. Mein Gott, das war dieser Eddy! Und sie hockte hier tränenüberströmt herum wie ein nasser Welpe. Am liebsten wäre sie weggerannt, doch durch das winzige Fenster des Gartenhäuschens hätten allenfalls Sissi und Franz gepasst.

Es war sowieso zu spät. Denn nun stand Eddy schon im Halbdunkel des kleinen Raums und schaute sie entgeistert an.

»*Cosa è successo?* Was ist passiert? Hat unser renitenter Rentner Sie wieder zusammengebrüllt?«

»Nein, nein.« Luisa fuhr sich über die Augen und hoffte inständig, dass ihre wasserfeste Wimperntusche gehalten hatte, was die Werbung versprach. »Es ist nur …«

Sie zeigte auf den Briefbogen.

»Ein Abschiedsbrief? Hat Ihr Freund Sie gelinkt? Soll ich irgendwen verhauen?«, fragte Eddy ernsthaft.

Luisa konnte schon wieder lächeln.

»Sie dürfen den Brief lesen. Dann verstehen Sie alles.«

»Das sollten Sie sich gut überlegen, ich habe nämlich gerade einen Titel beim Kickboxen gewonnen.« Eddy grinste. »Wenn ich Ihren Exfreund erst mal stillgelegt habe, muss er wochenlang durch einen Schlauch ernährt werden.«

Das war zweifellos ein Scherz, doch plötzlich fiel Luisa auf, wie muskulös Eddy wirkte. In seinem Parka war das gar nicht zu sehen gewesen. Jetzt trug er zur Jeans nur ein knappes schwarzes T-Shirt, das den Bizeps frei ließ und die beeindruckende Brustmuskulatur betonte. *Bier kalt stellen ist auch irgendwie kochen* stand in roten Buchstaben auf dem schwarzen Stoff.

»Saublöder Spruch, ich weiß«, sagte er, als er Luisas Blick bemerkte. »Solche T-Shirts bestelle ich immer für meinen alten Freund Uwe, der freut sich wie ein Schnitzel über den hirnrissigen Scheiß.«

»Sie müssen sich nicht entschuldigen.«

Statt einer Erklärung stand Luisa auf und öffnete ihre Regenjacke.

»Let's – get – dir – ty«, las Eddy vor, wobei er jede Silbe einzeln betonte.

Eine vibrierende Sekunde verstrich, dann brachen sie zeitgleich in Gelächter aus. Sie konnten gar nicht mehr aufhören. Zwischendurch japste Eddy nach Luft, um sofort wieder loszuprusten, Luisa hing windschief neben der Tischkante und lachte so zwerchfellerschütternd, dass ihr Bauch wie ein Flummi auf und nieder hüpfte. Es dauerte eine ganze Weile, bis sie einigermaßen ihre Fassung wiedererlangten. Erhitzt und mit Lachtränen in den Augen sahen sie einander an.

»Willkommen im Club der Bekloppten«, keuchte Eddy, woraufhin er erneut loslachte.

»Bin seit hundert Jahren Ehrenmitglied«, gackerte Luisa.

Noch immer sahen sie einander in die Augen. Und dann geschah etwas Merkwürdiges. Langsam, aber unaufhörlich verwandelte sich ihre Erheiterung in etwas anderes. Etwas Unerklärliches. Magisches. Eddy kam näher und legte den Kopf schräg.

»*Cara*, hat dir schon mal jemand gesagt, dass du eine Hammerbraut bist?«, raunte er mehr, als dass er es sagte.

Das Du war ihm völlig selbstverständlich über die Lippen gekommen, und für Luisa fühlte es sich genau richtig an, obwohl dieser Eddy – ach, egal.

»Du aber auch«, flüsterte sie, »ich meine, du bist ein, äh, Hammertyp.«

Sie standen jetzt so dicht voreinander, dass Luisa die goldenen Pünktchen in seiner Iris erkennen konnte. Die flirrend aufgeladene Spannung zwischen ihnen verstärkte sich. Eine unwiderstehliche Anziehungskraft, Luisa spürte sie wie einen Sog.

»*Scusi*«, murmelte Eddy, »darf ich?«

Mit dem rechten Daumen wischte er behutsam über ihre Wange. Luisa erschauerte. Die Berührung war so leicht, fast zärtlich. Ein Hauch nur, wie der Flügelschlag eines Schmetterlings.

»Wimperntusche?«, fragte sie flüsternd.

Er nickte.

»Einen schönen Menschen kann nichts entstellen, und der Gruftilook passt ja auch zum Garten draußen, aber …«

Luisa hatte Konzentrationsprobleme. Sie konnte nur noch auf seinen Mund schauen. Diesen sinnlichen, lächelnden Mund, den sie plötzlich unbedingt küssen wollte. Worüber sie zutiefst erschrak. Ich kenne Eddy ja gar nicht. Ich habe ihn gestern zum ersten Mal gesehen. Er passt überhaupt nicht zu mir. Überüberhaupt nicht! Ich …

Sanft strich er über ihr Haar.

»Wir haben ganz viel Zeit, *cara*«, sagte er leise. »Ich meine – deine Klamotten würden sich super auf meinem Schlafzimmerboden machen, aber ich fände schön, wenn wir uns erst mal kennenlernen.«

Ganz schön keck, dieser Typ. Noch nie hatte Luisa einen Mann getroffen, der so draufgängerisch und trotzdem so feinfühlig war. Alles hat seine Zeit, hörte sie Tante Ruths Worte. *Das Säen und das Ernten, das Blühen und Vergehen, die Arbeit und die Ruhe.* Auch die Liebe? Moment, wer hatte hier Liebe gesagt? So ein Quatsch! Eine Luisa Fröhlich verknallte sich nicht Hals über Kopf, ratzfatz, auf den ersten Blick! Und schon gar nicht in einen Hippiewaldschrat. Oder? Nein. Ja. Vielleicht.

»Hab gerade in deinen Kopf geguckt und Chaos gefunden«, flüsterte Eddy.

»Erwischt.« Sie holte tief Luft. »Ich *bin* das Chaos.«

»Und ich die Katastrophe.«

»Wie meinst du das?«

Eddy zuckte mit den Schultern.

»Finde es selbst heraus, *cara*.«

»Bin schon dabei. Keine Beschwerden bis jetzt.«

Er zog die Mundwinkel zur Seite, und sie verlor sich in seinem Lächeln wie in einer warmen, weichen Daunendecke. Gab es das? Spontanvertrautheit?

Sie schloss die Augen. Dann ließ sie einfach ihren Kopf an seine Schulter sinken. Er roch gut. Nach Garten, nach Natur, nach Mann. Jetzt legte er auch noch einen Arm um sie. Nicht fordernd, nur irgendwie – schützend? Wahnsinn.

Erneut knarrten die Bohlen der Veranda. Wie Teenager, die beim Knutschen erwischt wurden, stoben sie auseinander.

»Hi, Leute.«

Eine Frau schaute zur Tür herein. Sie war ungefähr in Luisas Alter, hatte ein buntes Tuch wie einen Turban um ihren Kopf geschlungen und trug eine Latzjeans. Ihr sympathisches Gesicht zeigte den gesunden, rosigen Teint eines Menschen, der sich viel im Freien aufhielt. Und ich führe meine käsige Schreibtischblässe spazieren, dachte Luisa.

»*Ciao, ragazza!*« Eddy begrüßte die Frau mit Wangenküsschen. »Na, alles paletti?«

»Nix paletti. Rudi randaliert. Er hat ein paar Bierchen gezischt, jetzt zerlegt er seine Aprikosenbäume mit der Kettensäge. Mir fliegen fast die Ohren ab. Habt ihr denn gar nichts mitgekriegt?«

Nun erst hörte Luisa das kreischende Geräusch, das von draußen in den kleinen Raum drang.

»Moment, störe ich euch?«, fragte die Frau irritiert. Sie schaute Eddy an, dann Luisa und wieder Eddy.

Gute Frage. Eddy lächelte Luisa aufmunternd zu. Jeder Zoll ein Gentleman in seinem schrägen Motto-T-Shirt, überließ er es ihr zu antworten.

»Ich bin die Nichte von Ruth Minnemann«, erwiderte sie.

»Oh, ich liebe Ruth!«, rief die Frau überschwänglich. »Eine wunderbare Person. Hab sie schon vermisst. Lebt sie immer noch in Italien?«

Luisa erzählte von dem kleinen Restaurant am Meer, während sie verstohlen zu Eddy rüberschielte. Alles gut, signalisierte sein Lächeln. Ich posaune nichts aus. Weder deinen Tränenausbruch noch sonst was. Allein dafür hätte sie ihn stundenlang umarmen können.

»Freut mich, dass es Ruth gut geht«, sagte die Frau. »Ich heiße übrigens Renate. Meine Freunde nennen mich Rena.«

»Luisa.«

Sie schüttelten einander die Hände.

»Schöner Name, Luisa. So, und was machen wir jetzt mit Rudi? Ich habe Angst, er säbelt sich ein Bein ab mit seiner Kettensäge, so wie der geladen hat.«

Eddy hob theatralisch die Arme.

»Wenn man sich mit Rudi anlegt, sollte man die passende Waffe dabeihaben.«

Rena lachte.

»Schneidbrenner? Vorschlaghammer?«

»Nee, den *stupido* bekommt man am besten mit Freundlichkeit in den Griff.«

In diesem Moment verstummte das Geräusch der Motorsäge. Alle drei horchten eine Weile, dann atmeten sie erleichtert auf. Rena hakte ihre Daumen in die Taschen der Latzhose.

»Sag mal, Luisa, es geht mich ja nichts an, aber was ist eigentlich mit Ruths Garten passiert? Die einzigen Blumen, die hier blühen, sind Neurosen.«

»Ich habe einen Fehler gemacht«, bekannte Luisa, »einen großen, großen Fehler. Und das Schlimmste ist: In zwei Wochen kommt Tante Ruth hierher.«

»Um Gottes willen! Ruth trifft der Schlag, wenn sie diese Bescherung sieht!«

»Wir helfen dir«, schaltete sich Eddy ein. »Das ist Ehrensache, *cara*.«

Luisa ließ den Kopf hängen.

»Ich fürchte, es fehlt am nötigen Kleingeld. Was meint ihr, was kostet es, den Garten wieder so hinzukriegen, dass er wie vorher aussieht?«

»Zu viel«, antwortete Eddy knapp.

»Kein Grund zu resignieren«, erklärte Rena. »Hier in der Schrebergartenanlage halten wir zusammen wie Kuhmist und Kompost. Ich lade euch auf einen Tee ein, dann besprechen wir alles.«

»Aber so kaputt, wie der Garten ist, müssen wir praktisch bei null beginnen!«, rief Luisa verzweifelt.

»Auch Wolkenkratzer haben mal als Keller angefangen«, lächelte Eddy. »*Allora*. Ich hab schon eine Idee.«

Kapitel 6

Die Wolken hatten sich verzogen. Hell strahlte die Sonne von einem unwirklich blauen Himmel und beschien Tante Ruths verödeten Schrebergarten. Kein Schmetterling, keine Hummel, nicht einmal die kleinste Biene flog herum. Der letzte Satz aus Tante Ruths Brief fiel Luisa ein: *Blumen sind das Lächeln der Erde.* Aber diesem trostlosen Fleckchen Erde war das Lächeln schon lange vergangen.

Gespannt spähte sie in den Nachbargarten. Wie ein toter Käfer lag Rudi Kasunke auf einer Sonnenliege. Mit der rechten Hand umklammerte er eine Bierflasche, sein Käppi hatte er sich übers Gesicht gezogen. Selbst aus der Entfernung von einigen Metern hörte man ihn geräuschvoll schnarchen. Auf seinem millimeterkurz gestutzten Rasen türmte sich ein Berg aus Ästen und Zweigen. Daneben lag eine monströse Kettensäge, die in ihre Einzelteile zerlegt war.

»*Evviva*, hurra, sieht so aus, als ob das Ding endlich seinen Geist aufgegeben hat«, sagte Eddy. »Was für ein Baummassaker. Rudis Horizont beschränkt sich wahrlich auf die Entfernung zwischen Brett und Kopf. Der muss immer mal was kurz und klein hacken, sonst fehlt ihm was.«

»Ja, manche Menschen haben ein gestörtes Verhältnis zur Natur«, seufzte Rena. »Leider ist diese Schrebergartenkolonie wie die meisten hierzulande öffentlich zugänglich. Als grüne Lunge, wie es heißt. Jetzt, wo die Sonne rausgekommen ist, latschen wieder lauter Spaziergänger durch die Anlage und reißen einfach unsere Blumen ab. Als wäre das hier ein Selbstbedienungsladen.«

Luisa reckte den Kopf. Es stimmte. Man sah bereits einige Leute über den Hauptweg schlendern. Ältere Paare mit Blumensträußen in den Händen, Familien mit Kindern, die sich über die Zäune beugten und alles pflückten, was sie erreichen konnten.

Eddy schnaubte ärgerlich.

»Stell dir vor, Blumen gehen über eine Wiese, sehen einen schönen Menschen und reißen ihm den Kopf ab. *Dio mio!* Wie pervers ist das denn?« Er hielt inne und sah Luisa an. »Aber manchmal darf man eine Rose pflücken. Bei besonderen Anlässen.«

Hey, hey, hey. Ein Glücksschauer nach dem anderen überlief sie, während sie zu dritt den Garten durchquerten und über den Hauptweg hinweggingen.

»Liebe Luisa«, Renas Stimme klang auf einmal feierlich, »dies ist mein Park im Handtuchformat.«

Sie zeigte auf ein Grundstück, das kaum zu sehen war, so viele blühende Bäume standen darauf. Eine Wolke aus zartrosa Blüten schwebte über den Beeten und Rasenflächen.

»Wunderschön«, staunte Luisa.

»Magnolien, meine Lieblingsblüten«, erwiderte Rena. »Ich war öfters in New Orleans. Da gibt es unwahrscheinlich viele Magnolienbäume. In dem schwülen Klima verströmen sie ihren Duft so stark, dass man total berauscht davon ist. In der traditionellen Parfümerie Hové im French Quarter habe ich mir ein Magnolienparfum gekauft …«

Sie steckte einen kleinen Schlüssel in das Vorhängeschloss, mit dem das rot gestrichene Gartentor gesichert war, und öffnete es.

Bislang hatte Luisa überhaupt keinen Blick für die Schönheit der Natur gehabt. Jetzt ahnte sie zumindest, warum Menschen ihre kostbare Freizeit freiwillig draußen verbrachten. Rena hatte ein Kunstwerk erschaffen. Die verschwenderisch bepflanzten Blumenbeete waren in geometrischen Mustern angelegt, in Kreisen, Vierecken und Ovalen. Am Zaun entlang standen große Rhododendronbüsche, dazwischen eigenartige Steinskulpturen.

»Das sind indische Elefantengötter«, erklärte Rena. »Ich reise viel, weißt du, aber das hier ist mein Heimathafen. Und auch das Wetter spielt endlich mit.«

»Ein perfekter Sommertag, wenn die Sonne scheint, die Vögel singen, und Rudis Kettensäge kaputt ist«, grinste Eddy.

Mit beherzten Schritten stapfte Rena über den Rasen auf einen kleinen Pavillon zu. Von vorn ähnelte er einem balinesischen Tempel mit den geschnitzten Holzsäulen unter dem Vordach. Drinnen sah es aus wie in einem Souvenirladen. Afrikanische Masken hingen an den Wänden, chinesische Teppiche bedeckten den Boden, auf den vielen kleinen Tischchen standen geschnitzte Elefanten.

Luisa fühlte sich wie in einer anderen Welt und trotzdem zu Hause. Sie sammelte ja ebenfalls Krimskram, Souvenirs, alte Spieluhren und Geschenkartikel aus aller Herren Länder.

»Der Elefant ist mein Lieblingstier.« Rena nahm eine kleine geschnitzte Skulptur in die Hand. »Was ist deins, Luisa?«

Sie spürte ihren knurrenden Magen. Noch immer hatte sie nichts gegessen. Nicht den winzigsten Krümel.

»Meine Lieblingstiere sind halbe Hähnchen.«

»Du isst Fleisch?« Rena stellte den Elefanten zurück auf ein Tischchen. »Weißt du überhaupt, wie gefährlich das ist?«

Luisa stöhnte unhörbar.

»Also, auf der Liste der Dinge, die mich umbringen werden, steht Fleisch an unterster Stelle.«

»Und was steht oben?«, fragte Eddy.

»Mein Job in einer Firma, die hart an der Pleite vorbeischrammt. Meine Kollegen, die mich mobben. Ein neuer Boss, der mir die Beförderung weggeschnappt hat. Und ein mausetoter Friedhof von Garten.«

Eine Pause entstand.

»Aber sonst geht's dir blendend, oder wie?«, fragte Rena trocken. »Klingt wie die Gebrauchsanleitung für Stress ohne Ende. Was ist das für eine Sache mit deiner Firma? Kann man dir zu einem grandiosen Misserfolg gratulieren?«

Luisa kam sich auf einmal völlig idiotisch vor. Warum hatte sie überhaupt offenbart, dass sie in dicken Schwierigkeiten steckte? Letztlich waren es doch völlig Wildfremde, mit denen sie hier redete. Auch wenn sie das Gefühl hatte, als würde sie Eddy schon ewig kennen.

»Wir produzieren, na ja, Geschenkartikel, die kein Mensch braucht und kein Mensch kauft«, erzählte sie stockend. »Jetzt ist die Firma so gut wie am Ende, und mein Chef hat mir einen Schwachmaten vor die Nase gesetzt.«

»Angriff ist die beste Verteidigung, vielleicht leiht Rudi dir seine Kettensäge«, lächelte Rena.

Eddy fläzte sich in einen niedrigen schwarzen Sessel und schlug die Beine übereinander. Er sah einfach unverschämt gut aus, wie er so lässig dasaß und sich das Dreitagebartkinn rieb.

»Um den Schwachmaten kümmere ich mich ein andermal«, sagte er. »Jetzt ist der komatöse Garten das Topthema. Also starten wir als Erstes mit den Wiederbelebungsmaßnahmen. Sag mal, Rena, *per favore,* hast du noch ein paar von den hausgemachten Minzkeksen, die ich dir geschenkt habe?«

»Backst du etwa Kekse?«, fragte Luisa ihn verwundert.

»Nein, Eddy hat doch einen Ökoladen«, antwortete Rena, während sie hauchdünne rote Porzellantässchen aus einem roten chinesischen Lackschrank holte. »Wenn der mal ins Gras beißt, kann man ihn kompostieren, so schadstofffrei ist er.«

»Einen – Ökoladen«, wiederholte Luisa langsam.

Sie wusste nicht, was sie erwartet hatte – Zahnarzt, Klempner, Lebenskünstler? –, aber garantiert nicht, dass Eddy einer aus der Bioabteilung war. Schließlich trug er weder Gesundheitslatschen, ungebleichte Baumwolle noch einen Rauschebart. So jedenfalls hatte sich Luisa immer einen waschechten Öko vorgestellt.

»Bio vom Feinsten«, bekräftigte Rena.

»*Certo!* Obst und Gemüse aus nachhaltigem Anbau, vegane Lebensmittel, Naturkosmetik, Bioespresso«, ratterte Eddy sein Angebot herunter. »Kannst gern mal vorbeikommen, *cara.*«

Rena rückte ihren bunten Turban gerade und zwinkerte ihm verschwörerisch zu.

»Nebenbei ist Eddy der König der Hacker, ein geborener Nerd. Der turnt quasi vierundzwanzig Stunden im Netz rum, wenn er nicht gerade seine Zucchini wässert.«

»*Macché*, so 'n Quatsch, nun übertreib mal nicht«, brummte Eddy. »Lass mich lieber nachdenken, was wir mit dem Friedhof machen.«

Fasziniert schaute Luisa ihn an. Dieser Mann hatte so einige Talente, wie es aussah. Während Rena sich abwandte und in einer kleinen Kochnische herumhantierte, tauschte sie einen langen Blick mit Eddy. Eine merkwürdig vibrierende Wärme machte sich in ihrem Bauch bemerkbar. Das Vibrieren wurde mit jeder Sekunde stärker und breitete sich in ihrem gesamten Körper aus.

»Alles okay?«, erkundigte sich Eddy.

Luisa musste sich schwer zusammenreißen, um nichts Albernes zu tun. Tanzen zum Beispiel. Oder mit den Fingern über seinen Bizeps streichen.

»Geht schon mal raus, ich komme gleich mit dem Tee«, sagte Rena. »Bei dem Wetter sollten wir nicht drinnen rumhocken.«

Sobald sie auf Renas Veranda saßen, in weißlackierten Korbstühlen mit rot-weiß geblümten Kissen, verfiel Eddy in brütendes Schweigen. Nur seine Füße, die in schwarzen Lederboots steckten, wippten rauf und runter. Es machte Luisa halb wahnsinnig, dieses Wippen. Deshalb lehnte sie sich zurück und sah sich Renas Garten genauer an.

Komisch, sobald man ins Grüne schaut, wird man ruhiger, dachte sie. Die prallen Magnolienblüten, die hübsch angelegten Beete, die hohen Rhododendronbüsche, all das strahlte eine natürliche Harmonie aus. Mit dem Schönheitsfehler, dass man sich für diese Harmonie jeden Tag abrackern musste. Was sie niemals tun würde. Sobald Tante Ruths Garten wieder startklar war, würde sie die Parzelle sofort weiterverpachten.

»*Bella* Luisa, hast du schon mal von Crowdfunding gehört?«, fragte Eddy nach einer Weile.

»Kraut-, was?«

Er begann zu lachen.

»Mit Pflanzen hat das absolut nichts zu tun.« Seine grünbraungoldenen Augen blitzten übermütig. »Du weißt aber schon, dass es da so ein verrücktes Ding gibt, das die Leute Internet nennen.«

Wollte Eddy sie etwa verladen?

»Nie gehört«, antwortete sie schnippisch.

»*Fammi la carità*, sei so gütig und hör mir zu.« Gespielt reumütig rang er die Hände, obwohl er sich das Lachen kaum verkneifen konnte. »Okay, Social Media für Anfänger. Angenommen, du hast keine Kohle, aber eine abgefahrene Idee. Dann stellst du sie ins Netz, erklärst, warum du Geld dafür brauchst, und wartest, dass jemand drauf anspringt.«

»Hm.« Luisa betrachtete finster ihre Gummistiefel, in denen ihre Füße allmählich zu schmoren anfingen. »Leider hab ich keine abgefahrene Idee.«

»Rettet Tante Ruths Garten, das ist die Idee«, erklärte Eddy schlicht.

Verständnislos schüttelte Luisa den Kopf.

»Wen interessiert denn bitte schön Tante Ruths Garten?«

Eddy nagte an seiner Unterlippe.

»Gärtnern ist total angesagt. Guerilla Gardening zum Beispiel, das wilde Bepflanzen öffentlicher Brachen. Da kommt deine Geschichte megagut. Der böse Friedhofsgärtner. Die liebe Tante. Die verzweifelte Nichte. Und ein Garten, der aufgemöbelt werden muss, damit die Geschichte gut ausgeht. *E basta.* Wenn genug Leute ein paar Euro dafür abdrücken, könnte es klappen.« Er lächelte. »Jetzt bist du geflasht, was?«

Luisa war mehr als geflasht. In diesem Augenblick kam Rena mit einem Tablett nach draußen, auf dem drei rote Tassen, eine rote Porzellankanne und ein Teller voller kleiner, eckiger Plätzchen standen. Vorsichtig setzte sie das Tablett auf die weiße Marmorplatte eines runden, weiß lackierten Korbtischs.

»Bitte sehr, grüner Tee, dazu gibt es Minzkekse, wie gewünscht.« Sie goss eine Tasse voll und reichte sie Luisa. »Hab schon alles mitgehört. Eddy hat recht. Das Ding könnte abgehen wie ein Zäpfchen.«

Alle drei griffen nach den Keksen. Gleich zwei verschwanden in Luisas Mund. Obwohl sie längst noch nicht von Eddys Idee überzeugt war, wurde ihr heiß vor Aufregung. Sie zog ihre Regenjacke aus und legte sie neben sich auf den Verandaboden.

»Was haben die Leute denn davon? Ich meine, sie werden den Garten nie sehen, sie werden sich nie da reinsetzen. Wie sollen sie überhaupt wissen, wo ihr Geld landet?«

Eddy blinzelte vergnügt.

»Webcam?«

»Ja, genau!«, rief Rena, während sie auch die beiden anderen Tassen füllte. »Das ist es! Wir installieren eine Webcam, dann können die Unterstützer live miterleben, was sich im Garten tut!«

»*Dio*, sie können sogar mitbestimmen, was reinkommt!« Auch Eddy redete sich jetzt in Begeisterung. »Die einen wollen Sonnenblumen, die anderen Tomaten, Hagebutten, Birnbäume, was weiß ich! Das wird ein interaktives Gartenprojekt!«

»Und das hast du dir gerade mal so eben ausgedacht«, sagte Luisa ungläubig. »Und du kannst das natürlich auch online stellen, so nach dem Motto: Chip, Chip, hurra.«

Rena setzte sich und fegte ein paar Keksreste von ihrer Latzhose.

»Eddy arbeitet mit der leistungsstärksten Software der Welt – mit seiner Vorstellungskraft. Übrigens wäre ich die Erste, die mitmachen würde.«

»Wirklich?«

»Na klar. Du hast eine ganze Menge Probleme an der Hacke. Und wenn's um Gärten geht, bin ich sowieso dabei.«

»Wir brauchen eine Domain, eine Webcam, ein sicheres Bezahlsystem«, überlegte Eddy stirnrunzelnd. »Das könnte ich alles organisieren – wenn du willst, *cara*.«

Luisa nickte, auch wenn sie immer noch nicht ganz daran glauben mochte, dass dieses irrwitzige Projekt tatsächlich von Erfolg gekrönt sein könnte.

»Aber die Kosten übernehme ich, das ist die Voraussetzung. Und wenn das zu teuer für mich ist, lassen wir's.«

»Darüber mach dir mal keine Sorgen.« Eddy probierte den Tee, woraufhin er leicht den Mund verzog. »Ganz nett, aber wir haben was zu feiern, da könnte ein Schluck Holunderblütensekt nicht schaden. Ich hab noch eine Flasche in meiner Laube.« Er wandte sich an Luisa. »Oder möchtest du einen Espresso?«

In diesem Moment klingelte ihr Handy. Karnickel. Sie steckte das Handy zurück in die Hosentasche. Der konnte lange warten. Sie war so unerreichbar wie der Mond.

»Och, Holunderblütensekt habe ich noch nie getrunken«, erwiderte sie, »da wäre ich mal gespannt.«

Ihr Chef blieb hartnäckig. Wieder und wieder ertönte der Klingelton, so lange, bis sie hochgenervt ranging.

»Was denn noch, Herr Haase?«

»Wir müssen reden und so weiter.«

»Müssen wir nicht.«

»Es geht um Ihre Zukunft.«

Luisa stand auf und schlenderte ein paar Schritte in den Garten hinein.

»Herr Haase, meine Zukunft kann ich mir leider nur zu gut vorstellen. Ich werde in der Fun Connection verschimmeln, ohne jemals mehr zu bekommen als eine mickrige Topfpflanze zum Geburtstag. Also lassen Sie mich bitte in Ruhe.«

»Was macht Sie denn so sicher, dass Sie überhaupt bei der Fun Connection bleiben?«

Luisa hörte auf zu atmen.

»Wie … äh, wie bitte?«

»Punkt sechzehn Uhr im Büro.«

Er hatte aufgelegt. Leicht verdattert kehrte Luisa zu Eddy und Rena zurück und ließ sich auf dem Korbsessel nieder. Karnickel blufft, dachte sie. Das ist nur eins seiner Machtspielchen. Aber was, wenn er nicht bluffte?

»Jammerschade«, seufzte sie, »ich muss in die Firma.«

»Jetzt?«, fragte Rena.

»Wo's gerade gemütlich wird?«, lächelte Eddy. »Wieso gehst du überhaupt samstags ans Handy? An deiner Stelle hätte ich das Ding einfach abgeschaltet. Ich meine – dein Chef kommandiert dich ja herum wie ein Dienstmädchen. Schade, jetzt wird es wohl nichts mit dem Holunderblütensekt. Hatte mich schon drauf gefreut.«

Mein Gott, dieser Mann machte sie nervös. Luisa stand abrupt auf, wobei sie fast ihre Teetasse umstieß. Das lag eindeutig an Eddy, der die Arme hinter dem Kopf verschränkte und sie so intensiv betrachtete, als wolle er sich jedes Detail an ihr einprägen.

»Danke für … äh, alles«, stammelte sie. »Ich weiß gar nicht, womit ich eure Hilfe verdient habe. Ihr kennt mich doch gar nicht, und …«

»Hier hilft man einander eben«, fiel Rena ihr ins Wort. »Die Leute meinen ja immer, so eine Schrebergartenanlage sei ein Spießernest. Na ja, in gewisser Weise stimmt das auch. Anfangs war es ziemlich anstrengend für mich. Als typische Schütze-Geborene bin ich freiheitsliebend und lasse mich nur ungern in enge Normen zwängen, zumal ich einen dominanten Wassermannaszendenten habe, der mir nicht nur einen Hang zu Magnolien, sondern auch zum Unkonventionellen nahelegt …«

Sieh an, noch eine Hobbyastrologin, dachte Luisa überrascht.

»… aber wenn einer in der Bredouille steckt, dann stehen die Nachbarn wie eine Eins auf der Matte. Sogar Rudi der Schreckliche hat mir mal geholfen, als ein Sturm mein Dach abgedeckt hat. Und ohne Eddys Brennnesselsud wären meine Magnolien längst eingegangen. Da ist es doch sonnenklar, dass wir dir unter die Arme greifen.«

Aha, so lief das hier also. Luisa war sprachlos. Kein Wunder, wenn man täglich von Kollegen angepestet wurde, die nicht im Traum auf den Gedanken gekommen wären, sie in irgendeiner Sache zu unterstützen. Rena stand auf und umarmte sie fest.

»Wir schaffen das schon. Oder, Eddy?«

Unverwandt sah er Luisa an, leicht versonnen, als hätte er sich gerade mit ihr in ein anderes Universum gebeamt. Ohne dass sie irgendetwas dagegen tun konnte, errötete sie wie ein Schulmädchen. Ihre Wangen brannten geradezu.

»Ich bring dich zum Gartentor«, murmelte Eddy und erhob sich aus dem Korbsessel.

Während sie gemeinsam durch Renas Miniaturpark gingen, spürte Luisa eine seltsame Befangenheit. Es war alles so ungewohnt, so verwirrend – dieser Ansturm der Gefühle, der sie fast aus den Stiefeln pustete. Du denkst zu langsam und hoffst zu schnell, ermahnte sie sich. Vielleicht bildest du dir das alles ja nur ein, und Eddy ist einfach ein besonders freundlicher, hilfsbereiter Nachbar, sonst nichts. Und überhaupt, was wollte sie mit so einem digitalen Hippie? Es passte einfach nicht.

Am Tor blieben sie stehen.

»Tja, also …«, mit ihrem rechten Gummistiefel schob Luisa den Sand auf dem Weg hin und her, »dann bis demnächst und so weiter.«

Eddy zog die Nase kraus.

»Und so weiter?«

Gütiger Himmel, jetzt redete sie schon denselben Unsinn wie Karnickel! Wie behämmert musste man sein, um solche sinnfreien Sachen abzusondern?

»Ich wollte, ich meinte, ich …«

»Komm her«, raunte er und breitete die Arme aus.

Luisa kämpfte mit sich. Ihr Kopf sagte nein, sehr streng, sehr bestimmt. Doch plötzlich war da noch etwas anderes. Eine spontane Gefühlsaufwallung, etwas, was sie nicht einordnen konnte, das jedoch stärker als die Stimme der Vernunft war.

Einen wunderbaren, zitternden Moment lang presste sie sich an ihn, sog seinen männlichen Geruch ein, spürte seinen muskulösen Körper. Dann machte sie sich los. Seine Augen glühten. Eine Gänsehaut überlief sie vom Scheitel bis zu den Blasen an ihren Zehen.

»*Ciao, bella,* arbeite nicht zu viel, ja? Pass auf dich auf.«

»Mach ich«, erwiderte sie tonlos.

Ihre Beine bestanden praktisch nur noch aus Watte, als sie das Gartentor öffnete und auf den Hauptweg trat, wo inzwischen ein Gedränge wie beim Sommerschlussverkauf herrschte. Die Invasion der Spaziergänger hatte gerade ihren Höhepunkt erreicht. Luisa nahm all das nur am Rande wahr. Wie im Traum schob sie sich durch die Menschen, die vor den Parzellen stehen blieben und über Gärten fachsimpelten, ging wie auf Wolken weiter, bis sie in ihren Wagen stieg.

Tausend Gedanken wirbelten durch ihren Kopf. Es war kaum zu glauben, wie viel innerhalb weniger Tage passieren konnte. Als hätte jemand dem Planeten Erde einen Schubs gegeben, so dass er sich schneller drehte und seine Bewohner auf einen Schleuderkurs schickte. Ihre Karriere war gescheitert, neuerdings besaß sie einen Schrebergarten, und sie hatte zwei Menschen kennengelernt, die sich wie Freunde benahmen.

Im Spiegel der Sonnenblende sah Luisa, dass ihre Wangen von der frischen Luft einen rosigen Ton angenommen hatten. Von wegen Schreibtischblässe. Jetzt fragte sich nur, ob Eddys Plan aufgehen würde: den Garten in eine blühende Oase zu verwandeln, die Tante Ruths Erwartungen standhalten konnte.

Luisa ließ den Wagen an und drehte das Radio laut. Sie kannte die ekstatisch jaulenden Geigenklänge. Sie kannte auch den Text, jedes einzelne Wort.

»Er gehört zu mir wie mein Name an der Tür«, schmetterte sie los. »Und ich weiß, er bleibt hier! Nie vergess ich unsern ersten Tag …«

Ihr Leben war komplett aus den Fugen geraten, doch diesen Moment konnte ihr niemand nehmen. Auf einmal musste sie so laut lachen, dass sie kaum noch das Lenkrad halten konnte. Fast rammte sie die Bordsteinkante, und das war ihr seit Jahren nicht passiert.

»Dann bis demnächst und so weiter«, kicherte sie. »Luisa Fröhlich, du bist so was von daneben!«

Kapitel 7

Als Luisa die Tür zum Großraumbüro öffnete, prallte sie verblüfft zurück. Obwohl es Samstagnachmittag war, saßen alle Mitarbeiter der Abteilung an ihren Plätzen. Nur einer fehlte – Mario.

Karl Wenninger, der heute noch magerer und grauer wirkte als sonst, fing Luisas fragenden Blick auf.

»Espresso ist drinnen. Beim Chef.«

Und ich könnte jetzt mit Eddy einen Espresso trinken, stöhnte sie innerlich. Oder einen Holunderblütensekt. Zur Hölle mit Karnickel! Missmutig setzte sie sich an ihren Schreibtisch. Nachdem sie ein weiteres gelbes Blatt von der Topfpflanze entfernt hatte, schaute sie in die Runde.

Jetzt erst fielen ihr die verstörten Mienen auf. Annika Meyer winkte ihr scheu zu, vertiefte sich jedoch sofort wieder in irgendwelche Unterlagen. Ulla sah verheult aus, Karl Wenninger schluckte gleich drei Tabletten hintereinander. Kevin Junghans starrte trübe vor sich hin, was in eigenartigem Kontrast zu seinem sonnengelben Hawaiihemd stand. Am partygestützten Alkoholmissbrauch allein konnte das alles nicht liegen.

»Was ist denn los?«, fragte Luisa.

Ulla, die ein äußerst unvorteilhaftes Strickkleid in undefinierbaren Brauntönen trug, rollte mit ihren verquollenen Augen.

»Schießbude ist los.« Ihre Stimme bebte. »Die schießen einen nach dem anderen ab. Fünf Kollegen vom Versand und acht aus der Produktion sind schon geflogen, jetzt ist unser Büro dran.« Sie beugte sich vor und spähte unter Luisas Schreibtisch. »Ach, du liebe Güte, und du kommst hier in dreckigen Gummistiefeln reingesemmelt?«

Zeit zum Umziehen hatte Luisa nicht mehr gehabt, sonst wäre sie zu spät in der Firma gewesen. Na, super. Sie trug genau das richtige Outfit für ein Gespräch, in dem es um ihre berufliche Zukunft ging. Unter ihrer Regenjacke lugte das verwaschene rosa T-Shirt mit dem Schriftzug *Let's get dirty* hervor. Für den Garten war das okay gewesen, hier im Büro war es nur noch peinlich – auch wenn der Spruch perfekt zum Zustand ihrer Gummistiefel passte.

Nach Luft ringend, zerrte Karl Wenninger an seiner Krawatte. Das Ganze schien ihn ziemlich mitzunehmen. Sein Teint war fahl, auf seiner Halbglatze bildeten sich rote Flecken.

»Ein Rausschmiss nach dem anderen, das ist wie in einem schlechten Film.«

»Ja, und das Drehbuch kenne ich schon«, seufzte Ulla. »Gestern noch gefeiert, heute schon gefeuert. Das haben wir diesem Mistkerl Robin Konrad zu verdanken.«

»Dem Killer«, ergänzte Karl Wenninger.

Aha, also hatte der neue Geschäftsführer bereits einen Spitznamen abbekommen. Luisa konzentrierte sich auf einen Punkt an der Decke. Jetzt bloß nicht die Nerven verlieren. Du wirst nicht gekündigt, der Chef braucht dich.

Haha, meldete sich ihre innere Stimme, aber dieser smarte Robin Konrad braucht dich nicht die Bohne. Der bringt bestimmt seine eigenen Leute mit. Lauter junge, dynamische Mitarbeiter in stylishen Klamotten, die ihm aus der Hand fressen. Von wegen Change Management. Der Typ lässt Köpfe rollen und kickt sie wie Poolbillardkugeln von der Bildfläche.

»Warten wir erst mal ab«, meldete sich Lämmchen zu Wort. »Ich meine, ich bin hier ja nur eine bessere Aushilfe. Ich habe nichts Besonderes drauf, deshalb nimmt mich ja auch keiner ernst. Aber der Killer kann nicht das gesamte Personal austauschen.«

»Und wenn doch?«, jammerte Ulla. »Ich weiß, dass ich eine Niete in Buchhaltung bin, und die Excel-Tabellen habe ich sowieso noch nie verstanden. Wenn doch alles so einfach wäre wie dick werden. Was soll ich denn machen, wenn der mich rausschmeißt? Meine Töchter hartzen, mein Mann ist abgehauen, ich bin fünfundvierzig und ziemlich hinüber.«

Auf der Rückseite von Ullas Monitor entdeckte Luisa einen Aufkleber: *Zu fett zum Ballett*. Sie konnte sich schon denken, wer ihn dort netterweise deponiert hatte, unsichtbar für Ulla, aber umso sichtbarer für alle anderen. Unter dem Vorwand, ihre Jacke auszuziehen, stand sie auf und trat zwischen die Schreibtische. So unauffällig wie möglich zog sie den Aufkleber ab, der sich im Handumdrehen in eine kleine Papierkugel verwandelte.

»Ohne Buchhaltung läuft der Laden nicht, Ulla, und den Excel-Kram kriegst du mit ein bisschen Nachhilfe von mir bestimmt noch hin.«

»Das ist bei Frau Dependorf in etwa so wahrscheinlich wie Kleidergröße sechsunddreißig«, spottete Karl Wenninger.

Trübsinnig fixierte Ulla eine große Tafel Schokolade, die ungeöffnet vor ihr auf dem Schreibtisch lag.

»Mein rückläufiger Saturn steht im Quadrat zu Merkur, dem Job- und Finanzplaneten. Das kann heute nur schiefgehen.«

In diesem Augenblick ging die Tür auf, und Mario kam herein. Er war ziemlich blass um die Nase. Obwohl striktes Rauchverbot im Büro herrschte, holte er eine Selbstgedrehte aus seiner Schreibtischschublade und zündete sie an.

»Ey, sagmaa … spinnst du?«, regte sich Ulla auf.

Auch Karl Wenninger wirkte äußerst ärgerlich.

»Sie löschen sofort die Zigarette, sonst rufe ich die Feuerwehr!«

»Kettenrauchen hilft gegen Eisenmangel«, erklärte Mario. Er blies ein paar Rauchringe in die Luft. »Da drin spielen sie Proletenpolonaise. Wir müssen antanzen, und die lachen sich tot über uns, das dumme Fußvolk. Wisst ihr was? Ich soll ab jetzt erfolgsorientiert bezahlt werden. Kein Umsatz, keine Asche. Ich kann einpacken.«

»Hattest du dich nicht sowieso woanders beworben?«, fragte Luisa. »Bei diesem Pharmaunternehmen?«

Mario reagierte nicht. Das Einzige, was er von sich gab, waren Rauchringe.

»Sie haben dich nicht genommen, oder?«, fragte Luisa etwas leiser.

»Sie haben mich nicht mal zum Vorstellungsgespräch eingeladen«, stieß Mario hustend hervor. »Es kam nur ein verdammter Formbrief. Sehr geehrter, bla, müssen wir Ihnen leider mitteilen, bla, mangelnde Qualifikation, blablabla.«

»Sei froh, dass du überhaupt hierbleiben kannst«, schaltete sich Ulla ein. »Mir brennt schon der Schleudersitz unterm Hintern. Gleich geht's unangeschnallt in die Tiefe. Ich sag nur: rückläufiger Saturn! Im Quadrat zu Merkur!«

Hastig zerriss sie das Papier der Tafel Schokolade, brach ein großes Stück ab und biss hinein.

»Süßes gehört aber nicht in die Biotonne«, witzelte Caipi.

Ulla kaute ungeniert.

»Hab meine Ernährung umgestellt – die Schokolade liegt jetzt links auf dem Schreibtisch.«

Karl Wenninger schlug die Hände über dem Kopf zusammen, Luisa tauschte einen Blick mit Lämmchen. Die nackte Angst stand der jungen Frau im Gesicht geschrieben. Auch Luisa merkte jetzt, dass sie langsam Panik bekam.

»Frau Fröhlich?«

Himmel, der Killer höchstpersönlich! Niemand hatte bemerkt, dass Robin Konrad in der Tür stand. Wer weiß, wie lange schon, dachte Luisa bang. Selbst heute, am Samstag, trug er einen feinen grauen Anzug, dazu ein blütenweißes Hemd und eine edle silbergraue Krawatte. Unwillkürlich nahm Luisa Haltung an, während sich seine Augen an ihren schmutzigen Gummistiefeln festsaugten.

»Frau Fröhlich, dürfte ich Sie bitten, mir in das Büro von Herrn Haase zu folgen?«

Aus dem Augenwinkel sah Luisa, wie Mario die flache Hand waagerecht vor seinem Adamsapfel hin und her bewegte. Jetzt wirst du einen Kopf kürzer gemacht, sollte das wohl heißen. Ulla kaute geistesabwesend an ihrer Schokolade, Karl Wenninger senkte den Daumen. Es war immer wieder herzwärmend, wie die Kollegen sie mental unterstützten. Nur Lämmchen nickte ihr aufmunternd zu.

In Luisas leerem Magen rumorte es, als sie hinter Robin Konrad herstiefelte. Vielleicht hätte ich doch eine Kleinigkeit frühstücken sollen, überlegte sie. Andererseits war ihr so übel wegen des bevorstehenden Gesprächs, dass ein leerer Magen von Vorteil sein konnte – falls sie sich übergeben musste.

»Treten Sie ein«, sagte der Killer überflüssigerweise, als sie bereits im Büro des Chefs standen.

Luisa kannte den großen, völlig überladenen Raum aus unzähligen Besprechungen. Ein wuchtiger Schreibtisch aus ökologisch bedenklichem Tropenholz stand am Fenster, davor ein ebenso wuchtiger, runder Konferenztisch nebst unbequemen Stühlen, in der rechten hinteren Ecke eine altmodische schwarze Ledergarnitur. Ringsum in den Regalen lagerte so viel Krempel, dass einem schwindelig werden konnte. Hier befand sich so gut wie alles, was die Fun Connection innerhalb von dreißig Jahren jemals auf den Markt gebracht hatte. Die Gartenzwerge in Badehose hatten es sogar in eine eigene Glasvitrine geschafft.

Allerdings erwartete Luisa eine Überraschung. Dass Hans-Martin Haase nach einer durchzechten Nacht erschlafft und mit blutunterlaufenen Augen auf seinem Stuhl hing, war ein vertrauter Anblick. Neben ihm saß jedoch eine sehr junge, sehr hübsche Frau am Konferenztisch, perfekt gekleidet und geföhnt: schwarzes Businesskostüm, Diamantohrstecker, feuerrote Mähne.

Wortlos musterte sie erst Luisas rosa T-Shirt mit dem *Let's-get-dirty*-Aufdruck, dann die verschlammten Gummistiefel. Ihre Augen verengten sich zu Schlitzen.

»Darf ich Ihnen unsere neue Mitarbeiterin vorstellen?« Robin Konrad deutete auf die Frau. »Marlene von Stetten, meine persönliche Assis... äh, Referentin.«

»Angenehm«, murmelte Luisa.

»Ganz meinerseits«, kam es gelangweilt zurück.

Allein die Art, wie sie hoheitsvoll die Lider senkte und an Luisa vorbeischaute, zeugte von grenzenloser Überheblichkeit. So eine Ziege. Und seit wann wollten Assistentinnen denn Referentinnen genannt werden?

Robin Konrad schob das Kinn vor.

»Bitte, setzen Sie sich.«

Jetzt kommt's, jetzt kommt's, puckerte es in Luisas Hirn. *Let's get dirty.* Jetzt fliegst du im hohen Bogen raus. Sie sah zu Hans-Martin Haase, der keinerlei erkennbare Emotionen zeigte.

»Frau Fröhlich, über den Zustand der Firma wissen Sie vermutlich Bescheid«, sagte der Killer. »Ohne die Geldgeber, die ich aufgetrieben habe, würde dieses Unternehmen nicht mehr lange überleben. Kommen wir jetzt zu den Personalfragen. Möchten Sie beginnen, Herr Haase?«

Das wirkte merkwürdig auf Luisa. Karnickel war der Chef, und der brauchte doch keine besondere Aufforderung. Aber es hatte fast wie eine Redeerlaubnis geklungen. Was war da los?

Herrje, dieser Konrad sitzt jetzt am längeren Hebel, weil er Geld mitbringt, durchfuhr es sie. Nun betrachtete sie Hans-Martin Haase genauer, und zum ersten Mal fühlte sie etwas, was sie noch nie für ihn empfunden hatte: Mitleid. Abgekämpft und fertig mit der Welt, stierte er vor sich hin. Die Firma war sein Baby. Hier ging es um sein Lebenswerk, das wurde Luisa schlagartig klar.

Ja, er war ein despotischer Chef. Ja, er war frauenfeindlich, launisch, eitel und ein grottenschlechter Geschäftsmann. Aber auf einmal begriff sie, dass er mit seinem Chefposten auch seine Macht abgeben musste. Weil es nicht anders ging. Weil ihm das Wasser bis zum Hals stand. Sicherlich litt er wie ein Hund.

»Frau, tja, Fröhlich ist, nun, meine rechte Hand«, fing er schleppend an zu sprechen, »manchmal auch die linke. Sie ist mein Mädchen für alles, belastbar, verschwiegen, leistungsorientiert und so weiter. Mein blonder Engel eben.«

Unbeweglich hörten Robin Konrad und Marlene von Stetten zu.

»Also, Frau Fröhlich«, der Chef, der keiner mehr war, lächelte sie gequält an, »Ihren neuen Kollegen Herrn Konrad haben Sie ja bereits kennengelernt …«

Meinen aufstrebenden Konkurrenten, der locker an mir vorbeigezogen ist, wisperte es in Luisa.

»… er ist nicht nur hochkompetent, ich bin ihm auch sehr dankbar, dass seine Finanziers der Firma aus den momentanen Kalamitäten heraushelfen. Eine kräftige Finanzspritze wird uns retten, dazu einige Umstrukturierungen, auch was die Mitarbeiter betrifft. Und ich sage ganz offen, dass Herr Konrad für Ihre Entlassung plädiert.«

Der Satz detonierte in ihr wie eine Bombe. Zwar hatte sie mit etwas in der Art gerechnet, aber nicht damit, wie höllisch weh es tat. Sie duckte sich wie unter Schlägen.

Mit unbeteiligtem Gesicht holte Robin Konrad einen zusammengeknüllten Zettel aus der Innentasche seines Jacketts und strich ihn glatt.

»Ich habe Ihre kleine Rede gefunden, wirklich herzerweichend, allerdings ein Beleg dafür, dass Sie absolut unprofessionell denken«, höhnte er.

Luisa rutschte das Herz in die Hose. Der Schatten auf dem Parkplatz! Das war der Killer gewesen!

»Sehr geehrter Herr Haase, liebe Kollegen«, las er vor, »ich freue mich sehr, dass Sie mir das Vertrauen schenken, künftig als Geschäftsführerin …«

»Aufhören!«, rief Luisa. »Reicht es denn nicht, dass Sie mich rausschmeißen?«

Langsam zerriss Robin Konrad den Zettel in kleine Fetzen.

»Stimmt. Ich wollte nur ein bisschen Spaß dabei haben.«

»Herr Konrad, bitte.« Karnickel sah ihn ungehalten an. »So geht das nicht. Frau Fröhlich ist eine langjährige Mitarbeiterin und so weiter. Das hat sie nicht verdient!«

»Was die Einschätzung des Personals betrifft, verfüge ich über ausgezeichnete Kompetenzen«, erwiderte der Killer selbstgefällig. »Ich betrachte Frau Fröhlich als Altlast.«

Hans-Martin Haases Gesicht färbte sich violett. Die Sache mit dem Zettel schien ihn maßlos zu ärgern. Letztlich fiel das Ganze ja auch auf ihn zurück, und er war es nicht gewohnt, vorgeführt zu werden. Vielleicht war ihm auch wieder eingefallen, wie hart Luisa für ihn gearbeitet hatte, jahrelang, bis zur Selbstaufgabe. Nervös fingerte er an seinen rostbraunen Strähnen herum.

»Sie vergessen, dass ich ein Vetorecht bei wichtigen Entscheidungen habe!«

»Das ist doch nur eine formelle Klausel«, mischte sich Marlene von Stetten ein.

Karnickel pumpte sich auf.

»Wer hat Sie denn gefragt? Halten Sie sich gefälligst zurück!« Zornentbrannt schlug er mit der flachen Hand auf den Tisch. »So, dann lass ich mal die Katze aus dem Sack und so weiter: Ich will, dass Sie beide zusammenarbeiten! Als Doppelspitze, sozusagen!«

Wie bitte? WIE BITTE?

Robin Konrad wirkte in etwa so begeistert, als sei ihm gerade mitgeteilt worden, unter unheilbarem Fußpilz zu leiden. Marlene von Stetten spielte nervös mit einer Strähne ihres feuerroten Haars. Luisa wusste nicht, was sie sagen sollte. Alles begann sich um sie zu drehen, die Frösche, die Gartenzwerge, die Kugelschreiber, Aschenbecher, Nippesfiguren, einfach alles.

Hektisch rieb Hans-Martin Haase an seinen goldenen Manschettenknöpfen herum. Sie hatten die Form von Glücksschweinen und gehörten zu den absolut unverkäuflichen Ladenhütern der Fun Connection.

»Sie beide werden ein Knallerteam und so weiter!« Er schielte leicht vor Aufregung. »Ohne Scheiß!«, fügte er mit Nachdruck hinzu.

Typisch Karnickel, dachte Luisa. Der haut die Dinger raus, wie sie ihm gerade im Kopf rumgondeln. Mit beiden Händen klammerte sie sich an der Stuhlkante fest, um nicht umzukippen.

»Doppelspitze? So war das nicht abgesprochen«, krächzte Robin Konrad. »Ich fühle mich von Ihnen in die Ecke gedrängt.«

»Perfekt«, erwiderte Hans-Martin Haase ungerührt, wieder ganz der befehlsgewohnte Herrscher über sein Reich.

»Aber ich dachte …«

»Denken ist wie googeln. Nur krasser«, grinste Luisas ehemaliger Chef, der immer mehr Oberwasser bekam.

Luisa fiel die Kinnlade runter. Das war ihr Spruch. Auf ihrem Entwurf einer hippen, metallisch glänzenden iPad-Hülle, die nie in Produktion gegangen war. Aber Karnickel kannte natürlich alle Entwürfe, die er abgelehnt hatte. Plötzlich war ihr zum Lachen zumute. Es kostete sie einige Beherrschung, ernst zu bleiben.

»Die Data Sheets von Frau Fröhlich entsprechen nicht den Standards«, zeterte Marlene von Stetten los. »At the end of the day reicht es nicht, die Facts händisch zusammenzustellen. Total anti-business. Das muss digital strukturiert und kommuniziert werden.«

»Ja, sonst sehe ich in absehbarer Zeit keine Benefits«, sprang Robin Konrad ihr bei. »Das Bank Loan der Fun Community …«

»… Fun Connection«, brummte Hans Martin Haase.

»… der Fun Community spricht für sich. Die Balance ist unter aller Kanone, der Cashflow stockt, das Accounting ist ein Witz. Von den Human Resources ganz zu schweigen. Ich sag nur: Dismiss for Success – Entlassungen führen zum Erfolg. Wer hier arbeiten will, muss die übliche Application Procedure durchlaufen, oder …« Mit Daumen und Zeigefinger schnippte er ein unsichtbares Staubkorn weg.

Abartig. Für wen hielt der sich? Für den lieben Gott, der Schach mit Gartenzwergen spielte? Und dann diese Texte! Inhaltlich war Luisa durchaus in der Lage, seinem pseudoenglischen Kauderwelsch zu folgen, fand es jedoch komplett lächerlich. Robin Konrad, du bist ein Idiot, formulierte sie stumm. Nein, bitte vielmals um Entschuldigung, du bist ein Vollidiot.

»Jeder muss sich der Competition stellen«, übernahm seine Assistentin wieder. »Mit *Let's get dirty* kommen wir nicht weiter. Wenn eine

82

Firma stecken bleibt, liegt das am Product Management und am digitalen Infoflow.«

So, jetzt reichte es aber mal mit diesem albernen Beratersprech.

»Über die wichtigen Dinge tauschen wir uns in dieser Firma lieber offline aus«, säuselte Luisa. »Aber wir haben nicht das Internet gelöscht, falls Sie das glauben. Wenn Sie möchten, können Sie gern alle relevanten Zahlen im verschlüsselten Bereich unseres Intranets nachlesen. Produktionszahlen, Verkaufszahlen, Marktforschungsergebnisse, Bilanzen. All das habe ich systematisiert und mit Hilfe modernster Software aufbereitet.«

»Sagte ich nicht, sie ist ein blonder Engel und so weiter?«, schwärmte Hans-Martin Haase. »Das Mädel muss bleiben.«

Einige nervenzerfetzende Sekunden lang guckte Robin Konrad wie ein Auto. Dann explodierte er.

»Genau das ist der Grund, warum inhabergeführte Unternehmen die Marktverlierer sind und den Bach runtergehen!« Wutentbrannt funkelte er Hans-Martin Haase an. »Eine effiziente Personalpolitik ist das A und O! Aber Sie sind einfach zu sentimental fürs Business!«

»Genau«, pflichtete Marlene von Stetten ihm bei.

»Ruhe im Karton!« Hans-Martin Haase erhob sich und versuchte vergeblich, sein Jackett über dem stark vorgewölbten Bauch zu schließen. »Herr Konrad, Sie haben die Wahl: Entweder Sie teilen sich Ihre Position mit Frau Fröhlich, oder …« Genüsslich ahmte er Robin Konrads Fingerschnippen nach.

Irre. Luisa wagte kaum zu atmen. Wie bei einem Boxkampf sah sie von einem zum anderen. Fast vergaß sie, dass es ja auch um sie selbst ging, so spannend war der Ausgang dieses erbitterten Kräftemessens.

»Ich brauche Bedenkzeit«, sagte der Killer schmallippig.

»Kriegen Sie, kriegen Sie«, erwiderte Karnickel. »Volle zehn Sekunden.«

Es war hochunterhaltsam, wie sich der energische Gesichtsausdruck von Robin Konrad veränderte. Auf einmal sah er aus wie ein kleiner Junge, dem man den Nintendo weggenommen hatte. Hilfesuchend wandte er sich an seine Assistentin. Sie bewegte flüsternd die Lippen, woraufhin er versteinert nickte.

»Okay.« Er straffte die Schultern, die bei dem kurzen Gedankenaustausch eingesunken waren. »Aber kommen Sie bloß nicht auf die Idee, mein Gehalt zu kürzen.«

Das Gesicht von Hans-Martin Haase strahlte vor Genugtuung. Er hatte den Sieg davongetragen, ein angeschlagener Boxer, mit dem man immer noch rechnen musste.

»Natürlich nicht«, versicherte er. »Dafür kann sich Frau Fröhlich über eine Gehaltserhöhung freuen …«

Jippiieeh! Innerlich warf Luisa die Arme in die Luft. Eine Gehaltserhöhung! Das würde bestimmt reichen, um Tante Ruths Garten zu retten!

»… die erfolgsorientiert gestaltet wird und so weiter.«

Sofort fiel Luisas Jubellaune wieder in sich zusammen. Das ging ja gar nicht. Bis die Verkäufe anziehen würden, konnte leicht ein halbes Jahr vergehen, wenn nicht länger. Was bedeutete, dass sie vorerst keinen müden Cent zusätzlich bekommen würde. Wie hatte es Mario noch gesagt? Kein Umsatz, keine Asche.

»Aber Herr Haase, das ist …«

»Papperlapapp.«

Endlich hatte es Karnickel geschafft, mit Ächzen und Würgen sein Jackett zuzuknöpfen. Zufrieden schaute er an sich herab. Dabei sah er aus wie eine Fleischwurst in einer dunkelblauen Pelle.

»Sagen Sie den Kollegen drüben, dass sie nach Hause gehen können. Mein heutiger Bedarf an Gesprächsterminen ist vollauf gedeckt. Nächste Woche bereden wir den Rest und so weiter.«

So leicht zog der sich aus der Affäre? Nein, er hatte sich nicht geändert. Einmal Karnickel, immer Karnickel. Hans-Martin Haase war wieder der Alte. Gewieft, selbstgefällig, geizig. Bei seiner Intervention war es keineswegs um sie gegangen, nur um einen Machtkampf unter Männern. Allmählich verlor Luisa die Geduld. Jahrelang hatte sie alles geschluckt, jetzt war das Maß voll. Sie musste etwas ändern. Sofort.

»Herr Haase, bitte …!«

Er sah sie nicht mal an, zog nur sein Handy heraus und tippte geschäftig auf dem Display herum.

»Sie wollten Ihre Chance, Sie bekommen Ihre Chance. Jetzt machen Sie gefälligst was draus.«

Das schadenfrohe Grinsen von Marlene von Stetten ging Luisa durch und durch. Einen Lidschlag lang überlegte sie, ob sie kündigen sollte. Es wäre konsequent gewesen. Und angesichts ihrer klemmigen finanziellen Situation der totale Ruin.

Tu's für Tante Ruth, sagte sie sich nun schon zum zweiten Mal. Deshalb erhob sie sich schweigend und durchquerte so stilvoll, wie es ihre Gummistiefel erlaubten, das Büro.

»Die Frau ist doch ein Bauerntrampel. Ein absolutes No-Go«, tuschelte Marlene von Stetten hinter ihrem Rücken. »In repräsentative Termine dürfen wir sie auf keinen Fall schicken.«

So eine Hexe! Ja, das war der passende Spitzname: Hexe. Ein schwacher Trost, aber immerhin. Luisa tat so, als hätte sie nichts gehört. Bevor sie die Tür hinter sich schloss, ertönte ein schrilles Kichern.

»*Let's get dirty!* Oh. My God. Ich schmeiß mich weg!«

Keine Sorge, dachte Luisa grimmig, das erledige ich schon selbst für dich.

Kapitel 8

Frische Luft, das war alles, was Luisa nach diesem Schlagabtausch brauchte. Wie betäubt lehnte sie draußen an der Wand des Firmengebäudes. Der Regen hatte aufgehört, ein leichter Wind bewegte die Blätter der Bäume. Tief atmen wäre jetzt gut gewesen. Doch mehr als flaches Hyperventilieren war nicht drin, nicht in ihrer Gemütsverfassung.

Sie schaute auf den Parkplatz, auf die vielen Müllcontainer, die dort herumstanden. Für Robin Konrad war die Belegschaft der Fun Connection weitgehend Restmüll, der so schnell wie möglich entsorgt werden musste. Luisa war noch einmal davongekommen. Doch für wie lange? Und um welchen Preis?

Komisch. Sie wusste nicht, ob sie lachen oder weinen sollte. Vor ihrem geistigen Auge legte sie deshalb eine Plus-minus-Liste an.

Plus: a) Sie hatte nach wie vor einen festen Job, b) eine Beförderung bekommen und würde c) irgendwann mehr Geld verdienen.

Minus: a) Sie musste mit dem Killer zusammenarbeiten, b) die fiese Hexe in ihre Schranken weisen und würde c) *irgendwann mehr Geld verdienen.*

Irgendwann. Das war der Knackpunkt. Immer wieder schob sich die Sache mit dem Garten in ihre Überlegungen. Sie brauchte dringend Geld für das ganze Pflanzengedöns. Für anständige Büsche, ein paar Rosenspaliere, einen Eins-a-Rasen. Woher nehmen, wenn nicht stehlen, das war hier die Frage.

»Hi, wie ist es gelaufen mit dem Killer?«

Neben ihr stand auf einmal Mario, eine Kippe zwischen den Zähnen, die Hände in den Hosentaschen seiner modisch durchlöcherten Jeans vergraben. Im Tageslicht sah man, dass sein schwarzes Haar einen

Blaustich hatte. In der Firma wurde gemunkelt, dass er es regelmäßig färbte.

»Wie es gelaufen ist? Weiß nicht«, antwortete Luisa wahrheitsgemäß.

Er sah sie scharf von der Seite an.

»Kannst du das noch mal ganz langsam wiederholen? Ich spreche nämlich kein Dir-kleinem-Fuzzi-verrat-ich-schon-mal-gar-nix.«

»Ehrlich, es lief – schräg.«

In kurzen Zügen berichtete Luisa, was vorgefallen war.

»Dann sitzen wir ja erfolgsorientiert in einem Boot«, fasste Mario das Gehörte sarkastisch zusammen. »Nur, dass du der Kapitän bist und ich das Deck schrubben muss.«

»Halbkapitän der Doppelspitze«, verbesserte Luisa.

Und das war nichts Halbes und nichts Ganzes.

»Für den Killer sind wir jedenfalls ein Haufen unterbelichteter Trottel.« Er sog an seiner Zigarette, deren Rauch seltsam süßlich roch. »Der knipst uns einen nach dem anderen aus.«

Darauf wusste Luisa keine Antwort. Gut möglich, dass Mario recht hatte. Stumm beobachteten sie einige Spatzen, die in den Pfützen des Parkplatzes badeten. Zwitschernd planschten sie im Wasser, dann flatterten sie in irrwitziger Geschwindigkeit über die Ziegelsteinmauer, die den Parkplatz vom benachbarten Garten trennte.

Narren hasten, Kluge warten, Weise gehen in den Garten. Wer hatte das noch mal gesagt? Ein warmes Gefühl durchströmte ihre Herzgegend.

»Hallihallo, hier seid ihr also«, rief Ulla, die mit Einkaufstüten beladen das Gebäude verließ. Offensichtlich hatte der Anruf des Chefs sie mitten im Samstagsshopping erwischt. »Wieso dürfen wir denn schon wieder die Kurve kratzen? Und wieso raucht Espresso am helllichten Tag einen Joint? Na ja, was soll man von einem Fische-Geborenen auch sonst erwarten ...«

»Das ist eine Kräuterzigarette«, widersprach Mario. »Gesundheitlich unbedenklich, umweltverträglich, gewaltfrei.«

Ulla lächelte wissend.

»Das Märchen vom Kräuterweiblein kannst du deiner Großmutter erzählen. Also – was lief denn nun?«

Luisa lieferte ihr eine Kurzfassung der Ereignisse, während sie ihre Kollegin musterte. Eigentlich hatte Ulla ein sympathisches Gesicht. Schade, dass sie sich mit ihrer Meckerei systematisch unbeliebt macht, dachte Luisa. Vielleicht steckt in ihr ein guter Kern. Aber selbst wenn es so war, handelte es sich allenfalls um ein staubkorngroßes Etwas.

»Wie ungerecht, Luisa ist mal wieder fein raus«, nörgelte Ulla prompt los. »Die hat mehr Glück als Verstand.« Sie leckte sich die Lippen, an denen etwas Schokolade klebte. »Wisst ihr was? Ich such mir einen Kerl. Einen, der mich ernährt. Ganz klassisch. Hey, Mario, kannst du mir 'nen Tipp geben, worauf Männer heutzutage so stehen?«

»Wieso sollte ich dir Tipps geben? Kann irgendjemand Interesse daran haben, dass eine wie du sich fortpflanzt?«, erwiderte er kalt.

»Mario!« Luisa war außer sich. »Ich habe es so satt, wie eklig ihr miteinander umgeht! Schluss damit!«

Er warf seine Zigarette auf den Boden und trat sie aus.

»Aha, kaum macht sie Karriere, da spielt sie auch schon die Gouvernante.«

»Ja, und dir sollte sie als Erstes den Hosenboden strammziehen, du Flegel«, murrte Ulla.

Es sah nicht danach aus, als ob das Gezoffe jemals ein Ende nehmen würde. Luisa wollte nur noch nach Hause. Sollten die sich doch zerfleischen, bis sie als Wurstsalat endeten. Fehlte eigentlich nur noch Karl Wenninger, um seinen Senf dazuzugeben. Doch der war bereits grußlos und mit verkniffener Miene an ihnen vorbeigeeilt, seine abgeledderte Aktenmappe unterm Arm. Auch Caipi hatte sich schon verzogen.

Gerade wollte Luisa zurück ins Großraumbüro gehen, um ihre Jacke zu holen, als das Trio Infernale die Treppe herunterkam. Mit den übertriebenen Gesten eines Stardirigenten zeigte Hans-Martin Haase auf die Halle, in der die Geschenkartikel zum Versand fertig gemacht wurden. Er redete wie ein Wasserfall. Robin Konrad und Marlene von Stetten lauschten ihm mit neutralem Lächeln. Als sie an Luisa, Mario und Ulla vorbeigingen, warf die Hexe kichernd den Kopf in den Nacken.

»Was ist denn so lustig?«, fragte Luisa entnervt.

»Ach, ich habe mich soeben gefragt, ob die Dame in Braun Ihre Freundin ist.«

»Sie ist eine Kollegin. Also nie im Leben eine Freundin«, erwiderte Mario.

Alle lachten. Luisa lachte nicht mit. Mit eisiger Miene schob sie sich an Karnickel und dem unseligen Paar vorbei und lief ins Büro.

»Ich habe schon auf Sie gewartet«, empfing Annika sie aufgeregt. »Alles okay?«

Luisa war zu müde, um ihre Geschichte ein weiteres Mal zu erzählen. Erschöpft sank sie auf ihren Stuhl. Fast war sie versucht, den Kopf gegen die Schreibtischplatte zu bummern.

»Frau Fröhlich?«

Abwartend stand Annika vor ihr. Sie trug einen hellgelben Jogginganzug, ihren braven Pagenkopf zierte ein Haarreifen mit bunten künstlichen Blüten. Süß. Fast könnte sie meine Tochter sein, dachte Luisa. Hab ich etwa Muttergefühle oder so was Ähnliches?

»Ach, Lämmchen«, ächzte sie.

Die Finger ineinandergeschlungen, wartete Annika auf eine Antwort.

»Entschuldigung, ich wollte Ihnen nicht zu nahe treten, Frau Fröhlich. Ich bin ja nur ein dummes kleines Mädchen im Vergleich zu Ihnen. Hm. Hätten Sie eventuell Lust, heute Abend ein Glas Wein zusammen zu trinken?«

Nein, war Luisas erster Gedanke. Warum nicht?, der zweite. Wäre eigentlich ganz schön, der dritte. Wie lange wollte sie denn noch den anderen beim Leben zuschauen? Es war an der Zeit, dass sie aus ihrem Schneckenhaus herauskroch. Sie gab sich einen Ruck.

»Ja, gern.«

Lämmchen schien sich sehr zu freuen.

»Super! Die Alte Weinschenke? Um acht vielleicht?«

»Abgemacht.«

Untätig blieb Luisa an ihrem Schreibtisch sitzen, als Lämmchen längst gegangen war. Sie wunderte sich über sich selbst. Eine unerklärliche Aufbruchsstimmung erfasste sie. Ein Prickeln und Pulsieren, das wie Sekt durch ihre Adern rann.

Zunächst hatte sie schwarzgesehen, doch zunehmend hellte sich das Dunkel auf. Letztlich war so viel Positives geschehen wie lange nicht mehr. Sie hatte einen Mann kennengelernt, der zwar nicht ihrem Geschmack entsprach, aber Interesse an ihr zeigte. Außerdem gab es nicht nur Neider in der Firma, sondern eine Verbündete, mit der sie sogar eine Samstagabendverabredung hatte.

Für andere Menschen wären solche Ereignisse vielleicht unspektakulär gewesen. In Luisas Universum, in dem es seit Jahren nur Dates mit der heimischen Mikrowelle gab, kamen sie einer Sensation gleich.

»Da sind Sie ja, Frau Fröhlich.«

Sie sah auf. Auweia. Was machte der Killer denn hier?

Luisa brachte kein Wort heraus. Das ist der Mann, der mich eben noch rausschmeißen wollte. Mit einem Fingerschnippen. Alarmiert sah sie zu, wie sich Robin Konrad auf Ullas Schreibtischkante setzte.

»Wir hatten keinen besonders guten Start«, sagte er zu den eingerissenen Werbepostern an der Wand. Dann schaute er sie direkt an. »Wollen wir noch mal von vorn anfangen?«

Er hatte stahlblaue Augen. Eiskristalle. Seine Stimme klang weich, sein Lächeln wirkte freundlich, aber Luisa war auf der Hut. Schon der bloße Gedanke daran, dass sie mit diesem knallharten Ex-und-hopp-Manager Hand in Hand arbeiten sollte, trieb ihr ein Frösteln über den Rücken.

»Ich habe mir Ihre Entwürfe zeigen lassen. Geniales Zeug dabei.« Anerkennend zwinkerte er ihr zu. »Sie sind echt gut, wissen Sie das? Granate. In jeder Hinsicht.«

Es klang verwirrend flirtig. Entweder verfolgte dieser Typ eine perfide Schmusetaktik, weil er sie um den Finger wickeln wollte, bevor er sie abschoss, oder aber …

Nein, das konnte nicht sein.

»Wie wäre es, wenn wir heute Abend ein Glas Wein zusammen trinken?« Er öffnete leicht seine Lippen und formte ein verführerisches O. »Ooooder Champagner. Damit wir uns besser kennenlernen.«

Ooooo nein, das konnte doch sein. Mein lieber Herr Gesangverein. Dieser Tag hatte es wirklich in sich.

»Ich – ich bin schon ver-äh-abredet«, stotterte Luisa.

Seit Menschengedenken das erste Mal, fügte sie innerlich hinzu und staunte selbst darüber.

Sichtlich verstimmt stand Robin Konrad auf und strich seine perfekt sitzende Anzugjacke glatt. Bestimmt bekam so ein Brad-Pitt-Verschnitt selten einen Korb. Die Eiskristalle in seinem gebräunten Gesicht glitzerten.

»Das letzte Wort über Sie ist noch nicht gesprochen. Ich habe mit Herrn Haase eine dreimonatige Bewährungszeit verabredet.«

»Und Sie sind mein Bewährungshelfer, oder was?«

Herausfordernd funkelte sie ihn an. Gerade noch hatte er sie Granate genannt, jetzt drohte er mit ihrer Entlassung? Was sollte das Zuckerbrot-und-Peitsche-Spiel? Sie griff zu ihrer gelben Regenjacke.

»Ich müsste dann mal los. Es sei denn, es gehört zu meinen Bewährungsauflagen, dass ich in der Firma übernachten muss.«

Wieder heftete sich der Blick des Killers auf ihre Stiefel.

»Geht's zum Schlammcatchen?«, fragte er, plötzlich grinsend. »*Let's get dirty* und so?«

Vielleicht ist er ja ein Gummistiefelfetischist, überlegte Luisa. An mir kann's jedenfalls nicht liegen, dass er so aufdreht.

»Das überlasse ich Ihrer Phantasie. Einen schönen Tag noch.«

Eilig zog sie ihre gelbe Regenjacke über und hastete zur Tür. Junge, Junge, das war brenzlig gewesen. Sie rannte, als müsste sie aus einem brennenden Haus flüchten. Außer Atem erreichte sie ihren Wagen und raste mit einem schleudernden Kavalierstart los. Hüte dich vor dem Killer, sonst legt er dich flach oder gleich um, war ihr einziger Gedanke.

Kapitel 9

Sissi und Franz warteten schon in der Küche. Kerzengerade saßen sie neben dem Futternapf und sahen Luisa mit großen Augen an.

»Geht gleich los«, murmelte sie.

Als Erstes schleuderte sie ihre Gummistiefel von sich und zog ihre Socken aus. Die reine Wohltat, allerdings nicht für empfindliche Nasen. In dem luftdichten Gummi waren ihre Füße förmlich gegrillt worden und müffelten munter vor sich hin. Immerhin taten die Blasen schon fast nicht mehr weh.

Rasch holte Luisa eine Packung Katzenfutter aus dem Küchenschrank, schüttete etwas davon in den Napf und verzog sich schleunigst ins Badezimmer, um zu duschen. Zehn Minuten später wanderte sie mit einem großen Handtuch um die Schultern durch die Räume.

Als Luisa den übersichtlichen Inhalt ihres Kleiderschranks checkte, wollte sie schon zu einem ihrer dunklen Hosenanzüge greifen. Es war wie ein Reflex. Die Businessuniform war ihre zweite Haut geworden, ihre professionelle Fassade, manchmal auch ein Panzer, mit dem sie sich gegen die ständigen Angriffe wappnete. Aber heute Abend würde das nicht nötig sein. Von Lämmchen drohte keine Gefahr.

Ratlos musterte sie das eintönige Grau in Grau. Nach einigem Suchen fand sie ganz unten in einer wenig benutzten Schublade ihre einzige Jeans und ein blau-weiß geringeltes T-Shirt. Schlicht und ergreifend, genau richtig für einen Mädelsabend, wenn sie sich richtig erinnerte. Noch einen Hauch Mascara, das war's dann.

Während sie vor dem Badezimmerspiegel ihre Wimpern tuschte, musste sie daran denken, wie Eddy ihr in der Gartenlaube die zerlaufene schwarze Farbe von den Wangen gewischt hatte. Ein atemberaubender Moment. Aber warum hatte er gesagt, er sei eine Katastrophe? Gab es vielleicht eine andere Frau? Eine ganze Fußballmannschaft unehelicher Kinder? Drogen, Schulden, dunkle Geheimnisse? Bestimmt war es so. Männer wie Eddy konnten charmant sein, sehr charmant sogar, aber hatten doch immer irgendwas Unerfreuliches an der Hacke.

Neben dem Spiegel hing ein überdimensionales, in Folie eingeschweißtes Lebkuchenherz, das ihr ein Exfreund geschenkt hatte. In Zuckerschrift stand darauf geschrieben: *Frauen fangen erst an zu überlegen, ob es der Richtige ist, wenn sie sich schon in ihn verliebt haben. Männer merken erst, dass es die Richtige war, wenn sie längst alles vergeigt haben.* Na, wenn das keine herzwärmende Ansage war …

Mit Rücksicht auf ihre lädierten Füße fischte Luisa flache, offene Sandaletten aus dem Schuhschrank und zog sie vorsichtig an.

Auf jeden Fall wirkte es merkwürdig, dass ein Knaller wie Eddy nicht in einer festen Beziehung leben sollte. Oder scharenweise von Groupies umschwärmt wurde. Schwer vorstellbar, dass sich andere Frauen seiner unwiderstehlichen Ausstrahlung entziehen konnten. Solche Frauen natürlich, die zu ihm passten. Warum aber hatte er ausgerechnet an ihr Interesse gezeigt? An einer Frau, die man Knäckebrot nannte? War er womöglich ein Schrebergarten-Casanova, der jede Blume pflückte, die erreichbar war?

Sie vervollständigte ihr Outfit mit einem roten Blazer. Ein bisschen Farbe durfte heute sein, so selten, wie sie ausging. Obwohl sie jetzt lieber mit Eddy und Rena Holundersekt im Garten getrunken hätte, freute sich Luisa auf den Abend. Seit Jahren befolgte sie die eiserne Regel, jeden privaten Kontakt mit ihren Kollegen zu vermeiden. Ohnehin war sie ziemlich misstrauisch. Schlechte Erfahrungen. Doch Lämmchen war eine Ausnahme, etwas naiv vielleicht, etwas unsicher, aber der absolute Lichtblick im Mobbingsumpf der Fun Connection.

Luisa schaute zur Uhr. Zwanzig vor acht schon.

»Immer schön brav bleiben!«, rief sie Sissi und Franz zu, die mit einem befrackten Quietscheentchen spielten.

Sofort kamen die beiden Katzen angelaufen. Wie besorgte Eltern begleiteten sie Luisa zur Tür. Fehlte nur noch, dass sie ihr Frauchen ermahnten, sich nicht von fremden Männern ansprechen zu lassen.

Auf der Fahrt in das Kneipenviertel der Stadt nahm Luisa sich vor, das Thema Fun Connection an diesem Abend nur zu streifen. Der mittägliche Showdown in Karnickels Büro hatte ihr gereicht und Robin Konrads vergiftete Charmeattacke vollends den Rest gegeben.

»Champagner«, murmelte sie erbittert, »hat mich der Killer doch tatsächlich zu Champagner eingeladen. Geht's noch?«

Acht Uhr. Im Autoradio begannen die Nachrichten. Sie gab Gas, unterstützt von der freundlichen Stimme ihres Navis. Nur die Parkplatzsuche erwies sich als Geduldsprobe, so dass sie erst mit einer Viertelstunde Verspätung in der Alten Weinschenke erschien.

Das niedrige Gewölbe wurde von Kerzenleuchtern in warmes Licht getaucht, die antiken Holztische standen in Nischen, wo man ungestört seinen Schoppen trinken konnte. Lautes Stimmengewirr erfüllte den schummrigen Raum. Fast alle Tische waren besetzt, der Tresen wurde doppelreihig belagert.

Samstagabend eben. Da gingen normale Leute aus. Seit langer Zeit fühlte sich Luisa fast so, als gehöre auch sie zu dieser Spezies ganz normaler Leute und nicht zum Club der einsamen Herzen.

Sie sah sich um. Etwas verloren hockte Lämmchen im hinteren Teil des Lokals und tippte auf ihrem Smartphone herum. Als Luisa an den Tisch trat, hellte sich ihre Miene auf.

»Frau Fröhlich! Ich dachte schon, Sie kommen nicht mehr.«

»Quatsch. Ich lasse Sie doch nicht hängen.«

Ein dankbares Lächeln glitt über Lämmchens Gesicht. Sie sah allerliebst aus in ihrer braven weißen Spitzenbluse und mit dem Schleifchen auf ihrem Pagenkopf. Wie eine Musterschülerin. In der Firma erzählte man sich, dass sie ihren Job weniger den guten Zeugnissen als Karnickels Schwäche für hübsche junge Frauen zu verdanken hatte. Aber Luisa gab nichts auf den Klatsch. So wenig, wie man Marios Kommentar ernst nehmen konnte, Lämmchen habe ihre chirurgisch akkurate Frisur auf Krankenschein bekommen.

»Schon was bestellt?«, fragte sie.

Annika Meyer zupfte an ihrer Schleife.

»Das würde ich gern Ihnen überlassen. Mit Wein kenne ich mich nicht so aus.«

Süß. Lämmchen war eben noch ein halbes Kind. Eingehend konsultierte Luisa die ledergebundene Weinkarte und orderte einen offenen Rosé, weil ihr der Name gefiel – Château Roseraie, was so viel wie Schloss Rosengarten hieß, wenn sie ihren lückenhaften Französischkenntnissen trauen konnte.

Als die Weingläser vor ihnen standen, faltete Lämmchen die Hände.

»Danke, dass Sie sich mit mir treffen. Ich habe Sie immer von weitem bewundert.«

»Bewundert? Wieso das denn?«

»Weil Sie so kompetent sind. Und weil Sie so gute Ideen haben. Neben Ihnen fühle ich mich immer wie eine blutige Anfängerin.«

Luisa war nie empfänglich für Schmeicheleien gewesen, auch wenn Lämmchens Worte nach den Attacken des Tages wie Balsam wirkten.

»Nett, dass Sie das sagen, aber wir wollen mal nicht übertreiben.« Sie prostete ihrer Kollegin zu. »Auf einen schönen Abend. Am besten, wir lassen die Fun Connection für ein paar Stunden beiseite.«

»Ja, finde ich auch.« Lämmchen lächelte lieb. »Obwohl – eigentlich bin ich ganz froh, dass wir einen neuen Geschäftsführer haben. Ich meine, Sie wären natürlich viel besser für den Job, aber dieser Robin Konrad will wenigstens etwas Struktur in den Laden bringen. Und dann können Sie auch endlich Ihre Ideen umsetzen. Erzählen Sie doch mal.«

Bereitwillig erläuterte Luisa ihre Ideen und Konzepte, einschließlich aller ausgewerteten Marktanalysen und Umsatzbilanzen.

»Beeindruckend«, schwärmte Lämmchen. »Höchste Zeit, dass Sie das alles einbringen können. Bestimmt ist Herr Konrad begeistert, im Gegensatz zu Herrn Haase. Dieser Konrad wird sich noch als Segen für die Fun Connection erweisen. Karnickel hat doch nichts mehr gepeilt.«

»Immerhin will er, dass ich mit dem Killer zusammenarbeite. Als Doppelspitze der Geschäftsleitung.«

Ein Ausdruck größten Erstaunens malte sich in Lämmchens Kindergesicht.

»Wirklich?« Sie drehte ihr Glas in den Händen hin und her. »Herzlichen Glückwunsch. Also, auf mich können Sie sich verlassen. Tausendprozentig.«

Auf so einen Satz hatte Luisa jahrelang gewartet. Vergeblich, versteht sich, denn in der Fun Connection hieß es ja: Jeder gegen jeden. Eine ungeheure Erleichterung erfasste sie. Lämmchen und ich, das könnte ein Dreamteam werden, überlegte sie. Wir beide gegen den Rest der Firma.

»Wollen wir uns nicht duzen?«

Die Frage war ihr ganz spontan über die Lippen gekommen. Lag vielleicht an der Schrebergartenanlage, wo alle ziemlich ungezwungen miteinander umgingen. Sogar Rena hatte Luisa einfach geduzt. Überrascht, wie es schien, legte Lämmchen ihre Hände auf die Brust.

»Sie bieten mir das Du an? Ernsthaft? Aber ich bin doch nur das Büroküken.«

Luisa erhob ihr fast leeres Glas.

»Ab jetzt halten wir zusammen wie … wie Kuhmist und Kompost.«

Wer hatte das noch mal gesagt? In ihrem Kopf ging es ein bisschen durcheinander zu. Außer den zwei Keksen bei Rena hatte sie heute nichts gegessen, und der Rosé brachte ihre grauen Zellen langsam ins Schlingern.

»Wie Kuhmist und Kompost!« Lämmchen kicherte hinter vorgehaltener Hand. Sie erhob ebenfalls ihr Glas. »Du bist echt ein verrücktes Huhn!«

»Und du ein verrücktes Küken!«

»Ein dummes Küken«, glückste Lämmchen. »Ich bin so dämlich, dass ich eine weiße Bluse und einen schwarzen Rock angezogen habe. Eben auf dem Weg zur Toilette haben ein paar Gäste Wein und Schmalzstullen bei mir bestellt!«

Sie lachten ausgelassen.

»Du hast ja gar nichts mehr zu trinken!«, rief Lämmchen. »Komm, einen darfst du noch!«

Luisa bestellte ein weiteres Glas Wein, das im Nu heruntergespült war. Nach und nach machte ihre Anspannung einer sorglosen Feierlaune Platz. Ja doch, sie wusste, dass sie einen kleinen Schwips hatte. Und ja, sie wusste, dass das total unvernünftig war. Doch eine kleine Auszeit musste auch mal sein. Es war großartig, den ganzen Schlamassel im Schloss Rosengarten zu versenken.

Auch Lämmchen taute auf.

»Wir haben noch gar nicht richtig Brüderschaft getrunken – oder heißt es Schwesternschaft? Bestell doch noch was.«

Als auch das dritte Glas geleert war, bat Luisa den Kellner um die Rechnung. Lämmchen wollte sich beteiligen, doch sie protestierte.

»Kommt gar nicht in die, na, in die Tü-hüte und so – heiter!«

Offensichtlich hatte der Alkohol nicht nur ihr Sprachzentrum, sondern auch ihre Zunge lahmgelegt. Na und?, dachte sie. Immer habe ich mich im Griff, immer bin ich die kontrollierte, die spaßbefreite Luisa. Heute wollte die andere Luisa zu ihrem Recht kommen, die schon viel zu lange auf Eis gelegen hatte.

»Tanzen?«, fragte sie aufgekratzt.

Moment, hatte sie wirklich tanzen gesagt?

»Phantastische Idee!« Lämmchen schob ihr Glas von sich, an dem sie nur genippt hatte. »Ich kenne einen Club, wo sie Oldies spielen, nicht diesen nervigen Technokram!«

»Gebongt!«

Bester Laune stand Luisa auf. Hui. Nach drei Gläsern Wein war es gar nicht so leicht, mit den Gesetzen der Schwerkraft konfrontiert zu werden. Lämmchen hakte sie unter, und Arm in Arm verließen sie das Lokal. So sieht er aus, der perfekte Mädelsabend, dachte Luisa beglückt. Hätte ich ruhig schon früher entdecken können.

Auf der Straße winkte Lämmchen ein Taxi heran. Wenige Minuten später hielt es vor einem Lokal, das sich »Swimmingpool« nannte, wie Luisa erfuhr. Sie war kaum in der Lage, die blauen Neonbuchstaben über der Tür zu entziffern, und zappelig wie vor einem Debütantinnenball. Konnte sie überhaupt noch tanzen nach all den Jahren?

Etwas unsicher folgte sie Lämmchen in den brechend vollen Club. Sobald sie die Tanzfläche erreicht hatten, lösten sich Luisas Zweifel auf wie Brausetabletten in Champagner. Zuckendes blaues Licht schoss über die Köpfe der Tanzenden hinweg, gute, alte Discokugeln drehten sich an der Decke. Es roch nach Parfums und Cocktails und Abenteuer. Binnen Sekunden erweckten die fetzigen Sounds von Barry White ihre eingerosteten Reflexe zu neuem Leben.

You're the first, my last, my everything war immer Luisas Lieblingssong gewesen. Enthusiastisch sang sie mit, auch wenn es streng genommen mehr ein Trällern war, von hartnäckigen kleinen Hicksern unterbrochen.

Lämmchen hatte auf einmal zwei Gläser in der Hand, in denen Eiswürfel in einer bläulichen Flüssigkeit schwammen.

»Das ist der Hausdrink – ein Swimmingpool!«

»Ich habe aber nur das Seepferdchen!«, kicherte Luisa.

Der Drink schmeckte wunderbar. Sie wackelte mit den Hüften und schleuderte ihre Arme in die Luft.

»Ja, gib alles!«, wurde sie von Lämmchen angefeuert, die ebenfalls ekstatisch tanzte.

»Kennst du die Waschmaschine?«, rief Luisa durch den tobenden Lärm aus Musik und Gekreische. »Nein? Ich zeig sie dir!«

Sie streckte ihre Handflächen von sich und vollführte synchrone Drehbewegungen, die Lämmchen begeistert nachahmte.

»Achtung, der Pizzabäcker!«

Lachend ließ Luisa ihre ausgestreckten Zeigefinger neben dem Kopf kreisen. Lämmchen holte ihr Handy aus der Tasche und machte ein Foto nach dem anderen.

»Jetzt kommt der Angler!«

Die Hände ineinandergelegt, warf Luisa eine imaginäre Angel abwechselnd über die linke und die rechte Schulter.

»Mehr davon!«, forderte Lämmchen kichernd.

»Du willst mehr? Du kriegst den Busfahrer!«

Während Luisa einige Mühe hatte, sich auf den Füßen zu halten, drehte sie an einem großen unsichtbaren Lenkrad herum und legte sich dabei in die Kurven einer ebenso unsichtbaren Straße. Lämmchen hörte gar nicht mehr auf zu fotografieren.

»Einen noch, Dancing Queen!«, rief sie. »Du hast es echt drauf!«

»Okay, jetzt kommt unser Motto: Nach den Sternen greifen!«

Luisa tat so, als ob sie irgendwas aus der Luft einsammeln und in einen Sack stecken würde, wobei sie gefährlich ins Taumeln geriet.

»O-oh, die Schwerkraft«, ächzte sie.

Ihre Füße traten ins Leere, schwankend fand sie ihr Gleichgewicht wieder. Mittlerweile stolperte sie mehr, als dass sie tanzte, doch aufhören kam nicht in Frage. Selbst ihre Blasen waren ihr egal, so wie die Probleme, die sich über ihr zusammenballten wie dunkle Gewitterwolken. Sagte Tante Ruth nicht immer: Klug ist, wer im Regen tanzt, statt auf die Sonne zu warten?

»So ist es gut, jetzt nur nicht schwächeln«, rief Lämmchen, deren Schleife schon ganz schief auf dem verstrubbelten Haar hing.

Sie war kurz verschwunden gewesen und mit zwei weiteren Gläsern zurückgekehrt.

»Und rein in den Swimmingpool!«

Tu's nicht, warnte Luisas innere Stimme, die schon seit Minuten etwas von »jetzt aber schleunigst den Abgang machen« grantelte. Gleich, du ewige Gouvernante, nur noch einen Drink, grantelte Luisa zurück. Sie schnappte sich eines der Gläser.

»Prost, Lämmchen! Auf die Fun, Fun, Fun Connection und jede Menge Spaß!«

Es war das Letzte, woran sich Luisa erinnerte, als sie am nächsten Morgen erwachte. Auf einem fremden Sofa, in einer fremden Wohnung, komplett angezogen und mit einem mörderischen Pochen hinter den Schläfen. Irgendetwas stimmte da nicht. Irritiert musterte sie das rote Ledersofa, den weißen Couchtisch, die weißen Bücherregale.

»Kaffee?«, fragte eine zarte Stimme.

Luisa drehte den Kopf zur Seite. Neben ihr kniete Lämmchen, in einem rosa Jogginganzug, mit einer Tasse Kaffee in der Hand. Ihre Frisur saß wieder vorschriftsmäßig, kein Haar tanzte aus der Reihe.

»Wo bin ich?« Luisa blinzelte nervös. »Und was machen Sie hier?«

»Du, wir waren beim Du«, flötete Lämmchen. »Dies ist meine Wohnung. Ich habe dich gestern Nacht hierhergebracht, weil man dich ja nicht allein lassen konnte in dem Zustand.«

Himmel, in welchem Zustand denn? Nur schemenhaft erinnerte sich Luisa an den Tanzclub, an Barry White und an eine blaue Flüssigkeit mit dem kopfwehverdächtigen Namen Swimmingpool. Sie versuchte, sich aufzurichten, was an einem akuten Schwindelanfall scheiterte. Stöhnend sank sie aufs Sofa zurück.

»Könnten Sie … könntest du etwas konkreter werden?«

»Aber gern. Tatsache ist: Du warst ziemlich abgefrühstückt. Apropos …« Lämmchen hielt Luisa die Kaffeetasse hin. »Ich musste sogar extra einen Freund anrufen, damit er mit anfasst. Allein hätte ich es gar nicht geschafft.«

Ach, du grüne Neune. Luisa Fröhlich im Cocktailkoma, was für eine grauenhafte Vorstellung. Fast so grauenhaft wie die Übelkeit, die der penetrante Kaffeeduft hervorrief. Allmählich dämmerte ihr der tiefere Sinn des Wortes Katerstimmung. Hätte ich doch bloß besser auf mich aufgepasst. Wäre ich doch niemals in diesen Club gegangen. Könnte ich doch jetzt putzmunter raus zum Garten fahren und vielleicht Eddy sehen, statt halbtot auf einem fremden Sofa zu verschimmeln.

Hätte, wäre, könnte … Die Reue kam leider zu spät.

»Und vorher?«, fragte Luisa beklommen. »Wie peinlich war ich, auf einer Skala von eins bis zehn?«

»Na ja, hundert?«

»O Gott, erzähl.«

»Glaub mir, so genau möchtest du das nicht wissen. Unter anderem hast du den DJ Eddy genannt, an seinem T-Shirt rumgezuppelt und versucht, ihn zu küssen.«

Mit einem Ruck schnellte Luisas Oberkörper hoch, Kopfschmerzen hin oder her.

»Sag mir, dass das nicht wahr ist.«

Statt einer Antwort nahm Lämmchen ihr Handy vom Couchtisch, wählte den Fotospeicher an und hielt Luisa das Display vor die Nase. Ein kurzer Blick genügte, um das groteske Ausmaß der Ereignisse zu begreifen.

»Lösch das. Sofort«, presste Luisa hervor.

»Aber sicher«, lachte Lämmchen. »Solche Fotos willst du später ganz bestimmt nicht deinen Enkelkindern zeigen.«

Schweigend nahm Luisa ihr die Tasse ab und stürzte den Kaffee in einem Zug herunter. Auch das Croissant, das Lämmchen ihr in die Hand drückte, verschlang sie hastig. Irgendwie musste sie ja wieder zu Kräften kommen, auch wenn ihr Magen vehement protestierte.

»Besser?«, erkundigte sich Lämmchen.

»Wenn ich Mario wäre, würde ich sagen: Nüchtern betrachtet, war es betrunken besser.«

»Nee, Mario würde sagen: Vorher kein Plan, hinterher kein Bedauern«, entgegnete Lämmchen. »Mach kein Drama draus, Luisa. Du hast nur ein bisschen gefeiert.«

Im Schneidersitz setzte sie sich auf den schneeweißen Teppich vor dem Sofa und stützte das Kinn in die Hand. Beneidenswert ausgeschlafen, geduscht und taufrisch.

»Wer ist eigentlich Eddy?«

»Könnten wir das besprechen, wenn mein Kopf aufhört zu explodieren?«

»Wie du willst.« Es klang eingeschnappt. »Geht mich auch nichts an. Ich bin ja nur das kleine Büroküken.«

Unter Aufbietung ihrer gesamten Willenskraft schwenkte Luisa die Beine zur Seite und stellte ihre Füße auf den Teppich. Gar nicht so leicht, wenn man das Gefühl hatte, man sei soeben von einem Laster überfahren worden. Ächzend erhob sie sich und stakste in die Richtung, wo sie das Badezimmer vermutete.

»Zweite Tür rechts«, sagte Lämmchen. »Wenn du willst, holen wir anschließend deinen Wagen, damit du nach Hause fahren kannst.«

Ja, Luisa wollte nach Hause.

Die folgenden Stunden verbrachte sie abwechselnd auf und vor der heimischen Toilette. Nie wieder Alkohol, schärfte sie sich ein. Irgendwann schleppte sie sich ins Bett. Erschöpft kuschelte sie sich an Sissi und Franz, die das Kopfkissen erobert hatten, und schickte ein Stoßgebet nach oben, dass alles nur ein böser Traum gewesen war.

Doch es war kein Traum. Es war die alptraumhafte Realität. Andere Frauen jammerten über Problemzonen wie Bauch, Beine, Po. Luisas Problemzone erstreckte sich mittlerweile auf ihr gesamtes Leben. Sie musste dem Killer Paroli bieten, die Hexe in Schach halten, mit den Kollegen klarkommen, die Firma retten, Tante Ruths Garten auf Vordermann bringen.

Selbst für einen unverkaterten Menschen wäre das eine schier übermenschliche Herausforderung gewesen. Luisa erschien es wie ein Ding der Unmöglichkeit. Genauso gut hätte man ihr sagen können, sie solle mal kurz die Titanic flottmachen.

Ohne Übergang fiel sie in einen bleiernen Schlaf. Doch immer wieder schreckte sie hoch und führte zusammenhanglose Selbstgespräche.

»Ich muss den Kies wegbringen … Woher krieg ich bloß die Rosen … Die Buchsbäume müssen verschwinden … Das wird ein Vermögen kosten … Ich brauche Gemüse … Wer macht mir den Rasen …«

Und dann war da noch Eddy. Er folgte Luisa in unruhige Träume und sagte ihr dummes, zärtliches Zeug ins Ohr. Deine Ecken passen zu meinen Kanten, zum Beispiel. Schlagartig wurde sie wach. So ein Schwachsinn. Deine Ecken passen zu meinen Kanten?

Draußen war es noch taghell, ihre Uhr zeigte halb fünf Uhr nachmittags. Der Garten rief. Und Luisa folgte seinem Ruf.

Kapitel 10

»He, junge Frau, Platz da!«, rief ein weißhaariger älterer Herr in kurzen Khakihosen. »Sie halten ja den ganzen Verkehr auf! Vooorsicht!«

Zu spät. Rumpelnd donnerte sein Rollator gegen Luisas überladenen Einkaufswagen, woraufhin drei Stiefmütterchen im hohen Bogen durch die Luft flogen. Voll aggro, diese Gartenfreaks, dachte sie wütend. Da erzähl mir noch mal einer, die Natur sorge für Ausgleich und Harmonie. Ist doch nicht normal, was in dieser grünen Hölle abgeht! Luisa entschuldigte sich trotzdem, und der ältere Herr zog grantelnd davon.

Bestand die Welt eigentlich nur noch aus Gestörten, die vor lauter grünem Gedöns keine Menschen mehr sahen? Seit einer geschlagenen Dreiviertelstunde schob Luisa einen absurd überdimensionierten Einkaufswagen durch die Hallen eines Gartendiscounters, der sonntags geöffnet hatte.

Es war heiß, es war eng, es war voll. Ein verflixter Hindernisparcours. Für manche Leute schien es ein perverses Freizeitvergnügen zu sein, sich am Sonntagnachmittag durch schlechtbelüftete, überfüllte Gänge zu drängeln und wahllos alle möglichen Pflanzen einzusacken.

So wirkte es zumindest auf Luisa. Sie hingegen ging systematisch vor, was sonst? Planung ist alles, dachte sie. Vergiss mal Eddy und seine Sprüche über Zeit, Geduld und Leidenschaft. Das sind doch nur Sentimentalitäten. Letztlich ist ein Garten auch nur ein Projekt wie jedes andere – eine Herausforderung für die planende Vernunft. Und das hieß: Sie musste organisiert und strukturiert vorgehen.

Ihr Konzept war brillant, fand sie. Es bestand darin, die Pflanzen nach Farben auszuwählen. Blaue Stiefmütterchen, blaue Glockenblumen und blaue Hortensien waren bereits in ihren Einkaufswagen gewandert. Danach rote Stiefmütterchen, rote Anemonen und winzige rotblühende Büsche, deren lateinische Namen sie sofort wieder vergessen hatte. Mit Gelb sollte es jetzt weitergehen: gelbe Stiefmütterchen, kleine gelbe Sonnenblumen in Töpfen und ein gelbes Irgendwas von Staude.

Vor ihrem geistigen Auge erstreckte sich bereits ein riesiges blau-rot-gelbes Blumenbeet, das Tante Ruth entzücken würde.

Während sie leise fluchend die heruntergefallenen Stiefmütterchen aufsammelte, rechnete sie zusammen, wie viel der Spaß, der keiner war, kostete. Natürlich zu viel. Das neue Kostüm hatte bereits ein tiefes Loch in ihr mageres monatliches Budget gerissen. Aber sie wollte nicht abwarten, ob Eddys komisches Kraut-Projekt erfolgreich war. Seinen Optimismus konnte sie beim besten Willen nicht teilen. Der Countdown bis zu Tante Ruths Besuch lief, und sie hatte nur noch schlappe dreizehn Tage.

Nachdem sie auch noch einen kleinen Sack Dünger in den Einkaufswagen befördert hatte, quetschte sie sich durch die verstopften Gänge zu den Warteschlangen vor dem Kassenbereich. Die Schlangen schienen kilometerlang zu sein. Jedenfalls wenn man einen Kopf wie ein schlingerndes Riesenrad und einen Magen wie eine außer Kontrolle geratene Kläranlage hatte. Auch ihre Beine funktionierten irgendwie nicht richtig, sondern knickten immer wieder weg.

Verkatert im Gartendiscounter, das war eine neue Dimension des Grauens. Auferstanden als Ruine, dachte sie, na toll. Mit beiden Unterarmen stützte sie sich auf den Einkaufswagen und spähte ungeduldig nach vorn. Es war abenteuerlich, was hier alles rumstand: gestresste Familienväter mit quengelnden Kindern, betagte Damen in Blümchenkleidern, junge Paare in Jogginganzügen, sogar ein tätowierter Punk war dabei. So sah sie also aus, die Gartenliga. Uff. Und sie mittendrin. Aber das würde nur ein einmaliges Gastspiel bleiben, schwor sie sich.

Während sie millimeterweise vorrückte, kam sie an einem Ständer mit Strohhüten und Käppis vorbei. Vielleicht ganz sinnvoll, dachte sie. Falls das Wetter so heiß bleibt, brauche ich eine Kopfbedeckung, sonst bekomme ich noch einen Sonnenstich. Muss ja nicht gleich ein Deppenkäppi à la Rudi Kasunke sein.

Nach reiflichen Überlegungen, was praktische und modische Kriterien betraf, wählte sie einen breitkrempigen roten Strohhut, um den ein rot-weiß gepunktetes Tuch geschlungen war. Sagte man nicht, Rot sei eine Farbe, die energetisierend wirkte?

Als Luisa endlich die Kasse passiert hatte, bugsierte sie ihren Einkaufswagen mit letzter Kraft zum Parkplatz. Umsichtig, wie sie war, hatte sie einige Plastikplanen erstanden, mit denen sie das Innere des Wagens auslegte. Dann verfrachtete sie sämtliche Pflanzen auf die Sitze und in den Kofferraum. Was sich trotz der Plastikplanen als Riesenschweinerei entpuppte.

Überall feuchte Erde, überall abgefallene Blätter und Blüten. Sie würde Stunden brauchen, um ihr Auto wieder in einen einigermaßen sauberen Zustand zu bringen. Und ob ihre Fingernägel jemals wieder schmutzrandfrei sein würden, stand in den Sternen.

»Verdammte Axt«, murmelte sie. »Was tue ich mir hier an? Mein Platz ist am Schreibtisch!«

Ihre Laune hob sich nicht wesentlich, als sie kurz darauf die Schrebergartenanlage erreichte. Wummernde Bässe empfingen sie, ein scharfer Geruch nach angekokelten Grillwürstchen lag in der Luft. *Großes Sommerfest des Kleingartenvereins Sonnenschein e. V. – neue Mitglieder herzlich willkommen!* verhieß ein Plakat über dem Eingang.

Na, die konnten auf sie warten, bis ihre Würstchen schwarz waren. Auf Remmidemmi hatte Luisa nicht die geringste Lust. Mit finsterer Miene schleppte sie Palette um Palette vom Wagen zum Garten, was einige schweißtreibende Zeit in Anspruch nahm.

Sie war froh, dass sie wenigstens keine oberschlauen Ratschläge zu hören bekam. Kein Hobbygärtner war zu sehen, offenbar feierten alle geschlossen im Vereinshaus. Bestimmt wurde schon heftig geschunkelt, dem lauten Gelache und Gekreische nach zu urteilen, das zu ihr herüberwehte. Ob wohl Eddy diesen blanken Wahnsinn mitmachte? Als Öko musste er sich doch bei einem Grillfest mit Supermarktsteaks wie ein Missionar unter Kannibalen fühlen.

Wie auch immer, Luisa Fröhlich hatte Wichtigeres zu tun. Doch als alle neuen Pflanzen auf dem verkümmerten Rasen standen, erreichte ihre Laune einen weiteren Tiefpunkt. Im Einkaufswagen hatten ihre blühenden Errungenschaften so gewirkt, als könnte sie gleich mehrere Gärten damit bestücken. Jetzt sah es so aus, als hätte man zwei Gänseblümchen auf einem Fußballfeld abgeworfen. Nämlich nach gar nichts.

Aufstöhnend sank sie auf die Gartenbank. Ein Glück, dass Eddy nicht Zeuge ihres Desasters war. Der hätte sich vermutlich schiefgelacht über ihren dilettantischen Versuch, Leben in die tote Bude zu bringen. Ihr toller Plan war der absolute Fehlschlag, ihr Traum vom schnellen, unkomplizierten Instantgarten eine Illusion. Die Parzelle war viel zu groß. Sie hätte zehnmal, hundertmal so viel kaufen müssen, um diesem verwahrlosten Friedhof Leben einzuhauchen. Und nun legte auch noch ein Kopfschmerz los, als ob Rudi Kasunke höchstpersönlich in ihrem Hirn herumhämmerte.

»Nicht das Gießen vergessen, wenn du bei dem heißen Wetter pflanzen willst!«, rief eine junge Frau im lila Wallewallekleid, die den Hauptweg entlangschlenderte.

Luisa hob die Hand und winkte halbherzig. Na, besten Dank. Konnte die sich gefälligst mal um ihren eigenen Kram kümmern? Doch schon kam der nächste ungebetene Experte vorbei.

»Die Hortensien werden – hicks – viel blauer, wenn du alu… alu… aluminiumhaltigen Dünger nimmst«, fachsimpelte ein unverkennbar angesäuselter Mittfünfziger.

Auch ihm winkte Luisa zu, in der Hoffnung, dass er sich dann verzog. Stattdessen blieb er leicht schwankend am Zaun stehen und stierte ihre Einkäufe an.

»Mit Alu… Alu… na, Aluminium bekommt der Boden den idealen – hicks – PH-Wert. Das aktiviert die blaue Farbe.«

Wer hat dich Komiker denn gefragt?, dachte sie erbittert. Hab ich etwa eine Kontaktanzeige an den Zaun gehängt? Suche betrunkenen Kleingärtner, der mich mit Düngergeschichten in den Wahnsinn treibt?

»Danke für den Tipp«, rief sie und floh vorsichtshalber in die Laube.

Dort wartete sie hinter dem Fenster, bis der Mann aufgab und weitertorkelte. Missmutig betrachtete sie die neuen Pflanzen, die nutzlos auf dem verschandelten Rasen herumstanden. Kniff die Augen zusammen. Sah genauer hin. Ein zartgelber Schmetterling schwebte über den Stiefmütterchen, drehte eine flatternde Runde über den Anemonen und ließ sich auf einer Sonnenblume nieder.

Luisa war weder abergläubisch noch esoterisch unterwegs, doch sie konnte nicht anders, als diesen Schmetterling als ein Zeichen zu deuten. Ein Zeichen dafür, dass das Leben in Tante Ruths Garten zurückkehren wollte? Ja, so musste es sein.

Tapfer ignorierte sie ihren Kopfschmerz, ihre Puddingbeine, ihren blubbernden Magen und nahm sich den Spaten, der in der Ecke stand. Nachdem sie ihren neuen roten Strohhut aufgesetzt hatte, machte sie sich daran, die Blumen in die Erde zu bringen. Dafür hatte sie das mausetote Gemüsebeet ausersehen. Zunächst kickte sie die vergammelten Kohlköpfe beiseite. Danach hob sie kleine Löcher aus und setzte Pflanze für Pflanze hinein, immer schön nach Farben geordnet.

Es war komisch. Mit jedem Spatenstich grub sich Luisa näher zu ihren eigenen Wurzeln durch. Plötzlich begriff sie so einiges. Ihre Eltern hatten ihr eisernes Pflichtbewusstsein und brennenden Ehrgeiz eingebläut. Das war der Grund, warum sie sich nie erlaubt hatte, das Leben zu genießen. Immer ging die Arbeit vor. Ja, sie fühlte sich wie eine Pflanze, die ihre Chance auf Sonne achtlos vertan hatte und inzwischen fast dahinwelkte, ohne jemals geblüht zu haben. Krass.

»Sind Sie Luisa Fröhlich?«

Herr im Himmel! Das Ende der Grillparty schien zu bewirken, dass die Sheriffs in der Anlage patrouillierten. Was kam jetzt? Eine

Anweisung für den korrekten Spatenstich? Sie drehte sich um und sah einen unfreundlich dreinblickenden Herrn, der zu seinem kurzärmeligen weißen Hemd einen weinroten Lederschlips trug.

»Ja, ich heiße Luisa Fröhlich. Und wer sind Sie?«

»Zinnowitz, Vereinsvorsitzender. Ihr Gebüsch ist zu hoch. Ein Meter zwanzig ist die maximale vorgeschriebene Höhe. Das muss schnellstens korrigiert werden.«

»Sehr wohl, wird flugs erledigt«, versprach Luisa in gespielt unterwürfigem Tonfall.

Herr Zinnowitz wirkte keineswegs amüsiert.

»Ich nehme an, Sie wissen, dass Fremdpflanzen verboten sind? Sieht ein bisschen nach Riesenbärenklau aus, was Sie da setzen. Die Schutzgebietsbetreuung hat mehrfach darauf hingewiesen, welch ernsthafte Bedrohung eingeschleppte Wildpflanzen für die hiesige Flora sind! Man nennt sie auch invasive Neophyten, und wir haben ihnen den Kampf angesagt!«

Sein markiger Ton störte Luisa, dennoch nahm sie sich zusammen. Für Tante Ruth, wieder einmal. Sie lud eines der kleinen rotblühenden Büschchen auf den Spaten und hielt es dem Vereinsvorsitzenden hin.

»Also, im Allgemeinen habe ich nichts gegen Fremde, weder gegen fremde Menschen noch gegen fremde Pflanzen. Aber diese Blumen sind vollkommen harmlos, sehen Sie selbst.«

Eingehend inspizierte Herr Zinnowitz die Blüten.

»Nun gut. Aber Ihre Buchsbäume gehören zu den Giftpflanzen, die wir hier nicht dulden. Auch Lupinen, Pfaffenhütchen und der gemeine Kirschlorbeer sind deshalb strengstens verboten. Schreiben Sie sich das hinter die Ohren. Und entsorgen Sie die Buchsbäume gefälligst. Sonst ist eine Abmahnung fällig.«

»Sehr wohl.«

Ohne sich weiter um ihn zu kümmern, trug Luisa die Schaufel nebst verdächtigem Büschchen zurück zum Beet. Sie würde sich ihre Pflanzaktion nicht vermiesen lassen. Hingebungsvoll schaufelte sie weitere

Löcher. Eine Handvoll Dünger folgte jeweils. Zum Schluss begoss sie die neuen Gartenbewohner mit Hilfe einer Gießkanne, die sie neben dem Wasserhahn hinter der Laube gefunden hatte.

»Nicht zu viel gießen!«, ertönte eine brüchige Greisenstimme.

»Sonst entsteht Staunässe, und die Wurzeln faulen! Außerdem müssen Sie Kompost in die Erde geben. Oder Hornspäne. Nur dann wachsen die Stiefmütterchen anständig an!«

Sie sah auf. Mit gebeugtem Rücken klammerte sich ein uralter Mann am Gartenzaun fest. Drohend reckte er einen knotigen Zeigefinger zum Himmel, als ob gleich der Gartengott einen vernichtenden Blitz auf allzu eifrige Gießer abfeuern würde.

»Danke, ich komme klar«, grummelte Luisa.

Diesmal winkte sie nicht. Sonst würde der Mann ihr sicherlich ein langwieriges Fachgespräch über Kompost und anderes unappetitliche Zeug reindrücken. Was sollten denn bitte schön Hornspäne sein? Ermordete man dafür Kühe und sägte ihnen die Hörner ab? Schreckliche Vorstellung. Da machte sie lieber ohne Beratung weiter. Aber ein weiterer Fachmann blieb ihr nicht erspart, und zwar einer, der kein Blatt vor den Mund nahm.

»Was ist das denn für ein Kraut-und-Rüben-Feld?«, rief Rudi Kasunke, der einen seltsamen Sonntagsstaat angelegt hatte, bestehend aus einer grauen Bügelfaltenhose, einem weißen Unterhemd und einem winzigen Strohhütchen. »So ein Durcheinander! Die Abstände stimmen nicht. Sonnenblumen brauchen viel mehr Platz, junge Frau. Und die Stiefmütterchen gehen sowieso ein, wenn sie direkt daneben stehen.«

»Besten Dank«, erwiderte Luisa gepresst. »Aber ich gehe nach Farben vor.«

Rudi Kasunkes buschige Augenbrauen zogen sich unheilvoll zusammen.

»Nach Farben. Spätestens in einer Woche ist das ein bunter Komposthaufen.«

»Nochmals vielen Dank, Herr Kasunke, ich komme klar, auf Wiedersehen«, wimmelte Luisa ihn ab, und tatsächlich verschwand er grußlos in seiner Gartenlaube.

Es dämmerte bereits, als ihr Werk vollendet war – ein Beet, ungefähr zweimal so groß wie ihr Schreibtisch. Beindruckend war das nicht. Eher jämmerlich. Ein Tropfen auf den heißen Stein. Und doch erfüllte Luisa auf einmal ein Gefühl tiefster Befriedigung. Gerührt drückte sie da ein bisschen Erde fest, goss dort noch etwas Wasser nach.

Sie konnte sich nicht erinnern, wann sie das letzte Mal ein derartiges Glücksgefühl erlebt hatte. Und Stolz. Verrückt. Dabei hatte sie nur ein paar blöde Pflänzchen eingegraben. Doch es waren ihre Pflänzchen, es war ihr Garten, und das blau-rot-gelb gestreifte Beet im Westentaschenformat war wunderschön.

»Hi, Luisa. Ein herrlicher Abend, oder?«

Diesmal war es Rena, die vor dem Gartenzaun stehen geblieben war, ganz in Weiß gekleidet, einen hellen Hut aus geflochtenem Bast auf dem Kopf.

Luisa, die gerade vor den Glockenblumen kniete, rappelte sich auf und wankte zum Gartentor. Zu ihrem Kater gesellte sich ein schmerzhaftes Ziepen in den Armen, ihre Knie brannten vom Rumrutschen auf der Erde, ihre Füße fühlten sich bleischwer an. Nein, für körperliche Arbeit war sie definitiv nicht geschaffen.

»Hi«, erwiderte sie matt die Begrüßung.

Rena zeigte auf das frische Blumenbeet.

»Respekt, da war jemand richtig fleißig. Sehr hübsch, auch dein roter Hut übrigens. Doch das Beet …«

Jetzt reichte es aber mal!

»Wenn du mir gute Ratschläge geben willst, zieh bitte eine Nummer und stell dich hinten an. Bin schon bestens mit ultimativen Tipps zugeschüttet worden.«

Rena lächelte belustigt.

»Verstehe, ist ganz normal hier. Nur – so wie du das da gepflanzt hast, wird einiges eingehen, befürchte ich. Hortensien und Glockenblumen brauchen Halbschatten. In der prallen Sonne verbrennen sie.«

O nee. Luisas Stimmung sank ins Bodenlose. Warum hatte sie die ganzen Zettelchen weggeworfen, die an den Pflanzen gehangen hatten?

»Jetzt mach kein Gesicht, als ob dir die Petersilie verhagelt ist«, lachte Rena. »Morgen kannst du die Schattenpflanzen umsetzen, dann wird das schon. Warum warst du eigentlich nicht beim Sommerfest?«

Luisa seufzte tief.

»Ich bin halt kein Vereinsmeier. Ich bleibe lieber für mich.«

»Kannst du knicken. Einer Schrebergartenanlage entkommst du nicht. Ich musste mich auch erst dran gewöhnen, mittlerweile finde ich es sogar ziemlich lustig.«

»Ist Eddy«, Luisas Atem ging ein bisschen schneller, »ist er etwa auch auf dem Fest gewesen?«

»Nee, der hat heute irgendein Nerd-Treffen. So eine verpeilte Jungsparty, bei der alle ihre Rechner miteinander verstöpseln und bis zum Abwinken Onlinespiele daddeln.«

»Aha.«

Es lag Luisa auf der Zunge, Rena auszuhorchen, ob Eddy eine Freundin hatte. Doch sie ließ es bleiben. Wozu recherchieren? Einer wie er kam sowieso nicht für sie in Frage. Auch wenn sich beim Gedanken an ihn nicht nur ihre Atemzüge beschleunigten, sondern auch ihre Herzschlagfrequenz hochschnellte. Wie überaus ärgerlich.

»Du magst ihn, stimmt's?«

Luisa schluckte. Mist, Mist, Mist. Sah man es ihr so deutlich an? Dass sie mehr als Sympathien für diesen verdammt attraktiven, komischen Hippie hegte?

»Er ist ganz okay«, antwortete sie so gelangweilt wie möglich. »Und seine Internetaktion ist wirklich nett.«

»Nett?«, wiederholte Rena lächelnd. »Eddy ist mehr als das. Na ja, ich muss los. Morgen verreise ich für ein paar Tage. Man sieht sich. Viel Glück mit deinen Blumen. Pass gut auf sie auf, ja?«

Hallo? Wieso sollte man denn auf Blumen aufpassen? Die büxten doch nicht aus und stellten irgendwelche Dummheiten an!

»Mach ich«, beteuerte sie trotzdem. »Gute Reise.«

Nachdem ihre Gartennachbarin gegangen war, streifte Luisa die Pflänzchen mit einem zärtlichen Blick. Und auf einmal verstand sie, was Rena gemeint hatte. Unwillkürlich schaute sie hoch zum Himmel. Hoffentlich zog kein Gewitter auf. Hoffentlich zerstörte kein Hagelschauer diese blutjungen Pflanzen. Und hoffentlich kam keine Kaninchengroßfamilie angehoppelt und fraß alles ratzeputz kahl.

Plötzlich wurde Luisa bewusst, dass man verantwortlich für das war, was einem anvertraut wurde. Ja, sie war verantwortlich für diesen total ramponierten Garten, für jedes einzelne Pflänzchen.

Schwer atmend strich sie sich mit dem Handrücken über die schweißnasse Stirn. Selbstverständlich war sie daran gewöhnt, Verantwortung zu tragen. Schließlich hatte sie sich in den vergangenen Jahren um alle wichtigen Belange der Firma gekümmert. Aber reichte das? Was war mit den Kollegen? Keiner von ihnen arbeitete gern bei der Fun Connection. Ein Team waren sie sowieso nicht, nur ein heillos zerstrittener Haufen, der seine Energien im täglichen Gezänk vergeudete.

Nachdenklich begann sie, den Weg zu harken, während sie immer wieder zu ihrem neuen Beet hinüberschaute.

Teamgeist entsteht durch gegenseitige Wertschätzung, hatte sie mal irgendwo gelesen. Und diesen Satz mehrfach Karnickel entgegengeschleudert, wenn der wieder Anpfiffe verteilt und blöde Sprüche abgelassen hatte. Doch letztlich war das graue Theorie.

Je länger sie die Stiefmütterchen, Anemonen, Hortensien und Sonnenblumen betrachtete, desto deutlicher drängten sich merkwürdige Fragen auf: Waren die Kollegen nicht auch bunte Gewächse, die nach Aufmerksamkeit und Pflege verlangten? War die Firma nicht auch so etwas wie ein Garten, der geharkt, gewässert und von Unkraut befreit werden musste?

Irritiert von diesen gänzlich neuen Gedanken, hockte sie sich auf die Holzbohlen der Veranda. Nie hatte sie den Versuch unternommen, die anderen Mitarbeiter wachsen, blühen und gedeihen zu lassen. Nur deren Fehler korrigiert, ihre Arbeit gemacht, Risse gekittet, Unebenheiten begradigt. Mehr aber auch nicht.

Während sie in den Garten schaute, über den sich langsam die Dämmerung senkte, meinte sie, geheime Botschaften zu empfangen. Vom Hegen und Pflegen zum Beispiel. Vom richtigen Umgang mit Lebewesen, die einen Platz an der Sonne brauchten, genug zu trinken und ab und an eine Portion Dünger. Darin unterschieden sich Blumen und Menschen nicht wesentlich. Okay, auf Dünger konnten Menschen dankend verzichten.

Stirnrunzelnd lehnte sie sich an das Geländer der Veranda. Entweder hatte sie einen geistigen Stromausfall oder soeben das Geheimnis des Teamgeists entschlüsselt. Sie tendierte zur zweiten Erklärung. Planung ist vielleicht doch nicht alles, überlegte sie. Auch das Bauchgefühl muss stimmen. Wie bitte? Luisa Fröhlich und Bauchgefühl? Der komplette Irrsinn.

Nun, nicht ganz. Was wäre, wenn jeder in der Firma gern arbeitete und gewissenhaft seinen Job erledigte? Wenn dieser ganze Schlendrian aufhörte und alle an einem Strang zögen? Dafür müssten aber auch alle überzeugt sein, dass ihr Engagement sich lohnte. Dass sie Anerkennung dafür bekamen, dass ihre Arbeit geschätzt wurde. Und nicht nur ihre Arbeit, auch ihre ganz individuelle Persönlichkeit.

Ein letztes Mal warf Luisa einen Blick auf die Blumen. Trotz der einbrechenden Dunkelheit leuchteten sie ihr farbig entgegen.

»Schlaft gut«, flüsterte sie. »Morgen komme ich wieder.«

Das war natürlich lachhaft sentimental. Aber genau das, was Luisa aus tiefstem Herzen empfand.

Kapitel 11

»Tempo, Tempo, Tempo«, kommandierte Karnickel, als Luisa am Montagmorgen um fünf Minuten nach neun die Treppenstufen zum Eingang der Firma hochlief, direkt in die Arme von Hans-Martin Haase.

Breitbeinig stand er auf dem Treppenabsatz. Heute trug er ein auffälliges rot-grün kariertes Jackett, dazu eine flaschengrüne Krawatte mit eingewebten goldenen Glücksschweinen. Seine schütteren Strähnen erstrahlten in frischem Rotbraun, seine Hose in Weinrot. Alles in allem nichts für schwache Nerven und völlig ungeeignet fürs menschliche Auge.

»Guten Morgen«, erwiderte Luisa kühl.

Sie musste sich am Treppengeländer festhalten, um einigermaßen aufrecht zu stehen. Trotz Zwieback und Kamillentee zum Frühstück hatte sie einen Rückfall erlitten. Ihr Magen führte ein turbulentes Eigenleben. Als hätte man ihr heimlich eine Waschmaschine implantiert, die auf permanenten Schleudergang eingestellt war.

»Ist Ihnen ja gar nicht gut bekommen, die Beförderung.« Karnickel verkniff den Mund. »Ringe unter den Augen, weiß wie die Wand, fünf Minuten zu spät. Da hatte ich aber mehr erwartet und so weiter.«

»Ich auch.«

»Was soll das denn heißen?«

Luisa fixierte seine Krawatte, ein älteres Fun-Connection-Modell, das ebenso unverkäuflich gewesen war wie die goldenen Schweinchen-Manschettenknöpfe.

»Frau Fröhlich?«

Sie zögerte. Man hatte ihr beigebracht, niemals über Geld zu reden –

es zur Sprache zu bringen, sei mindestens so peinlich wie öffentliches Nasebohren. Erst am Samstag war sie mit dem Thema voll vor die Wand gelaufen, eine Erfahrung, die nicht gerade nach Wiederholung schrie. Doch angesichts ihrer prekären finanziellen Situation hatte sie keine Wahl. Schon die wenigen Blumen aus dem Gartendiscounter hatten ein kleines Vermögen verschlungen, und sie brauchte noch viel, viel mehr Pflanzen.

»Mehr Verantwortung, mehr Arbeit, das bedeutet im Allgemeinen mehr Geld, Herr Haase.«

»Geld, ich höre immer nur Geld«, schnaubte ihr ehemaliger Chef. »Die Firma steht am Abgrund, und Sie werden auch noch gierig? Sehen Sie lieber zu, dass Sie sich mit Herrn Konrad vertragen. Und baldigst Ergebnisse vorweisen können.«

Da hättest du Pupsi an die Spitze setzen müssen, der kann nämlich zaubern, dachte Luisa voller Groll.

»Ich werde mein Bestes tun«, sagte sie stattdessen. »Inzwischen können Sie sich überlegen, wie Sie mich angemessen entlohnen.«

Hans-Martin Haase schnalzte mit der Zunge.

»Ist doch immer dasselbe. Kaum hat man mal, da ist man gleich und so weiter. Hätte ich ja nicht gedacht von meinem blonden Engel. Ich bin sehr enttäuscht.«

»Herr Haase«, Luisa umklammerte das Treppengeländer so fest, dass ihre Fingerknöchel weiß hervortraten, »Sie wissen, dass ich rund um die Uhr für Sie geschuftet habe, auch am Wochenende. Und dass ich praktisch kein Privatleben mehr habe. Ist es denn so vermessen, wenn ich wenigstens anständig verdienen will?«

»Herzblut«, erwiderte Hans-Martin Haase. »In dieser Branche braucht man Herzblut.«

Es hatte keinen Sinn. Aus einem Sparbrötchen machte man kein Kaviarhäppchen, nur weil man vernünftige Argumente vortrug.

»Also, ich geh dann mal rein«, seufzte Luisa resigniert.

»Und ich bin dann mal weg.« Er zeigte auf einen roten Sportwagen, der vor dem Eingang parkte. »Scharfe Schüssel, oder? Die hat mir

Herr Konrad hingestellt. Alles auf Firmenleasing, damit ich das Unternehmen besser repräsentieren kann und so weiter.«

Krasser ging's nicht. Luisa rang nach Worten. Eiserner Sparkurs für die Angestellten, Luxusschlitten für Karnickel? Und überhaupt – warum musste der Eigentümer einer runtergekommenen Bude wie der Fun Connection einen teuren Wagen fahren?

»So, jetzt aber hübsch an die Arbeit«, säuselte Hans-Martin Haase im Tonfall einer Kindergärtnerin. »Bleiben Sie einfach, wie Sie sind, mein blonder Engel: fröhlich und so weiter.«

Die mäßig witzige Anspielung auf ihren Namen hatte Luisa ungefähr drei Millionen Mal gehört. Ich will aber nicht so bleiben, wie ich bin, dachte sie, überarbeitet und unterbezahlt. Wenigstens konnte sie sich der Illusion hingeben, ein wenig von ihrer Würde zurückerobert zu haben. Ja, Luisa Fröhlich begehrte auf, wenn auch mit null Komma null Resultaten.

Sie wartete, bis sich Karnickel in den engen Fahrersitz des roten Flitzers gequält hatte und mit röhrendem Motor davonpreschte. Dann schlurfte sie in das Gebäude. Bei jedem Schritt rumpelte die Waschmaschine in ihrem Magen heftiger. Auch das Kopfweh schaute wieder um die Ecke. Na, schönen guten Morgen. Die Woche ging ja gut los.

Verdrossen öffnete sie die Tür zum Großraumbüro. Drinnen war es auffallend still. Nur die Stimme von Robin Konrad durchschnitt das Schweigen wie ein Messer. Locker lehnte er an der Wand neben dem Kopierer, eine Hand in der Hosentasche seines übereleganten hellen Leinenanzugs, die andere oberlehrerhaft erhoben.

»… halte ich es für unumgänglich, dass wir in einem Strategieseminar …«

Luisa drückte sich schnell auf ihren Platz.

»… ach, die Frau Fröhlich ist auch schon da. Also, am kommenden Wochenende findet das Seminar statt, ich erwarte vollzähliges Erscheinen.«

Am Wochenende? Für alle außer Luisa lag das jenseits der Vorstellungskraft. Das war die reine Zumutung, ja, ein Sakrileg!

Empörte Blicke schwirrten durch das Büro, eine nervöse Anspannung lag in der Luft. Karl Wenninger ließ einen Stapel Zauberkarten an seinem rechten Daumen entlangschnellen, Mario spielte an seinem Feuerzeug herum, Lämmchen sah stirnrunzelnd zu Luisa. Die wiederum starrte Ulla an, deren gewagt ausgeschnittenes, knallrotes Kleid zeigte, dass ihr Projekt Männerfang in die heiße Phase ging. Ulla war es auch, die eine Hand hob und wie in der Schule mit den Fingern schnippte.

Der Killer nickte ihr militärisch knapp zu.

»Ja, Frau Dependorf?«

»'tschuldigung, Superidee, so ein Seminar, echt jetzt, aber am Wochenende hab ich was Privates vor.« Sie lächelte kokett. »Was sehr Privates.«

Betont langsam löste sich Robin Konrad von der Wand. Mit abgezirkelten Bewegungen ging er zu Ullas Schreibtisch und stützte seine Hände auf die Kante.

»Die Firma steht am Abgrund«, er sprach gefährlich leise, »Ihr Arbeitsplatz ist in Gefahr, Ihre buchhalterischen Leistungen sind ein schlechter Witz.« Mit wutverzerrtem Gesicht richtete er sich auf und brüllte: »Das hier ist kein Last-Minute-Urlaub! Ich erwarte unbedingten Einsatz! Absolute Loyalität! Und nur, damit wir uns richtig verstehen: Meine Spezialität sind fristlose Kündigungen!«

Eingeschüchtert zog Ulla den Kopf ein und die Schultern hoch. Ihr kaum verhüllter üppiger Busen hob und senkte sich hektisch.

»Gut, gut, ich richte es ein«, murmelte sie.

»Sehr schön.« Der Killer zupfte seine blütenweißen Manschetten aus den Anzugärmeln. »Noch jemand ein Terminproblem?«

Niemand antwortete.

Aber so was von!, hätte Luisa am liebsten gerufen, jawohl, ein dickes, fettes Terminproblem! Ich brauche das komplette Wochenende! Ich muss in den Garten! Es sind keine zwei Wochen mehr, bis Tante Ruth angereist kommt, und dann muss es wie angeknipst blühen! Doch genauso wenig wie ihre Kollegen wagte sie zu widersprechen.

»Seminarbeginn Samstag um neun im Kongresshotel am See«, bellte Robin Konrad. »Alle weiteren Details per Mail. Frau Fröhlich, Sie kommen in mein Büro!«

Er hätte ja wenigstens bitte sagen können, wenn er sie schon rumkommandierte wie seinen persönlichen Lakaien.

»Eine Minute, bitte«, erwiderte Luisa.

Der Killer war sich nicht zu schade, auf seine Uhr zu schauen.

»Die Minute läuft.«

Zackig marschierte er aus dem Büro und schlug die Tür so heftig hinter sich zu, dass ein Kalender daneben von der Wand fiel.

»So ein blödes Teflongesicht«, knurrte Mario.

»Samstag geht meine Venus eine Konjunktion mit dem transitierenden Mars ein!«, jammerte Ulla. »Die ultimative Liebeskonstellation! Deshalb habe ich ein Date mit einer Chat-Bekanntschaft. Aber dieser elende Karussellbremser macht alles kaputt!«

Pupsi ließ seine Zauberkarten achtlos auf den Schreibtisch rieseln, was für seine Verhältnisse einem Temperamentsausbruch gleichkam.

»Und ich hätte am Samstag einen Auftritt bei einem Zauberwettbewerb.« Mit zitternden Händen strich er sich über die Halbglatze. »So was darf der doch gar nicht. Wir müssen dagegen angehen, schließlich gibt es Gesetze. Wozu haben wir einen Betriebsrat?«

Alle schauten Lämmchen an. Sie war vor kurzem zur Betriebsratsvorsitzenden gewählt worden, weil kein anderer Kollege Lust darauf gehabt hatte.

»Ich schaue, was ich tun kann«, lispelte sie, sichtlich verlegen, dass sie auf einmal im Zentrum des Interesses stand.

»Was hast du denn vor? Mit Wattebäuschen schmeißen?«, höhnte Caipi.

Mittlerweile rumpelte es nicht nur in Luisas Magen, auch in ihrem Kopf lief es ziemlich unrund. Panik machte sich breit. Sie hatte fest mit dem Wochenende gerechnet, um im Garten zu arbeiten. Die paar Stunden, die es nach Feierabend hell blieb, würden niemals ausreichen, um auch nur ansatzweise etwas am Friedhofsstatus der Parzelle zu ändern.

»Ich geh eine rauchen«, sagte Mario und stand auf.

»Was ist es denn diesmal, du Astro-Fisch? Tabak, Koriander, Ecstasy?«, fragte Ulla.

»Bestes Gras, eigener Anbau. Könnte man ein Geschäftsmodell draus machen, wenn hier demnächst die Lichter ausgehen.«

Luisa hatte genug gehört. Schlechter konnte die Stimmung gar nicht mehr werden. Wie sollte eine Firma funktionieren, deren Mitarbeiter dermaßen frustriert waren?

Deprimiert fegte sie zwei gelbe Blättchen von ihrem Schreibtisch. Bald würde diese mickrige Topfpflanze entlaubt und die Fun Connection Geschichte sein, wenn sie nicht endlich etwas unternahm.

Am Zustand der Topfpflanze ließ sich wenig ändern. Doch was das Schicksal der Fun Connection betraf, gab es Hoffnung, da war sie sicher – so wie für Tante Ruths Garten. Schon das kleine bunte Blumenbeet hatte dort einiges geändert. Warum versuchte sie es nicht auch hier mal mit einem Farbtupfer? Forschend sah sie sich um. Der erste Schritt lag auf der Hand. Alle behandelten Lämmchen wie Luft, also würde sie jetzt ein Zeichen setzen.

Ihren Körper ignorierend, der für sofortige Bettruhe plädierte, stand Luisa auf und ging zu der Vertriebsassistentin. Deren unschuldiges, strahlendes Gesicht war ohnehin eine Wohltat zwischen all den Miesepetern.

»War schön, der Mädelsabend«, sagte Luisa laut und deutlich. »Und danke, dass du dich Samstagnacht um mich gekümmert hast. Das war wirklich lieb von dir, Lämmchen.«

Sofort schossen ringsum die Köpfe hoch. Noch nie hatte jemand über das Nötigste hinaus ein Wort mit der Vertriebsassistentin gewechselt, denn es war ja ein ungeschriebenes Gesetz, dass man sie schnitt.

»Kein Ding«, erwiderte Annika erfreut. »Geht's denn wieder?«

»So einigermaßen. Entschuldige, ich muss zum Killer. Wünsch mir Glück, ja?«

Lämmchen nickte.

»Egal, was die anderen sagen, bestimmt ist er kein Unmensch.«

Das ist mein Lämmchen, dachte Luisa. Immer freundlich, immer positiv. Selbst über Robin Konrad verliert sie kein böses Wort. Umso besser, dass sie diese junge Frau jetzt ganz offiziell so behandelte, wie sie es verdient hatte – als gleichwertige Kollegin.

Sie atmete einmal tief durch. Dann machte sie sich auf den Weg zu Karnickels Büro, das nun Robin Konrad gehörte. Ihr Klopfen wurde zweimal überhört. Deshalb drückte sie einfach die Klinke herunter und öffnete die Tür.

Vollkommen perplex riss sie die Augen auf. Das Büro, das sie kannte, existierte nicht mehr. Die schweren Möbel waren allesamt verschwunden, die Geschenkartikel aus den früheren Kollektionen auch. Stattdessen standen ausgesucht wenige, schicke Stahlrohrmöbel in dem strahlend weiß gestrichenen Raum.

Robin Konrad thronte hinter einem peinlichst aufgeräumten Schreibtisch, auf dessen Glasplatte ein iPad lag. Marlene von Stetten hatte sich einen eigenen Bereich eingerichtet, mit gleich zwei Glastischen, auf denen ein Laptop, ein Drucker und ein Blumenarrangement aus weißen Orchideen standen.

Die beiden Neuen mussten das ganze Wochenende über Handwerker und Möbelpacker beschäftigt haben, um Karnickels verkramtes Büro in einen sterilen, aber hocheleganten Operationssaal zu verwandeln. Das hatte bestimmt ein Vermögen gekostet.

»Da sind Sie ja«, sagte der Killer beiläufig, ohne die Augen von seinem iPad zu wenden.

Er bot ihr keinen Platz an. Wie denn auch? Außer den beiden mit weißem Leder gepolsterten Drehstühlen, auf denen er und seine »Referentin« saßen, gab es keine weiteren Sitzgelegenheiten. Was wohl bedeutete, dass man hier im Stehen abgefertigt wurde. Es war demütigend.

»Sie wollten mich sprechen, Herr Konrad?«

Die Hexe hob den Kopf und legte einen Finger an die Lippen.

»Pssst.«

Eingehend musterte sie das etwas betagte graue Etuikleid mit passendem Blazer, das Luisa vor Jahren günstig im Ausverkauf geschossen hatte. Marlene von Stettens edler schwarzer Nadelstreifenanzug hingegen verströmte das Flair eines sündteuren Designers.

Vermutlich hat der Anzug so viel gekostet wie der Durchschnittsverdienst eines Fun-Connection-Mitarbeiters, überlegte Luisa. Was machen diese beiden Luxusgeschöpfe eigentlich hier? Was versprechen die sich von einer Rumpelbude wie der Fun Connection?

Noch immer machte Robin Konrad keine Anstalten, mit ihr zu reden. Luisa räusperte sich geräuschvoll.

»Ach ja, die Frau Fröhlich«, sagte er und streifte sie mit einem herablassenden Blick. »Haben Sie irgendwelche neuen Produktideen? Das scheint ja Ihre Kernkompetenz zu sein.«

So eine Unverschämtheit. Erstens musste sie sich dringend setzen, um nicht lang hinzuschlagen. Zweitens gehörte sie neuerdings zur Geschäftsleitung und war für mehr als neue Ideen verantwortlich. Luisa platzte der Kragen.

»Wenn Sie keinen Stuhl für mich haben, gehe ich! Und wenn Sie mich nicht in Ihre Entscheidungen einbeziehen, beispielsweise am Wochenende irgendein megawichtiges Seminar zu veranstalten, komme ich gar nicht erst wieder.«

Das war ein Bluff. Sie brauchte den Job. Doch ihr Ausbruch zeigte Wirkung.

»Marlene, würden Sie uns bitte allein lassen?«, bat der Killer.

Unverkennbar beleidigt erhob sich die Hexe, funkelte Luisa böse an und rauschte aus dem Büro. Sofort konnte man etwas freier atmen. Robin Konrad stützte die Ellenbogen auf die Glasplatte und legte die Handflächen aneinander.

»Also, was wollen Sie?«

»Unsere Zusammenarbeit klären«, erwiderte Luisa, während sie sich auf den Drehsessel der Hexe fallen ließ. »Ich finde, dass wir als Erstes die Mitarbeiter motivieren sollten. Aber nicht damit, dass wir sie dazu verdonnern, ihr Wochenende zu opfern.«

Ein leicht unscharfes Bild schwebte durch ihren Kopf. Tante Ruths Garten, von der Sonne beschienen, von Vogelgezwitscher erfüllt.

»Herr Haase hat einiges schleifen lassen«, sagte der Killer kalt. »Die Mitarbeiter müssen hart rangenommen werden, Sie eingeschlossen, Frau Fröhlich. Wer zu spät kommt, ist keine geeignete Führungskraft.«

Luisa überging seinen Vorwurf. Das Bild wurde klarer. Sie konnte Eddy erkennen, der auf der verwitterten Holzbank saß und ihr zulächelte. Narren hasten, Kluge warten, Weise gehen in den Garten. Und plötzlich, wie aus heiterem Himmel, hatte sie eine Idee.

»So ein Wochenendseminar ist bestimmt angebracht, doch ich möchte etwas anderes versuchen, Herr Konrad. Ich kenne alle Mitarbeiter hier seit Jahren, ich weiß, wie man sie motivieren kann, weil ich weiß, wie sie ticken.«

»Bei denen tickt nur die Uhr«, schnarrte der Killer. »Auch Sie sind angezählt. Was verstehen Sie denn schon von Teambuilding und modernen Motivationsstrategien?«

Absolut nichts, musste Luisa zugeben. Und doch war sie auf einmal sicher, dass sie sogar eine ziemlich gute Idee hatte: eine Konferenz im Garten, weit weg von dieser muffigen, heruntergekommenen Klitsche, in der sie alle wie festgetackert an ihren Schreibtischen klebten und sich gegenseitig fertigmachten. Sie setzte auf positive gemeinsame Erlebnisse, auf ein gutes Bauchgefühl, das am Ende auch den richtigen Teamgeist erzeugen würde.

Gut, das mit dem Bauchgefühl war nicht ihre Stärke. Aber wenn der Garten sogar eine Luisa Fröhlich verwandeln konnte, war alles möglich.

Robin Konrad schnippte ungeduldig mit den Fingern.

»Ich hatte Sie was gefragt!«

»Ja, Entschuldigung. Blasen Sie das Wochenendseminar bitte ab. Gleich übermorgen veranstalte ich mein eigenes, äh, Seminar. In der Arbeitszeit.«

»Aber das Kongresshotel …«

»Konferenzräume, Konferenzkekse, Konferenzlangeweile, das ist kein kreatives Umfeld«, fiel Luisa ihm ins Wort. »Ich hatte an etwas Unkonventionelles gedacht.«

»Ach nee. An was denn?«

Wenn sie ihm jetzt verriet, dass sie das Seminar in einer Schrebergartenkolonie abhalten wollte, sagte er bestimmt, sie sei reif für die Anstalt. Luisa erhob sich. Ihr Verdauungstrakt funkte den dringenden Wunsch, eine Toilette aufzusuchen, weshalb sie sich kurz fassen musste.

»Sie halten hier die Stellung. Ich bereite das Seminar vor. Bin heute außer Haus, aber in dringenden Fällen auf dem Handy erreichbar. Das ist alles.«

Eine Schrecksekunde lang fürchtete sie, der Killer würde ausflippen, weil sie so herrisch gesprochen hatte. Doch er starrte sie nur an, als hätte sie soeben einen doppelten Salto mit eingedrehter Schraube vollführt.

»Na schön«, lenkte er ein.

Wie bitte? Robin Konrad gab klein bei? Ohne Widerstand und Trara? Aha, dachte sie, so muss man also sprechen, wenn man etwas erreichen will: klar, präzise, im Befehlston. Bislang war sie immer freundlich und diplomatisch aufgetreten, und nie hatte man sie für voll genommen. Jetzt freute sie sich wie ein Kind über ihren kleinen Triumph. Was sie natürlich nicht zeigte, sondern ein hyperprofessionelles Pokerface aufsetzte. Ihr Verdauungstrakt funkte mittlerweile SOS.

»Sehr gut. Weitermachen. Einen erfolgreichen Tag noch, Herr Konrad.«

Erhobenen Hauptes stolzierte sie aus dem Büro. Im Flur begann sie zu rennen und erreichte hechelnd die Toilette. Alle Kabinen waren frei, nur vor den Waschbecken stand ausgerechnet Marlene von Stetten und zog sich die Lippen nach. Ganz, ganz schlechtes Timing, fand Luisas Magen-Darm-Trakt.

»Hallo«, sagte sie außer Atem.

»Hallo«, kam ein müdes Echo zurück.

Luisa wusste nicht weiter. Dass sich hier zwei Feindinnen gegenüberstanden, war sonnenklar. Aber so leicht ließ sie sich nicht ins Bockshorn jagen. Ein Satz von Eddy fiel ihr ein: dass Freundlichkeit die beste Waffe sei.

»Schicke Büromöbel haben Sie angeschafft. Sehr geschmackvoll.«

Keine Reaktion. Wann war die denn endlich fertig mit der Schminkerei? Luisa brauchte dringend ein bisschen Privatsphäre. Umständlich schraubte die Hexe den Lippenstift zu und begann, ihre rote Mähne mit Haarspray einzunebeln.

»Schicker Anzug«, legte Luisa nach.

»Hm. Ja.«

Toll. Eine Meisterin der Konversation. Die lässt mich cool abtropfen, dachte Luisa. Umso peinlicher, wenn diese arrogante Schnepfe mitbekommt, welche verheerenden Nachwirkungen der Alkohol auf meine Verdauung hat. Ihr Bedürfnis nach Privatsphäre war jetzt wirklich superdringend.

»Herr Konrad hat nach Ihnen gefragt«, improvisierte sie. »Wichtiger Anruf oder so.«

»Oder so.«

Gespielt mitleidig spitzte Marlene von Stetten die frischgeschminkten Lippen. Dann warf sie die Haarspraydose in ihre schwarzglänzende, superedle Designerhandtasche und stöckelte los. An der Tür drehte sie sich noch einmal um.

»Ihre kleinen Spielchen werden Ihnen nichts nützen, Frau Fröhlich. Das ist nicht raffiniert, das ist dusselig. Zwischen Herrn Konrad und mich passt kein Blatt Papier. Wir arbeiten seit Jahren zusammen, und zwar sehr erfolgreich.« Sie lächelte schwach, bevor sie rausging. »Ich gebe Ihnen keine zwei Wochen, dann sind Sie erledigt.«

Luisa hörte gar nicht mehr richtig hin. Hastig verschwand sie in eine der Kabinen und erledigte, wofür man weder Augen- noch Ohrenzeugen gebrauchen konnte.

Danach fühlte sie sich besser. Nie wieder Alkohol, gelobte sie ein weiteres Mal. Seltsam, dass Lämmchen den Samstagabend ohne Nebenwirkungen überstanden hatte. Entweder war sie extrem trinkfest, oder sie hatte sich vorsichtig zurückgehalten.

Während Luisa sich die Hände wusch, kehrte das Bild vom Garten in ihren Kopf zurück, diesmal bevölkert von fünf antriebsschwachen Kollegen, die sie auf Erfolgskurs bringen würde.

Sie brauchte Bänke und Tische. Sie brauchte ein paar gute Snacks und etwas zu trinken – keinen Alkohol natürlich, sondern Mineralwasser und gesunde Säfte. Unwillkürlich musste sie lächeln. Gab es einen besseren Grund, Eddys Ökoladen aufzusuchen?

Kapitel 12

»So, Eddy, du charmanter Waldschrat, jetzt schauen wir mal, was du zu bieten hast«, murmelte Luisa, während sie über den Parkplatz zu ihrem Wagen ging.

Die Kollegen waren hellauf begeistert von ihrer Gartenidee gewesen. Ein Arbeitstag unter freiem Himmel, das hörte sich ja auch nach kollektiver Freizeitgestaltung an. Und dafür, dass ihr heiliges Wochenende unangetastet blieb, hatten sie Luisa regelrecht gefeiert. Nicht die schlechteste Voraussetzung für einen gelungenen Ausflug ins Grüne, der von Luisa hochtrabend als Brainstorming angekündigt worden war. Worauf Mario gelacht hatte, in seinem Brain sei immer Storm.

Ihr Plan war simpel, aber vielversprechend: positive Erfahrungen zur Hebung des Teamgeists; entspannte Gespräche ohne die üblichen Mobbingattacken; gemeinsame Überlegungen, wie man reibungslose Abläufe hinbekam. Ihr Erweckungserlebnis im Garten hatte sie darauf gebracht. Jeden einzelnen Kollegen würde sie fragen, was er brauchte, um sein Bestes zu geben: Sonne oder Schatten, Wasser oder Dünger, je nachdem.

Im Wagen zog Luisa ihr Handy heraus. Nach einigem Suchen im Internet fand sie »Eddys Ökonische – Grün ist Leben«. Irgendwie passte das Motto zu ihm. Gerade als sie die Adresse ins Navi eingab, klingelte ihr Handy. Pfiff der Killer sie etwa zurück? Doch dann erkannte sie die italienische Nummer.

»Meine kleine Luisa, ich wollte mich nur erkundigen, ob du meine Karte bekommen hast«, hörte sie Tante Ruths vergnügten Singsang. »Die Karte, auf der ich dir schrieb, dass ich dich besuchen möchte.«

»Ja, hab ich bekommen.«

»Und? Klappt es?«

»Sicher. Ich freue mich sehr auf dich …«

»Ja, mein Engelchen, es wird Zeit, dass wir uns sehen. Bei schönem Wetter können wir im Garten picknicken, das wird herrlich!«

Luisa versuchte, das Zittern ihrer Stimme zu kontrollieren.

»Absolut, äh, herrlich.«

»Alles in Ordnung? Du klingst komisch.«

Selbst unter Androhung schrecklichster Folter hätte Luisa kein Sterbenswort über den Friedhof verloren, der einmal Tante Ruths Garten gewesen war.

»Hab nur gerade ein bisschen Stress in der Firma«, nuschelte sie.

»Ach, Kind«, Tante Ruth seufzte herzzerreißend, »dabei hatte ich so sehr gehofft, dass dir der Garten einen neuen Blick aufs Leben beschert. Eine neue Perspektive.«

»Schon geschehen«, erwiderte Luisa. Stimmte ja auch, wenn man ihre neue Mischung aus Gartenerleuchtung und Firmenphilosophie bedachte. »Ich hole dich natürlich vom Flughafen ab, Tante Ruth. Sag mir die genaue Ankunftszeit, dann bekommst du ein Empfangskomitee, wie es sich gehört.«

Selbst am Telefon konnte man hören, dass Tante Ruth lächelte.

»Um elf Uhr fünfunddreißig landet mein Flugzeug. Ich bringe dir Trüffelkäse mit, eine kulinarische Offenbarung. Sag mal, Engelchen, hast du eigentlich Eddy kennengelernt?«

Luisas Herzschlag setzte aus.

»Äh, ja? Warum?«

»Nur so.« Im Hintergrund erklang laute Musik. »Ich muss jetzt Schluss machen. *Ciao, Luisa, ti amo.*«

»Hab dich auch lieb, Tante Ruth.«

Die Verbindung wurde unterbrochen. Ein mulmiges Gefühl blieb zurück. Warum hatte sich Tante Ruth nach Eddy erkundigt? Aus Besorgnis vielleicht? Wusste sie etwas, das gegen ihn sprach? Gedankenverloren fuhr Luisa los. Ihre Vorfreude auf Eddy hatte einen kleinen Dämpfer bekommen. Oder sah sie Gespenster?

Das Navi führte sie in ein Viertel, in dem sie sich nicht sonderlich gut auskannte. Türkische Gemüseläden, kleine Cafés und Elektronikgeschäfte mit meterhohen Werbeschildern wechselten einander ab. Anders als in dem ruhigen Stadtteil, in dem sie wohnte, waren die Bürgersteige voller Menschen jeden Alters und jeder Nationalität. Aus den Cafés dudelte Musik, Hunde flitzten bellend zwischen den Beinen hindurch, Straßenverkäufer priesen ihre Ware an. Hier tobte das pralle Leben.

»Sie haben Ihr Ziel erreicht«, verkündete das Navi.

Wenn's doch so wäre, dachte Luisa. An einem stuckbeladenen, etwas heruntergekommenen Haus aus der Gründerzeit entdeckte sie ein handgemaltes Schild mit der Aufschrift *Eddys Ökonische – Grün ist Leben*.

Ihr Herz klopfte laut und vernehmlich, in ihre Wangen strömte eine fiebrige Hitze, obwohl es dafür keinen vernünftigen Grund gab. Herrgott, es war doch nur Eddy, der sympathische Waldschrat.

Vor dem Laden standen ein paar wackelige Stühle und Tische, an denen vollkommen unterschiedliche Gäste friedlich beisammensaßen. Abenteuerlich gestylte Punks neben jungen Müttern mit Kinderwagen, korrekte Businesstypen neben Rentnerinnen in Popelinejacken. Luisa hatte ein Hippie-Biotop mit Räucherstäbchenaroma erwartet. Offensichtlich fand Eddys grüne Philosophie breiteren Zuspruch als gedacht.

Ein paar Meter weiter ergatterte sie einen Parkplatz. Mit weichen Knien stieg sie aus und schob sich an den Gästen vorbei in den Laden. Drinnen roch es nach frischem Espresso, exotischen Teesorten und dem typischen Reformhausduft – irgendwas zwischen Kernseife und Hirsebrei. Die Wände waren bis zur Decke mit blumengeschmückten Jugendstilkacheln ausgekleidet, davor standen roh zusammengezimmerte Holzregale, in denen Biolebensmittel, Ökokosmetik und Hunderte von Teesorten lagerten.

»Luisa! *Che sorpresa*, was für eine Überraschung!«, hörte sie eine vertraute Stimme ausrufen.

Jetzt erst sah sie ihn. Ja, es war Eddy. Auf der Stelle wurde ihr noch heißer, wenn das überhaupt möglich war. Lässig stützte er die Ellenbogen auf einen Holztresen, halb versteckt hinter Töpfen mit frischen Kräutern, die neben einem aufgeklappten Laptop standen.

Mehr als ein halbersticktes »Hi« brachte sie nicht heraus. Eddy war so etwas wie ein Naturereignis. Während er den Tresen umrundete und auf sie zukam, spürte sie wieder seine magnetische Anziehungskraft. Und das, obwohl er so ganz anders war als die Normalos, die sie kannte. Wer trug denn schon eine Cargohose mit Tarnmuster, dazu ein ärmelloses schwarzes Netzhemd und eine Sonnenbrille mit neongelbem Gestell im Haar?

»Wie hast du mich gefunden, *cara?*«, fragte er und begrüßte sie mit Wangenküsschen.

»Ach, weißt du, es gibt da so ein verrücktes Ding, das die Leute Internet nennen.«

Cool bleiben, befahl sie sich, denn schon die unmerklich zarte Berührung seiner Lippen auf ihren Wangen hatte so etwas wie einen inneren Erdrutsch ausgelöst.

»Internet? Glaube ja nicht, dass sich das durchsetzt«, erwiderte Eddy todernst. »Magst du einen grünen Tee? Ich hab was Neues reinbekommen, feinste Bioqualität mit Ingwer, *è delizioso.*« Er verzog den Mund zu einem Lächeln. »Hilft gegen kalte Füße, stärkt das Immunsystem und bringt die Verdauung in Schwung.«

»O nee, das wäre heute ganz verkehrt«, winkte Luisa ab.

»Dann vielleicht einen Fair-Trade-Bio-Espresso?«

»Wenn's nicht so schmeckt, wie es sich anhört, gern.«

Eddy zeigte auf ein paar Barhocker, die vor dem Tresen standen.

»Setz dich, sonst kippst du mir noch um. *Scusa,* ist vielleicht nicht gerade charmant, aber du siehst aus wie eine Blume, die zu wenig gegossen wurde.«

»Oder zu viel.«

Luisa biss sich auf die Lippen. Warum hatte sie das denn jetzt gesagt? Eddy hob theatralisch die Hände.

»*Santo cielo*, heiliger Himmel! Du bist doch nicht etwa eine Sumpfblüte?«

Grandios. Das hatte sie nun davon, dass sie munter daherredete, ohne nachzudenken. Verlegen zupfte Luisa ein Blättchen von einer Basilikumpflanze und tat so, als sei es ein hochinteressanter Forschungsgegenstand.

»Nein, nein, man musste mich nur mit akuter Tanzerschöpfung aus einem Club tragen.« Sie ignorierte Eddys belustigten Blick. »Anderes Thema: der Grund, warum ich hier bin.«

Sein Lächeln wurde flirtig.

»Hat der Grund zufälligerweise etwas mit mir zu tun?«

Oha. Erwischt. Nervös zerrieb Luisa das Basilikumblatt zwischen ihren Fingern. Eddy konnte man nichts vormachen, der guckte einem einfach in den Kopf. Nein, mitten ins Herz.

»Übermorgen werde ich im Garten ein Seminar für meine Kollegen abhalten. Ein, äh, Brainstorming, besser gesagt. Motivation und Kreation im Grünen. Frische Ideen an der frischen Luft.«

Herrje, was redete sie bloß für einen Unsinn? In ihren Gedanken hatte es noch einen Sinn ergeben, aber gesprochen klang es reichlich verschwurbelt.

Inzwischen war Eddy hinter den Tresen zurückgekehrt und hantierte an einer riesigen chromblitzenden Espressomaschine herum. Sie war mit so vielen Knöpfen, Schaltern und Hebeln bestückt wie das Kontrollzentrum einer Raumstation. Zischend floss ein Kaffeerinnsal in eine kleine braune Tasse.

»*Cara,* ich habe keine Ahnung, wovon du sprichst, aber ich bin dabei.«

Er stellte ihr die Tasse hin und legte einen Mandelkeks auf die Untertasse. »Unrealistische Pläne sind genau mein Ding.«

»Woher willst du denn so genau wissen, dass das unrealistisch ist?«, entgegnete Luisa patzig.

»*Allora,* wenn ich dich richtig verstanden habe, sind deine Kollegen mobbende Monster. Mit anderen Worten: die totale Gurkentruppe …«

»Schon wahr.« Luisa kostete von dem Espresso, der erstaunlich lecker schmeckte. »Aber nur, weil sie so gefrustet sind. Schlecht bezahlt, schlecht behandelt, schlecht drauf. Genau das will ich ändern.«

Sie biss in den Mandelkeks, der sich als köstlich herausstellte. In diesem Moment erklang aus dem Laptop ein Fanfarenstoß. Eddy sah alarmiert zum Monitor. Plötzlich wirbelten seine Finger wie die eines Klaviervirtuosen über die Tastatur, begleitet von kleinen Ausrufen wie: »Ja, nimm das!«, »Wammm!« und unverständlichen italienischen Ausdrücken.

»Was ist?«, fragte Luisa.

»Sekunde, is 'n Moba – LOL, aaah, *cazzo*!«

»Geht das auch in einer Sprache, die sich nicht wie Suaheli für Anfänger anhört?«

Es dauerte volle drei Minuten, bis Eddy wieder ansprechbar war. Nach einem letzten klackenden Stakkato riss er die Arme hoch und lachte übermütig.

»Yeahi, Highscore!« Über den Laptop hinweg warf er Luisa einen funkensprühenden Blick zu. »Ach so. Du wohnst ja in der Straße der Ahnungslosen. Moba heißt ›multiplayer online battle arena‹. Was bedeutet, dass Hunderte von Freaks auf der ganzen Welt online in einer virtuellen Arena kämpfen. Hier geht es um LOL, League of Legends, das angesagteste Spiel des digitalen Universums.«

»Du – spielst also.« Luisa schüttelte amüsiert den Kopf. »Ist natürlich gar nicht kindisch.«

»Männer werden nicht erwachsen, nur die Spielzeuge werden teurer«, grinste Eddy. »LOL hat weltweit fast fünfzig Millionen registrierte Spieler. Ich gehöre also nicht gerade einer infantilen Minderheit an.«

»Soso.«

Wieder klickte Eddy auf die Tastatur.

»*Allora*, dann schauen wir doch mal, was das Crowdfunding *Save Aunt Ruth's Garden* macht.«

»Du hast schon damit angefangen?«, wunderte sich Luisa.

»*Certo*, und wie's aussieht, ist das Feedback ein Knaller.« Aufgeregt strich er mit der Hand über seinen Dreitagebart. »Wahnsinn. Mehr als dreihundert Euro schon! Jetzt muss was passieren! Wir müssen die Webcam installieren und loslegen!«

Luisas leere Espressotasse landete klirrend auf der Untertasse.

»Ich hab mich wohl verhört. Du hast doch nicht gerade dreihundert Euro gesagt, oder?«

»*Trecento* Euro«, bestätigte Eddy. »Und im Chatroom ist die Hölle los. Hier – eine Marsha aus Oregon will Oleander, Jean-Pierre aus Marseille schlägt Weinreben vor, Tahashi aus Japan möchte eine Zierkirsche.«

Vollkommen überwältigt griff sich Luisa an den Hals. Ihre Kehle wurde eng, ihre Augen füllten sich mit Tränen.

»Das, das ist …«

»Hey, *cara*«, Eddy streckte die Hand über den Tresen nach ihr aus und streichelte sanft ihre Wange, »das ist die Lösung unserer Probleme.«

Unsere Probleme. Er hatte *unsere* Probleme gesagt. Eine neue heiße Welle überschwemmte Luisa. Was natürlich auch an seiner Hand lag, die ihre Wange gestreichelt hatte.

»Ich weiß gar nicht, wie ich dir danken soll«, schniefte sie verwirrt.

»Kein Ding, ist doch nur Nachbarschaftshilfe. Aber bevor wir über den Garten sprechen – was hast du noch mal mit deinen Kollegen vor?«

Luisa brauchte einen Augenblick, um den Schalter von emotional auf sachlich umzulegen. Statt einer Waschmaschine hatte sie jetzt Schmetterlinge im Bauch, die sich allerdings wie ein Ameisenhaufen anfühlten.

»Na ja, so was wie ein Teamgespräch. Dafür brauchen wir was zu essen und zu trinken. Deshalb bin ich hier.«

»Ein Catering. *Non c'è problema.* Woran hattest du gedacht?«

»Hm. Salate, Würstchen, Hackbällchen, so was.«

Jetzt war es Eddy, der den Kopf schüttelte.

»Dies ist eine ehemalige Schlachterei, Baujahr neunzehnhundertzehn. Sensationell schöne Kacheln, oder? Aber Fleisch gibt es hier nicht mehr. Ich lebe vegan, und ich verkaufe auch nur vegane Lebensmittel.«

»Vegaaan …«, wiederholte Luisa gedehnt. »Alles Tofu, oder was?« Eddy brach in Lachen aus.

»Wäre ein super T-Shirt-Spruch. Aber im Ernst – mit Hackbällchen kann ich leider nicht dienen. Dafür mit veganer Pizza, Gemüsesuppen, Desserts auf Mandelmilchbasis *e tutti quanti.*«

Luisa, du bist ein Dummbatz, schalt sie sich selbst. War doch klar, dass es in der Ökoabteilung keine Fleischbällchen gibt. Aber vegane Pizza und Gemüsesuppen? Ob das bei den Kollegen ankam?

»*Scusi*, ich muss kurz nach draußen, kassieren«, entschuldigte sich Eddy.

Sie schaute ihm nach, während er mit der Geschmeidigkeit eines Panthers nach draußen ging. Seine Bewegungen hatten etwas kraftvoll Federndes, das ihren Schluckreflex aktivierte. Kurz dachte sie an die beiden Umarmungen im Schrebergarten. Nannte man das Nachbarschaftshilfe?

Durch die Schaufensterscheiben hindurch beobachtete sie, wie locker Eddy mit seinen Gästen umging. Sobald er an einen Tisch trat, lächelten die Leute. Jeder schien sich in seiner Gegenwart wohlzufühlen. Was für ein Mann. Der Falsche und doch irgendwie unwiderstehlich.

Wieder spürte Luisa einen nadelfeinen Stich im Herzen. Wieso sollte so ein Wunder auf zwei Beinen ausgerechnet sie mögen? War seine Herzlichkeit vielleicht doch nur sein Grundmodus und hatte gar nichts weiter mit ihr zu tun?

Sie glitt vom Barhocker und schlenderte zu den Regalen. Quinoa, Seitan, rote Linsen und lauter andere Dinge, die Luisa noch nie probiert hatte, lagerten säuberlich aufgereiht auf den rohen Regalbrettern. Dabei sah Eddy eher nach Hamburgern und Currywurst aus. So konnte man sich täuschen.

»Schon was ausgesucht?«

Sie drehte sich um. Einmal mehr faszinierten sie seine grünbraungoldenen Augen. Wie viel Leidenschaft darin lag, wie viel Schalkhaftigkeit und Übermut.

»Schätze, du musst mich beraten.«

Eddy setzte eine geschäftige Miene auf.

»Wie viel Uhr? Wie viele Personen?«

»Mit mir sechs. Losgehen soll es gegen zehn.«

»*Va bene.*« Er ging zum Tresen, drehte den Laptop zu sich herum und öffnete ein neues Fenster. »Luisas Open-Air-Session. Sechs Personen. Das macht über den Tag verteilt zwei Kisten Quellwasser, eine Kiste Säfte, vierundzwanzig Minipizzen, sechsmal Suppe – Brokkoli, Möhre oder Tomate-Gurke?«

»Tomate-Gurke«, entschied Luisa spontan.

»Dazu Vollkornciabatta, Bulgursalat mit Minze …«

Halblaut zählte er weitere Gerichte auf, deren Namen Luisa noch nie gehört hatte. Ihr wurde ein bisschen schwummrig bei dem Gedanken, wie die Kollegen reagieren würden. Andererseits vertraute sie Eddy. Schließlich wirkte er nicht so, als ob er pappige Ökopampe mochte.

»Die Rechnung bitte an die Firma Fun Connection, Mommsenstraße zwanzig.«

Er tippte die Adresse ein.

»Was ist mit Bänken und einem großen Tisch?«

»Hab ich nicht.«

»Kriegst du vom Schrebergartenverein, ich sag denen Bescheid.« Er klappte den Laptop zu. »*Basta così.* Dein Meeting steht. Mittwochmorgen um neun ist alles parat.«

Luisa konnte ihr Glück kaum fassen. Sie hatte angenommen, stundenlang herumtelefonieren zu müssen, um alles zu erledigen.

»*Ciao*, Eddy, wie geht's?«

Eine Frau in Luisas Alter betrat den Laden. Eine sehr hübsche Frau mit goldbraunen Locken, einem strahlenden Lächeln und einem kleinen Mädchen an der Hand, das etwa sieben sein mochte. Blitzartig rannte das Mädchen auf Eddy zu und sprang in seine Arme.

»*Principessa!*«, rief er und drückte sie an sich. »Hab dich vermisst!«
Das Mädchen schmiegte sich an ihn.

»Krieg ich meinen Honigkeks?«

»*Certo,* für dich immer, *Principessa*!«

Eddy setzte das Mädchen auf einen Barhocker und umarmte die Mutter. Eindeutig zu überschwänglich, fand Luisa.

»Hi, mein Sonnenschein«, sagte er weich. »Was gibt's denn heute Abend zu essen? Tofu-Algen-Ragout? Seitanschnitzel?«

Etwas unbeholfen stand Luisa daneben. Wer war diese Frau? Eddys Freundin? Na, logisch, so wie der sich nach dem Abendessen erkundigte. Und das Kind – etwa seine Tochter? Ja, ebenso logisch. Deshalb wirkten die drei ja auch vertraut wie eine kleine, glückliche Familie. Weil sie eine kleine, glückliche Familie waren. Luisa fühlte sich auf einmal total fehl am Platz.

»Ich muss gehen«, presste sie hervor.

Eddy löste sich aus der Umarmung.

»Schade. Darf ich dir Dana vorstellen? Und meine *Principessa* Nini?«

»Freut mich.« Mühsam schluckte Luisa die elende Mischung aus Eifersucht und Enttäuschung herunter. »Dann bis übermorgen.«

»Vielleicht sehen wir uns vorher im Garten«, rief Eddy, als sie schon fast draußen war. »Nach Ladenschluss installiere ich die Webcam. Wenn du magst, kannst du schon mal nach Oleander und Zierkirschen schauen.«

Luisa wollte weder Oleander noch Zierkirschen. Sie wollte Eddy, ja, Eddy, den digitalen Hippie, der überhaupt nicht zu ihr passte, wollte ihn ganz für sich, mit Haut und Haar, starb tausend Tode und hatte nur noch einen Wunsch: dass ihr dummes, dummes Herz endlich aufhörte, sich in einen vergebenen Mann zu verlieben.

Tränenblind hastete sie zu ihrem Wagen. Als sie den Motor anließ, stöhnte die sexy Stimme eines Rappers aus dem Radio.

»*I realize, yeah, it was only just a dream …*«

Luisas Kopf sank für ein paar Sekunden aufs Lenkrad. Dann legte sie den Gang ein und schoss so fluchtartig aus der Parklücke, dass die Reifen quietschten. Wie sagte es Tante Ruth noch immer? Wenn du glücklich bist, genießt du die Musik, wenn du traurig bist, verstehst du den Text. *It was only just a dream.* Ja, es war nur ein Traum gewesen, reines Wunschdenken einer Frau, die noch nie Glück mit Männern gehabt hatte.

Kapitel 13

»Also, so einfach, wie Sie sich das vorstellen, funktioniert das nicht«, sagte der freundliche, aber prinzipienstrenge Verkäufer.

Er selbst nannte sich Pflanzenflüsterer. Seit einer halben Stunde führte er Luisa durch ein riesiges Areal, vollgepackt mit Blumenstauden, Büschen und diversen Bäumchen in riesenhaften Plastiktöpfen.

Nach ihren zwiespältigen Erfahrungen mit Licht- und Schattengewächsen hatte sie es für nötig befunden, doch einmal jemanden zu fragen, der sich auskannte. Aber so richtig. Was sie als »Gartencenter mit hoher Beratungskompetenz« gegoogelt hatte, entpuppte sich jedoch als Tempel einer komplizierten Geheimwissenschaft.

Luisa schwirrte der Kopf. Was zum Teufel bedeutete Starkzehrer? Geiztrieb? Mulchmäher?

Der Verkäufer, ein hagerer, bebrillter Herr in den besten Jahren, benutzte diese Wörter mit einer Selbstverständlichkeit, als würde er übers Wetter reden. Dabei verstand Luisa kaum die Hälfte von dem, was er ebenso engagiert wie wortreich erläuterte. Die Kreislaufbilanz des Komposts zum Beispiel oder die keulenförmigen Speicherorgane von Knollenpflanzen.

»Mulchen ist das A und O«, verkündete er gerade. »Aber ob Sie Rindenmulch, getrockneten Rasenschnitt oder Stroh verwenden müssen, hängt ganz von der jeweiligen Pflanze ab. Was allen Mulchmethoden gemeinsam ist, kann man als erfreulichen Synergieeffekt bezeichnen, weil Sie gleichzeitig Wasser sparen und Unkraut vermeiden.«

Das mit dem Wassersparen hätte auch von Eddy, dem Ökofreak, stammen können. Eddy. Schon der bloße Name ließ ihren Bauch verkrampfen. Dabei hatte sie gehofft, der Besuch eines Gartencenters könnte sie ein wenig ablenken, ihr helfen, ihn für eine Weile zu vergessen.

Doch es war sinnlos. Er war da, führte ein Eigenleben in ihr, und kein Synergieeffekt, kein Mulch und keine Knollenpflanze konnte darüber hinweghelfen, dass die Enttäuschung mit der Gewalt einer Kettensäge ihr Herz zerfräste.

»Wasser sparen und Unkraut vermeiden sind ehrlich gesagt nicht meine Prioritäten«, wagte Luisa einzuwenden. »Wie ich bereits erwähnte: Es muss schnell gehen, es muss blühen. Außerdem möchte ich Gemüse. Obstbäume. Und einen anständigen Rasen.«

Der Verkäufer, der in seiner grünen Joppe und mit seiner schweren Hornbrille wie ein intellektueller Oberförster aussah, wackelte tadelnd mit dem Kopf.

»Junge Frau, ein Garten ist kein Wunschkonzert. Allein der perfekte Rasen ist ein ausgesprochenes Langzeitprojekt. Sie müssen den vorhandenen Rasenbestand mähen, vertikutieren, säubern, düngen, neu besäen, mit Torf abdecken, wässern …«

»Wie lange?«, unterbrach Luisa den nicht enden wollenden Redefluss.

»Nun«, der Verkäufer rückte pikiert seine Brille gerade, »nach etwa sechs Wochen ist der Rasen wieder belastbar.«

»Hab ich nicht. Gibt es keine schnellere Methode?«

Ein strafender Blick durch dicke Brillengläser traf Luisa. Ein Blick, der wohl besagen sollte, dass sie eine hoffnungslose Banausin war. Eine, die bequem und nebenbei einen Garten shoppen wollte, wie andere Frauen Klamotten oder Nagellack. So war's ja auch. Schließlich konnte sie nicht mal eben zwanzig Semester Gartenbau studieren, bevor Tante Ruth kam. Sie brauchte Ergebnisse. Am besten sofort.

Der Verkäufer, auf dessen Namensschild *Müller-Ellmann* stand, legte die Stirn in Falten. So sorgenvoll, als ginge es um die Rettung des Regenwalds.

»Also, eine Fettwiesenmischung, die Sie auf den jetzigen Rasenbestand aussäen, könnte durchaus schnellere Resultate hervorbringen. Dafür müsste man aber wissen, ob es sich um einen mageren Boden handelt. Nur darauf gedeihen Wildblumengesellschaften.«

Ratlos zuckte Luisa mit den Schultern. Obwohl ihr das Wort Wildblumengesellschaften gefiel. Es klang nach einer ausgelassenen Pflanzenparty.

»Über den Boden kann ich nichts sagen.«

»Dann bliebe noch Rollrasen«, der Verkäufer räusperte sich leicht angewidert, »die Lösung für Ungeduldige. Den dürfen Sie aber zwei Wochen lang nicht betreten.«

»Egal. Hauptsache, er sieht gut aus. Und was kostet das?«

»Ich kann Ihnen einen pflegeleichten Premiumrasen anbieten. Er ist stark verwurzelt, dicht im Wuchs, unkrautfrei und hat eine feste Sode. Jeder Halm ist ein Naturphänomen, was den Rasen zu einem optischen und haptischen Genuss macht. Alles in allem also hervorragende Materialeigenschaften, mit hohem Neidfaktor für die Nachbarn.«

So ein gequirlter Quark. Ein Rasen mit eingebautem Neidfaktor? Und wieso sollten denn Grashalme kein Naturphänomen sein? Luisa hatte allmählich genug von dieser Verkaufslyrik. Sie wusste bereits, dass ein einziges Rosenstämmchen rund vierzig Euro kostete. Zehn Stämmchen brauchte sie mindestens, wenn nicht zwanzig, um Tante Ruths einstige Rosenpracht wiederherzustellen.

»Wie viel?«, stöhnte sie.

»Na, so vier bis fünf Euro pro Quadratmeter müssen Sie schon anlegen, inklusive Lieferung und Aufbringung. Wie groß ist denn Ihre Fläche?«

Stumm überflog sie ihren Lageplan von Tante Ruths Garten, wobei sie beim verhunzten Rasen auf geschätzte sechzig bis hundert Quadratmeter kam. Was allein für die Rasensanierung mindestens zweihundertvierzig Euro ergab. Ein teures Naturphänomen. Selbst wenn sich die angeblichen dreihundert Euro von Eddys Crowdfunding tatsächlich in bares Geld verwandelten, war das immer noch viel zu viel.

Eddy. Ihr wurde flau. Er war gebunden. Er hatte ein Kind. Aber er hatte sich absolut nicht benommen wie ein Familienvater, fand Luisa. Von Anfang an war da etwas Besonderes gewesen, dieses Flirren, dieses Flirten, diese verflixte Magie. Und dann die beiden Umarmungen, einmal in Tante Ruths Gartenhaus, einmal an Renas Gartentor.

Oder es war eben doch alles nur Einbildung gewesen. Dafür sprach, dass sie nicht einmal Handynummern ausgetauscht hatten. Was ja normalerweise das Erste war, wenn man sich kennenlernte. Wollte er nicht angerufen werden, weil seine Freundin sonst Verdacht schöpfte? Ja, so musste es sein.

»Was haben Sie denn? Hallo? Frau – äh ...«

Der Verkäufer sah sie durchdringend an.

»Fröhlich«, ächzte sie.

»So sehen Sie aber gar nicht aus.«

Wie überaus lustig. Konnte mal bitte schön jemand darauf verzichten, blöde Kommentare zu ihrem Namen abzugeben?

»Vielleicht besprechen wir Ihre Gartenplanung besser im Gewächshaus, dort gibt es Sitzgelegenheiten«, schlug der selbsternannte Pflanzenflüsterer vor. »Kommen Sie.«

Luisa war sowieso alles egal. Irgendwann musste sie zwar zurück in die Firma, aber dafür fühlte sie sich noch lange nicht stabil genug. Nicht so kurz nach dem vernichtenden Erlebnis einer glücklichen Kleinfamilie, deren Oberhaupt ausgerechnet Eddy war. Ach, Eddy ...

Herr Müller-Ellmann führte sie zu einem gläsernen Gewächshaus. Feuchtschwüle Luft schlug ihnen entgegen, die Luisa fast den Atem nahm. Zunächst fielen ihr die Magnolien auf, die hier in allen erdenklichen Schattierungen blühten, von Cremeweiß bis zu einem kräftigen Rosa. Rena hätte ihre Freude daran gehabt. Dahinter standen Orangen- und Zitronenbäumchen, deren Zweige sich unter schweren Früchten bogen. Sogar Palmen gab es. Ein Garten Eden unter Glas.

»Bitte, nehmen Sie doch Platz.« Der Verkäufer zeigte auf zwei weiße, gusseiserne Stühlchen, zwischen denen ein ebenfalls gusseiserner Tisch stand. »Wasser? Tee? Einen Espresso vielleicht?«

Einen Espresso ... Den hatte sie bei Eddy getrunken. Schon wieder pflanzte sich sein Name vor ihr auf. Es war einfach nicht auszuhalten! Sie entschied sich für Mineralwasser. Und dafür, die Sache mit den

Rosen anzugehen. Aus einem Katalog suchte sie zwei Sorten aus, die Tante Ruths Rosen am meisten ähnelten, jedenfalls in ihrer Erinnerung. Danach folgten so viele Anleitungen, Warnungen und Ermahnungen, dass sie sich Notizen machen musste. Über die Wässerung der neuerstandenen Rosen zum Beispiel, über Pflanzabstände und die Verwendung eines Wachstumsstarters, was auch immer das sein mochte.

»Eigentlich pflanzt man Rosen im Herbst, nicht jetzt im Sommer«, rügte der Verkäufer. »Und bloß keinen Kompost verwenden, der wirkt hygroskopisch ...«

»... keine Fachausdrücke, bitte«, seufzte Luisa.

»Tja, nun, die Nährsalze im Kompost entziehen den Pflanzen Wasser, worunter die Rosen leiden, da sie gegen den osmotischen Druck ...«

»... bitte, Herr Müller«, sie spähte auf sein Namensschild, »Ellmann.«

Er betrachtete sehr lange seine Fingernägel, die auffallend sauber waren für einen Mann, der sich mit Pflanzen auskannte. Theoretisch jedenfalls. Luisa konnte sich nicht vorstellen, dass dieser exquisite Gartengelehrte jemals eigenhändig im Dreck gewühlt hatte.

»Ich gebe Ihnen eine Broschüre mit der Anleitung«, sagte er, nachdem er sich gesammelt hatte. »Darf ich fragen, ob Sie Hilfe haben? Professionelle Hilfe?«

»Nein, das heißt – irgendwie schon.«

Jetzt musste der Friedhofsgärtner ran. Es war offensichtlich, dass er bisher wenig bis nichts für sein Honorar getan hatte. Das würde sich auf der Stelle ändern, aber hallo.

Zwanzig Minuten später saß Luisa auf dem Parkplatz des Gartencenters in ihrem Wagen, der vor lauter Blumen keine Aussicht nach hinten mehr gewährte. Zehn Rosenstämmchen der Sorte Apricot Nectar mit einer Höhe von fünfzig Zentimetern und weitere zehn englische Kletterrosen mit dem schönen Namen Orange Dawn hatte sie erstanden. Ihr Konto war damit so gut wie abgeräumt. Was bedeutete, dass sie sich den Rest des Monats von Butterbroten ernähren würde. Dafür lagen im Kofferraum funkelnagelneue Gartenhandschuhe, eine Rosenschere und zwei große Beutel Torf.

Nun fehlte nur noch der Gärtner. Unter der Nummer, die er Luisa gegeben hatte, meldete sich eine missgelaunte Frau, die ihr nach einigem Herumgedruckse zu verstehen gab, dass der betreffende Herr nicht länger beim Gärtnerservice Grab & Garten beschäftigt sei.

»Seit wann?« Luisa schrie fast.

»Seit, warten Sie, ich schaue nach … Seit drei Monaten.«

»Aber ich habe ihn bezahlt!«

»Oh, da muss ein bedauerliches Missverständnis vorliegen. Eine Sekunde, bitte …«

Luisa hatte nicht mehr den Nerv, eine watteweiche Entschuldigung anzuhören. Sie würde sich ihr Geld zurückholen und Tante Ruths Garten auf eigene Faust aufpolieren – trotz hygroskopischer und osmotischer Unterbelichtung.

Während sie zurück zur Firma fuhr, sank ihr Mut allerdings mit jedem Kilometer, den sie zurücklegte. Wie sollte sie das alles schaffen? Das Gespräch mit dem Verkäufer hatte mehr Fragen aufgeworfen, als Antworten gebracht.

Nicht auszudenken, wenn die Rosen das Anwachsen verweigerten und ihre Köpfe hängen ließen. Sie hatte ihr letztes Geld dafür verbrannt. Sie konnte sich keinen Reinfall leisten. Und von Eddy würde sie sich schon gar nicht helfen lassen. Nie im Leben! In diesem nicht und im nächsten nicht!

Ziemlich demoralisiert hielt Luisa den Wagen auf dem Seitenstreifen an. Ob sie Tante Ruth alles gestehen sollte? Besser, man brachte der alten Dame die verheerende Nachricht schonend am Telefon bei, als sie mit dem Anblick ihres verwüsteten Gartens zu schockieren.

Luisa war schon drauf und dran, ihr Handy zu zücken und Tante Ruth anzurufen, als ein Blick in den Rückspiegel sie zur Besinnung brachte. Soeben hatte sie ihre kostbare Zeit in eine langatmige Gartenvorlesung und ihr letztes Geld in einen Wagen voller Rosen investiert.

Da gab eine Luisa Fröhlich doch nicht einfach auf. Gas geben, weitermachen, basta.

Wenig später betrat sie das Verwaltungsgebäude der Fun Connection. Es war mittlerweile später Nachmittag, was wenigstens einigermaßen gute Laune im Büro versprach. Je näher der Feierabend rückte, desto besser wurde die Stimmung. Und in der Tat begrüßte man sie mit großem Hallo.

»Tower an Fluglotse, Tower an Fluglotse, Achtung, unsere Überfliegerin landet«, witzelte Mario, eine Selbstgedrehte hinter dem Ohr.

»Du hast mich inspiriert mit deinem Gartenseminar«, schwärmte Ulla. »Ich habe eine Auberginendiät angefangen und mache Liegestütze. Okay, das mit den Liegestützen stimmt nicht ganz. Aber sobald ich die richtig draufhabe, fange ich mit den Auberginen an.«

»Die Welt war reif für Auberginen«, grinste Caipi. »Die Biotonne auch. Womit wir zum gemütlichen Teil des Tages übergehen sollten.«

Er stellte eine Flasche Prosecco auf seinen Schreibtisch und bearbeitete sie mit einem Korkenzieher. Alle warteten gespannt. Das ploppende Geräusch des herausfliegenden Korkens löste frenetischen Applaus aus.

»Freuen Sie sich nicht zu früh. Wir sollten erst mal sehen, ob das Seminar was bringt«, dämpfte Pupsi die allgemeine Euphorie, ließ es sich aber nicht nehmen, eine Ginflasche aufzuschrauben. »Haben Sie denn überhaupt ein Konzept, Frau Fröhlich?«

»Denke schon«, erwiderte sie.

Die Wahrheit war: Ihr Konzept bestand schlicht darin, die Streithähne zu versöhnen. Inmitten der Natur, auf neutralem Terrain. Ihre Intuition sagte ihr, dass die Fun Connection nur dann überleben würde, wenn der tägliche Grabenkrieg in diesem Büro beigelegt wurde. Motivation ließ sich nicht erzwingen. Sobald der Teamgeist stimmte, kam der Spaß an der Arbeit bestimmt von selbst, davon war Luisa felsenfest überzeugt.

Auch die Trinkerei musste ein Ende haben. Skeptisch schaute sie Ulla zu, die eine halbleere Flasche Eierlikör aus den Tiefen ihres Schreibtisches zutage förderte. Im Nu standen zwei kleine Gläser daneben. Luisa wusste, was jetzt kommen würde, und tat so, als hätte sie nichts gesehen. Das Thema Alkohol war für sie so was von durch …

»Was macht denn eigentlich der Killer?«, fragte sie, während sie ihren Rechner aktivierte.

»Der sitzt in seiner schicken Kommandozentrale und googelt sich selbst«, lachte Mario. Er hatte auf einmal eine Bierdose in der Hand und nahm einen kräftigen Schluck. »War heute schon drin bei ihm. Der hat ja 'n Sockenschuss. Aber du hast ihm sein bescheuertes Wochenendseminar voll vor den Latz geknallt!« Grinsend hob er seine Bierdose hoch. »Auf Knäckebrot!«

Luisa zuckte zusammen. Es war das erste Mal, dass er den Spitznamen völlig ungeniert in ihrer Gegenwart verwendete. Alle erhoben ihre Gläser, nur Lämmchen verdrehte die Augen.

»So übel ist der gar nicht«, sagte sie leise.

»Ja, wenn man auf perverse Killer steht«, kicherte Ulla. »Der hat bestimmt Handschellen im Nachtschrank und macht es dir mit einem Messer zwischen den Zähnen. So nach dem Motto: Das Schweigen der Lämmchen.«

Als das vielstimmige Gelächter verebbte, war auf einmal eine sonore Männerstimme zu hören.

»Darf man erfahren, was Sie hier veranstalten?«

Es war Robin Konrad. Eine Hand in der Hosentasche, die andere am Türrahmen, sah er von einem zum anderen.

Sofort ließ Ulla ihren Eierlikör unter dem Schreibtisch verschwinden.

»Gott, hab ich mich erschrocken. Wie lange stehen Sie denn schon da?«

»Lange genug, um sehr verärgert zu sein«, erwiderte er schneidend. »Steigt hier etwa eine Party? In der Arbeitszeit?«

»Ja, jeden Tag ab siebzehn Uhr«, antwortete Mario. Er machte sich nicht einmal die Mühe, sein Bier zu verstecken. »Gäste sind immer willkommen, solange sie was Ordentliches zu trinken mitbringen. Hauptsache, es knallt.«

Der muss was genommen haben, überlegte Luisa. Sonst würde er doch nicht so provokant auftreten. Hat der denn gar keinen Überlebensinstinkt?

Eine Zornesader schwoll auf der Stirn des Killers an. Ruckartig nahm er die Hand aus der Hosentasche und ballte sie zur Faust.

»Ein Saustall ist das hier! Und Sie, Frau Fröhlich«, er schüttelte die Faust in Luisas Richtung, »Sie sind dafür verantwortlich!«

Was sollte man dazu sagen? Seit sie in dieser Firma arbeitete, wurden am späten Nachmittag die Flaschen auf den Tisch gestellt. Es war so etwas wie ein Gewohnheitsrecht. Und obwohl Luisa selbst so gut wie nie mittrank, hätte sie niemals etwas dagegen gesagt. Auch nicht als Hälfte einer Doppelspitze.

Sie suchte noch nach einer passenden Antwort, als zu ihrer größten Verblüffung Lämmchen aufstand.

»Herr Konrad, im Namen meiner Kollegen möchte ich mich bei Ihnen entschuldigen. Die Verantwortung liegt ganz allein bei mir. Ich habe heute Geburtstag und deshalb zu einem kleinen Umtrunk eingeladen.«

Alle starrten sie an.

Nur Luisa reagierte. In Windeseile klickte sie sich durch die Personaldatei im Intranet und suchte nach Annika Meyer. Donnerwetter. Lämmchen hatte tatsächlich Geburtstag. Niemand hatte ihr etwas geschenkt, niemand eine Karte oder Blumen für sie organisiert, wie sonst üblich. Sie existierte quasi nicht für ihre Kollegen. Ein Anflug von Mitleid erfasste Luisa. Ausgerechnet Lämmchen, die liebe kleine Seele, war übergangen worden und rettete trotzdem heldenhaft die Situation.

»Ja, Herr Konrad, genauso ist es.«

Auch Luisa stand jetzt auf und kam hinter ihrem Schreibtisch hervor. »Wie schön, dass Sie im richtigen Moment dazustoßen. Wir haben uns nämlich eine kleine Überraschung für Lämm... für Frau Meyer ausgedacht.«

Nun starrten alle Luisa an.

»Ich gehe nur eben zu meinem Wagen, bin gleich wieder da.«

Sie brauchte keine drei Minuten. Außer Atem kehrte sie mit einer englischen Kletterrose zurück, die auf den schönen Namen Orange Dawn hörte.

»Alles Liebe zum Geburtstag, Annika. Wir haben zusammengelegt, um dir mit dieser Rose ein gesundes und erfolgreiches neues Lebensjahr zu wünschen.«

Lämmchen hörte gar nicht mehr auf zu strahlen.

»Danke, vielen lieben Dank«, zirpte sie.

Obwohl Gefühlsausbrüche in diesem Büro absolut tabu waren, umarmte Luisa die junge Frau, die noch dazu ihre einzige echte Verbündete in diesem Piranhabecken war.

»Auch meinerseits einen herzlichen Glückwunsch«, zog der Killer nun nach. »Dann will ich mal ein Auge zudrücken. Alles Gute für Sie, Frau ...«

»... Meyer, Annika Meyer.« Lämmchen schlug schamhaft die Augen nieder. »Ich bin die Vertriebsassistentin.«

»Ach ja, richtig. Kommen Sie doch nachher mal in mein Büro.«

Robin Konrads Augen verweilten auffallend lange auf ihrer zierlichen Gestalt. Zu lange für Luisas Geschmack. Sie kannte diesen Eiskristallblick. Genauso begehrlich hatte der Killer sie angesehen, als er sie zum Champagner eingeladen hatte.

Auf der Stelle wurden ihre Beschützerinstinkte wach. Wer konnte schon wissen, ob dieser gutaussehende, aber eiskalte Typ Lämmchen vielleicht in Bedrängnis brachte? Demonstrativ stellte sie sich zwischen die beiden.

»Danke für Ihr Verständnis, Herr Konrad. Dürfte ich Sie vielleicht unter vier Augen sprechen?«

»Unter sechs Augen«, erwiderte er kurz angebunden.

»Wie bitte?«

»Ich werde Marlene von Stetten nicht noch einmal von ihrem Arbeitsplatz vertreiben, nur weil Sie irgendeine Nichtigkeit loswerden müssen.«

Ein Boxhieb hätte nicht effektiver sein können. Tief getroffen, spürte Luisa, wie ihre Unterlippe zu zittern begann. Es war bodenlos, sie derart zu demütigen, noch dazu vor den Kollegen. Schweigend verfolgten sie das Duell der beiden Geschäftsführer. Lämmchen schlang die Finger ineinander und wusste nicht, wo sie hinsehen sollte. Die Spannung war mit Händen zu greifen.

Doch plötzlich entkrampfte sich etwas in Luisa. Vielleicht lag es an diesem reichlich verqueren Tag, vielleicht auch daran, dass sie heute schon einmal die Erfahrung gemacht hatte, dass Robin Konrad eine knallharte Ansage brauchte. Während sie ihr Kleid von etwas Blumenerde befreite, holte sie tief Luft.

»Was Sie Nichtigkeiten nennen, sind relevante Fakten. Leider scheinen Sie faktenresistent zu sein. Nun ja. Die Phantasie der meisten Männer reicht halt nicht aus, um die Realität zu begreifen.«

Den letzten Satz hatte sie von Tante Ruth. Er verfehlte seine Wirkung nicht. Konsterniert klappte der Killer seinen Mund auf und wieder zu.

Ohne sich weiter um ihn zu kümmern, ging Luisa zu ihrem Schreibtisch zurück und klickte ihre Ideenliste an. Aber ihre Produktideen gefielen ihr plötzlich nicht mehr. Man müsste was mit Gärten machen, überlegte sie. Wenn solche Massen in die Gartendiscounter strömen, dann kaufen sie auch andere Sachen als Grünzeug. Konzentriert dachte sie nach. Erst nach dem nun schon obligatorischen Türenschlagen des Killers lehnte sie sich zurück und atmete aus.

»Respekt! Den hast du aber rundgemacht!«, staunte Mario.

»Darauf einen Eierlikör«, stöhnte Ulla. »Ich hab nachgesehen. Der Typ ist Jungfrau! Pedantisch bis zum Gehtnichtmehr, raffiniert, intrigant, ewig unzufrieden. Und wenn Jungfrauen wütend werden – Heidewitzka! Ich hätte mich nicht getraut, ihn so abzukanzeln.«

Karl Wenninger erhob sich feierlich und zog seine Krawatte fest.

Gemessenen Schritts näherte er sich Luisas Schreibtisch, wo er kurz verharrte. Dann zauberte er mit einem »Tadaa« eine Plastikrose aus seinem Ärmel und überreichte sie ihr.

»Bitte sehr.«

Mehr sagte er nicht. Doch zum ersten Mal an diesem Tag gewahrte Luisa so etwas wie einen Silberstreifen am Horizont.

Kapitel 14

»Nee, nee, nee, so wird das nichts!« Rudi Kasunke ruderte so heftig mit den Armen, als wollte er ein Flugzeug in die Parkposition einweisen. »Alles falsch!«

Uff. Der rabaukige Rentner hatte Luisa gerade noch gefehlt.

Es war schon fast dunkel. Mit ihrem roten Hut auf dem Kopf und einem Gartenschlauch in der Hand stand sie auf dem Kies, um die Rosentöpfe zu wässern. Sie war extra spät in den Garten gefahren, um Eddy nicht zu begegnen. Der charmante Hallodri saß jetzt sicher mit Frau und Kind beim Abendessen und verschlang irgendein Tofu-Algen-Zeugs.

Von Zeit zu Zeit schaute Luisa zu der Webcam, die auf Eddys Parzelle neben dem Zaun aufragte. Langsam drehte sich die Kamera im Halbkreis hin und her. Gut möglich, dass Marsha aus Oregon oder Tahashi aus Japan gemütlich zusahen, wie Luisas Gummistiefel im nassen Kies versanken.

Das World Wide Web macht's möglich, dachte sie, krass. Wobei die virtuellen Zuschauer Luisa deutlich lieber waren als diejenigen aus Fleisch und Blut, weil die Beobachter im Netz stumm wie Fische blieben.

»Ich komme rüber!«, brüllte Rudi Kasunke.

Mit beängstigender Geschwindigkeit lief er los. Luisa sah sein Käppi auf und nieder hüpfen, während er seine Parzelle verließ, über den Hauptweg rannte und ihr quietschendes Gartentor öffnete.

»Mensch, Mädel, willst du die Rosen ertränken?«, keuchte er.

Das unvermittelte Du ließ Luisa zusammenzucken.

»Herr Kasunke, ich richte mich strikt nach einer Broschüre, die ich im Gartencenter bekommen habe.«

»Eine Broschüre, soso.« Er hielt ihr die Hand hin. »Kannst ruhig Rudi zu mir sagen. Dann verrate mir mal, was du vorhast.«

Zögernd ergriff Luisa seine große, schwielige Pranke, die sich rau anfühlte. So rau wie die Umgangsformen ihres Besitzers.

»Die Rosenwurzeln wässern«, antwortete sie. »So steht das hier, Moment …«

Sie hob die Broschüre auf, die von der Wasserplanscherei etwas feucht geworden war, und deutete auf den Text. Bisher hatte sie alles genau nach Anweisung befolgt. Punkt für Punkt.

Ihr Nachbar stemmte die Hände in die Hüften.

»Man wässert nur wurzelnackte Rosen, keine Containerrosen. Die kommen direkt in die Erde.«

Wurzelnackt. Junge, Junge, diese Gartensprache war wirklich zum Piepen. Wer dachte sich bloß so was aus?

»Aber die Rosen habe ich doch nicht aus einem Container«, versuchte Luisa geduldig zu erklären.

Enerviert öffnete Rudi Kasunke den Kragen seines karierten Holzfällerhemdes. Alles an ihm strahlte nur eine einzige Botschaft aus: dass hier ein besonders schwerer Fall fahrlässiger Ahnungslosigkeit vorlag.

»Containerrosen. So nennt man das nun mal, wenn die in Töpfen verkauft werden.«

Ohne weiter zu fragen, hob er eine der Kletterrosen samt Topf auf. Geschickt drehte er sie um und gab dem Topfboden mit der freien Hand einen kräftigen Klaps, so dass sich die Pflanze daraus löste.

»Hier«, er zeigte auf den Erdballen, der daran hing, »klassische Ringwurzeln durch zu lange Lagerung. Die muss man senkrecht aufschneiden. Hast du mal 'ne Gartenschere?«

Luisa holte die funkelnagelneue Rosenschere aus der Einkaufstüte. Sie kam aus dem Staunen gar nicht mehr heraus. Da hatte sie stundenlang den Vorträgen eines hochqualifizierten Verkäufers gelauscht, kein Wort verstanden, daraufhin eine zwanzigseitige Broschüre durchgelesen – und Rudi machte alles aus dem Wuppdich.

»Der Kies muss weg«, brummte er, während er die dicken Wurzeln aufschlitzte, die sich seitlich an dem Erdballen herausringelten.

»Ich weiß.« Luisa seufzte. »Damit wollte ich morgen weitermachen.«

»Falsche Reihenfolge. Erst den Boden vorbereiten, dann die Rosen.« Mit dem Hemdärmel wischte sich Rudi über die Stirn und die buschigen Augenbrauen. »Wenn du willst, erledige ich das morgen früh. Die Vereinsleitung hat einen kleinen Schaufelbagger. Damit schaffe ich es in einer halben Stunde.«

Sprachlos stand Luisa da. Rudi der Schreckliche wollte ihr helfen? Andererseits – hatte Rena nicht erzählt, dass hier alle zusammenhielten?

»Apricot Nectar«, murmelte er anerkennend und zeigte auf die Rosenstämmchen. »Ruths Lieblingssorte. Dann hoffen wir mal, dass die auch ordentlich anwachsen.«

Inzwischen hatte Luisa ihre Sprache halbwegs wiedergefunden.

»Danke, äh, Rudi.«

»Ist selbstverständlich. Nicht der Rede wert. Ein Bier? So zum Feierabend?«

Innerlich nahm Luisa das mit dem rabaukigen Rentner zurück. Man konnte sagen, was man wollte: Dieser knorrige alte Herr hatte das Herz auf dem rechten Fleck. Nur das Bier, das kam ihr ungelegen nach den Turbulenzen des Wochenendes.

»Besser nicht«, wehrte sie ab.

»Aber für Kartoffelsalat und Würstchen hast du was übrig, oder?«

Ihr lief das Wasser im Mund zusammen. Außer Zwieback und Kamillentee hatte ihr Magen an diesem Tag noch nichts gesehen. Doch sie wollte noch bei Lämmchen vorbeifahren. Vermutlich saß die Kleine ganz allein zu Hause, und das an ihrem Geburtstag.

»Total nett von … dir, Rudi. Gern ein andermal. Ich muss noch einen Geburtstagsbesuch absolvieren.«

»Alles klar. Komm, wir packen die Rosen beiseite, dann habe ich morgen früh freie Bahn.«

Gemeinsam trugen sie die völlig durchnässten Rosen auf die Veranda. Sicherlich ein Bild für die Götter, dachte Luisa. Marsha und Tahashi werden ihren Spaß haben.

Zum Abschied gab Rudi ihr einen kleinen Stups auf den Rücken.

»Ist noch kein Meister vom Himmel gefallen. Aber mit vereinten Kräften kriegen wir das hin. Wie heißt du überhaupt?«

»Luisa.«

»Das fleißige Lieschen!« Er lachte polternd. »Na, das passt.«

»Rudi, sag mal …«

»Ja?«

»Hast du dich eigentlich heute Morgen bei der Vereinsleitung beschwert? Ich meine, du wolltest doch, dass die Parzelle neu verpachtet wird, und …«

Bedächtig nahm er sein Käppi ab und drehte es in den Händen. Dann schaute er Luisa an, wie gütige Großväter ihre ungezogenen Enkelkinder anschauen, vorwurfsvoll und nachsichtig zugleich.

»Wird alles nicht so heiß gegessen, wie es gekocht wird. Ich wollte dich nur auf Zack bringen. Hat mich nämlich gewurmt, dass der Garten so verlottert. So was tut einem doch in der Seele weh.«

Wie rührend. Aufatmend lächelte Luisa ihn an. Wenn der alte Spruch von der rauen Schale und dem weichen Kern auf jemanden passte, dann auf diesen raubeinigen Rentner mit der Leidenschaft fürs Grüne und dem ausgeprägten Nachbarschaftssinn.

»Nochmals vielen Dank. Morgen Abend komme ich wieder.«

»Und dann wird gepflanzt«, ergänzte Rudi.

Gemeinsam gingen sie zum Gartentor, als ihr etwas einfiel. Etwas sehr, sehr Wichtiges.

»Du kennst doch Eddy.« Schon den Namen auszusprechen, kostete sie größte Überwindung, weil ihr Herz dabei unkontrollierbare kleine Stolperer machte. »Ist er eigentlich verheiratet?«

Rudi kratzte sich ausgiebig am Kopf.

»Nicht, dass ich wüsste. Aber ich sehe öfter eine Frau und ein Kind in seinem Garten. So ein kleines Mädchen, vielleicht sieben oder acht. Wieso?«

»Nur so. Ist ja alles neu hier für mich, und ich möchte meine Nachbarn natürlich besser kennenlernen«, schwindelte Luisa.

Ein listiges Grinsen kräuselte Rudis verwittertes Gesicht in tausend kleinen Fältchen.

»Also, ich wäre noch frei. Meine Frau ist vor zehn Jahren gestorben. Falls du Interesse an einem rüstigen Junggesellen hast ...«

Das heisere Gelächter, das seinen Worten folgte, war einfach ansteckend. Auch Luisa lachte, obwohl ihr eigentlich nicht danach zumute war. Paradoxerweise werden die meisten Menschen kleiner, wenn man sie durch die Lupe betrachtet, sagte Tante Ruth immer. Aber dieser Rudi gewann an Größe, je näher man hinschaute. So konnte man sich eben täuschen.

»Bis morgen«, sagte sie. »Gegen sieben werde ich hier sein.«

»Abgemacht.«

Mit kräftigen Schritten stapfte Rudi Kasunke davon. Es war jetzt so gut wie dunkel. Ein sanfter Wind strich über die Gärten, aus denen da und dort ein Lichtschein herüberschimmerte. Ferne Stimmen, leises Lachen und das Klirren von Gläsern drangen an Luisas Ohr. In einigen Parzellen hockten noch Kleingärtner vor ihren Häuschen beisammen und genossen den warmen Sommerabend.

Es ist eine ganz eigene Welt hier, dachte Luisa. Und so friedlich, trotz aller Vorschriften und Verbote. Sie schaute zu Renas Garten, in dem die hellen Magnolienblüten auch in der Dunkelheit gut zu erkennen waren. Schwarz zeichneten sich die Umrisse ihrer Laube vor dem dunkelblauen Nachthimmel ab. Möglicherweise saß Rena in einem Flugzeug nach New Orleans oder Indien, wer konnte das schon wissen.

So hing Luisa ihren Gedanken nach, bis sie den Wagen erreichte. Der rote Hut und die Gummistiefel wanderten in den Kofferraum, dann zog sie Sneakers an. Sie wollte schon einsteigen, als sie registrierte, dass etwas hinter dem Scheibenwischer klemmte. Neugierig streckte sie ihre Hand danach aus.

Es war eine rosa Blüte. Eine großblättrige Lorbeerrose, genauer gesagt. Der Anblick ließ ihr Herz schneller klopfen. Wie kam die Rose hierher? Warum hatte Eddy sich nicht gezeigt? Und warum diese romantische Geste, wenn er doch Familie hatte?

Ihr erster Impuls war, die Blüte wegzuwerfen. Komisch. Das brachte sie nicht übers Herz. Heftig atmend drückte sie die Rose an ihre Brust. Eddy war ein Guter, kein gewissenloser Casanova. Das wusste sie so sicher wie die Tatsache, dass sie Luisa Fröhlich hieß. Womit ein gigantisches Fragezeichen übrigblieb.

Ob sie ihn einfach zur Rede stellen sollte? Oder erst mal mit Lämmchen darüber sprechen? Ja, das war eine Spitzenidee. Wenn es jemand gut mit ihr meinte, dann Lämmchen. Geburtstagsbesuch plus Liebescoaching, ein genialer Plan.

Eine halbe Stunde später hielt sie vor Lämmchens Wohnung. Ein schwarzer Porsche parkte quer und blockierte den halben Bürgersteig, so dass Luisa ziemlich lange herumrangieren musste, bis sie eingeparkt hatte. Es gab eben Leute, die ihre asoziale Seite auf der Straße auslebten.

Kopfschüttelnd stieg sie aus und klingelte an dem Türschild, auf dem in elegant geschwungenen Buchstaben der Name Annika Meyer geschrieben stand.

In der Wohnung im ersten Stock brannte Licht, das konnte man von außen sehen. Dennoch öffnete Annika nicht. Lag sie deprimiert auf dem Sofa herum? Ganz allein, ohne Gratulanten?

Luisa klingelte Sturm. Und jetzt, endlich, erklang der Summer. Sie nahm zwei Stufen auf einmal, voller Sorge um die junge Kollegin, die fast schon ihre Freundin war. Im ersten Stock angekommen, wartete sie vor der geschlossenen Tür. Eine Minute, zwei Minuten. Was war da los?

Ungeduldig klopfte sie mit den Fingerknöcheln, woraufhin die Tür einen Spaltbreit geöffnet wurde. Lämmchens Gesicht erschien dahinter, etwas verschlafen, wie es schien. Sie trug nur einen dünnen, rotseidenen Morgenmantel, die sonst so ordentlichen Haare standen ihr zu Berge.

»Luisa! Was machst du denn hier?«

Sonderlich erfreut klang es nicht gerade. Ihre Füße waren nackt. Ein wurzelnacktes Lämmchen sozusagen.

»Ich – ich wollte sehen, wie es dir geht. Und etwas Dringendes mit dir besprechen.«

Annika warf einen kurzen Blick über die Schulter, bevor sie sich wieder ihrer unangemeldeten Besucherin zuwandte.

»Was denn?«

Ach, du liebe Lotte, sie ist nicht allein, durchfuhr es Luisa. Und so zerzaust, wie sie aussieht, handelt es sich um Herrenbesuch! Damit hatte sie nicht im Entferntesten gerechnet. Lämmchen war doch noch ein halbes Kind.

»Oh, ich wollte nicht stören.« Luisa begutachtete noch einmal den roten Morgenmantel, der teuer und irgendwie aufregend sündig wirkte. »Wir können auch noch morgen reden.«

»Ja, wunderbar, lass uns morgen Mittag zusammen essen gehen. Ich lade dich ein. Zu einem gemütlichen Italiener.«

Irgendwie beschlich Luisa das Gefühl, Lämmchen hätte ihr jetzt auch einen Kurztrip in die Karibik versprochen, nur um sie möglichst schnell loszuwerden. Verständlich, wenn ein knackiger Romeo in ihrem Bett wartete. Dennoch irgendwie enttäuschend.

»Schönen Abend noch«, sagte sie.

»Gleichfalls.«

Und schon fiel die Tür zu. Undeutlich hörte man eine Männerstimme, gefolgt von Lämmchens hellem Sopran. Nicht lauschen, befahl Luisa sich, so was ist unfein. Natürlich blieb sie noch eine Weile mit angehaltenem Atem stehen. Doch außer einer betörend chilligen Musik, die plötzlich aufgedreht wurde, war nichts zu hören.

Tja. Das war's dann wohl mit dem Geburtstagsbesuch. Beschämt klappte Luisa ihre Handtasche auf und steckte die kleine Spieluhr zurück, die sie zu Hause in Geschenkpapier verpackt und mit einer roten Schleife versehen hatte. Ein besonders hübsches Teil aus dem 19. Jahrhundert, in Form einer Torte mit winzigen roten Herzen. Lämmchen hatte jetzt ein anderes Spielzeug. Es war lebendig, männlich und sicherlich das bessere Präsent.

Auf der Heimfahrt machte Luisa planlose kleine Umwege. Es war kindisch, aber sie wollte noch nicht nach Hause. Etwas fehlte ihr, und zwar ganz gewaltig. Es dauerte ein bisschen, bis sie darauf kam, was es war – sie brauchte Gesellschaft. Während sie so herumkurvte, ging ihr auf, dass die Arbeit ihre Sozialkontakte nicht nur ersetzt, sondern auch gekappt hatte. Aber jetzt gab es keinen Chef mehr, der ihr Extraaufgaben aufhalste, und auf einmal fühlte sich ihr Leben leer an.

Sie staunte nicht schlecht, als sie das Schild *Kleingartenverein Sonnenschein e. V.* vor sich auftauchen sah. War es Zufall? Schicksal? Fügung? Sie wusste es nicht.

Doch schon, als sie die Gummistiefel aus dem Kofferraum holte, hob sich ihre Laune. Sie hätte singen können. Und tatsächlich, sie sang. Laut, falsch, aber inbrünstig. Sie hätte tanzen mögen. Nein, sie tanzte nicht, aber nie zuvor war jemand so leichtfüßig auf Gummistiefeln durch eine Kleingartenanlage getänzelt.

Hingegossen auf seine Gartenliege, setzte Rudi gerade eine Bierflasche an, als Luisa mit einem schüchternen »Hallo« zu ihm trat. Er war nicht im mindesten überrascht.

»Na, Mädel, Hunger?«, fragte er schlicht.

Sie konnte nur nicken.

»Bedien dich.« Mit dem Kinn deutete er zu einem Tisch, auf dem ein dampfender Topf und eine Kristallschüssel mit Kartoffelsalat standen. »Die Würstchen müssten noch warm sein.«

Luisa nahm sich einen Teller mit Klatschmohnmuster, der eher nach Kaffeeservice aussah als nach Essgeschirr, und lud ihn voll. Wie früher, dachte sie. Als sie klein gewesen war, hatten Kartoffelsalat und Würstchen zu den hellsten Sternen ihres kulinarischen Himmels gehört. Auch der Senf war so wie früher, scharf, süß, cremig.

Sie setzte sich auf einen umgedrehten leeren Bierkasten. In dem Baum, der seine Zweige über Rudi ausstreckte, hing eine im Wind schaukelnde Glühbirnenkette, die der Szenerie etwas Unwirkliches verlieh. Kleine Lichtreflexe huschten über die dunklen Beete und Büsche. Das Ganze hatte etwas von einem nächtlichen Zaubergarten. Fehlte nur noch der Prinz. Aber der war daheim bei seiner *Principessa*. Verstohlen wischte sie sich eine Träne von der Wange.

»Servietten gibt's keine«, brummte Rudi. »Das Porzellan ist noch von meiner Frau. Sie hat es gesammelt, weißt du.«

»Ich sammle auch«, erwiderte Luisa. Sie schluckte ihre Tränen runter. »Alte Spieluhren.«

Unversehens befanden sie sich in einer herrlichen Fachsimpelei über das Sammeln im Allgemeinen und das Leben im Besonderen.

»Ohne den Garten hätte ich den Tod meiner Frau nie verwunden.« Rudi hustete angestrengt, vielleicht tat er auch nur so, um seine Rührung zu verbergen. »Ein Garten ist besser als jeder Psychoklempner.«

»Hilft das Grünzeug auch gegen Liebeskummer?«

»Wer weiß. Wenn ich meinen Moralischen kriege, zerhacke ich was.«

»Deshalb die Kettensäge?«

Er blinzelte sie an.

»Ja. Hast recht. Manchmal halte ich es nicht aus, dass meine Frau einfach an Herzversagen gestorben ist, und dann muss die Wut irgendwohin. Aber genauso schön ist es, wenn so 'ne Pflanze wächst und wächst, als gäb's kein Morgen ...«

So kamen sie von Hölzchen auf Stöckchen. Weder der Altersunterschied noch ihre vollkommen verschiedenen Lebenswege spielten eine Rolle. Sie trafen sich einfach irgendwo auf der Mitte. Es war nach elf und stockdunkel, als Luisa das dritte Würstchen in den Senf tunkte.

»Du musst mir unbedingt das Rezept für den Kartoffelsalat geben«, seufzte sie. »Der macht glücklich.«

Rudi hatte sein Käppi tief in die Stirn gezogen, so dass man kaum seine Augen sah. Träge angelte er sich ein neues Bier aus der wassergefüllten Wanne, die neben ihm im Gras stand.

»Die Chinesen sagen: Willst du einen Abend lang glücklich sein, trinke Bier. Willst du eine Woche glücklich sein, schlachte ein Schwein. Willst du ein Jahr glücklich sein, heirate.« Er prostete Luisa zu. »Und willst du dein Leben lang glücklich sein, schaff dir einen Garten an.«

Sie hatte diese Weisheit irgendwo schon mal gehört, allerdings ein bisschen anders.

»Das mit dem Bier hast du erfunden«, lächelte sie.

»Erfunden oder nicht, stimmt jedenfalls.«

»Willst du zehn Minuten glücklich sein, futtere ein Würstchen«, spann Luisa den Faden weiter.

»Wenn ein Würstchen dich glücklich machen soll, muss es schon vegan sein«, sagte jemand.

Noch nie hatte eine Stimme Luisa gleichermaßen elektrisiert und erschreckt. Sie kippte fast vom Bierkasten, als sie sich ruckartig umdrehte. Selbst im Halbdunkel erkannte sie ihn sofort. Eddy war unverwechselbar.

»Immer nur rein in die gute Stube, Herr Nachbar«, knurrte Rudi und brachte es tatsächlich fertig, sein Knurren freundlich klingen zu lassen. »Ich hätte noch ein lauwarmes Bier im Angebot.«

Eddy kam ein paar Schritte näher. Ein Widerschein der schwankenden Glühbirnen irrlichterte über sein markantes Gesicht. Er wirkte ungewöhnlich ernst. Seine Augen glühten düster.

»*Ciao, bella.* Hi, Rudi.«

Nervös malte Luisa mit ihrem Würstchen Zickzackmuster in den Senf. Hoffentlich merkte niemand, dass ihr das Herz bis zum Hals klopfte. Warum war er hergekommen? Was wollte er hier? Als Familienvater geisterte man doch nicht nachts in Kleingartenanlagen herum.

»Also was jetzt – ein Bier? Oder lieber was zu essen?«, insistierte Rudi.

»Eigentlich«, Eddy versenkte die Hände in den Taschen seines Parkas, »*insomma*, eigentlich wollte ich Luisa sprechen.«

O Gott. Nicht das. Bestimmt würde er ihr jetzt eröffnen, dass er unfassbar glücklich verheiratet war. Und das, wo sie emotional sowieso schon auf der letzten Rille surfte. Langsam stand sie auf und stellte den Teller zurück auf den Tisch.

»Ich wollte gerade gehen. Ist spät geworden, morgen muss ich früh raus.«

Was man eben so sagte, wenn man sich schnellstens verdrücken wollte. Nicht originell, aber wirkungsvoll. Auf Eddy wirkte das dummerweise überhaupt nicht. Auf einmal stand er dicht neben ihr.

»*Cara, per favore,* nur eine Minute.«

»Aaaaah, die Arthrose«, ächzte Rudi und stemmte sich mit steifen Gliedern von seiner Liege hoch. »Ich geh mal in die Laube, meine Tabletten holen.«

Bleib hier!, hätte Luisa ihm am liebsten zugerufen. Lass mich bloß nicht mit Eddy allein! Doch Rudi stiefelte schon zu seiner Gartenlaube, die einem windschiefen Hexenhäuschen ähnelte mit dem tiefgezogenen Dach und den kleinen Butzenscheiben.

Plötzlich begann Luisa zu zittern. Nach wie vor trug sie nur ihr Kleid. Bis jetzt hatte das gereicht an diesem lauen Sommerabend. Bis jetzt. Sie schlang die Arme um ihren frierenden Körper.

»Was willst du hier? Wie hast du mich gefunden?«

»Die Webcam, *cara*.« Eddy zeigte in die Richtung seines Gartens. »Ist ein megageiles Gerät, extrem lichtstark, mit einem Wahnsinns-Zoom.«

»Das heißt, du hast – uns beobachtet?«

Statt einer Antwort zog Eddy seinen Parka aus und legte ihn Luisa um die Schultern. Die Wärme, die von dem Stoff ausging, verbrannte fast ihre nackten Arme.

»Du bist also so ein kranker Stalker«, flüsterte sie.

»Nicht mehr und nicht weniger als ein paar hundert Fans von *Save Aunt Ruth's Garden*«, flüsterte er zurück. »*Allora*, hab zu Hause nur aus Spaß auf dein Gesicht gezoomt, weil ich ausprobieren wollte, ob es die Hammerwebcam bis zu Rudis Garten schafft. Ihr wart ja ganz nah am Zaun.«

»Und?«

Er strich ihr eine Strähne aus der Stirn.

»Da hab ich, na ja, deine Tränen gesehen.«

Ertappt. Luisa schwieg peinlich berührt. Was sollte sie ihm auch sagen? Dass sie das heulende Elend packte, weil er glücklich war, und zwar zufälligerweise mit einer anderen Frau? Dass sie seit dem Besuch in seinem Ökoladen wie Falschgeld durch die Gegend lief? Dass …

»Ich kann Frauen nicht weinen sehen, ist so 'n blöder Ritterreflex. Komm mit, *carissima*«, raunte er. »Das sollten wir nicht hier besprechen.«

Sie sahen zu Rudis Gartenlaube. Nichts regte sich darin. Allerdings war anzunehmen, dass Rudi mit seinem Verschwinden nicht nur einen taktvollen Rückzug im Sinn gehabt hatte, sondern von seinem Logenplatz aus höchst aufmerksam den weiteren Lauf des Geschehens verfolgte.

»Es gibt nichts zu besprechen«, erwiderte Luisa gespielt desinteressiert.

Eddy lächelte. Zum ersten Mal, seit er Rudis Garten betreten hatte.

»Aber ja. Komm mit auf mein Schloss. *È per me un onore,* ist mir eine Ehre.«

Die Glut unter Eddys Parka entwickelte sich allmählich zu einem lodernden Feuer. Die Hütte brennt!, rief ihre innere Stimme, rette sich, wer kann! Was zum Henker machst du noch hier? Fahr nach Hause, bevor du dir Brandblasen auf der Seele holst.

»Tschüss, Rudi!«, rief Luisa. »Danke für alles!«

In der Gartenlaube blieb es mucksmäuschenstill. Auch Licht war keins zu sehen.

»Hm, alles dunkel«, sagte Eddy.

Luisa sah ihm geradewegs ins Gesicht.

»Nicht so dunkel wie das tiefschwarze Loch, das du in meinem Herzen hinterlassen hast.«

Kapitel 15

»*Che cavolo*, was zum Teufel …? Wie soll ich das verstehen? Ich? Soll ein … Loch in deinem …? Also wirklich!«

Entrüstet funkelte Eddy sie an.

Tante Ruth hatte mal gesagt: Der Hektiker rast bei Gelb über die Ampel, der Besonnene wartet auf Rot und gibt dann Vollgas. Auf einmal konnte Luisa diesen Satz bestens nachvollziehen. Sie hatte viel zu lange gewartet und war nun mit Karacho mitten ins Chaos gebrettert. Warum hatte sie Eddy nicht gleich am Morgen zur Rede gestellt? Warum hatte sie sich einen geschlagenen Tag lang mit ihrem Kummer rumgequält?

»Du hast eine Frau, ein Kind!«, brach es aus ihr heraus.

»Ich habe – was?« Er raufte sich die dunklen Locken. »Kannst du mir bitte mal beibiegen, wie du darauf kommst?«

Luisa war einer Herzattacke nahe.

»Ich habe die beiden doch gesehen! Heute Morgen! In deinem Laden, verdammt!«

Seine Augenbrauen rutschten fast bis zum Haaransatz hoch.

»*Come* … Du meinst Dana?«

»Wie sie heißt, ist mir doch komplett egal! Aber du rennst durch die Gegend und pflückst jede Blume am Wegesrand, du, du – Schrebergarten-Casanova!«

Im flackernden Licht der Glühbirnen veranstalteten Eddys Augen ein grünbraungoldenes Feuerwerk. Um seine Mundwinkel zuckte es. Lachte er etwa?

»Es ist nicht so, wie du denkst, Dana will nur Sex«, stieß er hervor und prustete auch schon los. »Nein, Spaß, ehrlich, Dana ist eine gute Freundin, nichts weiter.«

Seine ausgelassene Erheiterung konnte Luisa beim besten Willen nicht teilen. Er wollte ihre Hand nehmen, doch sie schüttelte ihn ab.

»Eine gute Freundin? Die allabendlich für dich kocht, oder was? Und die eine Tochter hat, die sich in deine Arme stürzt wie in die vom lieben Papi höchstpersönlich?«

Irgendwie erwischte Eddy doch noch ihre Hand und drückte sie sanft.

»Dana hat ein veganes Restaurant. Von Zeit zu Zeit esse ich abends bei ihr, das ist alles. Ninis Vater hat sich gleich nach der Geburt aus dem Staub gemacht, deshalb bin ich so was wie der liebe Onkel. *Nient'altro,* nichts weiter.«

Zu. Viel. Information. Die musste Luisa erst einmal verdauen. Ein veganes Restaurant, aha. Ein abtrünniger Vater, ach so. Und ein guter Freund, der die Rolle des lieben Onkels übernahm, hm. Letztlich war damit alles geklärt. Dennoch fiel es ihr schwer, sich von einer Sekunde zur anderen von ihrer angestauten Wut und ihrer grenzenlosen Enttäuschung zu befreien.

Eddy schien ihre Gedanken zu erraten. Mal wieder.

»Hey, mach nicht so ein Gewittergesicht. Brauchst du eine offizielle Unbedenklichkeitsbescheinigung, *cara*? Soll ich zum Beziehungsarzt gehen? Mir ein Attest ausstellen lassen, dass ich clean bin? Ohne weibliche Rückstände?«

Sie musste die Lippen zusammenpressen, um nicht zu lachen.

»Ah, du lachst, fast jedenfalls!«, triumphierte er.

»Na ja, so innerlich.«

Sacht zog er sie an sich. Und das wirkte so vertraut, so erlösend vertraut, dass Luisas Verspannung wie von selbst verschwand. Es war wie Nachhausekommen nach einer langen, anstrengenden Reise.

»Ich habe dir Holunderblütensekt versprochen«, flüsterte Eddy dicht an ihrem Ohr. »Und im Allgemeinen halte ich meine Versprechen. Ready for take-off für unser erstes Date?«

»Dann versprich mir, dass es ein ganz normales, peinliches erstes Date wird«, wisperte Luisa.

»Geht klar, *tesoro*.«

Für Luisa ging das keineswegs so klar. Normalerweise waren erste Dates ihr absoluter Horror. Wenn es überhaupt mal dazu gekommen war, hatte es nämlich oft keine Fortsetzung gegeben. Und das, obwohl sie sich stets sorgfältig vorbereitete – stundenlang duschen, fönen, cremen, schminken, Outfits an- und wieder ausziehen, Sinnkrisen wegmeditieren. Der ganze Kladderadatsch eben, den Frauen so veranstalten, bevor sie zum ersten Mal einen Abend mit einem Mann verbringen.

Heute war ihre Vorbereitung gleich null. Sie trug ein nicht mehr ganz frisches Kleid, dazu Gummistiefel, sie war ungeschminkt, ungefönt, bis zur Unterkante Oberlippe abgefüllt mit Würstchen und Kartoffelsalat, an ihren Händen klebte Erde. Perfekt.

Doch es war okay. Bei Eddy war es okay. Noch immer hielt er ihre Hand, während sie zu seinem Garten schlenderten. Die Nacht war sternenklar. Eine feierliche Stille lag über den Gärten, in denen die meisten Lichter erloschen waren. Luisa wusste nicht, was sie erwartete, aber ein unerklärliches Urvertrauen sagte ihr, dass alles gut so war, wie es war.

Schweigend öffnete Eddy sein Gartentor. Der Wind rauschte sacht durch die Obstbäume, ein betäubender Duft nach Flieder und Jasmin hüllte Luisa ein. Eddy holte eine Fernbedienung aus der Hosentasche seiner Jeans und drückte darauf. Unzählige Lämpchen flammten entlang des Weges auf, der durch den Garten führte. Aus zwei kleinen Springbrunnen plätscherte Wasser.

»Wow«, hauchte Luisa.

»Hightech is my tech«, schmunzelte er. »Ich bastele gerade an einem künstlichen Wasserfall. Der Garten hier ist so eine Art durchgeknallter Hobbykeller für mich. Und hier mein Gartenhäuschen, *guarda* ...«

Jetzt erst entdeckte Luisa seine Laube. Sie war von unten bis oben mit Efeu überwuchert, so dass man sie von weitem glatt übersehen konnte inmitten des üppigen Grünzeugs. Eine bunte Lichtergirlande glomm auf, als sie näher kamen.

»Bewegungsaktivierte Beleuchtung«, erklärte Eddy. »Du weißt ja, ich bin der total kindische Spielzeugtyp.«

Vor der gläsernen Tür der Laube machte er halt und tippte einen Zahlencode in das Tastenfeld am Türrahmen. Wie von Zauberhand teilte sich die Tür, zwei Glasscheiben glitten auseinander. Das Ganze wirkte wie in einem schrägen James-Bond-Film.

It's a kind of magic«, summte Eddy den alten Queen-Song.

Und das war noch untertrieben. Luisa ging einen Schritt hinein und blieb wie angewurzelt stehen. Hatte das mit dem Beamen doch noch geklappt?

»Galaktisch«, murmelte sie.

Auf einmal befand sie sich nicht mehr in einer Schrebergartenanlage, sondern in einem Raumschiff. Die Wände waren mit silberglänzenden Aluminiumplatten verkleidet, längliche, silberfarbene Deckenlampen schwebten wie Ufos im Raum. Rechter Hand hatte Eddy ein veritables Cockpit eingerichtet, mit Computertürmen und Monitoren, die durch unzählige bunte Kabel miteinander verbunden waren. Zur Linken stand ein kleiner Metalltisch nebst zwei Stühlen, an der Stirnwand ein Bett, das auf Metallpfosten ruhte.

»Aus welchem Universum kommst du?«, fragte sie mit tonloser Stimme.

»Bin halt 'n nerdiger Freak.« Er ging zu einem mannshohen silberfarbenen Kühlschrank und holte eine bauchige Flasche heraus, die er geschickt entkorkte. »Eiswürfel dazu, *cara*?«

»Ja, warum nicht?«

Luisa hatte noch nie Sekt mit Eiswürfeln getrunken. Aber in Eddys Universum galten vermutlich andere Gesetze. Auch die Schwerkraft schien aufgehoben zu sein, denn sie fühlte sich auf einmal leicht wie eine Feder.

Aus einem großen Aluminiumkoffer, den er zum Schrank umfunktioniert hatte, holte Eddy zwei Gläser. Nachdem er sie gefüllt hatte, stellte er sie in ein Fach des Kühlschranks, drückte auf eine Taste, und – plopp, plopp, plopp, fielen Eiswürfel hinein.

»Noch ein tolles Spielzeug«, lächelte sie. »Allmählich verstehe ich, wie dein Universum tickt.«

Er reichte ihr ein Glas.

»Galaktisch eben. Auf dich. *Salute.*«

Es schmeckte himmlisch. Luisa hätte ihren Sekt am liebsten auf einen Zug ausgetrunken, nippte aber nur daran. Sie und der Alkohol, das war einfach kein gutes Team.

»Was machst du eigentlich mit dem ganzen Elektronikkrempel?«, fragte sie. »Die NASA hacken? Die Weltherrschaft übernehmen?«

Eddy setzte sich an das Cockpit und aktivierte einen Monitor.

»Zum Beispiel *Save Aunt Ruth's Garden* managen. Du wirst staunen, die Aktion haut rein wie nix. Wir sind jetzt bei fast fünfhundert Euro.«

»Irre! Das bedeutet Rollrasen!«, frohlockte Luisa.

Er klickte auf der Tastatur herum.

»*Non posso crederci,* ich werd verrückt. Ein Typ, er heißt ›Fun Idiot‹, will, dass du Marihuana pflanzt!«

»Kommt gar nicht in die Tüte.«

»Ganz meine Meinung.«

Nach einem weiteren Klicken auf die Tastatur strömte sphärische Musik aus futuristischen silberfarbenen Boxen. Eddy lehnte sich zurück, die Hände hinter dem Kopf gefaltet.

»Grasanbau würde Stress ohne Ende geben. Obwohl …«, er zwinkerte ihr zu, »früher habe ich manchmal Brownies mit einer Prise Hanf gebacken. Für einen traumreichen, gesunden Schlaf.«

Unwillkürlich schaute Luisa zum Bett, dessen dunkelblaue Bettwäsche mit kleinen hellgelben Sternen bedruckt war. Eddy folgte ihrem Blick.

»Übernachten ist hier in der Anlage streng verboten«, grinste er. »Hält sich aber keiner dran. Rudi zieht im Sommer immer ganz her. Der wohnt dann richtig in seiner Laube.«

»Und du? Übernachtest du oft hier?«

»Kommt drauf an.«

Worauf denn? Seine Augen verrieten es. Plötzlich lud sich die Luft zwischen ihnen elektrisch auf. Kleine Stromstöße versetzten Luisa in eine sanfte Vibration, ein Phänomen, das sie zutiefst beunruhigte. Kein Sex beim ersten Date war ihre eiserne Regel. Streng verboten, sozusagen. Sie wandte ihren Blick von der Bettwäsche ab und betrachtete eingehend ihre Gummistiefel. Trotzdem steigerte sich die knisternde Spannung ins Unerträgliche.

»Verstehe«, sagte Eddy nur.

Sie sah auf.

»Was denn?«

»*Cara*, tut mir echt leid, aber ich kann deine Gedanken lesen wie einen Blog.«

»Ach ja? Und was liest du gerade?«

»Eine Frage. Und meine Antwort ist, dass hier nichts passieren wird, was du nicht willst.«

Langsam stand Eddy auf, ging zu ihr und berührte ihr Glas mit seinem. Das feine Pling trieb Luisa einen Schauer über den Rücken. Sie hob herausfordernd ihr Kinn.

»Heißt das etwa umgekehrt, dass hier alles passiert, was ich will?«

»Genau das, was du willst«, bekräftigte Eddy.

Sein verführerisches Lächeln zeigte, dass er ihre Erregung spürte, dass er wahrscheinlich sogar jedes Wort der Diskussion mit anhörte, die Luisas innere Stimme gerade anzettelte. Wie immer war es die Stimme der Vernunft. *Kein Sex beim ersten Date!* Und was ist mit Küssen?, fragte Luisa stumm. Ist wenigstens Küssen erlaubt?

Die Antwort gab sie sich selbst. Über die Gläser hinweg neigte sie ihren Kopf in seine Richtung und schloss die Augen. Als sie seine Lippen auf ihren spürte, fielen die Gläser klirrend zu Boden. Weder sie noch Eddy achteten darauf. Dies war kein Kuss. Es war eine Begegnung der dritten Art, extraterrestrisch, galaktisch, schwerelos.

Luisa schmolz dahin, während sie alles überdeutlich wahrnahm – seine weichen Lippen, das leichte Kratzen seines Dreitagebarts, seinen straffen, männlichen Körper, die muskulösen Arme, die sie umfingen, den Duft eines Menschen, der ihr von Anfang an vertraut gewesen war.

»Luisa, *cara*«, murmelte er.

Es war der aufgeraute Klang seiner Stimme, der sie förmlich von den Füßen fegte.

»Ja«, sagte sie. Ganz einfach: »Ja.«

Er tupfte ihr ein paar scheue Küsse auf die Lippen.

»Soll das heißen, ich darf ... bei dir ... Blumen pflücken?«

Ihr wurde fast schwindelig vor Begehren.

»Mach mir den Garten«, flüsterte sie.

Stunden später, vielleicht auch Lichtjahre, erwachte sie in seinem Arm. Er lag auf der Seite und schaute sie wieder so intensiv an, als wollte er sich alles an ihr genauestens einprägen. Luisa war unfähig zu sprechen. Mit den Fingerspitzen zeichnete sie seine Kinnlinie nach, strich über die dunklen, überraschend weichen Bartstoppeln, bis hoch zum Ohr.

Immer noch war sie vollkommen überwältigt. Was sie mit Eddy erlebt hatte, war wie das allererste Mal überhaupt gewesen. Sonderlich viele erotische Erfahrungen hatte sie ohnehin nicht gemacht, aber nie zuvor hatte sie diese geradezu kosmischen Schwingungen gespürt, nie war sie in ferne Sonnensysteme geschleudert worden, und vor allem hatte sie sich noch nie einem Mann derart rückhaltlos hingegeben.

Eddy drückte sie an sich, und ein freches kleines Grinsen erschien auf seinem Gesicht.

»*Insomma,* ich hatte mit Applaus gerechnet, aber ich denke, dass respektvolles Schweigen ebenfalls angemessen ist.«

Die Wärme seiner Augen und die innige Umarmung straften seine schnoddrige Bemerkung Lügen. Himmel, es hat ihn genauso erwischt wie mich, durchzuckte es Luisa. Und bestimmt ist er jetzt genauso verspult drauf wie ich.

Sie nahm sich vor, den Ball flach zu halten. Ganz eindeutig war es viel zu früh für irgendwelche emotionalen Geständnisse. Schließlich zeigten sich nur millimeterkleine Blättchen eines winzigen Gefühlspflänzchens, das soeben seine ersten Triebe aus der Erde reckte. Nun ja. Luisa hätte fast schon von einer stattlichen Pflanze sprechen können. Aber das würde sie sich auf keinen Fall anmerken lassen.

»Ich habe die Petersburger Schlittenfahrt vermisst, ansonsten warst du nicht übel für den Anfang«, witzelte sie zurück. »Dabei hatte ich nicht mal meine sensationell scharfe schwarze Spitzenwäsche an. Falls du auf so was stehst.«

»Oh, ich liebe schwarze Spitzenwäsche, solange ich sie nicht selber tragen muss.«

Luisa kicherte ein bisschen, und er begann, ihren Nacken zu streicheln, eine ihrer empfindsamsten Zonen. Natürlich hatte er das gleich am Anfang herausgefunden. Stöhnend wand sie sich unter seinen Berührungen und streckte ihre Hand nach ihm aus. Wieder trafen sich ihre Lippen, wieder geriet sie in einen kosmischen Taumel, bei dem man nicht mehr wusste, wo oben und unten war, und wo nur Eddy existierte im sternenfunkelnden Universum.

Die Vögel zwitscherten längst, bläuliches Morgenlicht fiel in Streifen durch die Lamellenjalousien aufs Bett, als Luisa zur Uhr schaute. Halb sechs. Schwer vorstellbar, dass die Welt draußen noch stand, nach diesen eruptiven Ereignissen. Andererseits sprach die nüchterne Erfahrung dafür, dass die Welt im Allgemeinen und die Fun Connection im Besonderen das erotische Erdbeben in Eddys Laube überstanden hatten. Die Arbeit rief.

Behutsam machte sich Luisa aus Eddys Armen los. Nach einigem Suchen fand sie ihr restlos verknittertes Kleid am Fußende des Betts und schlüpfte hinein. Dann zog sie ihre Gummistiefel an. Das war auch nötig, denn die Scherben der Gläser lagen noch auf dem Boden, genau dort, wo diese unglaubliche Liebesnacht begonnen hatte.

»*Buongiorno.*« Eddy öffnete ein Auge, das zweite folgte. »*Oh dea venuta sulla terra, rendimi immortale con un bacio.*«

»Äh – geht das auch so, dass ich es verstehe?«

Er spitzte die Lippen zu einem Luftkuss und lächelte betörend.

»O Göttin, die du auf die Erde herabgestiegen bist, mach mich unsterblich mit einem Kuss.«

Wie poetisch. Luisa hätte heulen können vor Glück. Wie viele Männer gab es denn schon, die einer Frau derart wunderbare Sachen sagten? Zudem war Eddy eine Augenweide, wie er so zwischen Kissen und Decken lag, nackt, ein bisschen träge, unendlich verlockend. Sie verschlang ihn mit den Augen. Den durchtrainierten Oberkörper, das unfassbare Sixpack darunter sowie einiges mehr, was ihr grenzenlose Lust bereitet hatte.

»Komm«, raunte er verführerisch. »Ich möchte noch einmal mit dir ...«

Ihr Handy klingelte. Ohne weiter nachzudenken, ging sie ran.

»Wo sind die Marktanalysen?«, schlug ihr die wütende Stimme des Killers entgehen. »Ich hatte Ihnen gestern Abend eine Mail geschickt, dass ich alles schon heute früh um fünf Uhr brauche. Für unsere Geschäftspartner in Asien. Bei denen ist es nämlich schon Mittag!«

Es war wie eine kalte Dusche.

»Oh, Entschuldigung«, Luisa sah, wie Eddy verständnislos den Kopf schüttelte, und drehte sich von ihm weg, »die Mail hatte ich übersehen.«

»Übersehen. Hm. Frau Fröhlich, das macht keinen sonderlich guten Eindruck.«

Mist. Sonst checkte Luisa rund um die Uhr ihre Mails auf dem Handy, aber dazu war sie in den letzten acht Stunden natürlich nicht gekommen.

»Ich setze mich sofort dran«, versprach sie.

»Das will ich hoffen«, kam es barsch zurück.

Das Gespräch war beendet, und Luisa setzte sich neben Eddy aufs Bett.

»Ich muss gehen«, sagte sie bedauernd.

Sichtlich enttäuscht stopfte er sich das Kopfkissen in den Rücken und verzog den Mund.

»Bist du eigentlich immer im Dienst? Hast du kein Privatleben?«

»Eddy, die Firma …«

»*Scusi,* Süße, aber manchmal habe ich das Gefühl, dass diese Firma dich auffrisst. Beziehungsweise dass du dich auffressen lässt. Ist doch nicht normal, dass dein Chef dich morgens um kurz vor sechs anruft. Wieso gehst du überhaupt ran? Jedes Mal, wenn ich dich sehe, kommt so ein blöder Anruf, und du bist weg.«

»Ja, stimmt.« Luisa atmete tief. »Ich arbeite dran, ja? Life-Work-Balance und so. Aber jetzt muss ich wirklich gehen.«

»Nicht ohne einen Espresso, *cara mia.*«

Mit einem Satz sprang er aus dem Bett und tappte barfuß zu seinem Cockpit. Inmitten des Kabelgewirrs stand eine chromglänzende Espressomaschine, die Miniaturausgabe seiner Maschine im Laden. Während er die Kaffeebohnen mahlte und frisches Wasser in den Tank gab, trat Luisa hinter ihn und schmiegte ihre Wange an seinen nackten Rücken.

»Du riechst so gut«, seufzte sie.

»Irrtum, das ist der Fair-Trade-Bio-Espresso. Extra für dich habe ich eine besonders aromatische Sorte ausgesucht – italienischer Roma, siebzig Prozent Arabica, dreißig Prozent Robusta. Satte Crema, sehr erdig, mit einer leichten Schokoladennote. Und alles aus biologischem Anbau.«

»Brauch ich ein Kaffeediplom, bevor ich ihn trinken darf?«

»Für dich mach ich eine Ausnahme, *dolcezza.*«

Er drehte sich mit der Tasse zu ihr um.

»Verschlafen siehst du noch besser aus, weißt du das?«

Etwas befangen trank sie einen Schluck Espresso. Sie konnte sich schon denken, wie sie in Wirklichkeit aussah: verdrückt, verstrubbelt, verpeilt, kurz – wie eine Frau, die wenig geschlafen, aber überwältigenden Sex gehabt hatte.

»Schmeckt gut, dein Biokaffee«, lenkte sie ab.

Mit beiden Händen ordnete er ihr Haar und hauchte ihr einen Kuss auf den Scheitel. Eddy war fast einen Kopf größer als sie, und Luisa genoss es aus einem unerfindlichen Grund. Vielleicht, weil sie sich bei ihm beschützt fühlte. Nur seine nackten Füße beunruhigten sie.

»Bitte zieh dir Schuhe an, hier liegen überall Scherben.«

»*Non ti preoccupare*, keine Sorge, ich passe auf.«

Sie stellte die leere Tasse neben die Kaffeemaschine. Dabei streifte sie ihn aus Versehen mit dem Ellenbogen an einer empfindlichen Stelle. Gespielt schmerzlich verzog er das Gesicht.

»Willst du mir meine Familienplanung ruinieren?«

»Nö. Schon vergessen, wie vorsichtig ich letzte Nacht war?«

»Du warst überhaupt nicht vorsichtig, *cara.*« Er küsste sie, heiß und sinnlich. »Du warst eine Wildkatze.«

Spielerisch ließ Luisa ihn ihre Krallen spüren. Worauf sie zurück ins Bett fielen und eine frühsportliche Runde purer Leidenschaft einlegten, die die letzte Müdigkeit aus ihrem Körper vertrieb.

Ein schlechtes Gewissen hatte Luisa schon, als sie wieder aufstand. Der Killer war unerbittlich, und sie musste schleunigst los, um die Marktanalysen auszuwerten. Immerhin fühlte sie sich hellwach und energiegeladen, als sie es tatsächlich schaffte, durch die Glastür zu schreiten und nach draußen zu gehen. Eddy begleitete sie, in schwarzen Boxershorts und Segeltuchschuhen ohne Schnürsenkel, was Luisa ziemlich cool fand. Hand in Hand gingen sie den Gartenweg entlang, der von rotblühenden Oleanderbüschen gesäumt war.

»Denk dran, Marsha aus Oregon will Oleander«, sagte Eddy.

»Wenn du möchtest, besorg ich dir bis heute Abend ein paar Büsche. Die Unterstützer wollen Fortschritte sehen. Deshalb heißt es ja interaktiv – ein bisschen aktiv müssen wir schon werden.«

Wir. Er hatte *wir* gesagt. Dass man sich über ein einziges Wort so freuen konnte. Luisa drückte seine Hand.

»Das wäre großartig. Nur das Geld …«

»*Non c'è problema*, ich kenne eine Baumschule, die Bitcoins nimmt.«

»Bitte?«

»Bitcoins, die Währung des Internets. Da braucht man keine Bank, kein Bargeld, alles läuft virtuell. Deshalb können wir direkt auf die Kohle zugreifen. Ich zeig's dir bei Gelegenheit, *tesoro*. Dann kannst du an deinem eigenen Rechner schauen, wie viel zusammenkommt und was wir ausgeben.«

Wow. Eddy hatte es wirklich drauf mit den Innovationen des Internets. Umso erstaunlicher, dass er neben der digitalen Welt auch die analoge Natur im Griff hatte. Während sie den Garten durchquerten, wunderte sich Luisa einmal mehr über die Gemüsebeete, die förmlich überquollen. Ganze Trauben tiefroter Tomaten hingen dicht gedrängt an hochgebundenen Stauden, daneben ringelten sich prall behängte Erbsen- und Bohnenranken um parallel gespannte Bindfäden.

»Sieh dir das Gemüse noch mal gut an«, lachte Eddy, »ein Teil davon wird schnöde gemeuchelt und auf den veganen Pizzen landen. Du brauchst alles morgen um neun, *giusto?*«

Herrje, das Meeting im Grünen. Wenn man gerade in einem anderen Sonnensystem unterwegs gewesen war, wirkten solche irdischen Dinge weit, weit weg.

»Ja, neun wäre gut, offizieller Beginn ist um zehn, und die Bänke …«

Ein lautes Rattern unterbrach sie. Wie ein König thronte Rudi Kasunke auf einem kleinen Gartenbagger und hielt tuckernd auf Luisas Parzelle zu. Flucht war zwecklos. Seinen hochgezogenen Augenbrauen nach zu schließen, hatte er sie längst gesehen. Abrupt stieg er auf die Bremse, so dass sein Gefährt einen kleinen Hüpfer nach vorn machte und schaukelnd vor Eddys Garten stehen blieb.

»Ja, gibt's denn so was?«, brüllte er. »Was soll ich denn davon halten?«

»Morgenstund hat Gold im Mund!«, rief Luisa heftig winkend. »Ich bin extra früh aufgestanden, weil Eddy mich zum Frühstück eingeladen hat!«

Das entsprach zwar nicht ganz der Wahrheit, war aber auch nicht gerade gelogen, fand sie.

»Kinder, ihr habt es faustdick hinter den Ohren«, brummte Rudi.

»Na, meinetwegen. Das Leben ist zu kurz, um auf das bisschen Spaß zu verzichten.« Er kratzte sich am Ohr. »Nee, zu lang.«

Ratternd sprang der Schaufelbagger wieder an. Zusammen mit Eddy schob Luisa das Tor zu ihrem Garten auf, und Rudi holperte über die verkümmerten Beete zu der Kiesfläche. Krachend senkte sich die Schaufel in den Kies.

»Danke, Rudi!«, rief Luisa. »Bis heute Abend!«

Eddy brachte sie bis zu ihrem Wagen, ohne sich an den neugierigen Blicken zu stören, die seinem eigenwilligen Styling galten. Sicherlich auch seinem sehenswerten Körper, was die weiblichen Hobbygärtner betraf.

»Läufst du öfter oben ohne durch die Anlage?« Sie streckte ihm die Zunge raus. »Du machst hier alle Frauen verrückt.«

»Hatte keine Lust auf so ein dämliches Motto-T-Shirt«, erwiderte Eddy. »Und was anderes hatte ich nicht in der Laube, *scusa*.«

»Stehen dir aber, die dämlichen Sprüche«, neckte sie ihn. »Ich könnte ja ein T-Shirt für dich bedrucken lassen, mit einem Motto, das zu dir passt.«

Sie dachte nach. Hm. Eddy, der Garten, die Crowdfunding-Aktion. Es musste frech klingen, ein bisschen anzüglich, und es musste was mit Gärten zu tun haben

»Mach mir den Garten!«

Eddy sah sie amüsiert von der Seite an.

»Mit dem Spruch hast du mich gestern Nacht voll geflasht, *cara*.« Und schon brach er in Lachen aus. »Geil. Will ich haben!«

Er legte ihr einen Arm um die Schulter. Eng umschlungen gingen sie weiter, während Eddy freundlich nach rechts und links grüßte. Als sei es total normal, in Boxershorts durch eine Schrebergartenanlage zu spazieren. Niemand schien sich ernsthaft daran zu stören. Es war eben eine eigene Welt hier.

»Kontaktdaten austauschen?«, fragte er, als Luisa ihr Auto aufschloss.

»Klar. Damit du mich nachts betrunken anrufen kannst.« Verschmitzt lächelnd holte sie ihre Visitenkarte mit Handynummer und E-Mail-Adresse aus der Handtasche. »Hoffe ja nur, dass sich unsere weiteren Kontakte nicht auf SMS und Mails beschränken.«

»Vergiss nicht die Webcam«, grinste er.

Plötzlich hatte Luisa eine Eingebung. Sie wühlte in der Handtasche und holte das Geschenk mit der roten Schleife heraus.

»Für mich?«, fragte er verdutzt.

»Für den Mann mit dem lustvollen Spieltrieb. Pack schon aus.«

Vorsichtig, fast andächtig zog er die Schleife auf und entfernte das Papier. Luisas Puls beschleunigte sich. Ob er so was mochte? Eine nostalgische Tortenspieluhr mit roten Herzen? Ein Souvenir aus dem Maschinenzeitalter? Wie sehr sie sich das wünschte.

Nachdem er Luisa fragend angeschaut hatte, drehte er an der seitlichen Schraube, um den Mechanismus aufzuziehen. Eine feine Glockenspielmelodie erklang. Wie hypnotisiert starrte Eddy auf die Spieluhr. Er schien völlig aus der Fassung zu geraten, während er der Melodie lauschte.

»Was ist?« Luisa wurde unsicher. »Gefällt sie dir nicht? Findest du sie kitschig?«

»*Cara*«, seine Stimme klang belegt, »du weißt, was das für ein Lied ist?«

Sie schüttelte den Kopf. Spieluhren neueren Datums dudelten »Happy Birthday«, »Für Elise« oder berühmte Filmmusiken. Diese Spieluhr war quasi ein Museumsstück. Ihr gefiel die Melodie, aber woher sie kam und was sie bedeutete, wusste sie nicht. Wieder drehte Eddy an der Schraube, und die Musik erklang von neuem. Leise summte er mit.

»*Parlami d'amore ...*«

Luisa sprach so gut wie kein Italienisch, aber was *amore* bedeutete, wusste fast jedes Kind. Sie wurde rot. Keine besonders schlaue Idee, ein Liebeslied zu verschenken, wenn man den Ball flach halten wollte. Oje. Die Axt im Haus ist die Mutter der Porzellankiste, sagte Tante Ruth immer.

»Das Teil hab ich mal auf einer Spielzeugmesse günstig gekriegt, weil der Mechanismus kaputt war«, plapperte sie schnell drauflos. »Zu Hause habe ich das Innenleben repariert und dann die Herzen angemalt, mit einem extrafeinen Haarpinsel, und ...«

»Luisa.«

Sie verstummte. Hochrot, verlegen.

»Du hast mir eine irre Freude gemacht, ehrlich.« Eddy presste die Spieluhr an seine nackte Brust. »Das Lied bedeutet mir sehr viel. *Dio,* ich bin echt kein sentimentaler Lappen, aber ...«

Seine Wimpern flatterten, er wirkte stark bewegt.

»... ja?«

»Es war das Lieblingslied meiner Eltern. Sie lernten sich bei einer Hochzeit in Apulien kennen. Als die Kapelle damals ›*Parlami d'amore*‹ spielte, haben sie zum ersten Mal miteinander getanzt. Und sich unsterblich verliebt.« Gedankenverloren sah er die Spieluhr an. »Ohne das Lied gäb's mich vielleicht gar nicht.«

Irgendwer da oben musste einen ziemlich ausgeprägten Sinn für schicksalhafte Zufälle haben. Mit hohem Gänsehautfaktor, versteht sich. Alle Haare stellten sich bei Luisa auf, sogar die rasierten.

»Wahnsinn.«

»Du bist der Wahnsinn.« Er küsste ihre Wangen, ihre Stirn, ihren Mund. »Keine Ahnung, wer dich geschickt hat, aber das war 'ne saucoole Idee.«

175

Kapitel 16

»Sag mir sofort, was du gemacht hast! Botox? Ist es Botox?«

Ulla war völlig aus dem Häuschen. In ein hautenges gelbes Kleid gepresst, stand sie vor Luisa und scannte sie mit dem Profiblick einer Gesichtschirurgin.

»Himmel, nein!«

»Was dann? Hast du dir dieses Hüa... Hüa...dings reinspritzen lassen?«

»Hyaluronsäure«, korrigierte Karl Wenninger, der gerade einen Münztrick übte.

»Sie sieht gefotoshopt aus«, sagte Caipi.

»Quatsch, das war 'n Kerl, sieht man doch«, feixte Mario. »Frisur im Eimer, pralle Haut, rot angelaufen, auch als After Sex Flush bekannt. Hält sich stundenlang, wenn's guter Sex war.«

»Espresso muss immer den Experten raushängen lassen«, grummelte Ulla. »Der hat's gerade nötig, wo Fische sich nie für jemanden entscheiden können. Was weißt du Kräuterguru denn von Sex?«

»Ich schick dir ein paar geile Links«, grinste er. »Aber nicht in der Arbeitszeit gucken, du weißt ja, der Killer kontrolliert unsere Browserverläufe. Zieh's dir gemütlich zu Hause rein.«

Empört warf Ulla einen Radiergummi nach ihm.

»Ich und Pornos, jetzt hackt's aber.«

Aufstöhnend strich Luisa ihr Haar glatt. Sah man ihr die Liebesnacht so deutlich an? Duschen und Katzenfüttern hatte sie so gerade geschafft, aber Haarewaschen und Fönen waren nicht mehr drin gewesen.

»Gestern habe ich einige Zeit im Garten verbracht, um unser Meeting vorzubereiten«, erwiderte sie so sachlich wie möglich. »Da bekommt man eben ein bisschen Farbe.«

»Was machen wir überhaupt morgen im Garten?«, erkundigte sich Lämmchen.

In ihrem karierten Faltenrock und dem braven Pullunder über der hochgeschlossenen Bluse sah sie so unschuldig aus wie immer. Nichts erinnerte mehr an den Vamp im rotseidenen Morgenmantel.

»Was wir machen? Uns schön einen anknallen«, lachte Caipi.

»Sorry, das wird eine alkoholfreie Veranstaltung, morgen ist ein offizieller Arbeitstag«, sagte Luisa, während sie ihren Computer hochfuhr und hektisch nach den aktuellen Marktanalysen suchte.

Zum Glück hatte sie solche Analysen schon öfter aufbereitet, deshalb konnte sie die Ergebnisse schon ein paar Minuten später an den Killer senden. Trotzdem viel zu spät. Das mit der Life-Work-Balance war heute Morgen gründlich danebengegangen.

Rasch zog sie die Ärmel ihres nicht mehr ganz modischen, grauen Leinenjacketts über die Handgelenke. Soeben hatte sie ein paar verräterische blaue Flecken entdeckt. An den Stellen, wo Eddy sich an sie geklammert hatte, als sie keuchend durch sämtliche Paralleluniversen gesurft waren.

»Muss ich morgen etwas Besonderes beachten? Gibt es eine bestimmte Kleiderordnung?«, fragte Karl Wenninger und zerrte seinen Schlips fest. »Ich hab's nämlich nicht so mit Freizeitkleidung.«

»Wie gesagt, es ist ein Arbeitstag«, bekräftigte Luisa.

»Seien Sie einfach ganz Sie selbst, ein Skorpion, wie er im Buche steht«, gluckste Ulla.

Karl Wenninger hörte auf, seinen Münztrick zu üben, der ihm noch nie gelungen war. Böse fixierte er Ulla.

»Was ja wohl im Klartext heißt: Seien Sie gefälligst ein ganz anderer.«

»O ja«, flötete sie, »Skorpione sind nämlich ungeeignet für den Garten, weil sie körperliche Arbeit scheuen.«

»Pupsi ist Bewegungslegastheniker, das wissen wir doch. Aber ich fass auch bestimmt keine bescheuerte Harke an«, murrte Mario. »Gärten kicken nur als Drei-D-Programm, da kann man mit drag-and-drop die Bäume wachsen lassen.«

Nun musste auch noch Caipi unbedingt was loswerden. Er durchquerte das Büro, öffnete den obersten Knopf seines Hawaiihemds, das heute die gruselige Farbstellung Grün-Lila aufwies, und hockte sich auf Marios Schreibtisch.

»Für dich wäre ein echter Garten besser, damit du dein Gras drin züchten kannst«, grinste er.

Mario sagte etwas, was sich nach »Blockflötengesicht« anhörte, Caipi konterte mit »Lutscher«.

Ging das schon wieder los! Manchmal hatte Luisa das Gefühl, in eine Schulklasse geraten zu sein. Mit lauter quengeligen Teenagern, die nichts anderes im Sinn hatten, als einander runterzumachen.

»Wir werden arbeiten, aber nicht *am* Garten, sondern *im* Garten«, betonte sie. »Klar so weit? Danke schön.«

»Frau Fröhlich?« Robin Konrad steckte den Kopf zur Tür herein. »Hat ja elend lange gedauert mit den Daten. Ich würde Sie gern sprechen. In einer Stunde.«

Ihr Handy klingelte. Eddy. Ein Stromstoß durchlief ihren Körper.

»Selbstverständlich. Bin in einer Stunde bei Ihnen, Herr Konrad.« Sie sah auf ihre Uhr. »Punkt zehn Uhr elf.«

Das Handy klingelte weiter. Luisa hatte für Eddy einen besonderen Klingelton eingestellt – den alten Song »That's amore« von Dean Martin. Ungeduldig wartete sie, bis der Killer sich verzogen hatte, dann nahm sie das Gespräch an.

»Jaaaa?«

»Wollte nur wissen, ob du mir die richtige Nummer gegeben hast, *amore mio*. Soll ja vorkommen, dass nach spontanem Sex geschummelt wird.«

Zum Glück kannte Luisa mittlerweile Eddys speziellen Humor.

»Nein, hier ist nicht die Auslandsauskunft. Offenbar haben Sie sich verwählt, junger Mann.«

»*Grazie mille*, aber das mit dem jungen Gemüse kauf ich dir nicht ab, *cara.*« Seine Stimme nahm eine kehlige, sehr erotische Färbung an, die ihr größte Beherrschung abverlangte. »Pflückreif passt besser, und vernascht wird im Garten.«

Luisa spürte neugierige Blicke auf sich ruhen. Das gesamte Büro hörte mit. Am besten, sie kürzte die Sache ab.

»Sonst noch was? Hier bei der Fun Connection sind wir sehr beschäftigt, müssen Sie wissen.«

»Ich küsse dich überall. Wirklich überall. *Baci,* mein Engel.«

»Ihnen auch einen schönen Tag.«

Kaum hatte sie das Gespräch beendet, als Mario aufstand und eine Limboeinlage vollführte, ohne Stange, jedoch mit vollem Körpereinsatz und extravaganter Hüftbetonung.

»Hab ich's doch gleich gesagt, dass du einen Kerl am Start hast«, lachte er. »Aber das mit dem schönen Tag kannst du dir in die Haare schmieren. In einer Stunde wirst du vom Killer abgemurkst.«

So weit würde es nicht kommen. Ganz im Gegenteil: Robin Konrad würde staunen, welche innovativen Ideen seine Kollegin entwickelte – und zwar rund um den Garten.

Seit ihrem Glückserlebnis beim Pflanzen war Luisa das Thema nämlich nicht mehr aus dem Kopf gegangen. Mittlerweile betrachtete sie den Hang zum Gärtnern mit neuen Augen. Im Selbstversuch, sozusagen. Ja, langsam begriff sie, was die Leute ins eigene Grün zog. Was sie dazu bewegte, mit gekrümmten Rücken Unkraut zu zupfen. Warum sie sich für selbstgezogene Rosen, Stiefmütterchen und Zucchini begeisterten. Und wieso sie manchmal Aprikosenbäume zersägen mussten.

Luisa öffnete eine neue Datei im Textprogramm. Unter der Überschrift *Mach mir den Garten!* skizzierte sie ihre Ideen. Detailliert beschrieb sie Formen, Farben, Materialien, entwarf Werbekampagnen, merkte Stückzahlen für die Produktion an. Sogar für den Vertrieb hatte sie ein Konzept: Die neuen Artikel sollten vor allem in Gartencentern angeboten werden, aber auch in Läden, wo man normalerweise keine Geschenkartikel erwartete.

Vor ihrem inneren Auge sah sie den Oberförster-Verkäufer, umgeben von Produkten, die jedes Gärtnerherz höherschlagen ließen. Ja, für jeden würde etwas dabei sein. Denn noch etwas war ihr aufgegangen: Den typischen Gärtner gab es nicht. Sie kamen aus allen Ecken. Allein Eddy, Rudi und Rena waren so unterschiedlich, wie man nur sein konnte, aber alle fanden sie ihr Glück auf einer Parzelle.

Um kurz nach zehn überflog Luisa mit einigem Stolz ihre Liste. Noch nie hatte sie in so kurzer Zeit so viele Geschenkartikel konzipiert. Die Eddy-Fraktion würde vor allem auf das *Mach-mir-den-Garten!*-T-Shirt abfahren. Für die Rena-Zielgruppe gab es Gärtnerschürzen, Schaufelsets und Gummistiefel mit asiatisch inspirierten Blumenmotiven. Die Rudi-Abteilung würde sich über regenfeste Käppis, wahlweise mit *Jedes-Wetter-ist-Gartenwetter-* und *Lass-wachsen*-Spruch sowie über Flaschenöffner in Spatenform freuen.

Zufrieden klickte Luisa auf Drucken. Zehn nach zehn. Sie eilte zum Drucker und holte die eng beschriebenen DIN-A4-Bögen heraus, dann marschierte sie mit einem dicken Papierstapel unterm Arm los. Das Klopfen sparte sie sich diesmal. Sie drückte einfach die Tür auf und betrat das Büro.

»Sie wollten mich sprechen?«

Im selben Moment spürte sie, dass etwas nicht stimmte. Eine atmosphärische Störung lag in der Luft. Marlene von Stetten, unnachahmlich ladylike im cremefarbenen Kostüm mit Perlenkette, wirkte irgendwie aufgelöst. Robin Konrads Miene war steinern, sein Mund nur ein bleistiftdünner Strich.

Die haben sich gestritten, dachte Luisa. Komisch. Und noch etwas war anders: Vor dem übersichtlichen Schreibtisch des Killers stand ein dritter mit weißem Leder gepolsterter Stuhl.

»Setzen Sie sich.«

Noch bevor sie Platz nahm, sprudelte sie los.

»Herr Konrad, ich habe ein brandneues Portfolio ausgearbeitet! Und ich glaube, es sind ein paar ganz gute Ideen dabei!«

Die Hexe rollte mit den Augen.

»Ideen. Oh my god!«

»Ich sagte: Setzen Sie sich«, befahl der Killer.

Während Luisa sich auf dem Stuhl niederließ, gingen all ihre Antennen auf Empfang. Die unbehagliche Stimmung in diesem Büro verhieß nichts Gutes.

»Schön für Sie, dass Sie kreativ sind«, sagte Robin Konrad herablassend. »Aber neue Produkte bedeuten Investitionen, mit hohen Risiken. Die finanzielle Situation dieser Firma lässt das nicht zu. Vergessen Sie's einfach. Konzentrieren Sie sich auf das Wesentliche.«

»Das Wesentliche.« Luisas Stimme brach fast. Seine Abfuhr war wie eine kalte Dusche auf sie niedergeprasselt, schon die zweite an diesem Morgen. »Und das wäre?«

»Heute Abend findet ein Event im Tennisclub Blau-Weiß statt. Es werden wichtige Leute da sein, auch potenzielle Kunden. Ich erwarte, dass Sie mich begleiten.«

Marlene von Stetten starrte Löcher in die Luft. Sofort begriff Luisa, dass die Hexe hatte mitgehen wollen und ihr dieses Event giftigst neidete.

»Sehr freundlich von Ihnen, Herr Konrad«, erwiderte sie. »Aber heute Abend habe ich bereits eine – äh, Einladung.«

Falls man das Pflanzen von Rosen und Oleander vor interaktivem Publikum in aller Welt als Einladung bezeichnen konnte.

»Frau Fröhlich«, etwas unangenehm Metallisches schärfte die Stimme des Killers, »überdenken Sie Ihre Prioritäten. Ich sage Ihnen ganz offen, dass Ihre Position in dieser Firma wackelt. Herr Haase hat sich für Sie eingesetzt. Aber die Doppelspitze ist nur eine vorübergehende Lösung, sofern es an Ihrer Motivation hapert. Die verspäteten Marktanalysen waren inakzeptabel, und auch in den vergangenen Jahren haben Sie sich nicht gerade mit Ruhm bekleckert.«

Impulsiv beugte sie sich vor, wobei sämtliche Blätter ihres Papierstapels zu Boden rieselten. Was ihr gerade völlig egal war.

»Wie bitte? Hat er Ihnen denn nicht gesagt, dass ich sozusagen rund um die Uhr für ihn gearbeitet habe? Und neben meinen Aufgaben als Produktmanagerin auch Leitungsaufgaben im Controlling von Buchhaltung und Marketing hatte?«

Robin Konrad entblößte seine weißen, ebenmäßigen Zähne, was man nicht als Lächeln auffassen konnte.

»Flexibilität ist doch selbstverständlich. Sie sind Single, da haben Sie sowieso nichts Besseres zu tun.«

Boaah. Genau das hatte Karnickel auch immer gesagt. Luisa war halb ohnmächtig vor Wut. Diese Leier kannte sie in- und auswendig. Alle durften sich drücken, nur sie nicht. Ulla und Karl Wenninger hatten Kinder, Annika zählte für Hans-Martin Haase nicht, Caipi und Mario lehnten Überstunden kategorisch ab, womit sie stets durchgekommen waren.

So blieben die unerledigten Dinge an ihr hängen. Sogar beim Weihnachtsurlaub hatte sie immer den Kürzeren gezogen und zwischen den Feiertagen arbeiten müssen. Als seien Singles Menschen zweiter Klasse, ohne Recht auf Privatleben.

»Nur damit ich das richtig verstehe«, presste sie mit mühsam unterdrücktem Zorn hervor, »ich soll also mehr als andere arbeiten, weil ich keinen Ehemann habe?«

Robin Konrad verschränkte die Arme.

»Logisch.«

Sie sprang auf.

»Wissen Sie, was logisch ist? Dass ich keinen Ehemann habe, weil ich mehr als andere arbeite!«

Völlig ruhig legte er den Kopf schräg und musterte ihr verstrubbeltes Haar, den etwas aus der Mode gekommenen grauen Leinenblazer, die Schnürschuhe vom vorletzten Ausverkauf.

»So kann man es sich natürlich schönreden, wenn man keinen Kerl abkriegt.«

»Das ist Diskriminierung!«, rief sie erbittert.

»Auch wenn Ihr Clownskostüm in der Reinigung ist, habe ich gleich gemerkt, dass Sie die geborene Komikerin sind.« Ungerührt schaute der Killer auf den Monitor seines Laptops. »Zwanzig Uhr, Tennisclub

Blau-Weiß. Ziehen Sie sich was Anständiges an. Entweder Sie erscheinen, oder Sie können sich Ihre Papiere abholen und gehen. Danke, das wäre alles.«

Schon wieder stand die Kündigung im Raum. Das war reine Erpressung! Was für ein mieses, fieses Ekelpaket dieser Typ war! Nur der Gedanke an ihre Kreditraten hielt Luisa davon ab, ihm die Brocken hinzuschmeißen.

Sie schaute zur Hexe, die immer noch leicht angeschlagen wirkte, trotz ihrer perfekten Aufmachung. Luisa hatte erwartet, dass sie einen schadenfrohen Kommentar absonderte, doch Marlene von Stetten drehte nur geistesabwesend an einem Perlenring herum, den sie an der linken Hand trug. Ob der vom Killer war? Was lief da zwischen den beiden?

»Danke, das wäre alles«, wiederholte Robin Konrad überdeutlich.

Ein verbaler Rausschmiss. Enttäuscht und wütend stürmte Luisa aus dem Büro, wobei sie die Zettel mit ihren Produktideen einfach auf dem Boden liegen ließ.

Sollte doch der Killer hinter ihr herräumen, damit der auch mal arbeitete. Was tat der eigentlich den ganzen Tag? Bis auf markige Auftritte hatte er noch nichts abgeliefert. Und falls hinter seinem ruppigen Neandertalergehabe eine Strategie stand, dann war es eine sturzdumme Strategie. Dauernd redete er von Motivation. Doch er verhielt sich derart respektlos, dass ihn alle ablehnten. Genauso, wie auch alle Karnickel abgelehnt hatten. Mit dem Resultat, dass die meisten Kollegen auf Autopilot stellten und wegdämmerten.

Und noch ein ganz anderes Problem beschäftigte Luisa: Sie wollte Eddy und Rudi nicht versetzen. Die beiden strampelten sich regelrecht ab, um ihren Garten hinzukriegen. Da konnte sie doch nicht auf irgendwelchen Events rumstehen. Musste sie aber. Mist, verdammt!

Als Luisa, ziemlich fertig mit der Welt, an ihren Platz zurückkehrte, unterbrach Karl Wenninger seinen Versuch, Kugelschreiber im Ärmel verschwinden zu lassen. Diesen Trick übte er seit Jahren, keiner schaute mehr hin.

»Frau Fröhlich? Welche Laus ist Ihnen denn über die Leber gelaufen?«

Auch Mario schien ihr das Desaster anzusehen.

»Mensch, Luisa, dein Gesicht auf 'ner Briefmarke, und die Post geht pleite. Das sah vor einer halben Stunde aber noch ganz anders aus.«

Sie wedelte matt mit der linken Hand.

»Der Killer. Er wollte meine Entwürfe nicht mal ansehen. Dabei habe ich alles gegeben, damit wir endlich ein paar neue Produkte ins Sortiment bekommen.«

Lautlos huschte Lämmchen heran.

»Das tut mir leid. Erzählst du mir nachher in aller Ruhe, was du dir ausgedacht hast?« Mit fragender Miene tippte sie auf ihre goldene Armbanduhr. »Mittagspause um halb eins? Ich hab in der Trattoria Va Bene einen Tisch bestellt.«

Wie jetzt? Ach ja. Luisa hatte die Verabredung komplett vergessen bei all dem Trubel. Hunger hatte sie auch nicht. Nur Wut im Bauch. Doch Lämmchen vor den Kopf zu stoßen kam nicht in Frage. Sie nickte teilnahmslos.

»Ja, ist okay.«

»Sind deine Katzen jetzt etwa abgemeldet? Seit wann gehst du denn mittags essen?«, fragte Ulla argwöhnisch. »Und wieso ausgerechnet mit Lämmchen?«

»Erst füttere ich die Katzen, dann esse ich einen kleinen Salat, das geht schnell«, erwiderte Luisa. Sie rieb sich die Stirn. »O Mann, ich stecke in der Klemme.«

»Hat die Klemme einen männlichen Vornamen?«, fragte Caipi.

»Dann sollte Knäckebrot mal mit Ulla reden«, mischte sich nun auch noch Mario ein. »Seien wir ehrlich – wenn sich jemand auskennt mit ungelösten Beziehungsproblemen, dann unsere Biotonne.«

In Luisa brodelte es. Seit langem gingen ihr die abfälligen Spitznamen und die ewigen Sticheleien auf die Nerven, doch nach dem neuerlichen Affront des Killers war es endgültig vorbei mit ihrer Beherr-schung. Ihre Nerven lagen blank.

»Könntest du bitte diese grässlichen Namen weglassen?«, rief sie. »Ich halte das nicht mehr aus! Und überhaupt – wir sind ein Team! Theoretisch jedenfalls! Aber wenn wir uns dauernd gegenseitig ab-schießen, gibt es bald kein Team mehr, keine Jobs, keine Fun Con-nection! Habt ihr das immer noch nicht geschnallt?«

So still war es noch nie in diesem Raum gewesen. Totenstill. Be-troffen sahen alle Luisa an. Ein guter Moment, um reinen Tisch zu machen. Sie gab das Stichwort Mobbing in den Browser ein und las aus dem erstbesten Eintrag vor.

»Mobbing. Kommt von Mob – was so viel wie Meute, Gesindel, Pöbel heißt. Bedeutet Psychoterror am Arbeitsplatz. Kollegen schika-nieren, quälen, seelisch verletzen.«

»Aber wir albern doch nur rum«, wandte Mario kleinlaut ein.

»Albern? Ihr grenzt Annika aus! Ihr macht Ulla lächerlich – oder findest du etwa, dass Biotonne ein Kompliment ist?«

Sie schaute zu Ulla, die sich hinter ihren Blumentöpfen verschanzt hatte. Man hörte sie leise schluchzen.

»Ihr unterstellt mir, dass ich keinen Teamgeist habe«, legte Luisa nach. »Aber ihr schiebt mir dauernd eure Arbeit auf den Schreibtisch. Das nennst du – rumalbern?«

Niemand sagte etwas. Wieder schaute sie auf den Eintrag und scrollte weiter.

Plötzlich stutzte sie. Was sie las, passte auf Robin Konrad wie die Faust aufs Auge: unklare Zuständigkeiten, mangelnde Kommunikati-ons- und Informationsstrukturen, Wasser predigen und Wein trin-ken.

Genau das praktizierte der Killer. Ließ sich ein schickes Büro ein-richten, stellte Karnickel ein Luxusauto hin und genehmigte sich und seiner »Referentin« vermutlich ebenfalls ein teures Gefährt. Aber alle anderen sollten verzichten.

Und sie sollte sogar ihr Privatleben knicken. Schluss damit! Robin

Konrad wollte sie für den Abend? Stundenlang? Dann bummele ich die Stunden auf der Stelle ab, dachte sie.

»Luisa?« Lämmchen hatte die ganze Zeit mit eingezogenem Kopf neben ihr gestanden. »Was ist denn?«

»Andere Baustelle«, murmelte Luisa und griff zu ihrer Handtasche. »Wir gehen ein andermal essen, ja? Ich nehme den Rest des Tages frei.«

Und dieses Mal würde sie sich von nichts und niemandem zurück-pfeifen lassen.

»Frei? Sie – nehmen frei?«, fragte Karl Wenninger konsterniert.

»Ganz genau. Ich soll heute Abend bei einem Geschäftstermin an-tanzen. Den Killer auf irgend so ein Event begleiten. Das kann viele Stunden dauern, die ich mir jetzt schon mal zurückhole.«

»Für Begleitungen gibt es doch den Escort-Service«, meinte Caipi. Mario holte Tabak und Papierblättchen aus seiner Schreibtisch-schublade, um sich eine Zigarette zu drehen.

»Bullshit, wenn der Killer ein paar hundert Mäuse für eine Frau ausgibt, dann geht der mit ihr nicht zu einem doofen Event, dann geht's zur Sache!«

»Zurück zum Thema«, sagte Luisa resolut. »Bei unserem Meeting morgen werden wir unter anderem über Mobbing sprechen. Beginn zehn Uhr, die Adresse steht in der Rundmail von gestern. Einen schö-nen Tag allerseits.«

Sie hatte das Gefühl, den Mount Everest bestiegen zu haben, als sie vom Schreibtisch aufstand, erschöpft, aber hochzufrieden. Ja, es würde sich einiges ändern, so wie sie es von Anfang an geplant hatte: Schluss mit Diffamierungen, dafür sollte echter Teamgeist Einzug halten. Jetzt musste sie nur noch den Killer von den neuen Gepflogenheiten über-zeugen.

Haha. Der würde ihr was husten. Vielleicht gar nicht so schlecht, wenn sie das am Abend mit ihm besprach. Und nicht in seinem Büro, wo sie sich immer wie eine Bittstellerin vorkam.

»Ich komme mit raus, eine rauchen«, sagte Mario.

Er hielt Luisa sogar die Tür auf, als sie gemeinsam das Büro verließen. Sobald sie auf dem Flur waren, blieb er stehen und sah sich lauernd um.

»Luisa, irgendwas läuft hier. Die da oben planen was Mieses, da bin ich ganz sicher.«

»Was meinst du damit?«

»Leute entlassen, kaputtsanieren, die Insolvenzmasse verscherbeln«, erwiderte Mario düster. »Dieser Konrad ist jedenfalls ein falscher Fuffziger. Ich habe ihn gegoogelt. Der hat schon mehrere Firmen zerlegt, wie's aussieht.«

Skeptisch betrachtete Luisa ihren jungen, schmächtigen Kollegen. Er war leichenblass, seine Augen waren dunkel umrändert.

»Und Karnickel? Der kann doch nicht wollen, dass man sein Lebenswerk zerstört.«

Mario machte eine wegwerfende Handbewegung.

»*Take the money and run* – der Chef will Bargeld sehen und dann rein ins fette Leben. Oder glaubst du im Ernst, dass der noch Lust hat, sich weiter mit seiner maroden Firma rumzuärgern?«

Das klang leider einleuchtend. Hatte Hans-Martin Haase nicht bei der Firmenfeier gesagt, er wolle sich ab jetzt um sein Privatleben kümmern? Trotzdem schob Luisa den Gedanken beiseite. Sie hatte noch nie etwas von Verschwörungstheorien gehalten.

»Nicht so viel kiffen, Mario«, flüsterte sie. »Das macht weich in der Birne und führt zu Verfolgungswahn.«

»Wie du meinst.« Missmutig wandte er sich ab. »Dann bis vorgestern.«

Nachdenklich sah Luisa ihm hinterher, wie er mit schleppenden Schritten wegschlurfte. Es gefiel ihr überhaupt nicht, dass Mario so viel rauchte, vielleicht sogar regelmäßig kiffte. Vielleicht fehlte es ihm an Bestätigung, an Anerkennung? Nur – wie sollte er Anerkennung einheimsen, wenn er quasi die Arbeit verweigerte?

Mit diesen Überlegungen beschäftigt, ging Luisa zu ihrem Wagen.

»Luisa! Warte mal!«

Sie drehte sich um. Außer Atem kam Ulla angelaufen, in ihrem hautengen gelben Kleid, mit dem sie auf rührende Weise versuchte, sexy auszusehen.

»Ich wollte mich bedanken«, keuchte sie. »Für das, was du zum Mobbing gesagt hast.« Sie atmete schwer, Tränen schimmerten in ihren Augen. »Das war großartig.«

Und dann geschah etwas, was Luisa nie für möglich gehalten hatte: Die kleine, korpulente Frau stellte sich auf die Zehenspitzen und umarmte sie.

»Wir retten die Firma, ja?«, schluchzte Ulla. »Wo soll ich denn sonst hin? Ich hab doch nichts anderes. Und ich mache auch einen Excel-Kurs, versprochen.«

Luisa strich ihr über den bebenden Rücken.

»Schon gut. Wir kriegen das hin.«

Zögernd machte sich Ulla von ihr los. Ihr tränennasses Gesicht zuckte.

»Pass auf dich auf. Und pass bloß auf Lämmchen auf.«

»Wie meinst du das denn?«

Ulla senkte geheimnisvoll die Stimme.

»Die ist ein Krebs, häuslich und erdgebunden. Aber Krebse können echt hinterhältig sein.«

»O Mann, Ulla! Haben wir nicht gerade eben über Mobbing gesprochen? Ich weiß, du stehst auf dieses Astrozeugs, nur tu mir einen Gefallen: Behalte den negativen Krempel für dich. Das schürt nur Unfrieden. Außerdem ist Lämmchen die Einzige, die nie gelästert hat.«

Wie ein zurechtgewiesenes Kind zog Ulla eine Schüppe.

»Weil sie eben schlau und hinterhältig ist.«

Allmählich hatte Luisa genug.

»Hörst du dir eigentlich selber zu, wenn du redest? Komm mal runter von dem Trip.«

»War nur 'n dezenter Hinweis.«

»Ja, so dezent wie ein Kinnhaken.« Luisa holte ihren Autoschlüssel aus der Handtasche. »Bis morgen.«

Ulla starrte auf einen Punkt, der irgendwo zwischen Luisas Augenbrauen liegen musste. Ihr Gesicht umwölkte sich.

»Du willst es ja nicht hören, aber dein Saturn ist rückläufig und bildet heute Abend einen schwierigen Aspekt zu Uranus, dem Herrscher des Berufshauses. Ganz, ganz schlecht. Denk an meine Worte – die Sterne lügen nicht.«

»Die Sterne sind mir so was von schnuppe«, seufzte Luisa. »Weißt du, was meine Tante Ruth immer sagt? Für meine Sorgen nehme ich mir jeden Tag eine halbe Stunde Zeit, und in dieser halben Stunde mache ich ein Nickerchen.«

»Wenn das mal kein böses Erwachen gibt«, murmelte Ulla.

Kapitel 17

Würde gern an meinem Kaffeediplom arbeiten. Bist du im Laden?

– Scusa, verkaufe nichts an Frauen, die bei fremden Männern übernachten.

Und wenn es ein feuriger fremder Mann ist?

– Männer sind feurig wie nasses Brot.

Gibt Ausnahmen … ☺

– Ach nee. Davvero?

Kenn ich nicht. Stellst du mir diesen feurigen Davvero mal vor?

– !!! Das ist Italienisch und heißt so viel wie: wirklich?

Ach so. ☺☺

– Alles okay, tesoro?

Bin total dekoffeiniert.

– Roma, mit leichter Schokoladennote?

Jaaaa.

Leise vor sich hin kichernd, legte Luisa ihr Handy zurück auf den Couchtisch und kraulte wieder Sissi, die sich in ihre Armbeuge gekuschelt hatte. Wow, hab ich ein Glück, dachte sie. Ein Riesenglück. Eddy gehört also nicht zu dieser schreibfaulen Sorte Männer, die Frauen Stunden, manchmal sogar Tage warten lassen, bis sie sich zu einer wortkargen Antwort bequemen. Wenn sie überhaupt antworten.

Sie selbst hatte das nur zu oft erlebt. Hatte ihr Handy hypnotisiert, es sogar mit ins Bett genommen, um nur ja keine Nachricht zu verpassen, und dann – nichts. Eddy war anders. Er war ohnehin eine Ausnahmeerscheinung im männlichen Kosmos.

Mit einem zirkusreifen Sprung landete Franz auf dem Sofa. Die Ohren gespitzt, die Augen weit geöffnet, schaute er Luisa an, als erwarte er einen Bericht über eventuelle Neuigkeiten.

»Ja, Franzerl, es gibt was Neues«, flüsterte sie. »Einen Mann, ein Raumschiff und eine Verabredung zum Kaffee.«

Franz nieste mehrmals. Dann stupste er Sissi mit der Pfote an, und zusammen jagten sie in einer so irrwitzigen Geschwindigkeit durchs Wohnzimmer, dass die Papiere auf dem Boden raschelnd durcheinanderwirbelten.

Luisa störte das heute überhaupt nicht. Immer schön locker bleiben, dachte sie, jetzt ist Schluss mit dem übertriebenen Pflichtgefühl. Demnächst packe ich alle Unterlagen in eine große Kiste und bringe sie dorthin, wohin solche Sachen gehören: in die Firma.

Gähnend stand sie auf und dehnte sich. Ein leichter Muskelkater machte sich bemerkbar, eine charmante Erinnerung daran, dass sie in der Nacht zuvor nicht gerade viel Schlaf abbekommen hatte. Im Schlafzimmer vertauschte sie ihren viel zu korrekten Blazer mit einer dünnen Bluse, die sie wegen der aufgedruckten Schmetterlinge mochte. Dann bürstete sie ihr Haar, bis es glänzte, und lächelte ihr Spiegelbild an.

»Zweites Date. Du machst Fortschritte.«

Die Aussicht auf einen Espresso bei Eddy entschädigte Luisa für so einiges. Für das äußerst unerfreuliche Gespräch mit Robin Konrad zum Beispiel und für die merkwürdige Unterhaltung mit Ulla. Beides hatte einen schlechten Nachgeschmack hinterlassen. Aber jetzt würde sie den Tag genießen: Eddy besuchen, in den Garten fahren, mit Rudi Rosen pflanzen. Was man eben so tat, wenn man seinem Lustprinzip folgte. Jawohl, Luisa Fröhlich folgte ihrem Lustprinzip.

Es war ein bisschen wie Schuleschwänzen, als sie eine Viertelstunde später durch die Stadt kurvte, mitten in der Arbeitszeit. Ein herrliches Gefühl. Neben ihr auf dem Beifahrersitz lag das Handy. Dreimal hatte der Killer schon angerufen, ohne dass sie rangegangen wäre. Nein, Luisa Fröhlich war nicht mehr allzeit bereit.

Diesmal musste sie lange nach einem Parkplatz suchen. Dreimal umrundete sie den Block, bis sie endlich eine Parklücke fand. Dann ging es im Laufschritt zu »Eddys Ökonische – Grün ist Leben«. Mittlerweile zeigte die Uhr kurz nach zwölf, die Tische draußen waren alle besetzt. Ob sie mal was Veganes probierte?

Eddy empfing sie gleich an der Tür.

»*Grazie a Dio*, Gott sei Dank bist du da!« Er streifte ihre Wange mit einem flüchtigen Kuss. »Ein Turboespresso, dann müssen wir sofort losfahren! Hübsche Bluse übrigens, gefällt mir.«

»Was ist denn passiert?«

Er trug ein enges weißes T-Shirt, und Luisa konnte sich gar nicht sattsehen an seinem kräftigen Oberkörper, den sie immer noch nackt vor Augen hatte. Sie erschauerte. Der Film in ihrem Kopf war nicht gerade jugendfrei.

»Hey, Süße, hörst du mir überhaupt zu?« Aufgeregt nahm Eddy sie bei der Hand und zog sie hinter sich her in den Laden. »*Allora*, es geht um die Bitcoins.«

»Das Geld, das man nicht anfassen kann und das nur im World Wide Web rumgeistert«, erwiderte sie, um zu zeigen, dass sie ihre Lektion behalten hatte.

»*Brava!*«, wurde sie prompt gelobt. »Okay, jetzt wird's spannend. Bei der virtuellen Währung gibt's starke Kursschwankungen. Letzte Woche stand ein Bitcoin bei zweihundertsechzig Euro. Heißt aber nix. Mal schießt der Kurs nach oben, mal rauscht er in den Keller und – *sparito*, alles futsch. Man muss also jeden Tag checken, wie viel Kohle man im digitalen Portemonnaie hat.«

Luisa setzte sich auf einen Barhocker, während Eddy hinter dem Tresen verschwand und eine Tasse unter das Auslaufrohr der Espressomaschine stellte.

»Bis hierher kann ich dir so einigermaßen folgen«, sagte sie. »Und was jetzt?«

Unter Eddys versierten Händen entstand ein dampfender Espresso, der köstlich duftete. In Windeseile servierte er ihr die Tasse, nahm sich jedoch die Zeit, den obligatorischen Mandelkeks dazuzulegen.

»Ich bin manchmal im Darknet unterwegs.«

Sie rollte mit den Augen.

»Klingt ein bisschen unheimlich. So nach – ich bin der Fürst der Finsternis und schlafe nachts im Sarg.«

Grinsend schob er ein paar Basilikumtöpfe beiseite und nahm wieder ihre Hand. Eine Geste, die sie einfach glücklich machte.

»Darknet, das ist die dunkle Seite der digitalen Welt. Da sind die Hacker unterwegs. Eben ging im Darknet rum, dass die Bitcoinbörse gehackt werden soll, weil der Kurs gerade durch die Decke schießt. Nach dem Hack werden die Bitcoins erst mal so gut wie nichts mehr wert sein – auch unser Gartengeld, *capito*?«

»Bitcoins, Darknet, Hacker, das ist doch alles nicht real«, wandte Luisa ein.

»So real wie mein kleiner Finger.« Eddy ließ ihre Hand los und klickte auf seinem Laptop herum. »*Dio mio*, gerade ist der Kurs noch mal nach oben abgegangen. Wir können shoppen bis zum Pupillenstillstand! Ich hab mir extra eine große Karre geliehen, von meinem Freund Uwe. Da geht einiges rein. Seine Tochter bleibt solange hier – ah, da kommt sie ja.«

Eine junge, hochblonde Frau näherte sich aus dem hinteren Teil des Ladens. Luisa war heilfroh, dass ihre Eifersucht der Vergangenheit angehörte, denn das Mädchen war nicht nur hübsch, es war auch überirdisch sexy in der knallengen Jeans und dem bauchfreien rosa Top.

»Lucy«, sagte sie lächelnd und streckte Luisa die Hand entgegen. »Hab schon so einiges von dir gehört. Mach mir den Garten und so.«

»Verstehe.«

Luisa griff zu ihrem Espresso, um ihre Verlegenheit zu überspielen. Das Mädchen war Anfang zwanzig. Man konnte nur hoffen, dass Eddy ihr nicht zu viel erzählt hatte.

»Koffeinpegel wieder klar?«, fragte er knapp.

Luisa nickte, woraufhin er Lucy die laminierte Tageskarte über den Tresen schob.

»*Piccolina*, denk dran, auf der Mittagskarte steht heute Couscoussalat mit Rosinen, Mandeln und Aprikosen. Den solltest du unter die Leute bringen.«

»Aye, aye, Käpten.« Lucy salutierte scherzhaft. »Dann viel Erfolg beim Pflanzenshoppen.«

Eddy klappte den Laptop zu, klemmte ihn sich unter den Arm und kam hinter dem Tresen hervor.

»Komm, *cara,* wir lassen jetzt die Bitcoins glühen.«

Luisa folgte ihm nach draußen auf die Straße. Die Karre des Freunds entpuppte sich als verbeulter roter Lieferwagen, der innen wie eine Müllkutsche aussah. Auf dem Beifahrersitz und auf dem Boden lagen Werkzeuge, schmutzige Lappen sowie Styroporbehälter, die auf eine ausgeprägte Vorliebe für Fastfood schließen ließen. Im Getränkehalter klemmte eine offene Bierdose, an der Windschutzscheibe hingen kleine gelbe Zettel mit eilig hingekritzelten Namen und Adressen.

»Vegan lebt dein Freund aber nicht gerade«, schmunzelte Luisa, während sie die Fastfoodverpackungen beiseiteräumte. »Und mit der Ordnung hat er's auch nicht so.«

»Dafür ist Uwe schwer in Ordnung«, erklärte Eddy. »Ein Klassetyp. Wir sind zusammen zur Schule gegangen. Jetzt klempnert er, und zwar begnadet.«

Wie man begnadet klempnern konnte, entzog sich Luisas Vorstellungskraft, aber Eddy schien seinen Freund sehr zu mögen. Sie war noch dabei, sich anzuschnallen, als er auch schon losfuhr. Das heißt, fahren konnte man es eigentlich nicht nennen. Eddy bretterte ab, als sei er auf der Flucht, und führte lauthals Gespräche mit jedem Verkehrsteilnehmer, der ihm in die Quere kam. Luisa amüsierte sich königlich.

»Ah, du kleiner Radfahrer!«, rief Eddy. »*Imbecille!* Wieso musst du jetzt genau vor meiner Stoßstange rumkurven? Achtung, *Signora* im Mercedes, ich habe Vorfahrt! *Grazie,* schönen Tag noch. Oh, der Papi fährt seine Kinder spazieren, geht's noch langsamer? Da schimmelt einem ja die Geduld weg. *Dio,* wieso drängelt der hinter mir? Hey, nicht schneller fahren, als dein Schutzengel fliegen kann! Hi, Oma, Voooorsicht beim Einparken! Fährst du rückwärts an den Baum, ist er weg, der Kofferraum! Willst du Risiko? Willst du Nervenkitzel? Dann park ich für dich ein!«

So ging es immer weiter, und Luisa genoss die kleine Vorstellung, die quasi ein permanenter Temperamentsausbruch war.

Plötzlich bremste Eddy so abrupt, dass sie hart nach vorn geworfen wurde und sämtliche Lappen, Werkzeuge und Styroporverpackungen durcheinanderkugelten. Schleudernd kam der Lieferwagen zum Stehen.

»*Che cavolo,* zum Kuckuck! Haben Sie keine Brille, *Signora?*«, brüllte Eddy.

Jetzt erst sah Luisa die Frau, die direkt vor dem Wagen über die belebte Kreuzung lief, ohne nach rechts und links zu schauen. Rote Haare umwehten ihren Kopf, ihre Handtasche schlenkerte wild hin und her, die geöffnete Jacke ihres cremefarbenen Kostüms flatterte im Wind. Wie in Trance rannte sie mitten durch den dichten Verkehr.

»Die Hexe!«, rief Luisa überrascht.

»Ah, du hast das Schimpfen aber schnell gelernt«, lachte Eddy.

»Nein, nein«, sie schnallte sich ab, »das ist – *die* Hexe, die Referentin von, ach, egal. Warte eine Sekunde.«

Eilig stieg Luisa aus und hastete hinter Marlene von Stetten her, die haarscharf davor war, von einem Lastwagen erfasst zu werden. Mit beiden Händen packte Luisa sie an den Schultern und riss sie zurück. Laut hupend brauste der Lastwagen an ihnen vorbei.

»Wollen Sie sich umbringen?«, schrie Luisa.

Es dauerte einen Moment, bis Marlene von Stetten sie erkannte.

»Sie?«, stöhnte sie. »Was machen Sie denn hier?«

»Dasselbe könnte ich Sie fragen!«, schnaubte Luisa.

»Ich …«, die Nasenflügel in dem sorgfältig geschminkten Gesicht bebten, »ich …«

Unvermittelt brach sie in Tränen aus. Luisa konnte nicht anders, sie legte einen Arm um die schmalen Schultern, die von einem Weinkrampf geschüttelt wurden.

»Was ist denn los?«, fragte sie.

Schluchzend drehte Marlene von Stetten ihr tränennasses Gesicht weg. Es fiel Luisa nicht schwer, eins und eins zusammenzuzählen. Die dicke Luft im Büro. Das aufgelöste Gesicht der Hexe. Sie hatte angenommen, es gehe um die Abendveranstaltung. Doch offensichtlich steckte mehr dahinter.

»Der Killer, was hat er mit Ihnen gemacht?«

»Der – Killer?«

»Herr Konrad, wir nennen ihn den Killer.«

»Mein Gott …«

Ein neuerlicher Tränenausbruch erstickte die Worte von Marlene von Stetten. Ihre Hände zitterten, ihre Perlenkette war verrutscht, fahrig versuchte sie, ihr wehendes Haar zu bändigen. Nichts war mehr übrig von der perfekten Fassade.

Ein rhythmisches Hupen erklang.

»Hey, Ladys«, rief Eddy aus dem heruntergekurbelten Seitenfenster. »Könnt ihr euch ein andermal über die angesagten Lippenstifte unterhalten? Luisa, *cara*, wir haben es eilig!«

»Ja, gehen Sie endlich weg«, schniefte die Hexe.

»Aber ich kann Sie doch nicht so hier stehenlassen«, protestierte

Luisa. »Sonst liegen Sie schwuppdiwupp unter dem nächsten Lastwagen und verbringen die nächsten vier Wochen auf der Intensivstation.«

»*Cara mia!*« Eddy gestikulierte heftig. »Bitte!«

»Sie kommen mit«, beschloss Luisa.

Ohne weiter zu fragen, hakte sie Marlene von Stetten unter und bugsierte sie in den Lieferwagen. Die Fahrerbank war breit genug, dass sie alle drei Platz hatten.

»Sammelst du öfter Gestörte von der Straße auf, Mutter Teresa?«, grinste Eddy, während er den Gang einlegte und mit quietschenden Reifen wieder losfuhr.

»Ist ein Notfall«, erwiderte Luisa. »Darf ich vorstellen? Eddy – Marlene von Stetten.«

»Ist mir ein Vergnügen, *Signora*«, er warf ihr einen prüfenden Blick von der Seite zu, »dann erzählen Sie mal, warum Sie wie ein Zombie auf Speed über die Kreuzung latschen.«

Die Hexe schwieg. Ängstlich klammerte sie sich am Sitz fest, weil Eddy gerade äußerst rasant in eine Kurve fuhr. Sie schien völlig neben sich zu stehen. Luisa legte ihr beruhigend eine Hand auf den Unterarm.

»Sie müssen nicht reden, wenn Sie nicht wollen. Hauptsache, Sie sind erst mal in Sicherheit.«

Auf einmal kam Leben in die erstarrten Züge.

»In Sicherheit?«, kreischte sie hysterisch. »Dass ich nicht lache! So wie dieser, dieser – Freddy fährt, landen wir alle im Krankenhaus!«

»Eddy, *per favore*. Mein Name ist Eddy. Und ich finde, Sie könnten sich allmählich bei Luisa bedanken.«

Marlene von Stetten lachte schrill.

»Ausgerechnet bei Frau Fröhlich? Wo sie doch mit meinem Freund …«

»… was?«, fragten Eddy und Luisa gleichzeitig.

»Jetzt tun Sie doch nicht so unschuldig, Frau Fröhlich! Heute Morgen ist der Schuft um fünf nach Hause gekommen! Und es ist ja wohl klar wie Korn, dass er die Nacht bei Ihnen verbracht hat! Sie mieses kleines Biest!«

Wieder bremste Eddy. So heftig diesmal, dass nicht nur das gesamte Gedöns nach vorn flog, sondern auch ein paar gelbe Klebezettel von der Windschutzscheibe fielen. Aufgebracht funkelte er Marlene von Stetten an.

»*Attenzione!* Diese Dame war letzte Nacht bei mir. Wer was anderes behauptet, kann schon mal darüber nachdenken, ob es ein Leben nach dem Tod gibt!«

Marlene von Stettens Mundwinkel rutschten steil nach unten, ihre verweinten Augen weiteten sich. Fassungslos sah sie erst Eddy, dann Luisa an.

»Aber, aber ...«

»Jetzt mal zum Mitschreiben«, sagte Luisa. »Sie und Robin Konrad sind ein Paar, richtig?«

Die Hexe nickte zögernd, woraufhin ihr wieder Tränen über die Wangen liefen. Luisa holte ein Taschentuch aus der Handtasche und hielt es ihr hin.

»Der Kerl verbringt seine Nacht also einfach anderswo, schleicht sich dann nach fremdem Parfum oder Schlimmerem riechend ins gemeinsame Bett und tut wie Tulpe?«

»Woher weißt du denn solche Sachen?«, fragte Eddy amüsiert.

»Aus Romanen«, brummte Luisa. »Lesen bildet, wusstest du das nicht?«

Er lachte leise in sich hinein, während er den Wagen erneut startete. Nervös spielte Luisa mit dem Verschluss ihrer Handtasche. Was treulose Partner betraf, konnte sie so einige unschöne Liedchen singen. Auch der Freund, dem sie das Geld geliehen hatte, war so ein betrügerischer Schurke gewesen.

»Wo fahren wir eigentlich hin?«, erkundigte sich Marlene von Stetten, die wieder etwas gefasster wirkte.

»In eine ökologisch korrekte Baumschule«, antwortete Eddy. »Da können Sie auch noch was lernen, *Signora*. Zum Beispiel, dass man aufblüht, wenn man lästige Schmarotzer loswird. Kann ich Ihnen nur empfehlen, wenn Ihr Typ fremdvögelt.«

Ein paar Sekunden schien sie zu überlegen, ob sie sich verhört hatte. Dann straffte sie ihre Schultern.

»Halten Sie an, ich steige sofort aus!«

»*Scusi,* wir haben was echt Dringendes zu erledigen«, knurrte Eddy. »Wenn ich alle drei Meter anhalte, wird das nichts mehr vor Weihnachten.«

»Und das alles in der Arbeitszeit von Frau Fröhlich.«

»Frau von Stetten«, Luisa räusperte sich, »ich bummele die Stunden ab, die ich heute für den Abendtermin opfern muss. Das ist das Mindeste, was mir als Ausgleich zustehen sollte.«

»Unsinn. Sie als Single …«

Die Hexe verstummte. Vermutlich war ihr gerade klargeworden, dass Luisa nicht wirklich Single war, sie selbst aber bald unbemannt sein könnte. Verstimmt sah sie aus dem Fenster. Inzwischen raste Eddy durch einen Bezirk, in dem nur noch vereinzelt Häuser standen, umgeben von großen Gärten mit altem Baumbestand. Dann und wann sah man schon Getreidefelder.

»Wird Ihnen bestimmt guttun, ins Grüne zu fahren«, versicherte Luisa. »Da kommt man gleich runter, entspannt sich, ist wieder in der Balance.«

Hallo? Hab ich das gerade wirklich gesagt? Schon während sie es aussprach, wunderte sie sich selbst am meisten darüber. Und doch war es genau das, was sie empfand. Sie sehnte sich sogar nach der Schrebergartenanlage, nach Eddys grüner Oase, nach Renas Magnolienbäumen, selbst nach Rudis Garten, in dem die Bäume und Stauden so ordentlich wie Zinnsoldaten rumstanden.

»Hören Sie doch auf mit dem ranzigen Gesülze.« Marlene von Stetten wirkte hochgenervt. »Sie und Ihre dreckigen Gummistiefel, lächerlich. Ich ziehe es vor, die Natur in Form einer gepflegten Strandbar zu genießen. Und wenn ich dann noch Öko höre«, sie schenkte Eddy ein ironisches Lächeln, »fallen mir eigentlich nur stinkende Schaffellsocken und ungenießbares Essen ein.«

»Vorsicht, *Signora*«, grantelte er, »ich kann Sie jederzeit hier in der

Wildnis aussetzen. Gut möglich, dass Sie von einer Schlingpflanze erdrosselt werden.«

»Ich bleibe dabei: Natur ist was für Tiere, nicht für die Krone der Schöpfung.«

»Das haben wir jetzt alle verstanden«, stöhnte Luisa.

Was für eine verzickte Schnepfe. Fast bedauerte sie ihre Rettungsaktion schon wieder.

»Jedenfalls sind Sie die Krone der Erschöpfung«, grinste Eddy. »Wissen Sie eigentlich, dass Luisa Sie Hexe nennt?«

Marlene von Stetten begann, an ihrer Perlenkette herumzufingern. Mit zusammengekniffenen Augen fixierte sie Luisa.

»Ich konnte Sie noch nie leiden, Frau Fröhlich.«

»Vorschlag: Sobald wir da sind, steigen Sie auf Ihren Besen und zischen ab.«

»Okay, jetzt hasse ich Sie.«

»Hexe ist ja auch nicht gerade nett. Wie wär's mit Zicke?« Eddy tippte sich gespielt schuldbewusst an die Stirn. »*Scusi,* bitte vielmals um Entschuldigung, Zicke ist ja wieder was mit Natur. So wie blöde Kuh und fiese Schlange. *Ma no,* wo hab ich nur meine Manieren?«

Den Rest der Fahrt verbrachten sie in verspanntem Schweigen. Luisa war erleichtert, als Eddy schwungvoll auf einen Feldweg abbog, der zu einem kleinen Bauernhof führte. Er passierte ein breites Tor, und im nächsten Moment waren sie von Hühnern umgeben, die gackernd davonstoben.

»Ist nicht Ihr Ernst«, stieß Marlene von Stetten hervor.

»Sie können gern im Wagen warten, *Signora.*«

Eddy schnappte sich seinen Laptop und sprang aus dem Lieferwagen. Ein blonder, wettergegerbter Hüne kam ihm entgegen, ein Mann wie ein Baum – riesig und ganz in Grün gewandt, von der olivfarbenen Cordhose bis zur grünen Gärtnerschürze. Auch Luisa stieg nun aus.

»Das ist Dirk«, erklärte Eddy, »der coolste Gärtner überhaupt. Der weiß alles über artgerechte Haltung von Pflanzen.«

Gemeinsam überquerten sie den Hühnerhof, gingen um das Gehöft herum und schauten auf eine riesige Fläche, die sich dahinter erstreckte. Mit Obstbäumen, Laubbäumen, Büschen, Rosenstöcken und Blumenstauden, so weit das Auge reichte.

»*Benvenuto al paradiso,* willkommen im Garten Eden«, lächelte Eddy.

Luisa wusste gar nicht, wo sie anfangen sollte. Es war die reine Pracht. Es hatte Zeiten gegeben, wo Schuhgeschäfte eine ähnlich euphorisierende Wirkung auf sie ausgeübt hatten.

»Kirschbäume!«, rief sie. »Und sieh doch mal, der Jasmin da drüben!«

Hastig klappte Eddy seinen Laptop auf.

»Warte, *la mia giardiniera,* meine Gärtnerin, wir müssen Christkind spielen und ein paar Wünsche erfüllen.«

Nachdem er sich bei dem Hünen nach dem WLAN-Passwort erkundigt hatte, rief er die Seite *Save Aunt Ruth's Garden* auf.

»Ah, der Wunschzettel der Fans wird immer länger. Rena will Magnolien, klar, Marsha bleibt bei Oleander, Tahashi bei der Zierkirsche. *Bellissimo.* Was haben wir noch? Flieder, Jasmin, Tabak – Tabak? Ein neuer Vorschlag von Fun Idiot, der eigentlich Marihuana wollte. Okay, Tabak, machen wir. Mimosen, Gänseblümchen, Rauke, Zypressen, Strauchkastanie, Felsenbirne … *ecco,* ein Don Giò aus Perugia möchte einen Mandelbaum!«

»Moment, dafür müsste man den Grundwasserspiegel kennen und berücksichtigen, ob der Boden gut durchlüftet ist«, sagte der Hüne. »Wenn ihr Bäume pflanzt, solltet ihr schon wissen, ob ihr Flachwurzler, Tiefwurzler oder Herzwurzler wollt.«

Hilfe! Schon wieder ein Fachmann, der mit gefährlichen Gartenspezialbegriffen jonglierte wie ein Artist mit Feuerfackeln! Jetzt bloß kein Grundsatzgespräch, dachte Luisa, sonst stehen wir übermorgen noch hier. Der Verkäufer im Gartencenter hatte ihr vollauf gereicht.

»Wann ist denn der beste Zeitpunkt, einen Baum zu pflanzen?«, fragte sie, um abzulenken.

»Vor zwanzig Jahren«, brummte der Hüne. »Das braucht alles seine

Zeit. Das Gras wächst ja auch nicht schneller, wenn man dran zieht.«

»Dann weißt du, was dir blüht, *cara*«, lachte Eddy. »Aber wir finden schon was. Komm, wir gehen mit Dirk die Liste durch, und dann ab die Luzie!«

Zwei Klicks später erschien auf dem Laptop ein virtueller Garten. Sofort erkannte Luisa, dass es Tante Ruths Garten war, mit allen Details. Sogar das Gartenhäuschen sah täuschend echt aus.

»Is 'n Drei-D-Programm«, erklärte Eddy. »Ein Planungswerkzeug inklusive Pflegekalender. Da kann man es digital wachsen lassen, bevor es konkret zur Sache geht. Hier«, er führte den Cursor auf die leere Fläche, auf der Kies gelegen hatte, »da könnten deine Rosen hinkommen. Fassen wir das Beet mit kleinen Sträuchern ein? Wie fändest du das, Luisa? Am Zaun entlang könnte man die Obstbäume setzen und vorn rechts das Gemüse. Was meinst du?«

Fasziniert sah Luisa zu, wie auf dem Monitor ein Traumgarten entstand. Ein Traumgarten aus lauter Pixeln, und doch wirkte alles fast real.

»Ich kann auch Oberflächenstrukturen eingeben, *è facile*, ist ganz leicht«, murmelte Eddy versunken, »Hügel, Gräben, Natursteinmauern, einen Seerosenteich …«

»Könnte es sein, dass du ein neues Spielzeug hast, das interessanter ist als die Wirklichkeit?«, lächelte Luisa.

Er sah vom Monitor auf und lächelte verschmitzt.

»Stimmt. Also, Dirk – was geht?«

»Was ihr wollt.« Der Hüne zuckte mit den Schultern. »Ihr seid ja sowieso beratungsresistent. Ich hole mal meinen Trecker, dann kann ich alles gleich auf den Anhänger laden.«

Und nun ging es wirklich los. Stauden, Büsche, ganze Bäume wanderten auf den Anhänger. Eine Stunde später war er voll. Ein Garten auf Rädern, sozusagen.

»Die Bäume bringe ich euch heute Abend, die passen nicht in den Lieferwagen«, sagte Dirk. »Den Rest könnt ihr reinquetschen.«

Gemächlich tuckerte er nach vorn zum Hühnerhof, während Luisa und Eddy ihm Hand in Hand folgten. Ihr Hochgefühl hielt an. Sie hätte am liebsten jeden einzelnen Baum umarmt. Endlich wurde ihr größter, oder besser, ihr zweitgrößter Wunsch Wirklichkeit: Tante Ruth einen prachtvollen Garten mit allem Drum und Dran zu präsentieren. Ihren größten Wunsch wagte sie nicht einmal zu denken. Er hatte mit Eddy zu tun.

Doch jetzt musste sie etwas anderes klären.

»Sag mal, Eddy, verliert dieser Dirk nicht eine Menge Geld, wenn wir mit Bitcoins bezahlen, die morgen nur noch einen Bruchteil vom heutigen Kurs wert sind? Das finde ich nicht richtig.«

»Schlaues Mädchen.« Er sah sie zärtlich an. »Und gutes Mädchen. Im Prinzip stimmt das. Aber Dirk hat genug finanzielle Reserven, um auf den nächsten Kursanstieg zu warten. Also musst du dir keine Sorgen machen.«

Luisa fiel ein Stein vom Herzen.

»Danke. Hätte auch nicht zu dir gepasst, so ein krummes Ding.«

Er fing an zu lachen.

»Da sei dir mal nicht so sicher. Wer im Darknet unterwegs ist, hat's nicht so mit legalen Sachen.«

Er küsste sie, dann gingen sie eng umschlungen weiter. Als sie den Lieferwagen erreichten, war der Sitz leer. Luisa sah sich um. Die Hexe saß unter dem Blätterdach eines riesigen Baums auf einer Holzbank, die Beine von sich gestreckt, die Augen geschlossen. Was sollte das nun wieder bedeuten? Totstellreflex?

Mit wenigen Schritten war Luisa bei ihr.

»Äh, Frau von Stetten?«

Widerwillig öffnete sie die Augen.

»Ach Sie.« Die Hexe räusperte sich verlegen. »Ich gebe ja nicht viel auf das Gequatsche mit der inneren Balance, aber man kommt wirklich runter im Grünen. Und – tja, danke, dass Sie mich von der Kreuzung geholt haben.«

Luisa staunte Bauklötze über den plötzlichen Sinneswandel. Fast zeigte diese überperfekte, überschnippische Frau menschliche Züge. Sogar ein kleines Lächeln gelang ihr.

»Schön, dass Sie wieder auf dem Teppich sind«, sagte Luisa. »Wir fahren gleich los. Falls Sie wieder zurück in die Stadt möchten, nehmen wir Sie gern mit.«

Marlene von Stetten schlüpfte in ihre nudefarbenen Pumps, die sie sich von den Füßen gestreift hatte, und stand auf. Interessiert sah sie zu, wie Eddy und Dirk die Pflanzen in den Lieferwagen luden.

»Was wird das eigentlich, wenn's fertig ist?«

In knappen Worten erzählte Luisa vom verhunzten Garten und von der Aktion *Save Aunt Ruth's Garden*. Verwundert hörte die Hexe zu.

»Relativ genial«, sagte sie anerkennend, als Luisa fertig war. »Sie sind ja gar nicht so schlicht, wie ich dachte.«

»Und Sie sind gar nicht so zickig, wie Sie immer tun.«

Ein kurzes Zaudern, ein leichtes Zucken um die Mundwinkel, dann hielt Marlene von Stetten ihr die Hand hin.

»Frieden?«

»Na ja, reden wir erst mal über einen Waffenstillstand«, erwiderte Luisa lächelnd.

Gemeinsam gingen sie zum Lieferwagen, aus dessen Heckklappe einige Zweige herausschauten. Eddy war gerade damit beschäftigt, das Ganze mit Schnüren zu sichern, Dirk stand breitbeinig daneben und gab letzte Tipps fürs fachgerechte Pflanzen.

»Ah, *cara*, ich dachte schon, du bist irgendwo festgewachsen«, lachte Eddy. »Und? Bereit für die Wiederbelebung von Tante Ruths Garten?«

Luisa war mit den Gedanken schon woanders. Sie schaute auf Dirks Gärtnerschürze, und vor ihrem inneren Auge prangte ihr Spruch darauf: *Lass wachsen.* Ganz egal, was Robin Konrad sagte – sie würde die Gartenartikel durchsetzen, koste es, was es wolle.

Kapitel 18

Der Tennisclub Blau-Weiß gehörte zu den feinsten Adressen der Stadt. Ein gepflegter Hotspot des weißen Sports, ein Treffpunkt der örtlichen Honoratioren, das Epizentrum des gesellschaftlichen Lebens – so stand es jedenfalls vollmundig auf der Website des Clubs. Luisa spielte weder Tennis, noch legte sie Wert auf Honoratioren oder gesellschaftliche Epizentren. Aber dieser Abend würde ja auch kein Freizeitvergnügen werden, sondern knochenharte Arbeit.

»Da sind Sie ja«, knurrte Robin Konrad, der deutlich zu spät erschien.

Volle zehn Minuten hatte Luisa vor dem Eingang des Clubs auf ihn gewartet, in ihrem fast neuen grauen Kostüm.

»Freu mich auch, Sie zu sehen«, knurrte sie zurück. »Muss ich irgendwas Besonderes berücksichtigen?«

Der Killer begutachtete sie von oben bis unten.

»Saubere Fingernägel hätte ich schon erwartet.«

Der hatte gut reden. Den halben Tag lang hatte Luisa zusammen mit Eddy und Rudi Büsche geschleppt, Erdballen gewässert, Pflanzlöcher ausgehoben. Da konnte man schwerlich um zehn nach acht mit einwandfrei manikürten Händen punkten.

»Ich dachte eher an ein professionelles Briefing«, erwiderte sie kühl. »Was für Kunden sind denn heute Abend da? Welche Strategien gedenken Sie zu verfolgen?«

Auf der Stelle ruderte Robin Konrad ein wenig zurück.

»Ach, ein Briefing, selbstverständlich. Nun ja. Das ist ein Event für Hoteliers und Gastronomen. Mit anderen Worten: potenzielle Großabnehmer für Dekoartikel und Werbegeschenke. Also strengen Sie sich an.«

Luisa setzte ihr bestes Jawoll-Gesicht auf.

»Ich werde mein Möglichstes tun.«

»Wenn das man reicht«, dieselte Robin Konrad nach.

Es gab charmantere Begleiter. Sie biss die Zähne zusammen. Und für diesen Vollspack zwängte sie sich in ihre zu engen Pumps. Die Blasen waren gerade verheilt. Rein prophylaktisch hatte sie jedoch eine Schicht Pflaster um ihre Zehen gewickelt, was ihre Trittfestigkeit nicht gerade erhöhte. Da konnte man nur hoffen, dass es auf diesem superedlen, superwichtigen Event Sitzgelegenheiten gab.

»Ich habe Namensschilder für uns mitgebracht«, sagte der Killer. »So bleibt man in Erinnerung, wenn der Abend vorbei ist. Wenn Sie möchten, befestige ich Ihres an Ihrer Kostümjacke.«

Bloß keinen Körperkontakt. Schon der Gedanke, er könnte sie berühren, erzeugte größten Widerwillen in Luisa. Vorsichtshalber nahm sie ihm das kleine weiße Schild aus der Hand.

»Danke, das mache ich lieber selbst.«

»Wie Sie wollen«, sagte er leicht vergrätzt.

»Ganz genau – wie ich will.«

Und Luisa wollte Abstand, keine Vertraulichkeiten. Ohne die nötige professionelle Distanz würde die Zusammenarbeit darauf hinauslaufen, dass Robin Konrad sich wieder irgendwelche Unverschämtheiten herausnahm. Das würde sie systematisch verhindern.

Nachdem sie sich Namensschilder ans Revers gesteckt hatten, betraten sie Seite an Seite das gepflegte Gebäude im Landhausstil. Das Entrée war in cremefarbenem Marmor gehalten. Pompöse goldgeränderte Säulen und riesige Blumenkübel mit weißen Lilien schmückten den Vorraum. Er war bereits voller festlich gekleideter Gäste. Die Herren trugen dunkle Anzüge, die Damen glamouröse Cocktailkleider und üppigen Schmuck. Etwas eingeschüchtert betrachtete Luisa die elegante Abendgesellschaft. In ihrem grauen Kostüm fühlte sie sich ziemlich deplatziert.

Sofort wurden sie von livrierten Kellnern umringt, die ihnen silberne Tabletts mit Champagnergläsern vor die Nase hielten.

»Nein, danke«, lehnte Luisa unter dem Eindruck ihrer jüngsten alkoholischen Erfahrungen ab. »Könnte ich bitte ein Wasser haben?«

»Nichts da«, blaffte der Killer. »Wie sieht das denn aus? Total spaß-befreit, würde ich sagen.«

Seufzend nahm Luisa ein Glas. Dann tat sie eben so, als würde sie Champagner trinken. Auf keinen Fall konnte sie sich irgendwelche Entgleisungen leisten. Sie würde nüchtern, untadelig und korrekt auf-treten, komme, was wolle. Was kam, war zunächst einmal Hans-Mar-tin Haase, in einem viel zu engen nachtblauen Smoking. Bestens ge-launt, grabschte er nach ihrer Hand und drückte einen feuchten Kuss darauf.

»Mein blonder Engel! Was macht die Firma? Schon kräftig an der Erfolgsschraube gedreht und so weiter?«

Mit einem sehr schmalen Lächeln stand Robin Konrad daneben.

»Guten Abend, Herr Haase. Ich hatte Sie hier eigentlich nicht er-wartet.«

»Na, was denn? Muss doch ein Auge auf Sie haben, wenn Sie für mich unterwegs sind.«

Wie zwei Boxer taxierten die beiden einander, der alte Chef und der neue Geschäftsführer. Es war unübersehbar: Obwohl Karnickel sich diesen Mann ausgesucht hatte, weil der seine ominösen Geldgeber mit-brachte, ließ er nur zu gern den King im Ring raushängen. Ein Hauch von Schadenfreude wehte Luisa an. Kein schönes, aber ein überaus verständliches Gefühl, wenn man selbst in ein Kompetenzgerangel ver-strickt war.

»Frau Fröhlich und ich werden diesen Abend professionell zu nut-zen wissen«, verkündete Robin Konrad blasiert. »Wäre schön, wenn Sie sich ein bisschen zurückhalten.«

Hans-Martin Haase drückte unsichtbare Strähnen auf seinem fast kahlen Schädel fest. In seinem Mienenspiel wechselten Ärger und Unterwürfigkeit miteinander ab.

»Ja, schon gut, das versteht sich doch von selbst und so weiter. Dann viel Erfolg.«

Verstimmt wandte er sich ab und begrüßte eine ältere, schmuckbehangene Dame, deren grelles Rouge mit seinen rostroten Strähnen wetteiferte.

»Wichtiger Kontakt auf zehn Uhr«, raunte Robin Konrad. Mit dem Kinn deutete er auf einen Mann mittleren Alters, der ein weißes Dinnerjacket und eine schwarze Fliege trug. »Das ist Doktor Zarndt, der Chef einer Romantikhotelkette.«

»Welchen unserer Ladenhüter wollen Sie dem anbieten?«, fragte Luisa halblaut. »Die Wackeldackel? Die Gartenzwerge in Badehose? Die rosa Frösche? Oder die Bettwäsche mit Mopsmuster?«

Der Killer ignorierte ihre Frage. Übertrieben freundlich begrüßte er den Herrn im Dinnerjacket, der ihn durch eine dicke Hornbrille musterte.

»Herr Konrad! Sind Sie noch bei der West Metallbau AG? Oder in neuer Mission aktiv?«

»Jaja, ich spiele mal wieder den Feuerwehrmann.«

Der Herr grinste fischig.

»Oder den Totengräber?«

Luisa erstarrte. Schlagartig fiel ihr ein, was Mario gesagt hatte: dass Robin Konrad ein Spezialist für Firmenabwicklungen war. Was ja durchaus bedeuten konnte, dass er die Fun Connection nicht retten, sondern lukrativ verscherbeln wollte.

»Immer zu Scherzen aufgelegt, der Herr Doktor Zarndt«, erwiderte der Killer. »Darf ich Ihnen meine Kollegin Frau Fröhlich vorstellen?«

»Sehr erfreut.«

»Ganz meinerseits«, zirpte Luisa.

Nutze deine Chance, durchzuckte es sie. Gleichgültig, was dieser undurchsichtige Robin Konrad im Schilde führt, hier steht ein Mann, der ein Großkunde werden könnte. Sie machte sich so gerade, wie es ihre verpflasterten Zehen zuließen.

»Herr Doktor Zarndt, Sie leiten eine Kette mit Romantikhotels, wie ich hörte?«

»Ganz richtig.« Erfreut rückte er seine Brille gerade. »Unsere Gäste wollen sich von der urbanen Hektik erholen, und wir bieten ihnen in unseren Häusern die perfekte Idylle. Alle Hotels befinden sich in landschaftlich reizvollen Gegenden und sind vollkommen ruhig gelegen.«

»Dann suchen Ihre Gäste also den Ausgleich in der Natur?«

»Absolut, ja.«

Luisa holte tief Luft. Der Killer würde sie vermutlich ermorden, aber hier ging es um das Schicksal der Fun Connection.

»Das trifft sich gut, denn wir planen gerade Produkte rund um das Thema Natur und Garten«, sprudelte sie los. »Das liegt voll im Trend. Sie wissen ja, das Glück im Grünen, der Duft von Jasmin, das Erwachen heiterer Gefühle beim Anblick eines von Bienen umsummten Rosenstocks …«

Robin Konrad hüstelte enerviert.

»Was erzählen Sie denn da? Natur und Garten, ich bitte Sie.«

»Nein, nein, das ist hochinteressant«, widersprach Doktor Zarndt. »Fahren Sie fort, meine Liebe.«

Er beißt an! Er beißt tatsächlich an! Luisa bekam Herzklopfen, während sie ihr Konzept weiter ausführte.

»Ihre Gäste, so denke ich, möchten ein Stück Natur mit nach Hause nehmen, als Erinnerung an den wunderschönen Aufenthalt in Ihren Hotels. Da liegt es doch nahe, dass Sie Dinge anbieten, die diesem Wunsch entsprechen. Zum Beispiel Zierkissen mit asiatischen Blumenmotiven oder Schaufelsets, Gärtnerschürzen, Käppis … Natürlich können wir auch den Namen Ihrer Hotelkette auf sämtliche Produkte drucken.«

Unruhig trat Robin Konrad von einem Fuß auf den anderen, während Doktor Zarndt gebannt zuhörte. Er hing förmlich an Luisas Lippen.

»Phantastisch! Weiter!«

»Romantik, Gemütlichkeit, Natur, ein behagliches Umfeld«, improvisierte sie. »Da fallen mir Keramikwindlichter im Vintageloook ein, bedruckte Kuscheldecken für draußen, beleuchtete Zimmerspringbrunnen, die auch im Garten funktionieren.«

»Großartig, wir müssen unbedingt reden!« Doktor Zarndt griff in die Innentasche seines Jacketts. »Ich gebe Ihnen meine Kontaktdaten. Lassen Sie uns morgen telefonieren, in den nächsten Tagen treffen wir uns, und Sie stellen mir Ihr Portfolio vor.«

Sie tauschten ihre Visitenkarten aus, dann verabschiedeten sie sich mit Händeschütteln. Lächelnd mischte sich Doktor Zarndt wieder unter die anderen Gäste. Robin Konrad sah ihm vollkommen verdattert hinterher.

»Na? Was sagen Sie?«, fragte Luisa, die vor Genugtuung fast platzte.

»Sie haben ja wohl einen Schaden!«, brach es aus dem Killer heraus. »Es gibt keine verdammten Gartenprodukte bei der Fun Community!«

»Fun Connection, es heißt Fun Connection«, korrigierte sie ihn. »Und ich verspreche Ihnen, dass sich meine neuen Sachen wie geschnitten Brot verkaufen werden.«

Robin Konrad wurde dunkelrot, auf seiner Stirn schwoll eine Zornesader, die beunruhigend pulsierte.

»Habe ich mich nicht präzise genug ausgedrückt? Keine neuen Produkte! Basta!«

Einige Gäste, die noch im Entrée verweilten, schauten vorwurfsvoll zu ihnen herüber. Dies war weder der richtige Ort noch der richtige Anlass, ein Grundsatzgespräch zu führen. Doch wann war schon der richtige Zeitpunkt dafür? Luisa straffte sich.

»Dann haben wir wohl unterschiedliche Auffassungen über meine Rolle in der Firma«, sagte sie mit gedämpfter Stimme.

»Da können Sie Gift drauf nehmen. Sie spielen nämlich überhaupt keine nennenswerte Rolle in der Firma. So, damit wäre der Zwergenaufstand wohl beendet.«

Fassungslos stand Luisa da. Sie zwang sich, ruhig zu bleiben, obwohl sie am liebsten ihr Champagnerglas über der schnittigen Fönfrisur des neuen Geschäftsführers ausgekippt hätte.

»Herr Konrad«, konzentriert betrachtete sie die Schaumbläschen in ihrem Glas, »warum sperren Sie sich gegen meine Ideen? Vielleicht klingt es für Sie seltsam, aber ein bisschen weiblicher Instinkt würde der Firma guttun. Unsere Käufer sind zu achtzig Prozent Frauen, das hat die jüngste Marktanalyse ergeben. Ich bin sicher, dass meine neuen Produkte diese Zielgruppe erreichen.«

Robin Konrad grüßte irgendwelche Leute mit einem Kopfnicken, während er Luisa ein Stück beiseite hinter eine Säule zog, die ihnen Sichtschutz bot.

»Weiblicher Instinkt, dass ich nicht lache«, flüsterte er gereizt. »Was kommt als Nächstes? Frauen an die Macht? Macht Männer glücklich, macht Kinder, macht sauber – da bin ich dabei, Frau Fröhlich. Aber pfuschen Sie mir gefälligst nicht in meine Unternehmensstrategien rein.«

Hammer. Holzhammer! Eine so primitive Ansage hatte Luisa bisher nicht einmal von Karnickel gehört. Und das sollte wahrlich etwas heißen bei einem frauenfeindlichen Obermacho wie Hans-Martin Haase. Sie gab sich keine Mühe, ihre Stimme zu senken, als sie zum Gegenschlag ausholte.

»Ihre sogenannten Strategien sind absolut kontraproduktiv! Sie entmutigen die Mitarbeiter, Sie verhindern Innovationen, Sie bremsen mich aus. Dabei habe ich in den letzten Jahren wichtige Leitungsaufgaben …«

»Blödsinn. Sie sind im Mitarbeiterteam so überflüssig wie ein Sack Sand in der Sahara«, fiel ihr der Killer ins Wort. »Und wenn Sie noch einmal öffentlich irgendwelche Produkte erwähnen, die es nie geben wird, hat es sich ausgeleitet. Dann können Sie sich's aussuchen: kündigen, gefeuert werden oder ein Job im Versand.«

All das gab der Killer mit einer so gleichmütigen Miene von sich, als würde er belanglosen Smalltalk machen. Nur die pulsierende Zornesader verriet seine Erregung. Luisa hätte am liebsten um sich geschlagen.

»Das ist ja, als ob Sie mich erschießen wollen und dann noch sagen: Die Kugeln dürfen Sie sich selbst aussuchen. Wie beurteilt denn Herr Haase Ihre Führungsmethoden? Im Gegensatz zu Ihnen wusste er meine Arbeit immer zu schätzen.«

»Haase kann Sie nicht mehr retten, wenn es Spitz auf Knopf steht. Ich habe finanzstarke Investoren rangeholt, und wo das Geld ist, da ist die Macht.«

Jetzt brauchte Luisa doch einen Schluck Champagner. Einen kräftigen Schluck. Abgesehen von den unsäglichen persönlichen Angriffen ging es ihr einfach nicht in den Kopf, warum der Killer etwas ablehnte, was doch offensichtlich gut ankam.

»Sie wollen den Erfolg gar nicht, oder?«, fragte sie leise. »Und Ihre Geldgeber gibt es auch nicht, stimmt's?«

Auf der Stelle wurde Robin Konrad blass unter seiner Bräune.

»Wie bitte?«

In diesem Moment öffneten sich drei große Flügeltüren, und die Abendgesellschaft strömte aus dem Eingangsbereich in die dahinter gelegenen Clubräume. Man hörte ein Streichquartett Wiener Walzer spielen, der Duft exquisiter Speisen wehte ins Entrée. Doch Luisa hatte weder Lust auf gepflegte Konversation im Dreivierteltakt noch auf warme Worte am Buffet. Diplomatie war nicht mehr angebracht, jetzt musste Klartext her. Direkt und unverblümt.

»Herr Konrad, wenn Sie außer Bügelfalten auch noch Eier in der Hose hätten, würden Sie die Firma neu positionieren, mit neuen Ideen und neuen Produkten. Bisher waren Sie nur Sand im Getriebe, ein großer Sack Sand, so groß wie die Sahara.«

Die weit aufgerissenen Augen des Killers traten fast aus den Höhlen.

»Was fällt Ihnen ein? Haben Sie die Erbse in Ihrem Kopf zu weich gekocht?«

»Mir machen Sie nichts vor.« Luisa zerquetschte fast ihr Glas in der Hand, so wütend war sie. »Sie betrachten die Fun Connection doch schon als Konkursmasse, an der Sie kräftig verdienen werden. Sie sind kein Retter, Sie sind ein Insolvenzgewinnler.«

Damit hatte sie ihn kurzfristig schachmatt gesetzt. Robin Konrad schwankte leicht und schnappte nach Luft wie eine Forelle auf dem Trockenen. Eine gute Gelegenheit für Luisa, aufs Ganze zu gehen. Seit Tagen kochte und brodelte es in ihr, jetzt ließ sich der Vulkanausbruch nicht mehr aufhalten.

»Ich sag Ihnen noch was. Mir ist es schnurz, wie Sie Ihr Geld verdienen, Herr Konrad. Legal, illegal, piepegal. Aber Finger weg von der Fun Connection! Ich liebe den Laden. Dass er total runtergewirtschaftet ist, weiß ich so gut wie Sie. Auch dass die meisten Mitarbeiter im Koma liegen, ist mir nicht entgangen. Doch genauso gut weiß ich, wie man aus diesem abgewrackten Seelenverkäufer wieder einen schnittigen Dampfer macht: mit Motivation, Teamgeist und dem Willen zur Erneuerung. Das ist Change Management, Herr Konrad, nicht Ihre miesen Sabotageakte!«

Nach einer sprachlosen Schrecksekunde setzte der Killer zu einer Erwiderung an, doch ausgerechnet in diesem Augenblick lugte das verschwitzte Gesicht von Hans-Martin Haase hinter der Säule hervor.

»Oho. Spüre ich hier eine gewisse Spannung im Raum?«

Ruckartig fuhr Robin Konrad herum. Auf einmal lag Panik in seinem Blick.

»Unsinn, nein, nur eine kleine Meinungsverschiedenheit.«

Das war ja wohl die Höhe. *Eine kleine Meinungsverschiedenheit?* Hatte der Typ noch alle Blätter am Baum? Hier ging es um mehr. Hier ging es um alles!

»Herr Haase«, Luisas Stimme bebte, »ich hege den begründeten Verdacht, dass …«

»Ach die Frau Fröhlich, die hat ganz laut ›hier‹ geschrien, als im Himmel das Temperament verteilt wurde«, dröhnte Robin Konrad und legte ihr einen Arm um die Schulter. »Das ist immer wie Kirmes ohne Karussell mit der Frau Fröhlich! Aber wir raufen uns schon noch zusammen, Herr Haase. Ist doch normal, dass es anfangs ein bisschen knirscht.«

Vergeblich versuchte Luisa, sich aus seinem Klammergriff zu befreien. Die Zähne zu einem breiten Grinsen gefletscht, krallte er seine Finger in den Stoff ihrer Kostümjacke.

»Es knirscht nicht nur, Herr Haase«, rief sie. »Dieser Mann ist der Sargnagel der Fun Connection, weil …«

»Jetzt treiben Sie's aber zu weit, mein blonder Engel«, unterbrach Karnickel sie ungehalten. »Wir sind hier nicht auf dem Bolzplatz. Was sollen denn die Leute denken? Sie repräsentieren hier die Firma und so weiter.«

»Genau.« Der Killer schob Luisa hinter der Säule hervor, ohne seinen Griff zu lockern. »Wir gehen jetzt da rein und hinterlassen einen guten Eindruck. Einen schönen Abend noch, Herr Haase.«

Während Karnickel sich trollte, verpasste Luisa ihrem Widersacher einen Rippenstüber mit dem Ellenbogen. Mit schmerzverzerrtem Gesicht ließ er sie los.

»Tun Sie das nie wieder«, zischte sie.

Unverfroren grinsend strich er sein Jackett glatt.

»Oh, ich stehe auf kratzbürstige Frauen. Männer sind Jäger, die wollen nicht, dass man ihnen das Wild vor die Flinte trägt. Die wollen eine Frau erobern.«

Und dann, ohne Vorwarnung, ohne jedes Schamgefühl, zog er sie an sich und küsste sie auf den Mund. Es war ekelhaft. Luisa sträubte sich nach Kräften, doch Robin Konrad war stärker. Mit beiden Armen presste er sie an sich. Ein Blitzlichtgewitter flammte auf. O nein, nicht auch noch Fotos! Luisa hatte mal einen Selbstverteidigungskurs belegt. Obwohl es sie größte Überwindung kostete, rammte sie ihm ein Knie zwischen die Beine.

»Verdammt!«, ächzte er.

Für einen kurzen Moment erschlafften seine Arme, was Luisa nutzte, um sich ihm zu entwinden. Dann rannte sie Richtung Ausgang, wobei sie einen Schuh verlor, den zweiten kurzerhand auszog und auf nackten verpflasterten Füßen weiterlief.

Schon nach wenigen Metern stellte sich ihr ein Fotograf in den Weg, seine Kamera wie eine Trophäe hochgehoben.

»War'n geile Fotos. Ich seh schon die Meldung: Heiße Küsse beim Top-Event des Jahres! Supi, Frau ...«, er schaute auf ihr Namensschild, »... Fröhlich von der Fun Community. Und wer war der Herr? Ihr Gatte ganz bestimmt nicht. Verheiratete Männer küssen anders, das kann ich Ihnen flüstern.«

Entsetzt starrte sie den Mann an.

»Mein Gott, diese Fotos dürfen nicht veröffentlicht werden! Hören Sie? Die Fotos dürfen nie erscheinen!«

»Nun mal ganz langsam, junge Frau.« Der Fotograf schwenkte triumphierend seine Kamera. »Mit der Zusage zu diesem Event hat sich jeder Teilnehmer einverstanden erklärt, fotografiert zu werden. Daran gibt es nichts zu rütteln.«

»Ich habe zu gar nichts mein Einverständnis gegeben!«, schrie Luisa.

»Doch, haben Sie«, trumpfte der Killer auf, der sich unbemerkt zu ihnen gesellt hatte. »Sonst wären Sie gar nicht hier, Frau Fröhlich. Schließlich wurden Sie nicht wegen Ihrer hübschen grünen Augen eingeladen, sondern weil Sie der Geschäftsleitung der Fun Community angehören.«

»Fun Connection. Aber das ist kein Freifahrtschein für irgendwelche saublöden Fotos«, fauchte sie.

»Tja, mitgefangen, mitgehangen. Es reicht vollkommen, dass ich als Weisungsbefugter meine Unterschrift für Sie gegeben habe.«

»O Gott«, flüsterte Luisa.

Sie saß in der Falle. Hilflos sah sie zwischen den beiden Männern hin und her, während sich ihr Hass auf Robin Konrad ins Unermessliche steigerte. Obwohl sie rot sah, flammend rot, arbeitete ihr Hirn auf Hochtouren. Was bezweckte der Killer mit diesen Fotos? Wollte er einen Skandal? War das eine weitere Taktik, die Fun Connection unmöglich zu machen? Auf ihre Kosten? Und wie um Himmels willen sollte sie Eddy diese Bilder erklären, falls sie in der Zeitung erschienen?

Nun schoss auch noch Karnickel auf sie zu, hochrot, verschwitzt, mit gehetztem Gesichtsausdruck.

»Was geht hier vor? Drüben in den Clubräumen redet man von einem peinlichen Zwischenfall und so weiter.«

»Der Kerl, den Sie angeheuert haben, ist ein widerliches Schwein«, stieß Luisa erbittert hervor. »Er hat versucht, mich zu küssen! Mit Gewalt!«

Robin Konrad tauschte einen kurzen, verschwörerischen Blick mit Hans-Martin Haase und brach in wieherndes Hohngelächter aus.

»Mal unter uns Männern – bei manchen Damen knallen die Hormone durch, wenn sie zu lange keinen Mann hatten. Frau Fröhlich verdreht die Tatsachen. Nicht ich habe versucht, sie zu küssen, es war genau umgekehrt. Sehen Sie mich an, ich habe so was nicht nötig.«

»Das ist nicht wahr!«, schrie Luisa, den Tränen nahe. »Er lügt wie gedruckt!«

Ihr ehemaliger Chef musterte sie von oben bis unten. Vom Scheitel bis zu ihren dick verpflasterten Zehen, genauer gesagt.

»Sie sollten jetzt besser gehen. Und sich mal eine anständige Pediküre leisten. Kommen Sie, Herr Konrad, wir werden das Nötige tun, um den Abend zu retten. Wie steht die Fun Connection denn sonst da?«

»Er will die Firma ruinieren!«, schluchzte Luisa.

»Herrjemine, es gibt nichts Schlimmeres als abgewiesene Frauen«, erwiderte der Killer eiskalt. »Die erfinden die dollsten Geschichten, um sich zu rächen. Man nennt es den Schlampenreflex.«

Hans-Martin Haase nickte verständnisvoll.

»Passiert mir auch andauernd. Die Mädels sind verrückt nach mir und so weiter, aber ich kann sie ja nicht alle erhören.«

Jetzt ging die Phantasie mit Karnickel durch. Wenn die Situation nicht so verzweifelt gewesen wäre, hätte Luisa vielleicht sogar gelacht. Erschüttert stand sie da. Männer. Die hielten immer zusammen. Weil sie meinten, die Größten zu sein. Und weil sie immer noch dachten, Frauen seien hormonell unterlegene Opfer.

»Nun, das war's, Frau Fröhlich«, sagte Hans-Martin Haase. »Sie sind entlassen.«

»Fristlos«, ergänzte der Killer.

Von einem Moment auf den anderen stürzte ihre Welt zusammen. Und sie konnte nichts dagegen tun. Was auch immer sie zu ihrer Verteidigung vorbringen würde, bei Karnickel war sie untendurch. Bei Robin Konrad sowieso. Schlimmer hätte es gar nicht kommen können.

Ein letztes Mal sah sie flehentlich Hans-Martin Haase an. Doch der hatte sich längst mit Robin Konrad verbrüdert, mit dem Geld, das der Killer angeblich in die Firma pumpen wollte, mit dem roten Sportwagen, den er dem statusbesoffenen Karnickel vor die Tür gestellt hatte. So simpel war das.

Stumm suchte sie ihre beiden Pumps, hob sie auf und floh nach draußen. Wie hatte es Ulla noch gesagt? Dein Saturn ist rückläufig und bildet einen schwierigen Aspekt mit Uranus, dem Herrscher des Berufshauses? Luisa hielt Astrologie für reinen Humbug, aber wo Ulla recht hatte, hatte sie recht. Niemals hätte Luisa auf dieses verdammte Event gehen dürfen.

Völlig durcheinander stolperte sie über den Parkplatz und fand ihren Wagen blockiert vor. Ein schwarzer Porsche hatte sich quer davor gestellt. Einfach so. Noch einmal reinzugehen und den Fahrer ausfindig zu machen, überstieg Luisas Kräfte. Und jetzt, mit einiger Verzögerung, rastete sie aus.

»Verdammter Mistporsche!«, fluchte sie.

Es ging gar nicht anders, sie musste ihren grenzenlosen Frust rauslassen, ihre Wut, ihre Verzweiflung. Mit voller Wucht trat sie gegen den schwarz lackierten Außenspiegel, so dass er abbrach und scheppernd zu Boden ging. Es war grundfalsch, aber es tat gut. Saugut.

Luisa atmete einmal tief durch. Dann zog sie ihr Handy heraus und bestellte ein Taxi, das sie natürlich auf Firmenkosten abrechnen würde. Was sonst?

Während sie auf das Taxi wartete, erkaltete ihr Zorn und machte einer gefährlichen, glasklaren Ruhe Platz. Mit höchster Präzision ordnete sie ihre Gedanken, organisiert und strukturiert wie ehedem. Ich bin noch nicht fertig mit dir, Robin Konrad. Ich werde verhindern, dass du die Fun Connection in Schutt und Asche legst. Ich werde die Wahrheit ans Licht bringen. Und dann wirst du bitter bereuen, dass du heute Abend mein Leben zerstört hast.

Kapitel 19

Der nächste Morgen begann sonnig, aber ungewöhnlich kühl. Luisa hatte es um sechs Uhr aufgegeben, in den Schlaf zu finden. Übernächtigt lehnte sie am offenen Küchenfenster und trank ihren dritten Kaffee.

Das war's. Ihr Leben glich einem Trümmerfeld. Job weg, Geld weg, und wenn Eddy die Fotos sah, würde auch der Mann weg sein. Der einzige Mann, der sie jemals richtig glücklich gemacht hatte. Dann blieben ihr nur noch die Katzen und sehr viel Zeit. Auch der Garten würde verloren sein.

Sissi und Franz strichen maunzend um ihre Beine, als ahnten sie, dass etwas nicht stimmte mit ihrem Frauchen. Gedankenverloren kraulte Luisa ihnen das Fell.

»Ach, ihr Süßen, was soll ich jetzt bloß tun?«

Kurz erwog sie, das Gartenseminar abzublasen. Doch nachdem sie Sissi und Franz das Futter hingestellt hatte, stand ihr Entschluss fest: Sie würde die Sache durchziehen wie geplant. Am Abend zuvor hatte der Killer endgültig seine Maske fallen lassen. Er war ein skrupelloser, gewissenloser Abräumer, und die Firma ging ihm ganz offensichtlich am Allerwertesten vorbei. Wenn sie sich jetzt zurückzog, würde er die Fun Connection schneller dichtmachen, als sie »Konkurs« sagen konnte.

Die Küchenuhr zeigte halb acht. Eilig tippte sie eine SMS und verschickte sie gleichlautend an Ulla, Mario, Caipi, Lämmchen und Karl Wenninger.

Liebe Kollegen. Die Lage ist ernst. Egal, was der Killer sagt, wir treffen uns um zehn im Garten. Bringt gute Laune und Kampfgeist mit. LG Luisa F.

219

Sollte sich Robin Konrad seine bescheuerte Weisungsbefugnis doch in die gepflegten Haare schmieren. Bevor sie keine offizielle Kündigung in den Händen hielt, schwarz auf weiß, mit Brief und Siegel, gehörte sie nach wie vor der Geschäftsleitung an.

Es wurde allmählich Zeit loszufahren. Luisa packte sechs Gläser, sechs Teller und Besteck in eine Reisetasche. Die Zwischenräume stopfte sie mit Papierservietten aus dem Hause Fun Connection aus – grün, mit goldenen Glücksschweinchen. Obenauf legte sie ihren roten Strohhut. Dann holte sie ihre Jeans und eine schlichte weiße Bluse aus dem Kleiderschrank. Die mausegrauen Businessuniformen passten nicht in den Garten. Sie passten auch nicht zu Eddy. O Gott, Eddy.

Luisa sank aufs Bett und zupfte unruhig an der hellblauen Tagesdecke herum. Ihr Magen schrumpfte zu einem Stein bei der Vorstellung, wie Eddy eine Morgenzeitung aufschlug und die ekelhaften Fotos entdeckte: seine bella Luisa und Robin Konrad, in einem sabbernden Kuss vereint. Unwillkürlich wischte sie sich über die Lippen. Der Killer war ein grober, planloser Nassküsser. Schauderhaft. In der Nacht hatte sie sich mindestens zehnmal die Zähne geputzt und mit desinfizierendem Mundwasser nachgespült. Trotzdem verspürte sie das dringende Bedürfnis, Robin Konrads Spuckeattacke ein weiteres Mal wegzuschrubben.

Beim neuerlichen Zähneputzen überlegte sie fieberhaft, wie sie die Fotos vor Eddy geheim halten könnte. Ihn einen Tag lang irgendwo einsperren? Alle Zeitungen an den Kiosken aufkaufen und verbrennen? Ob er überhaupt Zeitungen las? Hm. Sie spülte lange mit Mundwasser nach. Was tat ein digitaler Hippie denn schon mit einem altmodischen bedruckten Stück Papier, außer Biogemüse darin einzuwickeln?

Auf einmal schöpfte sie Hoffnung. Und schickte ein Stoßgebet nach oben, dass er die widerwärtigen Alptraumfotos nie zu Gesicht bekam. Um neun Uhr würde sie erfahren, ob das Universum Erbarmen hatte oder sie mit einem Fußtritt in die Hölle beförderte.

Als Luisa um viertel vor neun zum Eingang des Kleingartenvereins Sonnenschein e. V. lief, parkte direkt davor ein verbeulter roter Lieferwagen. Die Klempnerkutsche! Sicher hatte Eddy sie für den Transport der Speisen und Getränke benutzt.

Ihr wurde flau, als sie mit ihrer Reisetasche den schnurgeraden Hauptweg entlanghastete. Auf der Fahrt zum Schrebergarten hatte sie an einer Tankstelle haltgemacht, alle örtlichen Morgenzeitungen gekauft und nach den Fotos durchforstet.

Keine Zeitung hatte sich das Event im Tennisclub Blau-Weiß entgehen lassen. Und keine hatte darauf verzichtet, mindestens ein Foto abzudrucken, wie zwei Menschen auf abstoßende Weise Speichel austauschten. Dass es eine orale Vergewaltigung gewesen war, sah man nicht. Nur entfesselte Leidenschaft. Kein Fotograf hatte aufgenommen, wie leidenschaftlich Luisa diesem Scheusal ihr Knie in die Spaßzone gerammt hatte.

Ängstlich hielt sie Ausschau nach Eddy. In ihrem Garten war schon einiges los. Lucy, Eddys Aushilfe, stellte gerade große, mit rot-weiß karierten Tüchern abgedeckte Weidenkörbe auf die Veranda. Rudi, in grüner Cordhose und kariertem Hemd, wuchtete einen langen, schmalen Holztisch auf den verkrauteten Rasen. Ein zweiter lehnte mit eingeklappten Beinen an der Laube, daneben standen zwei Bierbänke.

»Hallo, Rudi!«, rief Luisa.

Er streifte sie nur mit einem grimmigen Blick. So abweisend wie am Anfang, als er die Mülltüte über den Zaun geworfen hatte.

»Was hast du denn?«, fragte Luisa, während sie näher kam.

»Was ich habe? Frag lieber, was du hast! Nämlich nicht alle Tassen im Schrank!«

»Rudi …«

Zornig kniff er die Augenbrauen zusammen.

»Du knutschst mit irgend so einem Heini aus deiner Firma rum. Steht alles in der Zeitung. Eddy ist gleich abgehauen, als ich ihm das gezeigt hab. Und nur, damit wir uns richtig verstehen: Er wollte trotzdem, dass ich dir helfe mit den Bänken und Tischen. Sonst hätte ich garantiert keinen Finger für dich gerührt.«

Allmählich begriff Luisa das ganze Ausmaß des Dramas. Die Fotos kamen einer öffentlichen Hinrichtung gleich. Ihr Ruf war dahin, ihre neue Freundschaft zu Rudi zerbrochen, bevor sie richtig angefangen hatte. Niedergeschlagen setzte sie sich auf eine der Bierbänke. Ihr war schlecht. So schlecht, dass sie würgen musste.

»Bitte Rudi, glaub mir, es war ein … ein Übergriff. Das habe ich nicht gewollt.«

»Das sagen die Weiber hinterher immer«, raunzte ihr Nachbar. »Hättste dir vorher überlegen müssen. So sieht es leider nach Büromatratze aus.«

Büromatratze. Das saß. Luisa begann zu schluchzen. Sie musste Eddy anrufen. Ihm alles erklären. Das hätte sie gleich nach dem Aufstehen tun sollen. Oder schon in der Nacht. Warum hatte sie ihn nicht ins Vertrauen gezogen, bevor die Fotos ihn schockieren konnten? Warum, verdammt noch mal, war sie eine kontaktgestörte Einzelgängerin, die nicht einfach das Naheliegende tat – darüber reden?

Mit starrer Miene ging Lucy an ihr vorbei. Ihr hochblondes Haar hatte sie zu einem Pferdeschwanz frisiert, trotz des kühlen Morgens trug sie wieder ein bauchfreies Top.

»Morgen, Luisa. Ich geh dann mal. Ruf an, wenn du noch was brauchst.«

Sie sagte es so barsch, so verachtungsvoll, dass es Luisa eiskalt den Rücken runterlief. Hektisch rappelte sie sich auf und hielt die junge Frau an der Schulter fest.

»Lucy, ich schwöre dir, dass diese Fotos nicht wiedergeben, wie es tatsächlich war. Dieser Typ wollte mich gezielt ins Aus kicken!«

»Sieht aber so aus, als fährst du voll auf den Schleimer ab. Ich hab Eddy noch nie so abgedreht erlebt. Scheiße, du hast ihn gelinkt, Luisa. Das hat er nicht verdient.«

»Nein, hat er nicht«, krächzte sie. »Deshalb würde ich auch nie mit einem anderen Mann rummachen, bitte, glaub mir.«

Lucy zuckte mit den Schultern.

»Lass mal deine Betroffenheitsarie stecken. Ein Foto sagt mehr als tausend Worte.«

Damit ging sie, und auch Rudi, der inzwischen den zweiten Tisch aufgebaut hatte, stapfte ohne ein Wort davon.

Luisa blieb untröstlich zurück. Auf einmal wurde ihr bewusst, was für wunderbare Menschen ihr der Garten beschert hatte. Allen voran Eddy, aber auch Rudi und Rena. Tante Ruth hatte ihr nicht nur einen Garten geschenkt, nein, obendrein die Chance, so etwas wie ein soziales Leben aufzubauen. Ganz bestimmt hatte Tante Ruth das alles gewusst, herzensklug und lebenserfahren, wie sie war. Sie hatte es geplant. Für ihre verplante Nichte, die seit Jahren keine Freundschaften mehr gepflegt, sich nur noch hinter ihrer Arbeit verkrochen hatte.

Wie ein Häuflein Elend sank Luisa zurück auf die Bierbank. Dreimal rief sie Eddy an, ohne ihn zu erreichen. Nicht einmal die Mailbox sprang an.

Bitte melde dich, simste sie ihm, wobei sie sich mehrmals vertippte, bevor sie die wenigen Worte einwandfrei hinbekam. *Es war nicht das, wonach es aussieht. Ich muss dich sprechen, gib mir eine Chance. Ich will nur dich.*

Danach verließ sie all ihr Mut. Was hatte das noch für einen Sinn? Vielleicht war es besser, einfach alles stehen und liegen zu lassen, diesen ganzen Scherbenhaufen ihres verpfuschten Lebens, und in eine andere Stadt zu ziehen.

Die bittere Ironie der Geschichte bestand darin, dass der Garten noch nie so gut ausgesehen hatte. Am Nachmittag zuvor hatte sie mit Eddys und Rudis Hilfe sämtliche Blumen und Büsche eingepflanzt, die sie mit den Bitcoins gekauft hatten. Dann war Dirk vorgefahren und hatte die Bäume gebracht. Sie mussten noch fachmännisch gesetzt werden, doch es grünte und blühte bereits prächtig, und bis auf den lädierten Rasen und ein paar kahle Flächen sah es schon fast wieder nach einem echten Garten aus.

Eine dicke Hummel flog an Luisa vorbei. Brummend umrundete sie ein Rosenstämmchen und ließ sich auf einer der apricotfarbenen Blüten nieder.

Wie viel Spaß das Rosenpflanzen gemacht hatte. Wie bereitwillig

Eddy und Rudi ihr geholfen hatten. Und auch das Blumenbeet entwickelte sich prächtig. Ihr Blumenbeet.

Es war ein Reflex. Obwohl Luisa so erschöpft war, dass sie sich kaum auf den Beinen halten konnte, stand sie auf, füllte die Gießkanne mit Wasser und goss die zarten Pflänzchen. Sie schienen ihr zuzulächeln. Ein Schild aus dem Gartendiscounter kam ihr in den Sinn: »dankbare Blüher«. So hatte der Werbespruch für die Stiefmütterchen gelautet. Luisa hatte das für einen dieser lächerlichen Gartenfreaksprüche gehalten. Jetzt verstand sie, was gemeint war.

Ja, Blumen konnten dankbar sein. Sie waren etwas Wunderbares – sie redeten nicht, sie verurteilten nicht, sie mischten sich nicht ein. Sie waren einfach da. Und solange man sie gut behandelte, zeigten sie ihre Dankbarkeit, indem sie das Auge und die Seele erfreuten.

Für einen Moment vergaß Luisa ihren Kummer. Da waren nur Freude, Zuneigung, Ruhe. Immer deutlicher wurde ihr bewusst, warum Menschen ihre Gärten liebten. Warum sie ihre Freizeit damit verbrachten, sich um jedes einzelne Pflänzchen zu kümmern, warum sie mit ihren Blumen sprachen. Auch Luisa fing an zu sprechen, ohne es recht zu bemerken.

»Hallo, Stiefmütterchen, gut geschlafen? Hey, Glockenblume, soll ich dich nachher in den Schatten bringen? Da fühlst du dich doch wohler, stimmt's?« Sie zupfte ein welkes Blatt von den Hortensien. »Ihr bekommt auch ein schönes Schattenplätzchen. Vielleicht schaffe ich es heute Mittag. Und dann gibt's auch noch einen Schluck zu trinken.«

»Ey, sagmaaa – führst du etwa Gespräche mit dem Grünzeug?«

Luisa drehte sich halb um. In einem tiefdekolletierten, kobaltblauen Hängerchen mit gewagten Spaghettiträgern stand Ulla am Zaun. Ihre Füße steckten in Bastsandalen mit blauen Plastikfrüchten darauf.

»Oh, äh, hallo.«

»Hätte ja nicht gedacht, dass du so eine gefühlige Naturtante bist«, lachte Ulla und schob das quietschende Gartentor auf. »Was ist das hier?«

»Mein Garten«, erwiderte Luisa voller Stolz.

Wie gut sich das anhörte – mein Garten.

»Aha. Bin ein bisschen früh dran. Aber als ich deine SMS gelesen habe, bin ich sofort losgefahren. War 'ne kleine Weltreise mit dem Bus.« Sie strich sich das Haar aus der Stirn, das heute erstaunlich frisch gewaschen und nach einer neuen rotblonden Tönung aussah. »Kann ich dir was helfen?«

Luisa traute ihren Ohren nicht. Ulla Dependorf bot ihr Hilfe an? Ausgerechnet Ulla, die doch sonst nur bissige Kommentare ablieferte?

»Äh, hm, wir könnten den Tisch decken«, antwortete sie. »Dazu bin ich noch nicht gekommen, weil ich heute, na ja, nicht sonderlich gut organisiert bin.«

Sie holte ihre Reisetasche und zog den Reißverschluss auf. Als Erstes fielen ihr die Zeitungen ins Auge, die neben dem roten Strohhut lagen. Offenbar wusste Ulla noch nichts von den Fotos, sonst wäre die Begrüßung sicherlich frostig ausgefallen. Während sie gemeinsam Teller, Gläser und Besteck auf dem Tisch verteilten, fasste sich Luisa ein Herz.

»Du, Ulla, ich habe ein Problem.«

»Hast du nicht. Ich helfe dir doch.«

Wortlos holte Luisa die Zeitungen aus der Reisetasche, blätterte zu den Klatschspalten und breitete die aufgeschlagenen Seiten auf dem Tisch aus.

Ungläubig starrte ihre Kollegin darauf.

»Okay. Du hast ein Problem.«

»Ulla, du kennst den Kerl«, sagte Luisa beschwörend. »Du weißt, wie abartig der drauf ist. Der Killer hat mich förmlich angefallen! Ich konnte nichts dagegen tun!«

Noch immer betrachtete Ulla die Fotos.

»Au Backe. Sieht aber ganz anders aus.«

»Das sagen alle«, seufzte Luisa, die erneut den Tränen nahe war. »Der Typ hat mich voll reingeritten. Ich bin quasi gebrandmarkt. Rudi, mein Gartennachbar, hat mich eine, eine …«, sie konnte das schreckliche Wort kaum aussprechen, »… Büromatratze genannt!«

Ulla runzelte die Stirn.

»Nee, nee. Mit Waage im Aszendenten hast du einen sehr niedrigen Luderfaktor, würde ich sagen. Einmal Knäckebrot, immer Knäckebrot. Aber ich hatte dich gewarnt. Deine Planetenkonstellation von gestern Abend war so ungünstig, dass ich an deiner Stelle keinen Fuß vor die Tür gesetzt hätte.« Unternehmungslustig funkelte sie Luisa an. »Büromatratze, Unverschämtheit! Soll ich deinem Nachbar Bescheid geigen? Wo ist er denn?«

»Ach, lass. Das bringt nichts.«

Doch Ulla beschattete schon ihre Augen mit der flachen Hand und schaute sich suchend um. Auf der Stelle entdeckte sie Rudi Kasunke. Kunststück. Ganz zufällig werkelte er an dem Zaun herum, der Luisas Garten von seinem trennte. Ob er gehorcht hatte? ·

»Auf ihn mit Gebrüll«, grinste Ulla. Sie holte einen Lippenstift aus ihrer Handtasche. »Und mit den Waffen einer Frau!«

Nachdem sie ihre Lippen in rasantem Ferrari-Rot geschminkt hatte, das mindestens so gewagt wirkte wie ihr Kleid, marschierte sie entschlossenen Schritts los. Am Zaun blieb sie stehen.

»Hallo, Nachbar. Schon so fleißig am frühen Morgen?«

Rudi, der auf Knien nichtexistente Löcher im Maschendraht flickte, richtete sich langsam auf. »Wer sind Sie denn?«

»Unwichtig. Mir ist zu Ohren gekommen, dass Sie Luisa beleidigt haben. Ist nicht gerade die feine Art, Freundchen.«

»Freundchen?«, schnaubte Rudi. »Was fällt Ihnen ein? Das hier ist eine anständige Schrebergartenanlage! Und Luisa ist eine, eine …«

»Sagen Sie das besser nicht«, zischte Ulla. »Sonst kriegen Sie es mit mir zu tun.«

Rudi ballte die Fäuste. Sein verwittertes Gesicht mit den buschigen Augenbrauen bebte vor Zorn.

»Ach ja? Was haben Sie denn vor? Hier herrschen Ruhe und Ordnung! Hier ist kein Platz für Flittchen!«

226

Die letzten Worte hatte er gebrüllt. Luisa schlang ihre schweißnassen Finger ineinander. Schon blieben ein paar Kleingärtner auf dem Hauptweg stehen und verfolgten interessiert über den Zaun hinweg, was sich hier abspielte. Bald würde die gesamte Schrebergartenanlage wissen, dass Luisa Fröhlich nicht nur eine lausige Gärtnerin, sondern auch eine unmoralische Person war.

Und Ulla? Die wirkte überhaupt nicht eingeschüchtert. Lächelnd spielte sie mit einem ihrer Spaghettiträger.

»Das mit dem Flittchen nehmen Sie zurück. Ist Ihnen bestimmt nur so rausgerutscht.«

Rudi drückte sein Hammerwerferkreuz durch. Drohend baute er sich zu seiner vollen Größe auf.

»Verschwinden Sie! Ich hab zu tun! Und quatschen Sie mich nie wieder blöd von der Seite an!«

»Ich find Sie gut, Sie haben Schwung«, kicherte Ulla. »Da bin ich aber froh, dass Luisa so einen netten Nachbarn hat. Luisa ist nämlich kein Flittchen, sie ist Steinbock und hat die Waage im Aszendenten. Solche Menschen sind prinzipienstreng und geradlinig. Manchmal neigen sie zu Gefühlskälte, aber unüberlegte Dummheiten oder wilde Sexabenteuer sind nicht drin. Sollten Sie sich merken.«

Vollkommen perplex starrte Rudi die kleine, rundliche Frau an, deren linker Spaghettiträger von der Schulter gerutscht war.

»Was?«

Mit einer lasziven Bewegung, die Luisa ihr niemals zugetraut hätte, schob Ulla den Spaghettiträger wieder an die richtige Stelle. Womit sie automatisch Rudis Blick auf ihren üppigen Busen lenkte.

»Sie haben mich schon verstanden. Luisa Fröhlich ist schwer in Ordnung. Schönen Tag noch.«

Bemerkenswert leichtfüßig für ihre Körperfülle kehrte sie zum Tisch zurück. Als wäre nichts geschehen, legte sie Messer und Gabeln neben die Teller, während Rudi mit offenem Mund am Zaun stand und ihr nachstierte.

»Danke«, flüsterte Luisa.

»Keine Ursache. Was machen wir als Nächstes?«

Noch immer stand Rudi wie zur Salzsäule erstarrt am Zaun. Nachdenklich nahm er sein Käppi ab und kratzte sich am Kopf. Dann grummelte er irgendetwas Unverständliches und zog sich in seine Laube zurück.

»Sag mal, Ulla«, Luisa räusperte sich, »hast du etwa gerade mit Rudi Kasunke geflirtet?«

Ein schelmisches Lächeln huschte über Ullas runde Gesichtszüge.

»Nenn es, wie du willst, der Kerl hat was. Ach, sieh mal, da sind die lieben Kollegen!«

Tatsächlich. Geschlossen und im Gänsemarsch kamen Mario, Caipi und Karl Wenninger den Hauptweg entlang. Überschwänglich winkte Ulla ihnen zu.

»Hallöchen! Hier sind wir!«

Es war komisch, die drei Männer außerhalb des Büros zu sehen. So wie es komisch war, Ulla hier draußen zu erleben. Luisa kannte ihre Kollegen ja nur als antriebsschwache Sesselpuper, die ihre Arbeitszeit mehr oder weniger verschliefen oder mit Gezänk verbrachten. Niemals hätte sie erwartet, dass die ewig meckernde Ulla so großartig für sie in die Bresche sprang. Da konnte man gespannt sein, welche unbekannten Seiten die drei Herren offenbaren würden. Und wieder betete Luisa, dass die drei nichts von den Fotos wussten.

Mario, blass wie immer, führte die kleine Prozession auf dem Hauptweg an. Mit seinem blauschwarzen Pferdeschwanz, der schwarzen Lederhose, dem schwarzen T-Shirt und seiner riesigen schwarzen Sonnenbrille wirkte er wie ein Vampir, der sich in der Tageszeit geirrt hatte. Ohne nach rechts oder links zu schauen, wankte er durch das offene Tor in den Garten.

»Gibt's hier Kaffee? Muss erst mal mein Betriebssystem hochfahren.«

Ulla, die sich offenbar für die Gastgeberrolle entschieden hatte, verschränkte die Arme.

»Mensch, Espresso, wie wär's mit: Guten Morgen, danke für die Einladung?«

Wie in Trance ließ sich Mario auf eine der Bierbänke fallen.

»Bevor ich erfahre, wer mir den Tag versaut, frühstücke ich erst mal in Ruhe.«

Nun kamen auch Caipi und Pupsi angezuckelt. Karl Wenninger trug denselben grauen Blazer wie immer, eine schwarze Krawatte schnürte seinen dünnen Hals ein. Kevin Junghans hatte ein Hawaiihemd in Rot und Pink angezogen. Etwas linkisch setzten sich die beiden neben Mario, der sich eine kleine, krumme Selbstgedrehte anzündete.

»Du kiffst am frühen Morgen? Hast du sie noch alle?«, wurde er von Ulla zurechtgewiesen.

»Lieber Gras rauchen als Heuschnupfen«, knurrte er. »War heute früh im Internet unterwegs und habe grausame Fotos gefunden. Killer und Knäckebrot, das neue Traumpaar. Auf den Schreck brauch ich was zur Beruhigung.«

Also schwirrten die Fotos sogar schon im Netz rum. Luisa spürte, wie sich trotz der morgendlichen Kühle Schweißtröpfchen auf ihrer Stirn bildeten.

»Auch ich habe die Fotos gesehen, in der Morgenzeitung«, verkündete Karl Wenninger düster. »Frau Fröhlich, Sie schulden uns eine Erklärung. Machen Sie jetzt etwa gemeinsame Sache mit Robin Konrad?«

»Da fragst du noch?«, warf Caipi ein. »Hochschlafen und durchstarten, das ist hier die Devise. Bin nur gekommen, um zu hören, wie sich Luisa da wieder rauseiert.«

Empört sah Ulla von einem zum anderen.

»Ihr habt doch keine Ahnung von nix. Vielleicht solltet ihr erst mal nachfragen, was wirklich passiert ist.«

»Diese zweideutigen Fotos enthalten eine eindeutige Botschaft«, ließ Karl Wenninger sich vernehmen.

Ulla stemmte die Hände in die Hüften. Angriffslustig. Und mit einem neuen Selbstbewusstsein, wie es schien.

»Wissen Sie was, Herr Wenninger? Wer überall seinen Senf dazugibt, ist selbst ein Würstchen. So, und jetzt wird gefrühstückt!«

Kapitel 20

Emanzipation hin oder her, wenn's ums Essen geht, müssen immer noch die Frauen ran, dachte Luisa grollend, während sie zusammen mit Ulla die Weidenkörbe auspackte. Wie Gäste im Restaurant saßen die drei Männer am Tisch und sahen ihnen zu. Mario nuckelte an seinem Joint, Caipi stützte den Kopf in die Hände, Karl Wenninger trommelte mit den Fingerkuppen auf der Tischplatte herum.

»Jetzt ein Mettbrötchen, das wär's«, stöhnte Caipi.

»Da kannst du lange warten«, gluckste Ulla. »Keine Ahnung, was das hier sein soll, aber nach Mett sieht es nicht gerade aus.«

»Das sind vegane Delikatessen«, erklärte Luisa.

Ob das wirklich eine gute Idee gewesen war? Vielleicht hätte sie doch lieber auf Konventionelles setzen sollen. Die Stimmung war schon angespannt genug.

Karl Wenninger rümpfte die Nase.

»Veganer? Sind das nicht diese armen Irren, die an Außerirdische glauben?«

»Unsinn, die verzichten nur auf Fleisch und andere tierische Produkte«, erwiderte Luisa.

»Wow.« Mario inhalierte tief. »Obst und Gemüse für unsere Biotonne.«

»Keine Diffamierungen!«, sagte Luisa scharf. »Ab heute müssen wir zusammenhalten. Und jetzt mach mal deinen Joint aus, mit einem benebelten Hirn können wir nicht arbeiten.«

Widerwillig schnippte Mario den Joint ins Blumenbeet.

»Hab kein Problem mit Drogen – nur ohne.«

Mittlerweile stand auf dem zweiten Tisch ein umfangreiches Buffet. Eddy hatte alles bestens vorbereitet, das Anrichten war ein Kinderspiel gewesen. Die Minipizzen lagen auf großen Steingutplatten, die Salate hatte er in Keramikschüsseln gefüllt, kleine Snacks wie gegrilltes Gemüse und Möhrensticks mit verschiedenen Saucen in kleinen Schälchen waren auf Holzbrettern ausgebreitet. Neben jedem Gericht lag ein kleiner Zettel, damit man wusste, was man da aß.

Sogar an Kaffee hatte Eddy gedacht. Es gab eine große Profi-Thermoskanne, randvoll mit duftendem Espresso, dazu sechs kleine braune Tassen und portionsweise abgepackten Zucker.

In der Kulisse des da und dort schon wieder blühenden Gartens wirkte das Ganze wie die Einladung zu einem heiteren Picknick. Die Sonne schien, Schmetterlinge umtänzelten die Rosenstöcke, auch die ersten Bienen hatten entdeckt, dass es mit der Friedhofsödnis vorbei war. Doch dies war kein Picknick. Dies war eine Krisensitzung.

»Bedient euch«, sagte Luisa. »Danach müssen wir dringend reden.«

Sie selbst hatte überhaupt keinen Hunger. Die jüngsten Ereignisse waren ihr ziemlich auf den Magen geschlagen. Immer wieder checkte sie ihr Handy, doch Eddy rief nicht zurück. Es zerriss ihr das Herz, dass sie nicht bei ihm sein konnte, um ihm diese schrecklichen Fotos zu erklären.

Als alle ihre Teller vollgeladen hatten, herrschte erst einmal Schweigen. Neugierig probierten die Kollegen die ungewohnten Speisen, stocherten in Bulgursalat, bissen in Tofuschnitzel, versuchten die aufgerollten Hirsepfannkuchen mit hausgemachter Himbeermarmelade und Kokossahne.

»Lecker. Und wie schön, diese friedvolle Atmosphäre«, seufzte Ulla.

Entnervt schaute Mario zu ihr hinüber.

»Ja, mir ist auch langweilig.«

Luisa sah in die Runde.

»Also. Punkt eins: die Fotos. Der Killer hat es drauf angelegt – gegen meinen Willen. Es war die ultimative Mobbingattacke, um mich bloßzustellen. Das müsst ihr mir bitte glauben.«

»Alles, woran ich glaube, ist Gras, Spaß und das Internet«, knurrte Mario.

»Ich hab ihm sogar was in die Weichteile gegeben!«, rief Luisa. »Aber das sieht man leider nicht auf den Fotos. »

Karl Wenninger, der skeptisch seinen vollbeladenen Teller angestarrt hatte, hob den Kopf.

»Also man kann über Frau Fröhlich sagen, was man will, aber leichtlebig ist sie nie gewesen. Ich halte ihre Version für glaubwürdig.«

»Ich auch«, sagte Caipi.

»Ich sowieso«, pflichtete Ulla ihm bei. »Steinböcke mit Aszendent Waage zeichnen sich nun mal durch Ehrlichkeit, Gerechtigkeitssinn ...«

»Okay, Ulla, hab's kapiert, Luisa ist sauber«, fiel Mario ihr ins Wort.

Aufatmend nahm Luisa eine Flasche Mineralwasser und goss die Gläser voll. Diese Menschen waren für sie mehr als Kollegen, das wurde ihr gerade klar. Dies war ihre Familie. Eine schräge, durchgeknallte, unmögliche Familie, aber die einzige, die sie hatte.

»Kleiner Themenwechsel. Schmeckt's euch?«

»Gar nicht so schlecht«, murmelte Caipi, der im Handumdrehen drei Minipizzen verdrückt hatte.

»Interessant«, meinte Karl Wenninger kauend.

Mario schlürfte geräuschvoll einen doppelten Espresso.

»Geiles Zeug«, nickte er anerkennend.

Auch Ulla langte kräftig zu. Ab und zu warf sie forschende Blicke in den Nachbargarten. Doch Rudi Kasunke zeigte sich nicht. Aus seiner Laube hörte man lautes Gehämmer, unterbrochen von einem markerschütternden Schmerzensschrei.

»So 'n Horst«, amüsierte sie sich. »Dem fliegt das Blech weg, weil er ein Vollweib wie mich erst mal verkraften muss. Bestimmt ein Widder. Immer mit dem Kopf durch die Wand – starker Führungsanspruch, starker Wille, starke Augenbrauen. Wusstet ihr, dass prominente Politiker oft Widder sind?«

»Apropos Huftiere, wo ist eigentlich Lämmchen?«, fragte Karl Wenninger.

»Hm.« Luisa zuckte mit den Schultern. »Sie hat eine SMS von mir bekommen, wie alle anderen.«

Sie hatte sich auch schon gewundert, wo Annika blieb. Mittlerweile war es fast elf Uhr, und sommerliche Wärme breitete sich im Garten aus. Die Sonne schien Luisa direkt ins Gesicht. Im Sitzen langte sie nach ihrer Reisetasche, holte den roten Strohhut heraus und setzte ihn auf.

Auf einmal verschluckte sich Mario an seinem Espresso. Hustend riss er sich die Sonnenbrille vom Gesicht. Dann starrte er Luisa an, als hätte er eine Erscheinung.

»Scheiße, der – der Hut …«

»… steht ihr gut«, kicherte Ulla.

Doch Mario reagierte äußerst seltsam. Irritiert schaute er sich um. Musterte die Rosenstöcke, das Blumenbeet, die Buchsbäume, die Gartenlaube, drehte sich zu der Webcam um und fixierte dann wieder Luisa.

»*Save Aunt Ruth's Garden*«, sagte er mit tonloser Stimme.

Caipi gab ihm einen unsanften Stoß mit dem Ellenbogen.

»Save – was? Bist du high?«

Wie vom Donner gerührt, saß Mario da.

»Das Gartenprojekt! Ich bin dabei, verdammt!«

Sonst war Luisa nicht gerade schwer von Begriff, aber es dauerte einige Sekunden, bis sie den Zusammenhang hergestellt hatte. Sie schlug sich vor die Stirn. Fun Connection – Fun Idiot. Hatte Eddy nicht von einem Unterstützer erzählt, der wollte, dass sie Marihuana anbaute?

»Herrje, Mario, bist du Fun Idiot?«

»Sagen Sie mal, Frau Fröhlich, haben Sie etwa auch Drogen genommen?«, fragte Karl Wenninger.

»Ich habe zehn Euro gespendet!«, rief Mario und sah Luisa einigermaßen fassungslos an. »Für dich?«

»Für – für Tante Ruth«, erwiderte Luisa, die sich nur langsam von ihrer Verblüffung erholte.

»Und wer ist nun wieder Tante Ruth?«, erkundigte sich Karl Wenninger streng.

In allen Einzelheiten erläuterte Luisa das interaktive Gartenprojekt. Welches Konzept dahintersteckte, wie es funktionierte und dass fast alles, was in diesem Garten nach Garten aussah, durch Unterstützer in aller Welt finanziert wurde, die per Webcam zusahen.

»Dolle Sache, Luisa! Ich mach mit!«, verkündete Caipi sichtlich begeistert.

»Ich auch!«, juchzte Ulla. Zuckersüß lächelte sie in die Webcam. »Bin ich jetzt im Fernsehen?«

»Nee, im World Wide Web, aber pass auf, eine wie du ist formatsprengend«, grinste Mario.

»Eine äußerst innovative Konzeption, das muss man Ihnen lassen, Frau Fröhlich«, merkte Karl Wenninger an.

Aufatmend spürte Luisa, dass das Eis jetzt endgültig gebrochen war. Alle redeten durcheinander und übertrafen sich gegenseitig mit Vorschlägen, was man noch im Garten unterbringen könnte. Caipi plädierte für fleischfressende Pflanzen, Ulla für feuerrote Lilien, Mario meinte, man könnte Heilkräuter aussäen.

Nur Karl Wenninger knabberte kopfschüttelnd an einer Möhre.

»Wann fängt denn eigentlich das Seminar an?«

»Jetzt.« Luisa schob ihr Glas von sich. »Punkt zwei. Kollegen, ich habe euch etwas zu sagen.«

Es wurde still am Tisch. Gespannt schauten alle zu Luisa, die versuchte, ihre Gedanken zu ordnen. Was nicht gerade einfach war, wenn man dauernd an Eddy denken musste.

»Heute ist ein besonderer Tag. Ein Schicksalstag. Konzentration, Motivation und Kreativität sind gefragt. Wenn wir uns heute nicht was richtig Gutes ausdenken, sind wir dem Untergang geweiht. Der Killer legt es darauf an, dass die Fun Connection pleitegeht. Deshalb behandelt er uns so respektlos, deshalb blockt er neue Produkte ab. Er will uns demoralisieren, die Firma zerlegen. Und dann an der Insolvenz verdienen. Das war von Anfang an sein Plan.«

»Ein abgefeimter Betrüger, sag ich doch!«, empörte sich Mario.

»Ja, allerdings …«, Luisa räusperte sich verlegen, »spielen wir ihm in die Hände.«

Karl Wenninger zerrte derart heftig an seinem Schlips, dass man Angst um seine Luftzufuhr bekommen musste.

»Wie – in die Hände?«

Was nun folgte, war Luisa mehr als unangenehm, doch es musste sein. Dies war die Stunde der Wahrheit.

»Ganz ehrlich? Seit Jahren wird bei uns doch kaum noch richtig gearbeitet. Das muss sich ändern. Wir müssen ein echtes Team werden. Fleißig, engagiert, ohne Streit und Gemecker. Vor allem müssen wir wirklich zusammenarbeiten, so dass ein Rädchen ins andere greift. Bisher macht jeder seins. Beziehungsweise bezahlten Urlaub am Schreibtisch.«

Mit unbewegten Gesichtern hörten alle zu. Luisa bekam schon Angst, man würde ihr an die Gurgel springen, doch niemand widersprach.

»Sie hat recht«, sagte Ulla schließlich. »Wir sind eine megafaule Gurkentruppe.«

In diesem Moment klingelte Luisas Handy. Mit fliegenden Fingern holte sie es aus der Hosentasche, während ihr Herz ein wahres Trommelfeuer veranstaltete. Unterdrückte Nummer. Vielleicht rief Eddy vom Festnetz an.

»Eddy? Bist du es?«

»Hier Doktor Zarndt. Guten Morgen, Frau Fröhlich.«

Sie schluckte. Bestimmt noch einer, der sie wegen der Fotos fertigmachen wollte.

»Guten, äh, M-morgen«, stotterte sie.

»Ich lasse mal Ihr turbulentes Liebesleben beiseite, Frau Fröhlich. Vielmehr möchte ich über Ihre Geschenkartikel rund um Natur und Garten sprechen. Könnten Sie mir eventuell eine Produktliste mailen?«

Ein tonnenschwerer Stein fiel Luisa vom Herzen.

»Sehr gern«, flötete sie erleichtert. »Im Augenblick befinde ich mich auf einem Strategieseminar, aber gegen Abend sende ich Ihnen eine genaue Auflistung.«

»Sehr schön. Sie haben meine Kontaktdaten. Dann weiterhin ein erfolgreiches Seminar.«

»Danke, ich melde mich bei Ihnen.« Sie steckte das Handy ein. »Das war ein möglicher Großkunde. Er fährt auf meine neuen Produktideen ab. Genau da setzen wir an!«

»Was für Ideen sind das denn?«, fragte Ulla.

Aufgeregt erzählte Luisa von den T-Shirts mit Gartensprüchen, von den bedruckten Käppis, von den Schürzen und Schaufeln mit asiatischen Blumenmotiven. Auch von den spontanen Ideen des gestrigen Abends, wie den Kuscheldecken und den batteriebetriebenen Zimmerspringbrunnen für draußen. Die T-Shirts und Käppis mit den Sprüchen kamen am besten an.

»Du bist ja eine ganz Schlimme«, kicherte Ulla. »Hallo? Mach mir den Garten?«

Mario tippte auf seinem Smartphone rum.

»Gibt's schon«, sagte er lapidar.

Luisa hatte einen mittleren Schweißausbruch.

»Das kann doch nicht sein. Bist du sicher?«

Er hielt ihr das Display hin.

»Sieh selbst. Bei Funkon.net bieten sie T-Shirts mit dem Spruch an. *Mach mir den Garten!*, da steht es Rot auf Schwarz.«

Es war, als hätte man Luisa den Boden unter den Füßen weggezogen. Das war ihre Idee, ihr Spruch! Dass es bereits ein solches Motto-T-Shirt gab, war in etwa so wahrscheinlich wie Neuschnee im August. Trotz ihrer grenzenlosen Bestürzung besaß sie noch gerade so viel Geistesgegenwart, um eine weitere Frage zu stellen.

»Bieten sie auf dem Portal auch Käppis mit dem Aufdruck *Jedes Wetter ist Gartenwetter* an?«

Mario brauchte drei Sekunden.

»Gibt's schon.«

»Und Käppis mit dem Spruch *Lass wachsen?*«

»Gibt's schon«, wiederholte Mario.

Jetzt war es mit Luisas Beherrschung vorbei.

»Das ist Ideenklau!«, schrie sie.

»Fragt sich nur, wer hier wem die Ideen geklaut hat«, grummelte Karl Wenninger.

»Ich fass es nicht!« Außer sich vor Wut sprang Luisa auf. »Das sind alles meine Entwürfe! Gestern habe ich sie in der Firma konzipiert! Gestern! Ich meine – einmal kann Zufall sein. Aber gleich drei Übereinstimmungen?«

Ulla, die hingebungsvoll eine Portion Bulgursalat mit Honigtomaten, Minze und Rosinen verputzte, hörte auf zu kauen.

»Und wenn Luisa die Wahrheit sagt? Wir wissen doch: Sobald ein neues, erfolgversprechendes Produkt auf den Markt kommt, sitzen in China schon drei Leute am Rechner und kopieren es. Ist mit den Wackeldackeln auch passiert, falls ihr euch erinnert.«

»Ja, aber in diesem Fall gibt es nicht mal Produkte, nur Ideen«, gab Karl Wenninger zu bedenken. »Ich meine – seit wann werden Raubkopien durch bloße Gedankenübertragung hergestellt?«

Ratlos schauten alle einander an.

»Luisa«, Mario zwirbelte an seinem pechschwarzen Pferdeschwanz herum, »wer weiß von deinen Gartengimmicks? Hast du die Sachen irgendwem gezeigt? Oder jemandem davon erzählt?«

Sie überlegte angestrengt. Und plötzlich sah sie ihre Entwürfe, auf DIN A4 gedruckt, wie sie ihr aus der Hand glitten. Im Büro von Robin Konrad. Ihr wurde schwindelig. Da Robin Konrad überdies die Rechner der Mitarbeiter ausspähte, musste es ein Leichtes für ihn gewesen sein, Luisas Liste anschließend zu kopieren und sonst wohin zu schicken. Ächzend wischte sie sich über die Stirn.

»Der Killer«, stöhnte sie. »Der Killer war's. Er sabotiert meine Ideen, damit die Firma bloß nicht wieder auf den grünen Zweig kommt.«

»Der Typ ist das Allerletzte!«, rief Ulla.

»Und doof wie Brot.« Mario deutete auf sein Handy. »Jedenfalls hat er nicht gerade seine Spuren verwischt. Funkon. Fun wie Fun Connection, Kon wie Robin Konrad. So ein eitler Idiot.«

»Fun Idiot ist aber auch nicht besser«, feixte Caipi.

Mario ignorierte ihn. Eindringlich redete er auf Luisa ein.

»Du kannst es diesem blöden Teflongesicht nachweisen. Du musst es ihm nachweisen! Plagiate sind zwar an der Tagesordnung, aber strafbar.«

»Darum geht es nicht.« Luisa konnte kaum sprechen, so schwer legte sich eine furchtbare Beklemmung auf ihre Brust. »Wir brauchen die Produkte, um die Firma wieder hochzuziehen. Wenn es die Produkte schon gibt, wahrscheinlich sogar billiger als bei uns, können wir einpacken.«

»Wer sagt denn, dass die Dinger real existieren?«, schaltete sich Caipi ein. »Als Produktdesigner weiß ich doch, wie schnell man so was am Rechner hinfummeln kann. Das heißt aber noch lange nicht, dass sie schon irgendwo versandfertig rumliegen.«

»Wir müssen schneller sein«, ergänzte Mario. »Und durch ein Hammermarketing die Aufmerksamkeit auf uns ziehen. Hier«, er schaute auf das Display, »bisher gibt es gerade mal sechsunddreißig Klicks auf die Funkon-Website. Das ist nix. Kann aber schnell mehr werden.«

»Ich hab's«, rief Caipi. »Wir hacken die Seite! Dann leiten wir jeden User, der auf die Funkon-Seite geht, unbemerkt auf unser eigenes Portal um!«

Karl Wenninger, der seit Minuten stumm zugehört hatte, lockerte seine Krawatte.

»Ist das nicht ungesetzlich?«

»Scheißegal«, wischte Mario den Einwand beiseite. »Das Blöde ist nur, dass ich ein grottenschlechter Hacker bin. Wir brauchen einen Profi. Einen Oberprofi.«

Eddy!, durchfuhr es Luisa. Der könnte das mit links! Doch Eddy war unerreichbar, und nicht nur telefonisch.

»Entschuldigung, dass ich später komme«, zirpte ein zartes Stimmchen. »Hab ich viel verpasst?«

In einem weißen, unschuldigen Leinenkleidchen kam Lämmchen in den Garten spaziert. Luisa stand auf, um sie zu begrüßen. Doch Annika Meyer ging mit einem merkwürdig feindseligen Gesichtsausdruck an ihr vorbei und setzte sich neben Ulla. Sehr, sehr merkwürdig. Auch wenn sie die Fotos kannte – gerade von Lämmchen hätte Luisa erwartet, dass sie nachfragte, was es damit auf sich hatte. Stattdessen goss sich Annika übellaunig einen Espresso ein.

»Ich hoffe, Sie haben gute Gründe für Ihre Verspätung, Frau Meyer«, wurde sie von Karl Wenninger gerügt. Missbilligend sah er seine Assistentin an. »Dies ist ein Arbeitstag. Der frühe Vogel fängt den Wurm.«

»Ja, aber wenn der Wurm zu früh aufsteht, wird er vom Vogel gefressen«, muffelte Lämmchen, die auf einmal gar nicht mehr zart und nett wirkte. »Ich musste noch was für Herrn Konrad erledigen. Hab seinen Wagen in die Werkstatt gebracht. Irgendein neidischer Blödmann hat ihm gestern Abend einen Seitenspiegel demoliert.«

Wie bitte? Ein weiteres Mal an diesem Morgen brach Luisa der Schweiß aus. Ihr Atem ging flach, ihre Hände wurden eiskalt. Eine böse Vorahnung keimte in ihr auf wie giftiges Unkraut.

»Was fährt der Killer denn für einen Wagen?«, fragte sie so desinteressiert wie möglich.

»Porsche.« Lämmchen nippte an dem Espresso. »Einen schicken schwarzen Porsche.«

Luisas Synapsen glühten. Es war ein dreiteiliges Puzzle, das sie zusammensetzen musste. Ein schwarzer Porsche hatte quer auf dem Bürgersteig geparkt, als sie Lämmchen besuchen wollte, jedoch an deren Herrenbesuch gescheitert war. Ein schwarzer Porsche hatte ihren Wagen auf dem Parkplatz des Tennisclubs blockiert, woraufhin sie gegen den Seitenspiegel getreten hatte. Ein schwarzer Porsche stand mit einem abgebrochenen Seitenspiegel in der Werkstatt. Was bedeutete … O Gott.

»Wir haben eine total geniale Idee, wie wir die Firma retten!«, plapperte Ulla los. »Pass auf, Lämmchen. Der Killer will …«

Luisa gefror das Blut in den Adern.

»Warte mal bitte, Ulla.«

»Was denn?«

In Luisas Kopf herrschte Alarmstufe Rot. Das Puzzle war fertig, und sie auch. Fix und fertig. Immer hatte Lämmchen auffallend freundlich über den Killer gesprochen. Warum wohl? Weil die beiden eine Affäre hatten! Er war in jener Geburtstagsnacht bei Annika gewesen, daran zweifelte Luisa keine Sekunde mehr. Und Lämmchen war wegen der Fotos so eifersüchtig, dass ihr die Galle überlief.

Jetzt verstand Luisa, warum die junge Frau sie böse anstarrte und den Blick abwandte, sobald sie zu ihr hinschaute. Doch weit schlimmer: Bestimmt erzählte Lämmchen ihrem Lover Robin Konrad brühwarm, was im Büro vor sich ging. Sie war seine Spionin und seine Komplizin in Personalunion. Was an diesem Tisch besprochen worden war, durfte sie unter keinen Umständen erfahren.

Das alles schoss Luisa im Bruchteil einer Sekunde durch den Kopf. Aber wie sollte sie Ulla stoppen, ohne Verdacht zu erregen?

Es war ausgerechnet Rudi Kasunke, den ihr der Himmel schickte. Mit einer Harke über der Schulter trottete er durch seinen Garten, das Käppi tief ins Gesicht gezogen, die wuchtigen Schultern nach vorn geneigt. Argwöhnisch linste er zum Tisch herüber.

»Was ist denn nun?«, fragte Ulla nach.

»Rudi ist total verrückt nach dir, sieh mal, wie der dich anglüht«, behauptete Luisa.

»Also, ich muss schon sehr bitten«, sagte Karl Wenninger konsterniert. »Wer ist nun wieder Rudi?«

Ulla zeigte auf Luisas knorrigen Gartennachbarn, der verlegen wegguckte, als er merkte, dass er plötzlich im Zentrum des Interesses stand.

»Der da, der Rübezahl«, lächelte sie, »der könnte mir echt gefallen. Widder sind zwar aufbrausend und ungeduldig, dafür mutig und leidenschaftlich.«

»Bestimmt hat dein aufbrausender Widder eine Frau, drei Kinder und zehn Enkelkinder«, grinste Caipi.

Neckisch spielte Ulla mit ihrem Spaghettiträger.

»Na ja, irgendeinen Ballast schleppt doch jeder mit sich rum.«

Lämmchen zog ein noch finstereres Gesicht als sowieso schon.

»Und heute Abend bringt man euch alle wieder in die Anstalt, oder? Was ist das hier für eine komische Nummer? Und was habt ihr euch nun ausgedacht für den Killer?«

Ihr Tonfall klang gereizt. Lange würde das Ablenkungsmanöver nicht mehr halten. Luisa zerbrach sich gerade den Kopf darüber, was sie als Nächstes tun sollte, um ihre Kollegen an der Verbreitung brisanter Informationen zu hindern, als der Himmel eine zweite Retterin schickte. Ein schrilles Quietschen ließ sie aufhorchen. Zur größten Überraschung aller Anwesenden öffnete Marlene von Stetten das Gartentor.

»Was will die olle Zimtzicke denn hier?«, zischte Lämmchen.

Die Antwort ließ nicht lange auf sich warten. In einem überirdisch eleganten, perlweißen Kostüm schwebte die Referentin von Robin Konrad über den schäbigen Rasen und blieb neben dem Tisch stehen.

»Guten Morgen allerseits. Schönen Gruß von Herrn Konrad. Das Seminar ist hiermit beendet.«

Kapitel 21

Selten hatte Luisa einen derart perfekten und zugleich absurden Auftritt erlebt. Wie ein edler Schwan, der aus Versehen in einem Haufen Spatzen gelandet war, stand Marlene von Stetten am Tisch und betrachtete hochmütig die leergegessenen Teller.

»Schluss jetzt mit Kindergeburtstag! Herr Konrad fordert Sie auf, unverzüglich an Ihren Arbeitsplatz zurückzukehren! Wer sich weigert, bekommt eine Abmahnung oder gleich die Kündigung.«

Luisa hätte die Drohung für eine typische Hexenaktion gehalten, wenn Marlene von Stetten ihr nicht unauffällig zugezwinkert hätte.

Die Kollegen wirkten jedoch ziemlich kleinlaut. Alle, bis auf Lämmchen. Frech grinste sie Robin Konrads Referentin ins Gesicht. Offenbar fühlte sie sich sehr sicher als Geliebte des Geschäftsführers. Und ganz offensichtlich genoss sie den billigen Triumph, ihre Nebenbuhlerin ausgestochen zu haben. Beide trugen sie Weiß, wie zwei Bräute, die eine damenhaft elegant, die andere mädchenhaft süß. Annika, die Jüngere, hatte gewonnen.

»Huhu, ich hab ja solche Angst«, höhnte sie.

Luisa war immer noch vollkommen baff über Lämmchens Verwandlung. Von Unschuld und Naivität keine Spur mehr. Nur herausforderndes Auftrumpfen.

Marlene von Stetten hob eine Augenbraue, mehr ließ sie sich von ihrem Ärger nicht anmerken.

»Frau Meyer, Sie werden nicht dafür bezahlt, dass Sie über mich lachen.«

»Dann müssen Sie mich eben dafür bezahlen, dass ich nicht über Sie lache«, erwiderte Lämmchen.

Sie sagte es mit einer Unverfrorenheit, die Luisa an den Killer erinnerte. Lämmchen lernte schnell. Möglicherweise zeigte sie auch nur ihr wahres Gesicht. Und ich bin auf sie reingefallen, dachte Luisa beklommen.

Genauso entgeistert verfolgten ihre Kollegen den Showdown der beiden Frauen. Sicherlich hatten sie ebenso wenig wie Luisa damit gerechnet, dass sich ausgerechnet das Büroküken als Kampfhenne entpuppen könnte.

»Frau Meyer, so geht das nicht!«, protestierte Karl Wenninger, der ja ihr direkter Vorgesetzter war. »Ich bitte um respektvolles Verhalten.«

Lämmchen schoss von der Bank hoch.

»Ich wollte sowieso gerade gehen. Wusste doch gleich, dass dieser dämliche Quatsch hier nichts bringt.«

Wortlos wartete Marlene von Stetten ab, bis die Vertriebsassistentin aus dem Garten gestürmt war, und setzte wieder ihre unnachahmlich zickige Gouvernantenmiene auf.

»Frau Fröhlich? Ich möchte Sie unverzüglich unter vier Augen sprechen!«

»Jawohl, selbstverständlich. Wir können in die Laube gehen, da sind wir ungestört.«

Luisa ließ Marlene von Stetten den Vortritt. Hinter ihrem Rücken gab sie den Kollegen beschwichtigende Zeichen mit den Händen. Entwarnung, alles halb so wild, sollte das heißen. Dann erklomm sie die zwei Stufen zu den knarrenden Verandabohlen und trat in die Laube.

»Gemütlich haben Sie's hier«, lächelte Marlene von Stetten. Ihr Lächeln wurde breiter. »Ist dieser Freddy auch da?«

»Eddy«, verbesserte Luisa. »Und nein, leider ist er nicht hier. Seit er die Fotos gesehen hat – Sie wissen schon, *die* Fotos –, bin ich für ihn gestorben.«

Es tat weh. Unfassbar weh.

»Die Fotos. Oh my god.« Marlene von Stetten setzte sich auf einen der Biedermeierstühle und schlug die zartgebräunten Beine übereinander. »Tja, Robin hat es drauf, anderen Leuten das Leben zur Hölle zu machen.«

Luisa seufzte.

»Was Sie nicht sagen.«

Auch sie setzte sich nun. Es war noch angenehm kühl in der Laube, da sie von einer großen alten Eiche beschattet wurde. Von draußen drang gedämpftes Gemurmel in den kleinen, niedrigen Raum. Es war anzunehmen, dass Mario, Caipi, Ulla und Karl Wenninger reichlich Gesprächsstoff hatten.

»Nun, Sie wundern sich vielleicht, warum ich hier aufkreuze«, eröffnete Marlene von Stetten das Gespräch.

Luisa beugte sich weit über den Tisch, der zwischen ihnen stand.

»Bin gespannt.«

Eingehend betrachtete die Hexe, die kaum noch hexenhaft wirkte, nur leicht erschöpft, ihre untadelig manikürten Hände. Luisa fiel auf, dass der Perlenring fehlte. Offenbar hatte es ziemlich gescheppert in ihrer Beziehung zum Killer.

»Wir waren ja bereits beim Waffenstillstand.« Robin Konrads Referentin atmete tief durch. »Ich würde gern die Friedensverhandlungen überspringen und gleich zu einem gemeinsamen Angriff übergehen.«

»Gegen wen?«, fragte Luisa überrascht.

Ein bitteres Lächeln umspielte den dunkelrot geschminkten Mund.

»Gegen Robin Konrad. Wir sind seit zehn Jahren zusammen. Als ich seine Geliebte wurde, war ich ungefähr so alt wie diese heuchlerische kleine Meyer. Robin hat mir alles beigebracht. Die legalen und die illegalen Dinge. Die Tricks. Ich gestehe, dass ich bei einigen nicht ganz sauberen Firmenabwicklungen mitgemacht habe.«

Und das alles musste Tante Ruths Gartenlaube mit anhören. Luisa meinte, einen stummen Vorwurf aus dem alten Geschirrschrank mit den weißen Scheibengardinen herauszulesen. Es war ein irrer Kontrast – Tante Ruths heiler Gartenkosmos und die miesen Finten der Geschäftswelt.

»Was haben Sie vor?«, fragte sie.

»Rache ist ein Gericht, das kalt genossen wird«, antwortete Marlene von Stetten. »Ich hab das mit der kleinen Meyer rausbekommen. Doch Robin weiß nicht, dass ich es weiß. Wir haben gestritten, wir haben uns versöhnt. Er ahnt nichts Böses.«

»Könnten Sie ein wenig konkreter werden?«

»Er will die Firma schnellstens in den Konkurs führen. Und da Sie ihm genau das gestern Abend auf den Kopf zugesagt haben, will er Sie vernichten. Beruflich und privat. Deshalb hat er Sie mit diesem überfallartigen Kuss kompromittiert. Man könnte auch sagen: gezielt unmöglich gemacht.«

Das stimmte. Und es war ziemlich beängstigend, dass die Fotos sehr wahrscheinlich nicht nur Luisas berufliche Zukunft zerstört hatten, sondern auch ihre gerade erst entstehende Liaison mit Eddy. Verdammt. Der Killer hatte ganze Arbeit geleistet.

»Ab jetzt werden wir systematisch gegen ihn vorgehen«, erklärte Marlene von Stetten.

»Strukturiert und organisiert«, bekräftigte Luisa.

»Ich halte Sie über Robins nächste Schritte auf dem Laufenden. Wir warten ab. Denken gut nach. Machen einen Plan. Und dann – schlagen wir zu!«

Das war eine Sprache, die Luisa verstand. Doch sie blieb vorsichtig. Zwar sah es so aus, als hätte sie eine neue Verbündete, aber die Enttäuschung über Lämmchen steckte ihr noch in den Knochen. Wie hatte sie nur so arglos sein können! Andererseits war Lämmchen immer so lieb, so aufmerksam gewesen, dass sie nicht den geringsten Verdacht geschöpft hatte.

»Übrigens müssen Sie nicht zurück in die Firma fahren«, wieder lächelte Marlene von Stetten. »Robin ist heute auf Geschäftsreise, und ob Sie im Büro sitzen oder nackt in der Südsee chillen, ist ihm völlig gleichgültig. Der bereitet schon seinen nächsten Coup vor.«

»Mistkerl«, fauchte Luisa.

»In jeder Beziehung.«

Sie standen gleichzeitig auf. Doch Marlene von Stetten zögerte, als wollte sie noch etwas loswerden, was sie ein wenig Überwindung kostete.

»Darf ich, na ja, vielleicht ab und an vorbeikommen? Ich mag dieses kleine Häuschen. Ich mag Ihren Garten. Es ist so friedlich hier. Sie wissen schon – da kommt man gleich runter, entspannt sich, ist wieder in der Balance.«

Es waren Luisas Worte, was sie irgendwie rührte.

»Klar«, antwortete sie. »Wann immer Sie möchten. *Let's get dirty.*«

Lachend verließ Robin Konrads Referentin die Gartenlaube. Sie lachte noch, als sie das quietschende Gartentor aufschob und in ihrem weißen Kostüm den Hauptweg entlangwanderte.

»Sie lacht? Die Schaufensterpuppe lacht?«, wunderte sich Ulla.

Karl Wenninger nahm seine Krawatte ab. Eine absolute Premiere. Luisa hatte ihn noch nie anders erlebt als halb stranguliert.

»Ich verstehe die Welt nicht mehr. Frau von Stetten ist ja wie ausgewechselt. Aber das Verhalten von Frau Meyer war inakzeptabel. Was ist denn plötzlich in sie gefahren?«.

Luisa hockte sich neben ihn auf die Bank.

»Annika ist ein Wolf im Lämmchenpelz. Da musste man erst mal drauf kommen. Sie geht mit dem Killer ins Bett.«

»Nein!«, rief Ulla. »Lämmchen?«

»O Gott. Ogottogottogott«, stöhnte Karl Wenninger erschüttert.

Caipi nahm sich eine weitere Minipizza.

»Mann, der Killer ist aber auch voll die Testosteronschleuder.«

»Der schnippelt sich bestimmt morgens Bullenhoden ins Müsli und macht dann den Stier«, grinste Mario.

Eine angeregte Diskussion folgte, die in einen Disput darüber mündete, was von Büroaffären zu halten sei. Mario und Caipi vertraten den Standpunkt, prinzipiell sei alles erlaubt, während Ulla und Karl Wenninger für erotische Abstinenz waren. Luisa wartete, bis sich die Wogen am Tisch wieder ein wenig geglättet hatten.

»Kommen wir zu Marlene von Stetten. Scheint so, als hätte sie ein

Herz unter ihrem Drachenpanzer. Sie behauptet sogar, neuerdings auf unserer Seite zu stehen.«

Caipi förderte einen Flachmann unter seinem Hawaiihemd zutage und genehmigte sich einen großen Schluck.

»Prost auf die Drachenzähmerin. Bist 'ne coole Socke, Luisa.«

»Danke. Trotzdem – ich möchte nicht, dass während der Arbeitszeit getrunken wird. Was immer dein Problem sein mag, Alkohol ist keine Antwort.«

»Ja, aber beim Trinken vergisst man die Frage.«

»Keine Drogen, keinen Alkohol«, insistierte Luisa. »Wir können übrigens hierbleiben, der Killer ist verreist, und es kümmert ihn nicht, wo wir sind. Doch im Garten wird nach meinen Regeln gespielt, klar so weit?«

Ohne Murren ließ Caipi den Flachmann unter seinem Hawaiihemd verschwinden. Mario, der sich gerade einen neuen Joint gedreht hatte, verstaute ihn in der Hosentasche. Dann setzte er seine riesige schwarze Sonnenbrille auf.

»Jetzt reg dich mal ab, Luisa, wir haben mittlerweile eine ganze Menge gestemmt.«

»Und was?«

»Caipi hat recherchiert und einen der Fotografen von gestern Abend gefunden. Der mailt gleich seine ganzen Fotos. Vielleicht ist eins dabei, bei dem man sieht, wie du dem Killer die Eier radierst.«

»Wow.« Luisa hob anerkennend einen Daumen. »Was noch?«

»Ich hab mich ein bisschen im Netz rumgetrieben, während du mit dieser Schnepfe in der Laube warst. Und hab mal meine Community gefragt, ob jemand einen echt geilen Hacker kennt, der die Funkon-Website manipulieren kann. Alle sagen, Darklord68 ist der Beste. Gerade bin ich dabei, Kontakt mit ihm aufzunehmen.«

»Danke, Mario, ich bin beeindruckt.«

Karl Wenninger zog feierlich sein Jackett aus, faltete es ordentlich zusammen und legte es neben sich auf die Bank. Noch eine Premiere. Einen winzigen Augenblick lang konzentrierte er sich, dann zauberte er gekonnt einen Rosenstrauß aus dem Ärmel. Der Trick war ihm phantastisch gelungen. Wie er es zustande gebracht hatte, einen ganzen Strauß gelber, frischer Rosen unter seinem Hemd zu verbergen, blieb allen ein Rätsel. Stolz lächelte er Luisa an, während er ihr die Blumen überreichte.

»Frau Dependorf und ich, wir waren auch nicht untätig«, sagte er. »Wir haben uns Gedanken über Ihre Gartenprodukte gemacht. Und ein neues Vertriebskonzept entwickelt.«

»Wir erweitern die Verkaufspunkte, ganz breit gestreut«, übernahm Ulla. »Gartencenter, Supermärkte, Baumärkte, aber auch Parfümerien, Süßwarenläden und sogar Getränkehändler, wo die Gartenfans ihr Bier für die Grillfete holen. Mit kurz getakteter Feedbackkontrolle. Das ist neu. Es funktioniert wie ein Test. Ich bilanziere wöchentlich die Verkäufe, und da, wo am meisten über den Ladentisch geht, legen wir sofort nach. Auch mit Plakaten und Werbeaktionen.«

»Das Marketing organisieren wir aber hauptsächlich online«, ergänzte Mario. »Bei der Stichwortsuche auf Google kaufen wir uns die oberen Plätze. Das bringt viel mehr als Vertreterbesuche oder Anzeigen in Zeitungen. Wir gehen außerdem in die Chatrooms, wo die Leute über Gartenfragen diskutieren. Da hänge ich mich rein und dröhne die User mit unseren Produkten zu.«

Läuft, dachte Luisa. Jetzt sind sie endlich aufgewacht. Jetzt entwickeln wir endlich Teamgeist. Sie kam aus dem Staunen gar nicht mehr heraus. Was war bloß mit ihren Kollegen passiert? Innerhalb von zwanzig Minuten hatten sie mehr auf die Beine gestellt als sonst in einem halben Jahr. Davon hatte sie immer geträumt – von einem geschmeidigen, effizienten Zusammenspiel aller Mitarbeiter.

»Mittagspause?«, fragte Caipi.

»Habt ihr euch redlich verdient«, erwiderte sie. »Auf dem Buffet steht eine Tomaten-Gurken-Kaltschale, dazu gibt es frischgebackenes Ciabatta, einen veganen Zwiebelkuchen und als Nachtisch Aprikosen-Mandel-Creme. Auch von den anderen Gerichten ist noch genug da. Guten Appetit. Ich gehe inzwischen meine Blumen gießen.«

Sie erhob sich und griff zu der Gießkanne, die neben dem Beet stand. Ulla schien das gar nicht zu gefallen. Ein halb kritischer, halb besorgter Blick streifte Luisa.

»Du musst was essen. Bist ja schon ganz grün im Gesicht. Machst du eine Diät? Oder steckt ein Mann dahinter?«

Das fehlte gerade noch, dass Luisa ihr verkorkstes Liebesleben ausbreitete.

»Alles okay.«

»Also ein Mann«, gurrte Ulla. »Du brauchst ihn wie die Luft zum Fönen, aber er fönt fremd – so in etwa?«

»Nein.« Luisa setzte ihren roten Strohhut ab und fächelte sich Kühlung zu. »Er hat die Fotos gesehen. Rudi hat sie ihm gezeigt.«

Aufgeregt rutschte Ulla auf der Bank herum.

»Rudi, soso. Das erwähntest du ja bereits. Dann muss der die Suppe auslöffeln, die er dir eingebrockt hat!«

Sie schien hocherfreut, ja, begeistert zu sein, dass sie nun einen Vorwand hatte, erneut ihren Rübezahl anzusprechen. Sehnsüchtig spähte sie zum Nachbargarten. Dort bot sich ein Bild absoluter Ruhe. Reglos lagerte Rudi auf seiner Sonnenliege. Die obersten Knöpfe seines karierten Hemds waren großzügig geöffnet, so dass seine dichte weiße Brustbehaarung herauslugte. Neben ihm im Gras stand eine Wanne mit Eiswürfeln und Bierflaschen. Alles deutete auf einen Mittagsschlaf hin. Doch sein Schnarchen war etwas zu laut, um echt zu sein, fand Luisa.

»Geh schon rüber«, ermunterte sie Ulla. »Ich glaube, dass er nur drauf wartet.«

Das ließ sich Ulla nicht zweimal sagen. Bevor sie ihre Mission antrat, füllte sie einen Weidenkorb mit Minipizzen, Servietten und einigen Stücken Zwiebelkuchen. Dann entledigte sie sich ihrer Bastsandalen. Barfuß tapste sie zum Zaun.

»Herr Kasunke?«

Das Schnarchen wurde lauter. Ulla stellte sich auf die Zehenspitzen und schwenkte ihren Korb.

»Rudi! Aufwachen! Mittagessen ist fertig!«

Gespielt schläfrig öffnete Rudi Kasunke die Augen.

»Diesen Satz habe ich seit viel zu vielen Jahren nicht mehr gehört«, brummte er. »Ist Musik in meinen Ohren.«

»Essen hält Leib und Seele zusammen«, juchzte Ulla.

Sie wartete keine weitere Aufforderung ab, sondern kletterte erstaunlich gelenkig über den niedrigen Maschendrahtzaun. Luisa reichte ihr den Korb hinterher. Rudi saß bereits aufrecht auf der Sonnenliege, mit einem erwartungsvollen Gesicht wie ein Kind vor der weihnachtlichen Bescherung.

»Hol ihn dir, Ulla«, raunte sie.

Ullas Strahlen machte dem mittäglichen Sonnenschein Konkurrenz. Nichts erinnerte mehr an den Trauerkloß aus dem Büro.

»Ich liebe die einfachen Dinge des Lebens«, flüsterte sie verschwörerisch. »Männer wie Rudi zum Beispiel. Bei denen geht die Liebe durch den Magen. So, dann spielen wir mal Rotkäppchen.«

Leise kichernd nahm sie Luisa den Korb ab und lief mit nackten Füßen über Rudis vorschriftsmäßig gepflegten Rasen. Inzwischen war er aufgestanden. Sein wettergegerbtes Gesicht kräuselte sich zu tausend kleinen Fältchen.

»Na, Mädel, was hast du denn Schönes mitgebracht?«

»Leichte Kost für schwere Jungs«, trällerte Ulla. »Aber vorher müssen Sie einen gewissen Eddy anrufen.«

Sie war gut zwei Köpfe kleiner als Rudi Kasunke. Als hätte sie nie etwas anderes getan, wischte sie mit einer Serviette seinen Gartentisch ab und breitete das Essen darauf aus. Dann reichte sie ihm ihr Handy.

»Luisa? Eddys Nummer bitte!«

Nachdem Luisa die Nummer diktiert hatte, hörte sie Rudi halblaut etwas ins Handy grummeln. Heftig nickend feuerte Ulla ihn an. »Genau! Luisa ist unschuldig!« Anschließend packte sie die Leckereien aus und deckte den Tisch für zwei.

Um die beiden muss man sich wohl keine Sorgen machen, dachte Luisa. Sie nahm die Gießkanne, füllte sie am Wasserhahn neben der

Laube und schlenderte zu ihrem Beet. Sorgsam begoss sie zuerst ihre Stiefmütterchen. Dann waren die Hortensien dran, die in der prallen Mittagssonne schon ein wenig die Köpfe hängen ließen. Auch die Glockenblumen schwächelten.

Luisa konnte nicht anders, sie holte den Spaten und grub alle Pflanzen aus, die sich im Schatten wohler fühlten. Neben den Büschen am Zaun würden sie ein schönes Plätzchen bekommen.

»Was machst du denn da?«, fragte Mario, der mit einer Handvoll Möhrensticks neben sie getreten war.

»Die Schattenpflanzen umsetzen«, erwiderte sie und fühlte sich schon fast wie eine Gartenexpertin.

Sie ließ sich auf die Knie nieder und drückte die Erde rund um die Stiefmütterchen an, während Mario die Webcam anstarrte.

»Voll abgefahren. Ich hab euch die ganzen letzten Tage am Rechner zugesehen, wie ihr hier rumgepflügt habt. Aber mit dem Hut hatte ich dich gar nicht erkannt.«

»Total bescheuerter Hut«, ätzte eine helle Frauenstimme. »Bin noch mal da, weil ich meine Handtasche vergessen habe.«

Es war Lämmchen. Mit federnden Schritten marschierte sie an Luisa und Mario vorbei zum Tisch. Während Luisa ihr grollend hinterherschaute, drang eine vertraute Männerstimme an ihr Ohr. Eine Stimme, die Herzklopfen, Gänsehaut und Ohrensausen bei ihr auslöste.

»Also, mir gefällt der Hut. *Davvero.* Nur das Chaos darunter, das gefällt mir ganz und gar nicht.«

Kapitel 22

»Eddy …«

Luisa wusste nicht, was sie sagen sollte. So sehr hatte sie gehofft, sich mit Eddy aussprechen zu können. Es gab Millionen Dinge, die ihr auf der Seele lagen, aber auf einmal war ihr Kopf leer. Ziemlich verstört kniete sie in ihrem Stiefmütterchenbeet.

»Ich bin nur hier, weil Rudi mich angerufen hat«, erklärte Eddy grimmig. »Der meinte, ich sollte noch mal mit dir reden. *Maledizione*, verdammt noch mal! Was hast du dir bloß dabei gedacht, deinen eigenen Chef abzulecken? Bist du so scharf auf ihn? Oder ist das deine Art, Karriere zu machen, *cara?*«

»Alter, jetzt hör aber mal auf, dir solche krassen Filme zu schieben«, mischte sich Mario ein. »Ich kenne Luisa. Wir nennen sie Knäckebrot. Sagt doch alles, oder?«

Unter Eddys engem dunkelblauem T-Shirt pumpte die Muskulatur. Wild standen seine dunklen Locken ab, in seinen Augen loderte es.

»Was willst du Pfeife denn? Hau ab, lass uns allein.«

»Schon gut, schon gut, komm mal runter, ja? Versuch's mit Power Relaxing.« Mario kramte den Joint aus der Tasche seiner schwarzen Lederhose und hielt ihn Eddy hin. »Das Zeug ist hammergeil.«

Mario war wirklich rührend bemüht, aber Eddy wedelte ihn und seinen Joint beiseite.

»Mach den Abflug, Penner.«

Achselzuckend trat Mario den Rückzug an. Jetzt endlich fand Luisa die Kraft aufzustehen. Ihre Hände waren voller Erde, ihr Hut saß schief auf dem Kopf. Hilflos registrierte sie, wie heiße Tränen in ihr hochstiegen.

»Der Typ wollte meinen Ruf zerstören. Denk doch mal nach, Eddy. Selbst wenn ich scharf auf ihn wäre – wieso sollte ich in aller Öffentlichkeit mit ihm rummachen?«

»Weil ich dir komplett egal bin?«

Das war mehr als eine leicht dahingeworfene Frage. Jetzt musste sie blankziehen, das wusste Luisa. Eddy ihre Gefühle gestehen. Ihm offenbaren, dass sie sich unsterblich in ihn verliebt hatte, obwohl er nicht zu ihr passte und obwohl sie sich erst wenige Tage kannten.

Doch nichts fiel Luisa Fröhlich schwerer als emotionale Geständnisse, zumal sie die neugierigen Blicke ihrer Kollegen auf sich ruhen spürte. Alle sahen zu. Alle hörten zu. Sogar Rudi und Ulla hatten ihr Mittagessen unterbrochen und lehnten am Zaun wie Zuschauer auf einer Fußballtribüne.

»Ich brauche dich, Eddy«, hauchte sie und wusste im selben Moment, dass das nicht reichte.

Er sah sich um.

»Heißt hier irgendwer Eddy? Luisa sagt, dass sie ihn braucht. *Allora*, für die Gartenarbeit, schätze ich. Fürs Catering. Und für ein bisschen Spaß zwischendurch.«

Herrgott, er machte es ihr wirklich nicht leicht. Nun löste sich auch noch Lämmchen aus der Gruppe der Kollegen und stolzierte auf sie zu.

»Der ist ja niedlich«, flötete sie. »Ich steh mehr auf echte Männer, weißt du. Aber als Pausensnack ist er bestimmt nicht übel.« Sie bedachte Eddy mit einem flirtigen Lächeln. »Luisa hat meinen Kerl angegraben, da könnte sie sich eigentlich revanchieren, indem sie mir bei Gelegenheit ihren Pausensnack ausleiht.«

Es war bodenlos. Was Lämmchen an Herzensbildung fehlte, machte sie mit Gehässigkeit wett. Und jetzt verlor Luisa wirklich die Nerven.

»Verschwinde!«, schrie sie.

»Das hättest du wohl gern.« Immer noch lächelnd holte Annika ihr Smartphone aus der Handtasche und tippte darauf herum. »Das

Märchen von der unschuldigen Luisa kann man vergessen. Wenn die erst mal in Fahrt ist, geht sie voll ab, ohne jedes Schamgefühl.«

Triumphierend hielt sie Eddy das Handy unter die Nase. Luisa stand dicht genug neben ihm, um die Fotos vom Mädelsabend zu erkennen. Lämmchen hatte keines gelöscht. Ein Foto nach dem anderen erschien auf dem Display, und was man sah, war eine angetrunkene, verschwitzte Frau, die erst entfesselt tanzte und dann völlig hemmungslos an einem DJ herumfummelte.

»Genug gesehen?«, grinste Lämmchen. Sie steckte das Handy wieder ein. »Karnickel fand die Fotos auch sehr aufschlussreich, als ich sie ihm heute Morgen mailte. Aber dass Luisa eine Schlampe ist, wusste er ja schon seit gestern Abend.«

Eddy war kreidebleich geworden.

»Möchtest du etwas dazu sagen, Luisa?«

Ihr wurde schwindelig. Sie riss sich den Hut vom Kopf und warf ihn von sich. Nasse Haarsträhnen klebten an ihren Schläfen, sie bekam keine Luft mehr.

Diese Fotos waren der Todesstoß. Den Kuss des Killers hatte sie noch erklären können, aber für die Fotos vom Mädelsabend gab es keine Entschuldigung. Gut, sie hätte vorbringen können, dass Lämmchen sie vermutlich gezielt in diese heikle Situation gebracht hatte. Den ganzen Abend lang hatte Annika ihr Alkohol aufgedrängt. Doch für das, was daraufhin geschehen war, gab es nur eine Verantwortliche: sie selbst.

»Ich hab gefeiert«, flüsterte sie. »Tut mir leid.«

»Wenn du mit ihr durch bist, melde dich doch mal«, sagte Lämmchen und drückte Eddy ihre Visitenkarte in die Hand.

Aus. Vorbei. Luisa setzte sich mitten in das Blumenbeet und bettete ihren Kopf auf die Knie. Sie hatte versagt. Sie hatte sich selbst alles verbaut und Eddy für immer verloren. Dicke Tränen rollten über ihre Wangen.

»Ich hasse Krebsfrauen!«, gellte plötzlich ein schriller Schrei durch die Luft.

Wie eine kobaltblaue Kanonenkugel flog Ulla heran. Beide Spaghettiträger waren ihr von den Schultern gerutscht, an ihren nackten Füßen hingen Grashalme. Mit einer Papierserviette aus dem Fun-Connection-Sortiment begann sie, auf die überrumpelte Annika Meyer einzuschlagen.

»Du mieses kleines Biest! Du hast alle getäuscht mit deinem krebstypischen Selbstmitleid! Das dumme Büroküken habe ich dir sowieso nie abgekauft! Und dann dieses Destruktive der Krebse! Luisa ist dir haushoch überlegen! Die hat es nicht nötig, sich hochzuschlafen wie du! Und die hat es schon gar nicht nötig, sich an irgendwelche Typen ranzuschmeißen! Du hast sie reingelegt, da bin ich ganz sicher! Biest, Biest, Biest!«

Lämmchen versuchte, sich hinter Eddys breiten Schultern zu verstecken, doch Ulla war schneller. Unentwegt schlug sie mit der Serviette auf die junge Frau ein, bis nur noch zerrissene grüne Fetzen mit zerfledderten goldenen Glücksschweinchen übrig waren.

Eddy, der Ullas Ausbruch stumm verfolgt hatte, begann auf einmal zu lachen. So laut und so schallend, dass Luisa überhaupt nichts mehr begriff.

»*Signora*«, keuchte er prustend, »darf ich Ihnen … Ihnen sagen, dass ich Sie großartig finde?«

Ulla atmete schwer. Sie war von Schweiß bedeckt, ihre kleinen Äuglein blitzten angriffslustig.

»Sternzeichen?«, fragte sie knapp.

»Wie bitte? Äh – Skorpion.«

»Ein Skorpion also, wie Pupsi«, schnaubte Ulla. »Aber bestimmt mit einem anderen Aszendenten. Wussten Sie, dass Steinbockfrauen wie Luisa im Skorpionmann den idealen Partner finden?«

»Hört, hört«, rief Karl Wenninger vom Tisch herüber.

»Von Ihnen rede ich nicht«, fertigte Ulla ihn unwirsch ab. »Ich rede von diesem Kerl hier. Also, der Skorpionmann. Der hat genug Einfühlungsvermögen für die ängstliche Steinbockfrau. Der kann ihr abgekühltes Herz auftauen. So was hält fürs Leben, nur, damit Sie Bescheid wissen.«

»Aha.« Eddy lachte wieder los, fing sich aber halbwegs. »Ich denke auch an, *allora* … na ja, an etwas Ähnliches.«

Wie war das? Luisa verstand die Welt nicht mehr.

»Im Bett läuft es glänzend«, fuhr Ulla ungerührt fort. »Der Skorpionmann entwickelt mehr Phantasie, die Steinbockfrau geht eher planvoll vor, aber auf der Mitte treffen sie sich, und dann – pure Leidenschaft!«

»Komisch, ist mir auch schon aufgefallen«, grinste Eddy, »und das ganz ohne *astrologia.*«

»Alles in allem bedeutet das eine lange, glückliche Ehe«, schloss Ulla ihren kleinen Vortrag.

Am Tisch wurde frenetisch applaudiert. Luisa konnte überhaupt keinen klaren Gedanken fassen. War Eddy denn nicht stinksauer? Wieso konnte er so vergnügt lachen, nachdem er Lämmchens Fotos gesehen hatte?

»*Cara,* willst du den Tag im Blumenbeet verbringen, oder wäre eine Siesta in meiner Gartenlaube genehm?«, fragte er schelmisch.

»Siesta«, antwortete Ulla für Luisa.

»Siesta, Siesta!«, skandierten die Kollegen am Tisch und klatschten im Takt dazu in die Hände.

»Hopp, hopp, aber dalli!«, brüllte Rudi. »Mensch, Mädel, bist du an deinen Stiefmütterchen festgewachsen?«

Mit einer galanten Geste reichte Eddy ihr die Hand.

»Das mit der glücklichen Ehe kannst du dir ja noch überlegen, *bella* Luisa. Aber wir sollten vielleicht schon mal ein bisschen dafür üben.«

Vorsichtig zog er Luisa aus dem Beet hoch und nahm sie in die Arme.

»Womit habe ich das verdient?«, flüsterte sie. »Diese Handyfotos …«

Seine Lippen streiften zart ihre Wange.

»*Certo,* die Fotos.«

Luisas Herz hörte auf zu schlagen.

»Ja?«

»Die zeigen eine Frau, wie ich sie liebe. Ein Wildkatze, die sich fallen lassen kann. Eine leidenschaftliche, verrückte, heiße *donna formidabile,* ein tolles Weib.«

»Das ist ja wohl das Letzte!«, kreischte Lämmchen.

»Mach dich vom Acker«, brummte Ulla.

Mit beiden Händen schubste sie Annika Meyer zum Gartentor und hörte erst wieder auf damit, als Lämmchen stolpernd auf dem Hauptweg gelandet war. Dann erhob sie drohend die Faust.

»Lass dich hier nie wieder blicken, klar?«

Eddy küsste Luisa auf das linke Ohrläppchen.

»Also, *cara?*«

»Siesta«, nickte Luisa. »Aber ich bin total verschwitzt und dreckig und ...«

»... total sexy.«

Ulla, die sichtlich zufrieden in den Garten zurückkehrte, schob ihre Spaghettiträger hoch.

»Los jetzt, Luisa, oder muss ich dich auch schubsen?«

»Keine Sorge, das mach ich schon, *Signora*«, lachte Eddy. »Und vielen Dank noch mal, dass Sie Luisa so wunderbar verteidigt haben. Wie eine Löwin! Welches Sternzeichen sind Sie eigentlich?«

»Stier, aber im Aszendenten bin ich Löwe. Merkt man doch. Wenn's drauf ankommt, fahre ich meine Krallen aus.«

»Wir lassen Sie jetzt allein, *Signora.*«

»Ich komme später wieder!«, rief Luisa zum Tisch.

Alle drei Herren winkten ihr zu. Caipi mit einer Serviette, Mario mit seiner Sonnenbrille, Karl Wenninger wirbelte seine Krawatte wie ein Lasso über dem Kopf herum.

»Lass dir Zeit, wir haben genug zu tun!«, krähte Mario. »Jetzt rocken wir die Fun Connection nicht nur, jetzt rollen wir sie auch!«

Wie aufs Stichwort klingelte Luisas Handy. Sie konnte nicht anders, sie musste wenigstens aufs Display schauen, wer anrief. Es war Hans-Martin Haase.

»Jetzt nicht«, sagte Eddy mit Nachdruck. »Bitte, Luisa. Lass dir nicht mehr dauernd die besten Momente zerlegen. Du hast es mir versprochen.«

Es fiel ihr sehr schwer, nicht ranzugehen, nach allem, was geschehen war. Vielleicht war Karnickel zur Vernunft gekommen? Vielleicht hatte er eingesehen, dass der Vorfall im Tennisclub nicht auf ihr Konto ging?

»Luisa, *per favore*!«

Eddys ungeduldiger Tonfall erlaubte keine faulen Kompromisse. Gerade hatten sie sich versöhnt. Dies war ein kostbarer Augenblick, nicht der Moment, mit Karnickel zu sprechen. Schweren Herzens steckte Luisa das Handy ein. Doch es war richtig so.

»Du hast recht«, hauchte sie.

Hand in Hand machten sie sich auf den Weg in Eddys Garten. Immer wieder spürte Luisa überglücklich, wie er ihre Hand fest drückte.

»Du bist echt cool, dass du die Fotos so gelassen nimmst«, wechselte sie das Thema.

»Hast du echt gedacht, ich wäre so ein blöder Spießer?« Er grinste vergnügt. »Bei einer Hammerfrau wie dir kann ich doch nicht der Erste sein. *Allora*, vielleicht der Letzte? Der Allerletzte?«

Inzwischen hatte sich Luisa so weit erholt, dass sie wieder auf seinen speziellen Humor eingehen konnte.

»Wieso der Letzte, willst du mich morgen früh umbringen?«

»*Accidenti*, verflixt, schon wieder ganz schön frech, die hemmungslose Frau Fröhlich.« Er küsste sie, heiß und fordernd. »Viel zu frech, um sie zu behalten.«

Beschwipst vor lauter Glück presste sie sich an ihn.

»Schickst du mich jetzt sofort in die Wüste, oder wartest du, bis wir mit dem Sex fertig sind?«

Kapitel 23

»Einen wunderschönen guten Morgen!«, rief Luisa, als sie am nächsten Tag um Punkt neun Uhr die Tür zum Büro öffnete.

Ein vielstimmiges »Guten Morgen, Luisa!« schallte ihr entgegen. Zum ersten Mal seit zehn Jahren.

Das Treffen im Garten hatte alles geändert. Bis zum Einbruch der Dunkelheit hatten sie zusammengesessen, über das neue Sortiment geredet, über neue Strategien. Auch darüber, wie sie dem Killer das Handwerk legen könnten. Ein eingeschworenes Team war entstanden. Beim Abschied hatten sie einander versprochen, von nun an wie Pech und Schwefel zusammenzuhalten.

Luisa ließ ihre Blicke über die Schreibtische schweifen, bevor sie sich setzte. Mario glänzte bereits durch Anwesenheit, so wie Ulla, Caipi und Karl Wenninger. Lämmchen war noch nicht da. Umso besser. Für die Verwirklichung des Plans, den sie entwickelt hatten, konnten sie keine Verräterin gebrauchen.

»Hi, gut geschlafen?«, erkundigte sich Mario.

Luisa musste unwillkürlich lächeln. Von gut konnte man sprechen, von schlafen eher nicht, denn sie hatte in Eddys futuristischer Laube übernachtet. Deshalb trug sie auch eines seiner weißen T-Shirts. Ja, Luisa Fröhlich kam in einem einfachen, viel zu großen T-Shirt ins Büro. Sie hatte es sogar angelassen, obwohl sie auf dem Weg ins Büro noch schnell zu Hause gewesen war, um Sissi und Franz das Frühstück hinzustellen.

»Alles bestens, Mario«, versicherte sie. »Und schöne Grüße von Eddy, das mit dem Penner nimmt er natürlich zurück. Die Pfeife auch.«

»Kein Ding, dein Stecher ist schon in Ordnung«, grinste Mario.

Ulla, die so munter wirkte wie lange nicht, stieß einen Juchzer aus und verdrehte entzückt die Augen.

»Steinbockfrau und Skorpionmann, die Traumkonstellation!« An ihrem kobaltblauen Kleid war unschwer zu erkennen, dass sie die Nacht aushäusig und sehr wahrscheinlich ebenfalls in einer Gartenlaube verbracht hatte. »Du hast einfach kosmischen Rückenwind, Luisa. Aber mein Widder ist auch nicht von schlechten Eltern.«

»Freut mich sehr.« Luisa malte mit den Fingern ein Herz in die Luft. »Glaub mir, Rudi ist ein Volltreffer. Mit dem wird es garantiert nicht langweilig.«

Es freute sie natürlich auch für Rudi Kasunke, dass er zarte Bande knüpfte. Gab es eine bessere Ablenkung, damit er den Kummer über den Tod seiner Frau verwand? Bestimmt würde er so schnell nicht wieder seine Kettensäge anschmeißen und Bäume zu Kleinholz verarbeiten.

Mario warf seinen blauschwarzen Pferdeschwanz in den Nacken. Geheimnisvoll senkte er die Stimme.

»Was ich dir sagen wollte, Luisa: Letzte Nacht war ich in der Hacker-Community unterwegs. Darklord68 ist an Bord.«

»Wahnsinn«, flüsterte sie.

Sie ahnte nur vage, was das bedeutete. Doch dass es sich um eine Ehre handelte, mit diesem sagenhaft berühmten Hacker zu kooperieren, war selbst ihr klar.

»Sobald unsere Gartenprodukte versandfertig sind, hackt Darklord68 die Funkon-Website«, erläuterte Mario halblaut das weitere Vorgehen. »Wir bauen in der Zwischenzeit unser eigenes Verkaufsportal auf – und dann wird jeder Funkon-User automatisch auf uns umgeleitet.«

Jetzt kam auch Caipi dazu, in einem blaugrünen Hawaiihemd und mit einem Laptop unter dem Arm, der über und über mit Stickern beklebt war.

»Ist mein privater Rechner, damit der Killer nicht sieht, dass ich an unserem neuen Portal arbeite.« Er klappte den Laptop auf und klickte durch eine Bildergalerie. »Um das Produktdesign habe ich mich auch schon gekümmert.«

Hingerissen betrachtete Luisa seine Entwürfe. Alles wirkte luftig, hell, modern. Als Grundfarbe des Portals hatte Caipi ein frühlingshaftes Grasgrün gewählt. Und das Design der Artikel übertraf Luisas kühnste Erwartungen.

Caipi musste die ganze Nacht daran gesessen haben, ihre Liste Punkt für Punkt abzuarbeiten, von den T-Shirts über die geblümten Gummistiefel bis zu den Minispringbrunnen. Für die hatte er eigens eine Drei-D-Animation angefertigt. »Phantastisch«, schwärmte sie. »Ich habe unserem neuen Kunden schon meine Ideenliste gemailt, aber deine Designs schiebe ich sofort hinterher. Schickst du sie mir auf meinen Rechner?«

Caipi aktivierte sein Mailprogramm und klickte *Senden* an. »Schon passiert.«

Im Nu waren die Entwürfe verschickt. Ob dieser Dr. Zarndt ihre Begeisterung teilen würde?

Karl Wenninger, der sich heute mit einer ungewöhnlich farbenfrohen Fun-Connection-Glücksschweinchen-Krawatte ins Büro gewagt hatte, setzte sich lässig auf Luisas Schreibtischkante. Das hatte er noch nie getan.

»Den Vertrieb legen wir modular an«, erklärte er. »Das heißt, wir beginnen sofort mit dem Verkauf von Produkten, die man binnen ein, zwei Tagen herstellen kann. T-Shirts und Käppis mit den Gartensprüchen zum Beispiel. Danach folgen die aufwändigeren Sachen.«

»Das heißt, es geht alles ganz schnell los?«, fragte Luisa verblüfft.

Mario lachte leise in sich hinein.

»Projekt Lucky Luke: Wir schießen schneller als unser Schatten. Oder, Pupsi?«

Verschmitzt zog Karl Wenninger ein Kartenspiel aus der Tasche, blätterte es mit der neutralen Seite auf und zog blind eine Karte. Es war ein Herz-Ass. Diesen Trick übte er seit Jahren, heute war er endlich gelungen. Stolz überreichte er Luisa die Karte.

»Für Sie, Frau Fröhlich. Sie sind ein Ass, Herz ist Trumpf, Geschwindigkeit ist keine Hexerei.«

In diesem Augenblick wurde die Tür aufgerissen, und Robin Konrad schaute ins Büro.

Sofort ließ Caipi den Laptop hinter seinem Rücken verschwinden. Karl Wenninger ging auf Tauchstation und tat so, als müsse er etwas vom Boden aufheben. Ulla versteckte sich hinter ihren Topfpflanzen. Mario schnitt eine Grimasse, dann schlenderte er hüftwackelnd zur Kaffeemaschine.

Als der Killer Luisa entdeckte, verzerrte sich sein Gesicht. Mit militärisch zackigen Schritten ging er auf sie los.

»Was tun Sie denn noch hier? Sie haben Hausverbot!«

Sie lehnte sich auf ihrem Stuhl zurück. Sehr ruhig betrachtete sie den teuren, schokoladenbraun schimmernden Anzug des Killers.

»Hausverbot? Wusste ich ja noch gar nicht.«

»Wenn Herr Haase mich nicht gebeten hätte, die Sache geräuschlos abzuwickeln, würde ich jetzt die Polizei holen«, sagte Robin Konrad gepresst. »Hausverbot ist doch sonnenklar bei einer fristlosen Entlassung.«

»Das hätte ich gern schriftlich, Herr Konrad. Auch deshalb, um das Schreiben meinem Anwalt vorzulegen. Nach meinen Informationen wird nur ein Bruchteil der fristlosen Kündigungen hierzulande von den Arbeitsgerichten durchgewinkt.«

Reine Hochstapelei. Sie hatte gar keinen Anwalt. Nur Eddy, mit dem sie am Abend zuvor das Internet nach einschlägigen Informationen durchforstet hatte.

Blanker Hass entstellte die Gesichtszüge des Killers.

»Wenn Sie sich da mal nicht täuschen, Frau Fröhlich. Ich führe einen Kündigungsgrund ins Feld, der ›hierzulande‹«, höhnisch ahmte er Luisas Tonfall nach, »allgemein akzeptiert wird.«

»Und das wäre?«

»Sexuelle Belästigung am Arbeitsplatz.«

Ulla erlitt einen Hustenanfall. Eine ihrer Topfpflanzen fiel krachend um, als sie hektisch ihre Schreibtischschublade aufriss und ein grün eingewickeltes Hustenbonbon herausholte.

»'tschuldigung«, japste sie.

Nur wenn man sie gut kannte, sah man, dass sie einen Kicheranfall tarnte. Luisa kannte sie sehr gut. Dummerweise wirkte Ullas Kichern ansteckend wie Grippe, und Luisa musste sich schwer zusammenreißen, um nicht gleichfalls loszugackern.

»Am Sonntagmorgen hätte ich vielleicht Zeit, Herr Konrad«, erwiderte sie mühsam beherrscht, »dann kann ich drei Sekunden lang darüber lachen.«

Erbost fuchtelte der Killer mit dem rechten Zeigefinger vor ihrem Gesicht herum. Auch die Zornesader schwoll auf seiner Stirn.

»Das Lachen wird Ihnen noch vergehen! Ihr sexueller Übergriff wurde von diversen Fotografen dokumentiert! Hat mich übrigens nicht gewundert, Ihr kündigungsrelevantes Fehlverhalten. Mit Herrn Haase hatte ich eine Wette laufen.«

Nun war Luisa doch einigermaßen überrascht.

»Sie haben darauf gewettet, dass ich einen Fehler mache?«

»Nicht, dass – wann.«

»Elender Mistkerl«, flüsterte jemand.

»Wer war das?«, schrie Robin Konrad.

»Oh, das war Kevin, auch Caipi genannt«, säuselte Lämmchen, die auf schwindelerregend hohen Stilettos ins Büro stöckelte.

Alle starrten sie an. Man musste zweimal hinsehen, um sie überhaupt wiederzuerkennen. Das war nicht mehr das kleine Büroküken Annika Meyer. Mit ihrem todschicken schwarzen Etuikleid, der dreireihigen Perlenkette und der feuerrot gefärbten, modischen Fransenfrisur wirkte sie so teuer und mondän, als hätte sie den Laden soeben gekauft.

Der Killer hauchte ihr angedeutete Küsschen auf die Wangen.

»Danke, Annika, ich weiß Ihre Loyalität zu schätzen. Jetzt, wo Sie da sind, können wir auch gleich über die personellen Umbesetzungen sprechen.«

»Sehr gern, Robin. Wann immer Sie möchten.«

Luisa hätte sich übergeben können. Was für ein ekelhaftes Getue. Jeder hier wusste mittlerweile, dass die beiden miteinander ins Bett gingen, dennoch heuchelten sie Distanz. Und benahmen sich so affektiert, als hätten sie soeben im Buckingham Palace gefrühstückt.

Klappe halten, festhalten, nach vorn schauen, warnte Luisas innere Stimme. Die Stimme der Vernunft. Aber auf diese Art von Vernunft hatte Luisa keine Lust mehr.

»Seit wann nennt man es Loyalität, wenn jemand einen Kollegen verpfeift?«, fragte sie.

Lämmchen spitzte die grellrot geschminkten Lippen.

»Tz, tz, ein bisschen mehr Contenance, wenn ich bitten darf.«

Es klang unendlich gelangweilt. Plötzlich hatte Luisa ein Déjà-vu. Die roten Haare, die teuren schwarzen Klamotten, die Perlen, die hoheitsvolle Herablassung – Lämmchen wirkte wie eine jüngere Kopie von Marlene von Stetten. Krass. Sie war komplett in die Rolle ihrer Vorgängerin geschlüpft.

»Frau Fröhlich hat ein Problem mit Hierarchien, das ist lange bekannt«, schnarrte der Killer. »Ein guter Anlass für einen Strukturwandel, der Gehaltskürzungen für alle bedeutet.« Eisig wandte er sich an Luisa. »Unabhängig davon, dass Ihre Kündigung sehr bald rechtskräftig sein wird, arbeiten Sie ab sofort im Versand. Ich denke, dass Päckchenpacken Ihren Fähigkeiten entspricht.«

Es wurde totenstill im Büro. Nur eine Biene flog summend umher und ließ sich ausgerechnet auf Luisas mickriger Topfpflanze nieder. Über Nacht hatte sich eine kleine rote Blütenknospe darauf gebildet. Wie gelähmt betrachtete Luisa die Knospe, während sich das Wort Versand wie ein Sack über ihren Kopf stülpte. O Gott. Das war fast schlimmer als ein Rausschmiss.

»Herr Wenninger«, Robin Konrad schnippte mit den Fingern, »auch für Sie wird sich etwas ändern. Annika Meyer übernimmt den Vertrieb, Sie werden in den Vorruhestand versetzt. Ich wünsche Ihnen alles Gute.«

Karl Wenninger begann am ganzen Leib zu zittern.

»Bitte tun Sie das nicht. Ich habe eine Familie zu ernähren. Meine Kinder sind noch in der Ausbildung, meine Frau kränkelt.«

»Immer mit der Ruhe, Pupsi«, wisperte Ulla. »Das letzte Wort ist noch nicht gesprochen.«

Kalt lächelnd nahm der Killer sie aufs Korn.

»Das war das letzte Wort, Frau Dependorf. Auch Sie dürfen Ihren Schreibtisch räumen. Wie für Frau Fröhlich geht die Reise in den Versand.«

Schluchzend brach Ulla zusammen, wobei sie diverse Glücksschweinchen aus Porzellan beiseitefegte, die zu Boden fielen und scheppernd zerbrachen. Mario, der seit Minuten wie angewurzelt neben der Kaffeemaschine gestanden hatte, hechtete zu ihr. Beruhigend legte er einen Arm um Ullas nackte Schultern.

»Und was haben Sie sich für Caipi und mich ausgedacht?«, rief er. »Sibirien?«

»Sie beide werden in der Produktion gebraucht«, behauptete der Killer. »So, und jetzt machen Sie sich mit den neuen Arbeitsabläufen vertraut. Annika? Sie kommen bitte in mein Büro.«

»Selbstverständlich, Robin.«

Es schien ein inneres Schützenfest für Lämmchen gewesen zu sein, als Zeugin dieser grausamen Szene zu fungieren. Voller Genugtuung schritt sie noch einmal durch die Schreibtischreihe, bevor sie Robin Konrad abklatschte und gemeinsam mit ihm das Großraumbüro verließ.

Nachdem die Tür hinter ihnen zugefallen war, sehr geräuschvoll, sehr demonstrativ, sahen sich alle geschockt an. Als Erstes fand Mario seine Sprache wieder.

»Abseilen, Feierabend. Der ist ja wohl die totale Wurst.«

»Genau, wir sollten geschlossen kündigen«, sagte Caipi.

»Ich bin sowieso Alteisen und aus dem Rennen«, ächzte Karl Wenninger.

Noch immer konzentrierte sich Luisa auf die Blüte an ihrer Topfpflanze. War das nicht ein Zeichen? So wie der Schmetterling im Garten? Ein Hoffnungszeichen und eine Aufforderung, jetzt bloß nicht aufzugeben? Sie räusperte sich.

»Genau das will der Killer doch – dass wir jetzt kündigen. Aber das wäre grundfalsch. Wir haben alles vorbereitet. Wir stehen kurz vor dem Durchbruch. Jetzt müssen wir schleunigst Robin Konrad loswerden.«

Nachdenklich holte Mario eine Selbstgedrehte aus seiner Schreibtischschublade. Er klemmte sie zwischen die Lippen, zündete sie jedoch nicht an.

»Wir brauchen seine Mails. Bestimmt kann man daraus ersehen, was für krumme Dinger der dreht.« Er grinste durchtrieben. »Jede schlechte Tat hinterlässt eine Spur im Netz, ob man will oder nicht.«

»Wir brauchen sein Handy«, überlegte Luisa.

Caipi hatte sich einen Kaffee geholt. In einer Tasse mit dem Aufdruck: *Schmeckt der Kaffee? Nicht die Bohne!*

»Ja, wenn wir sein Handy haben, müssen wir erst gar nicht das Passwort für seinen Mail-Account hacken. Mit dem Smartphone sind wir direkt drin.« Er schlürfte einen Schluck der dünnen Filterbrühe. »Boah, ich vermisse Eddys Espresso.«

»Der Killer gibt sein Handy aber nicht freiwillig ab«, schniefte Ulla.

Mit einem eigenartigen Glitzern in den Augen zog Mario seinen Pferdeschwanz stramm.

»Wer redet denn von freiwillig?«

»Was hast du vor?«, fragte Luisa aufgeregt.

»Eine kleine Abschiedsfeier, gleich heute Nachmittag«, antwortete Mario. »Ich backe heute Mittag zu Hause Haschkekse, die lassen seine grauen Zellen tanzen. Dann ist Pupsi dran.«

Karl Wenninger, der dumpf vor sich hin gebrütet hatte, zerrte an seiner Krawatte.

»Ich?«

»Unser Meisterzauberer wird ihm das Handy klauen. Und ein baugleiches unterschmuggeln. Ulla labert den Killer mit einem Superhoroskop voll, in der Zwischenzeit kopieren wir seine Mails.«

Ulla, die sich ausgiebig geschnäuzt hatte, sah ihn entrüstet an.

»Soll ich etwa die Sterne lügen lassen?«

»Wie gedruckt«, grinste Mario.

»Und was ist meine Aufgabe?«, erkundigte sich Caipi.

»Als unser genialer Getränkeforscher mixt du ihm etwas, das nicht nach Alkohol schmeckt, aber so viele Umdrehungen hat, dass es zusammen mit den Haschkeksen richtig knallt.«

Ein andächtiges Schweigen entstand. Dann schauten alle zu Luisa.

»Haben wir noch nie gemacht, machen wir auf keinen Fall«, zitierte sie Karnickel. »Nein, Spaß – genauso machen wir's. Wir gehen auf Kuschelkurs, laden ihn ein, und dann ...«

»Rambazamba!«, krähte Mario. Mit kreisenden Hüften legte er eine Tanzeinlage aufs Parkett und fistelte: »*I shot the sheriff!*«

Im Nu schlug die Stimmung um. Gerade noch hatten sie deprimiert dagesessen, jetzt witterten sie Morgenluft. Nur einer machte nicht mit – Karl Wenninger, der Bedenkenträger vom Dienst.

»Wir dürfen nicht Lämmchen unterschätzen«, warf er sorgenvoll ein. »Frau Meyer ist raffiniert und verschlagen. Die könnte uns durchschauen. Uns einen Strich durch die Rechnung machen.«

»Hm, stimmt leider«, gab Luisa zu.

Fieberhaft dachte sie nach, doch es war einfach zu verzwickt. In Lämmchen hatte sie jetzt keine Verbündete mehr, sondern eine Feindin. Die würde sich auch nicht so leicht abschütteln lassen, wenn sie erst einmal merkte, dass ihre Kollegen etwas aussheckten. Die Szene im Garten kam Luisa in den Sinn, als sich Lämmchen mit Marlene von Stetten gezankt hatte. Schlagartig fiel ihr ein, dass es eine neue Verbündete gab.

»Lämmchen wird uns nicht dazwischenblöken«, verkündete Luisa frohgemut, »die wird neutralisiert.«

Am besten, sie erledigte diesen Punkt des Plans sofort. Luisa stand auf und streckte sich. Wie schon nach der ersten Liebesnacht mit Eddy erinnerte ein charmanter Muskelkater daran, dass es zu ausgedehnten körperlichen Aktivitäten gekommen war. Sie lächelte versonnen.

Heute Abend würde sie zusammen mit Eddy und Rudi die Bäume anpflanzen. Sie konnte es kaum erwarten, wieder in der Gartenwelt zu sein. Ja, die Schrebergartenanlage war ihr zweites Zuhause geworden. Liebevoll dachte sie an ihre Stiefmütterchen, die prächtig gediehen, an die Hortensien und die Glockenblumen, denen sie am Vortag ein Schattenplätzchen gegönnt hatte.

Ein Leben ohne Garten konnte sich Luisa nicht mehr vorstellen. Aber jetzt stand erst einmal Marlene von Stetten auf der Agenda. Ob die Hexe wohl mitmachte? Allein, sie zu fragen, war riskant. Luisa musste vorsichtig sein.

Sie durchquerte das Büro und klopfte an die Tür des Killers. Von drinnen hörte man erregte Stimmen. Neugierig öffnete Luisa die Tür. Robin Konrad hockte mit eingezogenem Kopf hinter seinem Schreibtisch. Vor ihm standen Lämmchen und Marlene von Stetten, die sich lauthals stritten. Böse Blicke flogen wie gewetzte Messer durch die Luft, die Atmosphäre war hysterisch geladen.

»Wie? Die Meyer kriegt meinen Schreibtisch?«, keifte die Hexe gerade.

»Das versteht sich ja wohl von selbst«, erwiderte Lämmchen.

Luisa hüstelte.

»Frau von Stetten? Dürfte ich Sie kurz sprechen?«

»Verdammt, diese Fröhlich ist anhänglich wie Herpes«, knurrte der Killer.

»Worum geht es?«, fragte die Hexe brüsk.

»Das sollten wir unter vier Augen klären.«

Unschlüssig spielte Robin Konrads Referentin mit dem Perlenring, den sie wieder trug. Sicherlich deshalb, weil sie den Killer in Sicherheit wiegen wollte.

»Also schön, eine Minute.«

Luisa ging vor, und Marlene von Stetten folgte ihr, bis sie den Flur vor den Waschräumen erreicht hatten.

»Sie müssen mir einen Gefallen tun«, flüsterte Luisa.

»Jeden, den Sie wollen.«

»Warten Sie's ab. Es geht darum, dass Annika Meyer heute Nachmittag nicht in der Firma sein darf. Denken Sie sich was aus. Locken Sie sie irgendwie weg.«

Nervös fuhr sich Marlene von Stetten durch ihre gepflegte rote Mähne. Ihre gepuderten Nasenflügel bebten.

»Na, die wird sich bedanken. Haben Sie nicht gemerkt, dass wir das Kriegsbeil ausgegraben haben?«

»Dann buddeln Sie es eben wieder ein. Bieten Sie ihr die Friedenspfeife an. Sie könnten Lämmchen zu einem Glas Champagner einladen. In irgendeinen teuren Schuppen. Das wird ihr gefallen, schließlich hält sie sich ja jetzt für die Kronprinzessin höchstpersönlich.«

»Das dumme Ding«, giftete Marlene von Stetten.

»Genau. Dumm und hochnäsig. Damit kriegen Sie Annika.«

Die Hexe dachte nach. So lange, dass Luisa schon fürchtete, Marios wunderbarer Plan könnte scheitern. Immerhin musste die Hexe ihren inneren Schweinehund überwinden, wenn sie auf Lämmchen zuging.

»Okay«, zischte sie schließlich. »Darf ich wenigstens erfahren, was Sie vorhaben?«

So weit reichte Luisas Vertrauen keineswegs. Einem lauen Wind im Februar kannst du genauso wenig trauen wie einem versöhnten Feind, sagte Tante Ruth immer.

»Besser nicht«, erwiderte sie. »Aber eins kann ich Ihnen versichern: Spätestens morgen früh ist Robin Konrad erledigt. Dafür brauche ich nur noch ein paar zweckdienliche Informationen über den Teufel in Menschengestalt.«

»Möge er gepflegt zur Hölle fahren«, lächelte Marlene von Stetten. »Was möchten Sie wissen?«

Kapitel 24

Alles lief wie am Schnürchen. Vorerst jedenfalls.

Um halb fünf stöckelte Lämmchen durch das Großraumbüro, zwitscherte »Hey, ihr Loser, ich geh Schampus trinken« und rauschte türenschlagend ab. Um viertel vor fünf hingen ungefähr vierzig mit Glücksschweinchen bedruckte Luftballons von der Decke des Büros. Zehn Minuten später standen Getränke und Keksteller auf den leergeräumten Schreibtischen.

Um Punkt fünf Uhr erschien Robin Konrad. Skeptisch betrachtete er das geschmückte Büro.

»Echt supi, dass Sie unserer Einladung gefolgt sind«, wurde er von Ulla begrüßt. »Herr Haase wird auch gleich hier sein.«

Das war reine Erfindung, hatte den Killer aber zum Kommen bewogen.

»Zwei Minuten, mehr Zeit habe ich nicht«, knurrte er.

»Macht nichts«, flötete Ulla. »Hauptsache, wir stoßen gemeinsam an. Wir wollten nicht im Streit mit Ihnen auseinandergehen, Herr Konrad. Letztlich tun Sie ja nur, was getan werden muss.«

»Ach ja?«

Ulla setzte ein naives Kleinmädchenlächeln auf.

»War doch überfällig, dass ein kompetenter Entscheider unseren verschlafenen kleinen Verein auf Zack bringt. Und als Jungfrau im Sternzeichen gehen Sie natürlich streng rational vor.«

»Soso. Als Jungfrau.«

»Was zu trinken?« Caipi hielt dem Killer ein Tablett voller farbiger Cocktails hin, die er mit Früchten und bunten, kleinen Schirmchen dekoriert hatte. »Natürlich alles alkoholfrei, Herr Konrad. Ein Mix frischgepresster Säfte.«

Den großzügig verwendeten Wodka verschwieg er. Luisa hatte schon beim bloßen Probieren der Drinks einen leichten Schwindelanfall bekommen. Robin Konrad blieb allerdings misstrauisch. Zögernd nahm er ein Glas vom Tablett und schnupperte daran. Auch Caipi griff zu.

»Prost, Herr Konrad. Wir nehmen Ihre Umstrukturierungen sportlich.«

»Als eine Herausforderung, jeden Tag ein bisschen besser zu werden«, ergänzte Mario übertrieben beflissen. Er nahm sich ebenfalls ein Glas und hielt es hoch. »Auf die Fun Community!«

»Auf die Fun Community!«, fielen alle ein.

Caipi klickte auf die Tastatur seines Laptops, und eine psychedelische Musik erfüllte den Raum, woraufhin Ulla dichter an Robin Konrad herantrat.

»Ich habe mir Ihr Horoskop angesehen. Herrschaftszeiten, da winkt aber reicher Geldsegen.«

»Horoskope sind doch reiner Schwachsinn«, wehrte der Killer mürrisch ab.

»Für Unwissende – ja«, gurrte Ulla. »Aber ich beschäftige mich schon länger mit den Geheimnissen des Sternenhimmels. Unter anderem habe ich in Ihrem Horoskop gesehen, dass Sie tierlieb sind. Als Kind hatten Sie einen Hund, richtig?«

Robin Konrad zwinkerte irritiert.

»Ulla ist eine Astrogranate«, lachte Mario. »Für die sind wir gläserne Menschen. Mir hat sie sogar mal eine Blinddarmentzündung vorhergesagt.«

»Die Astromedizin ist eine ernsthafte Wissenschaft«, beteuerte Ulla. »Sie, Herr Konrad, achten ja als Jungfrau sehr auf Ihren Körper und Ihre Ernährung. Dennoch haben Sie, tja, öfter mal Verdauungsbeschwerden.«

Wortlos starrte der Killer sie an.

»Sicherlich gehen Sie regelmäßig zu Check-ups«, setzte Ulla ihre Erläuterungen fort. »Aber die Galle, die Galle, o-oooh …«

»Jetzt sagen Sie nicht, das hätten Sie in meinem Horoskop gesehen!«, donnerte er los.

Ulla hob beschwörend die Hände.

»Wo denn sonst? Ihr Geburtsdatum habe ich aus dem Intranet, der Rest war ein Kinderspiel.«

»Was zu knabbern?«

Mario bot ihm einen Teller Kekse an. Der Killer nahm sich achtlos zwei Stück und zermahlte sie mit angespannten Kiefern. Bereits eine Stunde zuvor hatte Marlene von Stetten ihm dieselbe Sorte unter die Konferenzkekse gemogelt, weil Mario gemeint hatte, die Wirkung von oral verabreichtem Marihuana setze erst nach etwa einer Stunde ein. Doch es konnte nicht schaden, wenn man für Nachschub sorgte.

»Nun ja«, säuselte Ulla, »ich will Sie nicht länger mit diesem Astrokram langweilen. Der Geldsegen kommt ja sowieso. Wie damals, vor ungefähr vier, nein, warten Sie, fünf Monaten. Da muss es ziemlich in Ihrer Kasse gerumst haben: Die Sonne im zweiten Haus haben Sie sowieso, dazu gesellte sich eine phantastische Jupiter-Merkur-Konstellation, was auf größere Beträge hindeutet.«

Mittlerweile wirkte der Killer völlig perplex. Hastig trank er mehrere Schlucke von seinem Cocktail und angelte sich einen weiteren Keks.

Luisa amüsierte sich wie Bolle. Dank eines ausführlichen Briefings durch Marlene von Stetten konnte Ulla einen Trumpf nach dem anderen aus dem Ärmel schütteln. Doch Robin Konrad kam natürlich nicht im Traum darauf, dass seine Lebensgefährtin gemeinsame Sache mit Luisa machte und ihr haarklein alle möglichen Details aus seinem Leben erzählt hatte. Sogar, um wie viel Uhr er geboren war, so dass Ulla seinen Aszendenten kannte.

Apropos aus dem Ärmel schütteln. Luisa sah auf ihre Uhr. Viertel nach fünf. Unauffällig signalisierte sie Karl Wenninger, dass jetzt sein Auftritt bevorstand. Und schon klingelte Robin Konrads Handy. Fahrig holte er es aus der Hosentasche, warf einen Blick auf das Display und nahm das Gespräch an.

»Ja, Marlene? Was gibt's?«

Eine Weile hörte er zu. Als er das Gespräch beendete, stand Karl Wenninger neben ihm.

»Tolles Smartphone«, sagte er bewundernd. »Ich bin ja Alteisen und habe nur ein olles Steinzeithandy. Darf ich mir Ihres mal ansehen? Das hat bestimmt alle Schikanen.«

»Ist das neuste Modell. Ich habe immer nur die neusten Modelle«, erklärte Robin Konrad angeberhaft. »Bitte schön. Sie dürfen es gern in die Hand nehmen.«

Mit dieser gönnerhaften Geste hatte er sein Schicksal besiegelt. Von allen Seiten bestaunte Karl Wenninger das Smartphone, strich mit dem Finger über die abgerundeten Kanten, kniff die Augen zusammen und gab es dann dem Killer zurück. Das heißt, er gab ihm ein Handy, das dem des Killers glich wie ein Ei dem anderen.

»Noch einen Cocktail?«, fragte Caipi. »Bei dem heißen Sommerwetter sollte man immer genug trinken.«

»Ja, sehr erfrischend, Ihre Kreation.«

Robin Konrad nahm sich ein neues Glas. Mittlerweile wirkte er längst nicht mehr so zackig und kontrolliert wie sonst. Seine Augen hatten einen glasigen Glanz, seine Bewegungen verlangsamten sich, ein leicht weggetretenes Lächeln umspielte seinen Mund. Während sich Mario und Caipi unauffällig zurückzogen, begutachtete er interessiert Ullas offenherziges Dekolleté.

»Sagen die Sterne auch was über die, äh, Liebe?«

»O ja, eine ganze Menge.« Kokett drehte Ulla einen ihrer Spaghettiträger um die Finger. »In dieser Hinsicht sind Sie ja ein wahrer Glückspilz, Herr Konrad. Ihre Venus bestrahlt zurzeit den vorwärts laufenden Mars, und die beiden Planeten bilden ein Trigon mit Jupiter!«

»Hä? Was bedeutet das denn?«

»Man nennt es das goldene Dreieck der Liebe«, lächelte Ulla. »Was Besseres kann Ihnen gar nicht passieren. Es geht mich ja nichts an, aber ich vermute stark, dass sich soeben eine äußerst romantische und auch erotisch erfüllende Beziehung angebahnt hat. Ich beneide Sie ein bisschen, wissen Sie das? Bei so einer Konstellation haben Sie gewiss heiße Nächte.«

Selbstgefällig grinste der Killer in sich hinein.

»Kann man so stehen lassen.«

Respekt, Ulla ist eine Wahnsinnsfrau, dachte Luisa. Redet wie ein Buch, verpackt alle Informationen von Marlene von Stetten in ihr Astrofachchinesisch und führt den Killer gekonnt an der Nase herum.

Sie selbst hielt sich lieber zurück. Ihr würde Robin Konrad nicht mehr auf den Leim gehen, nach allem, was vorgefallen war. Aber Ulla wirkte so harmlos, so arglos, dass er wie Wachs in ihren Händen war.

»Wer weiß, vielleicht winkt ja Kindersegen?«, orakelte Ulla. »Sie selbst sind ein Einzelkind, wenn ich Ihr Horoskop richtig deute. Aber ein strammer Thronfolger, der könnte Ihnen gefallen, stimmt's?«

Auch dieses Detail hatte Marlene von Stetten ausgeplaudert. Robin Konrad wäre sicherlich nicht im Traum darauf gekommen, dass seine Lebensgefährtin gemeinsame Sache mit der Bürocrew machte.

»Ja, so einnn … Stammmmh-halter, das wäre was für mmich«, strahlte Robin Konrad, dessen Aussprache durch den Genuss von Wodka und Haschkeksen etwas undeutlich wurde.

»Sie waren ja kein Wunschkind«, fuhr Ulla fort. »Traurig, traurig, aber Sie haben die Chance, es besser zu machen.«

In diesem Moment kehrten Mario und Caipi ins Büro zurück. Luisa musste nicht lange fragen, ob ihre Mission erfolgreich gewesen war. Kichernd wie Teenager begannen sie, sich mit den Luftballons zu bewerfen. Sofort war Karl Wenninger bei ihnen. Er nahm das Smartphone in Empfang, schnappte sich einen Luftballon und überreichte ihn dem Killer.

»Herr Konrad, wie gern hätten wir Ihnen ein anständiges Geschenk dargeboten«, seufzte er mit gespieltem Schuldbewusstsein. »Doch dafür war die Zeit zu knapp. Nehmen Sie als symbolisches Geschenk diesen Luftballon mit einem Glücksschweinchen. Vielleicht wollen Sie ein Gruppenselfie mit dem Luftballon machen – so sagt man doch: Selfie? Ihr sensationelles Smartphone kann das doch, nehme ich an.«

»Nnnatürlich.«

Der Luftballon, dachte Luisa, genial, ein klassisches Ablenkungsmanöver von Zauberern. Bereitwillig holte der Killer das vertauschte Handy heraus.

»Nee, warten Sie«, Karl Wenninger entwand es ihm geschickt, »ich mache ein ganz konventionelles Foto, damit auch alle drauf sind, samt Luftballon. Als Erinnerung an einen schönen Nachmittag.«

»Ann einnen schönnen Nnnachmittag«, wiederholte Robin Konrad, der vor allem mit den Ns seine Schwierigkeiten hatte.

Alle bis auf Karl Wenninger stellten sich neben ihn. Wenige Sekunden später war das Foto fertig und Robin Konrads eigenes Smartphone wieder an Ort und Stelle.

»So, das war's«, sagte Luisa. »Die Party ist vorbei.«

Der Killer machte eine enttäuschte Schüppe.

»Schonn vor-vorbei?«

»Ja, leider«, seufzte Luisa. »Wir müssen noch aufräumen, damit wir ein ordentliches Büro hinterlassen, wenn wir weg sind.«

»Gannz weg sinnnd Sie ja nnnicht. Mit Frau Depennndorf werdichmich bestimmt nnnnnoch öfter unnterhaltenn.«

»Bestimmt«, echote Ulla glucksend.

Luisa unterdrückte ein Kichern. Auf diese Unterhaltungen konnte Robin Konrad lange warten. Sie begann, die Gläser einzusammeln, Mario und Caipi ließen die Luftballons platzen, Ulla stellte ihre Topfpflanzen in einen Karton. Plötzlich hielt sie inne.

»Nur ein kleiner Tipp, Herr Konrad – im Moment haben Sie eine brisante Uranus-Pluto-Konjunktion. Aktiviert durch Ihren Mars, kann es leicht zu Verkehrsunfällen kommen. Speziell heute sollten Sie nicht mehr Auto fahren. Nehmen Sie besser ein Taxi.«

Angesichts der Tatsache, dass Robin Konrad sie heute in den Versand versetzt hatte, war das ein großmütiger Hinweis. Einmal mehr stellte Luisa fest, dass Ulla eine ganz schön liebenswerte Person war. Genauso gut hätte sie den Killer bekifft und betrunken in seinen Porsche steigen lassen können.

»'nnn Taxi. Mmmachich.« Er torkelte leicht, als er davonschritt. »Wiederseh'nnn.«

Sobald er weg war, steckten alle die Köpfe zusammen. Caipi aktivierte seinen Laptop, auf den er die Daten von Robin Konrad gezogen hatte, Mario scrollte in irrwitziger Geschwindigkeit durch das Mailprogramm.

»Ha, eine Mail an die Immobilienfirma Prodomo.« Er rief die Mail auf. »Der Killer bietet denen unser gesamtes Gelände samt Bebauung an! Da kriegt er eine satte Provision, darauf könnt ihr einen lassen.«

»Kriegt er nicht«, grollte Luisa.

Weiter ging's.

»Hier – ein Angebot an Billig&gut, einen Drogeriediscounter.« Mit wutbebender Stimme las Mario die Mail vor. »›… verramschen wir unsere Restbestände mit neunzig Prozent Preisnachlass. Viele Produkte auch für zehn Cent das Stück. Weitere Rabatte bei Abnahme von mindestens fünfhundert Artikeln.‹«

»Ausverkauf«, stöhnte Ulla. »Das tut einem in der Seele weh, nach all den Jahren.«

Unruhig zwirbelte Mario mit der einen Hand seinen schwarzen Pferdeschwanz, während er mit der anderen weiterscrollte.

»So Leute, jetzt wird's unterirdisch. Smart Services, eine Zeitarbeitsfirma. Ich fass es nicht! Der preist uns an wie Zuchtschafe! Hört mal: ›… kann ich Ihnen unser Personal für besondere Aufgaben zur Verfügung stellen. Arbeitsrechtliche Bedingungen werden erfüllt, zeitliche Flexibilität und moderate Entlohnung machen meine Mitarbeiter zu idealen Springern bei Ihren personellen Engpässen.‹ Das ist moderner Menschenhandel!«

»Jetzt verstehe ich das System«, sagte Luisa fassungslos. »Die älteren Mitarbeiter der Fun Connection werden entlassen, die jüngeren erst degradiert, dann weitervermietet. Für den sind wir keine Menschen, nur Arbeitsmaterial, das er hin und her schieben kann.«

Karl Wenninger, der einen ganzen Cocktail gekippt und obendrein einen Haschkeks gegessen hatte, ruderte etwas unkoordiniert mit den Armen.

»Im Mittelalter hätte man so einen gewissenlosen Schurken am höchsten Baum aufgeknüpft.« Irritiert betrachtete er seine Krawatte. »Ist das eigentlich normal, dass die Schweinchen sich bewegen?«

»Nee, Sie sind voll zugedröhnt«, grinste Mario. »Wir sollten gleich alle ein Taxi nehmen. Aber was machen wir jetzt mit den Mails?«

»Irgendwie veröffentlichen«, schlug Caipi vor.

»Irgendwie, das reicht nicht«, entgegnete Luisa. »Wir brauchen einen Paukenschlag.«

Sie rieb sich die Stirn. Ihr Hirn funktionierte einwandfrei, da sie Marios Kekse verschmäht und an ihrem Cocktail nur genippt hatte. »Hattest du nicht den Fotografen ausfindig gemacht, der für die Zeitung auf dem Tennisclub-Empfang war?«

»Ja, er wollte mir die gesamten Fotos mailen. Die schaue ich mir nachher an.«

»Frag ihn doch mal, ob die Zeitung an einer saftigen Story interessiert ist.«

»Oh, ich liebe saftige Storys!«, jubelte Ulla. »Rudi auch!«

»Ich rufe den Fotografen sofort an, dann kann er alles an die Redakteure weiterleiten«, versprach Caipi. »Denen servieren wir einen bunten Cocktail.«

»Sex, Macht, moderne Sklaverei«, grinste Mario. »Wenn das kein gefundenes Fressen ist!«

Luisa schnippte mit den Fingern.

»Ja, und es gibt jemanden, der sich heftig daran verschlucken wird.« Plötzlich fiel ihr etwas ein. »Ulla, woher wusstest du eigentlich, dass Robin Konrad kein Wunschkind war? Darüber hat Marlene von Stetten nichts erzählt.«

Die Buchhalterin lächelte fein.

»Ich habe die Sterne befragt, und sie haben geantwortet. Mit einem Volltreffer. Na, sind dir die Sterne immer noch schnuppe?«

Kapitel 25

Sissi und Franz sahen aus wie präpariert und ausgestopft. Vollkommen reglos standen sie da, mit erhobenen Schwänzen, die Rücken zu Buckeln gekrümmt. Nur ihre zitternden Schnurrbarthaare verrieten, dass sie lebten. Ob sie den Garten wiedererkannten? Ob sie sich an wilde Jagden nach Mäusen und Schmetterlingen erinnerten?

Luisa war keine Katzenpsychologin, aber sie kannte Sissi und Franz gut genug, um deren grenzenloses Erstaunen zu spüren. Ein Jahr lang waren sie nicht mehr hier gewesen. Ein ganzes Jahr war verstrichen, seit Tante Ruth ihre Koffer gepackt und nach Italien gezogen war. Vermutlich hatte sie gehofft, ihre beiden Lieblinge würden weiterhin wie gewohnt durch die Hortensien streifen, ein Sonnenbad auf dem Rasen nehmen, in die alte Eiche neben der Laube klettern. Stattdessen hatten die Katzen zwölf Monate lang nichts anderes gesehen als Luisas Zwei-Zimmer-Appartement.

Etwas bewegte sich im Blumenbeet. Sissi stellte die Ohren auf, Franz hob zögernd eine Pfote, und schon flitzten sie wie auf Kommando in die Stiefmütterchen. Jetzt gab es kein Halten mehr. In irrwitziger Geschwindigkeit rasten die beiden Katzen kreuz und quer durch den Garten, sprangen elegant über die Glockenblumen hinweg, versteckten sich im Gebüsch und tauchten zwischen den Rosen wieder auf. Auch in der Wohnung hatten sie ihren Spaß gehabt, keine Frage, aber hier waren sie in ihrem Element.

Luisa ging das Herz auf, die beiden so ausgelassen zu sehen. Zusammen mit Eddy saß sie auf der Veranda und nippte an einem Holunderblütensekt. Die Eiswürfel in den Gläsern klirrten leise, die letzten rötlichen Sonnenstrahlen tauchten den Garten in ein magisches Licht. Der pure Zauber, ganz ohne Tricks.

»Wie gefallen dir deine Bäume, *cara*?«, fragte Eddy und legte einen Arm um Luisa.

Es waren eher Bäumchen, doch selbst Don Giò aus Italien hatte sein Mandelbäumchen bekommen. Luisa schaute zur Webcam, die sich langsam im Halbkreis hin und her drehte. Ein merkwürdiges Gefühl, dass Unterstützer rund um den Globus zusahen, wie der trostlose Friedhof allmählich ins blühende Leben zurückfand.

Vielleicht sah auch Mario in diesem Augenblick zu, ganz entspannt daheim vor dem Computermonitor. Kaum zu glauben, welche Qualitäten in dem einst so lethargisch wirkenden jungen Mann steckten. Ja, auch die Kollegen hatten sich verwandelt, so wie dieser Garten. Das Büro war eine leblose Einöde gewesen, jetzt blühten alle auf und zeigten, was sie draufhatten. Luisa musste lächeln bei dem Gedanken, wie sie den Killer ausgetrickst hatten.

»*Cara?* Hörst du mir überhaupt zu? Wie findest du deine Bäume?«

Sie schmiegte sich enger an Eddy.

»Unsere Bäume. Sie sind wunderschön. Aber warum durfte ich keine Obstbäume nehmen?«

»Die werden im Herbst gepflanzt. Da können sie am besten Wurzeln bilden, weil sie dann ihre Energie nicht für neue Blätter, Blüten und Triebe brauchen.«

»Triebe, soso. Da scheinst du ja Experte zu sein.«

Lächelnd fing er an, ihren Nacken zu streicheln. Eine ihrer empfindsamsten Zonen, wie er ja wusste, und seine Berührungen verfehlten nicht ihre Wirkung.

»Schuft«, flüsterte sie zärtlich.

Er küsste ihre Ohrläppchen, auch etwas, was sie in den Wahnsinn trieb. Aber was gefiel ihr nicht, wenn Eddy loslegte?

»*Allora*, schöne Frau«, hauchte er in ihr Ohr. »Ich habe Knoblauchtee gekocht.«

Luisa schüttelte sich.

»Igitt. Ich glaube, das ist mir dann doch zu vegan.«

»Nicht für dich, *tesoro*, für die Rosen. Knoblauch hilft gegen Milben und Pilzkrankheiten. Nachher hole ich mir noch frischen Rasenschnitt von Rudi, mit dem können wir die Rosen mulchen. Wir wollen doch nicht, dass die Dinger eingehen, bevor Ruth sie überhaupt zu Gesicht bekommt, oder?«

»Nee, besser erst hinterher.«

Lachend stand Eddy auf, und sie beobachtete hingerissen, wie er zu den Rosenstöcken ging. Mit diesen pantherhaft geschmeidigen Bewegungen, die ihr Herz höherschlagen ließen als die höchsten Baumwipfel der Schrebergartenanlage Sonnenschein e. V.

Auf Samtpfoten schlichen Sissi und Franz auf die Veranda. Schnurrend rieben sie ihre Köpfe an Luisas Schulter, bevor sie wieder im Gebüsch verschwanden. Aus Rudis Garten hörte man gurrendes Frauenlachen, eine volltönende Männerstimme und das Klappern von Geschirr. Ulla war mitgekommen. Zunächst hatten sie alle gemeinsam die Bäume gepflanzt, jetzt saß Luisas Kollegin drüben mit Rudi beim Abendessen. Das heißt, sie futterte Kartoffelsalat und Würstchen, er erläuterte ihr in seinem dröhnenden Bass die Geheimnisse der Radieschen.

»Ich nehme eine samenfeste Sorte«, erklärte er gerade. »Dann kommt etwas Sand in die Beete. Je sandiger der Boden, desto schärfer die Radieschen.«

»Rudi, du Schlingel«, juchzte Ulla.

Ja, die Gartensprache hatte es in sich.

Während Eddy aus einem Zinkeimer einen bräunlichen Sud auf den Boden unter den Rosenstämmchen schwappen ließ, zählte Luisa an den Fingern ab, wie viele Tage ihnen noch bis zu Tante Ruths Besuch blieben. Heute war Donnerstag, es waren also nur neun Tage übrig. Und es gab noch so viel zu bewältigen. Der Rasen war nach wie vor eine Baustelle, außerdem fehlte es an Gemüse, und die Laube brauchte dringend einen neuen Anstrich.

In Gedanken entwarf Luisa einen Plan für den Countdown, als ihr Handy klingelte.

»Hier Doktor Zarndt. Danke für Ihre Mails. Ich habe mir alles angesehen und möchte bestellen.«

»Bestellen.« Luisa war platt. Gehofft hatte sie es, erwartet nicht. »Was ... was hätten Sie denn gern?«

»Vierzig Springbrunnen, hundert Käppis, zweihundert Outdoordecken in Grün und Beige, vierhundert Windlichter. Für den Anfang. Wie schnell können Sie liefern?«

Ach, du grüne Neune. In Luisas Freude mischte sich die bange Erkenntnis, dass es viel zu früh für solche Bestellungen war. Oder würden sie es schaffen? Ja. Nein. Vielleicht. Immerhin, dies war eine Chance. Eine Riesenchance. Sie presste das Handy fester ans Ohr.

»Wie schnell wir liefern können? Innerhalb weniger Tage, denke ich.« Beneidenswerter Optimismus. »Ich spreche mit unserer Produktion.« Die noch nicht einmal angefangen hatte. »Für Sie legen wir gern Sonderschichten ein, Doktor Zarndt.« Luisa Fröhlich, was faselst du da?

»Sehr gut.« Er klang hochzufrieden. »Ich freue mich auf eine fruchtbare Zusammenarbeit. Sobald Sie genaue Termine nennen können, melden Sie sich bitte bei mir.«

»Mach ich.«

Das Gespräch war beendet und Luisa in heller Aufregung. Hallo? Hatte sie das gerade wirklich gesagt? Dass sie etwas liefern würde, was gar nicht existierte? Gut, Caipis Designentwürfe sahen super aus, doch mehr gab es bisher nicht. Nur schöne bunte Bilder und eine Drei-D-Animation.

»*Avanti,* Luisa!«, schallte Eddys Stimme durch den Garten »Ich brauche dich bei den Rosen! Wieso telefonierst du ausgerechnet jetzt? Wollten wir nicht die gruftigen Buchsbäume rausschmeißen?«

»Es ist was Wichtiges, hat mit der Firma zu tun. Fang schon mal an, Eddy, nur eine Minute, bitte.«

Die Buchsbäume waren ihr momentan herzlich egal. Wir dürfen keine Zeit verlieren, sonst ist der fette Auftrag weg, das war der einzige Gedanke, der Luisa jetzt bewegte. Sie zückte ihr Handy und schrieb eine SMS.

Liebe alle. Wir haben eine Großbestellung für die Gartensachen. Lieferdatum vorgestern. Muss also fix gehen. Schneller als unser Schatten. Was tun?

Nachdem sie die Botschaft an ihre Kollegen verschickt hatte, wartete sie gespannt. Noch hing alles in der Schwebe. Aber wenn es gelang, diesen Auftrag nicht nur an Land zu ziehen, sondern auch prompt zu erledigen, würde das der Startschuss für eine strahlende Zukunft der Fun Connection sein.

»Luisa! *Cara!* Wo bleibst du denn? Leg endlich das blöde Handy weg!«

»Komme gleich!«

Eddy klang ungeduldig, doch er würde noch ein wenig warten müssen. Sie aktivierte den Internetbrowser ihres Handys. Dann suchte sie nach Anbietern hochwertiger Massentextilien und fischte alle Firmen heraus, die auf Kundenwunsch T-Shirts und Käppis bedruckten. In Windeseile verglich sie Preise und Lieferzeiten, rechnete Rabatte aus, kalkulierte Verdienstspannen.

Luisa war so vertieft in ihre Arbeit, dass sie Eddy erst wieder auf dem Radar hatte, als er ihr seinen Eimer mit der stinkenden Knoblauchbrühe unter die Nase hielt.

»Uuuuuh, das riecht ja furchtbar«, beschwerte sie sich.

»Ich hatte es mit Rufen versucht, aber du surfst ja anscheinend auf einer anderen Welle«, erwiderte er ungewohnt muffelig. »Denkst du, ich mach dir den Garten, und du kannst hier chillen? *Poltrona!* Was so viel wie Faulpelz heißt, gnädige Frau.«

Huch. Eddy war sauer. Stinksauer.

»Nein, so ist es nicht«, beteuerte sie.

»Wie dann?«

»Stell dir vor, wir haben einen Auftrag. Einen Riesenauftrag!«

»*Scusi,* von welchem Wir sprichst du gerade?«

Sie runzelte die Stirn. Was hatte er denn bloß? Warum war er so angezeckt? Durfte sie etwa nicht ihre Arbeit erledigen? Die absolut dringend war? Ihr Ton wurde schrill.

»Zufälligerweise habe ich einen Job, Eddy. In einer Firma, die gerade in ziemlichen Schwierigkeiten steckt. Wenn da ein Großkunde auf der Matte steht, kann ich nicht irgendwelche blöden Buchsbäume auf den Kompost kicken.«

Er stellte den Eimer ab und verschränkte wutschnaubend die Arme.

»Schon mal darüber nachgedacht, dass auch ich ganz zufällig anderen Krempel um die Ohren habe? Einen Laden zum Beispiel, den man nicht auf Autopilot stellen kann?«

Himmel, wir haben unseren ersten Streit, durchfuhr es Luisa. Den weiteren Verlauf derartiger Auseinandersetzungen kannte sie zur Genüge: Sie musste sich für etwas verteidigen, was sie selbstverständlich fand, nämlich ihr volles Engagement für die Arbeit; er hingegen würde ihr vorwerfen, den Job über das Privatleben zu stellen. Genau diese Diskussion hatte sie tausendmal mit ihren wenigen Exfreunden geführt.

Eine SMS trudelte ein. Sie kam von Mario.

Hi, Luisa, geht klar. Nachtschicht? Kann in einer Stunde in der Fun Connection sein. LG Fun Idiot

Kaum hatte Luisa die Nachricht gelesen, als ein dezentes Surren die nächste ankündigte.

Bin dabei. Jederzeit. Sag, wann und wo. Caipi

»Wie ich sehe, bist du beschäftigt«, stieß Eddy hervor. »Ich haue in den Sack. Schönen Abend noch.«

Spätestens jetzt hätte sie einlenken müssen, das wusste Luisa. Doch sie war ein gebranntes Kind. Zu oft hatte sie sich in die Ecke gedrängt gefühlt, wenn ein Mann sie ganz für sich haben wollte. Wenn er eifersüchtig auf die Firma gewesen war, auf ihren Job, ihre Arbeit, die ihr nun einmal am Herzen lag. Das würde sie sich nicht gefallen lassen. Nie wieder. Für die Work-Life-Balance war jetzt keine Zeit.

»Dann geh doch in deine Ökobude«, raunzte sie Eddy an. »Ich komme auch alleine klar. Für wen hältst du dich eigentlich?«

Auf seiner Stirn erschien eine steile Falte.

»Schön, dass du fragst. Ich hatte mich für deinen Teampartner gehalten. Nicht für einen Volldeppen, der dir die Buchsbäume hinterherträgt.«

Luisa war außer sich. Was kam als Nächstes? In die Arbeit verliebt, mit der Firma verheiratet? So wie es ihr verflossener Freund ihr immer vorgehalten hatte?

»Ich ar-bei-te!«, schrie sie.

»Ja, weil du ein Workaholic bist!«

»Und du ein … ein bornierter Macho!«

»Hallöchen, alles in Ordnung bei euch?«, flötete Ulla, die auf einmal am Zaun stand und sich neugierig zu ihnen herüberbeugte.

In diesem Augenblick meldete sich Karl Wenninger. Dass er überhaupt wusste, wie man simste, grenzte an ein Wunder. Eilig überflog Luisa seine wohlgesetzten Worte.

Sehr geehrte liebe Frau Fröhlich, gern leiste ich meinen Beitrag zu dieser großartigen Herausforderung, selbst wenn ich dafür meine wohlverdiente Nachtruhe opfern muss. MfG, K. Wenninger

»Dein Handy, deine Arbeit, dein Job – das ist alles, was dich interessiert!«, rief Eddy. »*Cavolo! Stronza!*«

Unwirsch gab er dem Eimer einen Tritt und marschierte davon, während die übelriechende Knoblauchbrühe direkt vor Luisas Füßen im Boden versickerte. Ulla sah ihm alarmiert hinterher, dann kletterte sie wie ein hyperaktives Äffchen über den Zaun und rannte zur Veranda.

»Was ist denn los? Wieso habt ihr euch gestritten?«

Luisa atmete ein paarmal tief durch, bevor sie antwortete.

»Weil er null Verständnis für meine Arbeit aufbringt, dieser sture Gartenhippie. Wir haben einen Wahnsinnsauftrag, Ulla! Mit Stückzahlen, davon träumst du nur! Vierzig Springbrunnen, hundert Windlichter, zweihundert Outdoordecken in Grün und Beige, vierhundert Käppis, nein, anders, hundert Käppis, dreihundert Wind... Heilige Scheiße, Ulla, warum macht Eddy so ein Trara?«

»Hast du etwa gerade Scheiße gesagt?«

Mit einer heftigen Bewegung stand Luisa auf.

»Ist doch scheißegal.«

Ulla klapperte mit den Liddeckeln.

»Luisa!«

»Was?«

Sie wollte mit niemandem mehr sprechen. Weder mit Ulla noch mit Eddy. Das verdammte Grünzeug und alles, was daran hing, wuchsen ihr allmählich über den Kopf. Luisa Fröhlich war eben doch eine kontaktgestörte Einzelgängerin, basta. Sie hatte die Nase gestrichen voll von dieser Gartenarie. Betreutes Gärtnern, betreutes Leben, betreutes Lieben – ging's noch? Zum Teufel mit Stiefmütterchen und Radieschen!

Ullas kleine, rundliche Zehen gruben sich in einen Rest Kies, der vor der Veranda lag.

»Wie lange willst du dir das eigentlich noch geben? Als einsame Karrierefrau abhängen? Eine Mauer um dein Herz errichten? Gerade du als Steinbockfrau ...«

O Gott. Jetzt auch noch dieser Astromist. Wortlos stampfte Luisa in die Laube und schlug die Tür hinter sich zu. Es funktionierte hinten und vorne nicht. Soeben hatte sie den tollsten Mann der Welt vergrault. Und einen Auftrag angenommen, an dem sie sich total überheben würde. Ganz abgesehen davon, dass sie so gut wie arbeitslos war.

Entkräftet setzte sie sich auf das grau-rosa geblümte Sofa. Dann brach sie in Tränen aus.

Durch das geöffnete Fenster sprangen Sissi und Franz in das Halbdunkel des niedrigen Raums. Miauend setzten sie sich vor Luisa auf die Holzdielen. Es klang irgendwie vorwurfsvoll. So nach – hey, du

Rabenkatzenmutter, hast du nicht was vergessen? Es nahm einfach kein Ende.

»Wollt ihr etwa auch noch meckern?«, fragte Luisa schluchzend.

Alle zerrten an ihr herum, alle wollten was von ihr. Mit matten Gliedern erhob sie sich und ging zum Küchenschrank, wo sie einige Dosen Katzenfutter deponiert hatte.

Nachdem sie den beiden Katzen einen vollen Napf hingestellt hatte, sank sie zurück aufs Sofa.

Sissi schnupperte kurz an dem Dosenfutter und stolzierte zum Tisch, unter dem sie sich beleidigt niederließ. Franz nahm keinerlei Notiz von dem Napf, sondern strich um Luisas Beine, die vom Sofa baumelten.

Wie hatte es Tante Ruth noch gesagt? Wenn du die Hand eines Menschen brauchst, nimm lieber die Pfote einer Katze? Wie wahr.

Ein donnerndes Pochen an der Tür ließ sie zusammenzucken.

»Luisa! Komm sofort da raus!«

Es war Rudi. Unverkennbar. Aber auch ihn wollte Luisa nicht sprechen. Sollte der sich doch gehackt zwischen seine dämlichen samenfesten Radieschen legen.

»Wenn du nicht rauskommst, komme ich rein!«

Unwillkürlich zog Luisa die Beine an und umschlang mit den Armen ihre Knie. Während ihr die Tränen über das Gesicht liefen, wippte sie vor und zurück. Es war alles so egal. So schrecklich egal.

Plötzlich wurde die Tür grob aufgestoßen, und Rudi kam hereingepoltert. Breitbeinig baute er sich vor Luisa auf. Sie duckte sich schon in Erwartung einer Gardinenpredigt, doch er lächelte nur milde.

»Na, Mädel, Gartenkasper?«

Was sollte das denn heißen? Gab es hier einen Freifahrtschein für dumme Bemerkungen? Sie war kein Kasper. Nur eine Frau, deren Intimsphäre sich in Luft aufgelöst hatte.

Schwerfällig ließ sich Rudi auf einen Stuhl fallen, der unter seinem Gewicht beängstigend ächzte. Sissi stob davon, Franz fauchte ihn drohend an. Lange betrachtete Rudi die Tischplatte.

»Kenn ich«, sagte er dann unvermittelt. »Ist ganz normal. Hab ich ungefähr alle zwei Wochen.«

Luisa blieb stumm. Irgendwann würde er bestimmt wieder gehen, wenn er merkte, dass sie auf seinen Flachsinn nicht reagierte. Alles nur eine Frage des Aussitzens.

»Manchmal ist es weniger schlimm, manchmal mehr«, brummte er.

Lautlos sprangen die Katzen aufs Sofa und kuschelten sich an Luisa, so dass sie mit ihrem apathischen Wippen aufhören musste. Schließlich konnten Sissi und Franz nichts dafür, dass es hier so unrund lief.

Rudi sah aus dem Fenster.

»Aber dann begucke ich mir den Salat oder zersäge ein paar Äste. Und der Gartenkasper vergeht. Und dann kommt's.«

Luisa vergaß, dass sie eigentlich nicht reden wollte.

»Was kommt?«

»Frieden.« Schwer atmend schloss Rudi die Augen. »Tiefer Frieden.«

»Ruudi!«, ertönte Ullas Stimme, die sich leicht überschlug. »Ruuuudi! Was macht ihr da drinnen? Was ist mit Luisa? Heult sie? Sagt sie was? Was ist denn passiert? Gib doch mal einen Ton von dir. Rudi?«

»So viel zum Thema Frieden«, sagte Luisa und lächelte, wobei sie vergaß, dass sie eigentlich nicht reden, geschweige denn lächeln wollte.

»Tja, Mädel«, er stand auf, »glaub mir – wenn du einen hast, der dir so richtig auf den Senkel geht, ist das immer noch besser als ganz ohne.«

Das war der bei weitem weiseste Satz über Beziehungen, den Luisa jemals gehört hatte. Auch wenn die Worte etwas schlicht wirkten, zeugten sie von der Lebensklugheit eines Mannes, der einiges hinter sich hatte.

»Was meinste«, mittlerweile grinste er übers ganze Gesicht, »wollen wir jetzt wieder rausgehen? Ulla würde sich bestimmt freuen.«

Kapitel 26

Als kleine Garagenfirma hatte die Great Fun Connection einst begonnen. Das war genau dreißig Jahre her. Jetzt schien etwas von dem Pioniergeist jener Tage wiederaufzuleben. Zwar nicht in einer Garage, sondern in einem schäbigen Hinterzimmer der Versandabteilung, aber mit demselben Enthusiasmus, der die Firma damals zum Erfolg geführt hatte.

Im Schein einer trüben Neonröhre beugten sich Luisa, Mario, Ulla, Caipi und Karl Wenninger über einen wackeligen Tisch. Die schadhafte Resopaloberfläche war übersät mit Computerausdrucken, die Luft zum Schneiden dick. Nicht einmal Fenster gab es in dem stickigen kleinen Raum, eine Klimaanlage sowieso nicht. Doch niemand beschwerte sich. Auch nicht über die nächtliche Uhrzeit.

Halb drei schon. Seit Stunden bearbeiteten sie den Auftrag von Doktor Zarndt. Organisiert und strukturiert, aber mit viel Bauchgefühl. Jeder, der eine Idee hatte, warf sie einfach in die Runde oder legte selbsttätig los, ohne groß zu fragen.

Caipi hatte gerade mit China telefoniert, jetzt versuchte er es bei einer indischen Firma. Ulla berechnete Einfuhrzölle und Versandkosten für Bestellungen aus Südvietnam. Mario bastelte an einem Newsletter für sämtliche Gartencenter des Landes, Karl Wenninger ging im Internet Transportunternehmen durch und notierte alle, die das Wort »günstig« auf ihrer Website erwähnten.

Obwohl sie sich kaum absprachen, arbeiteten sie Hand in Hand. Auf irgendeine geheimnisvolle Weise kommunizierten sie miteinander, als seien sie schon seit Jahrzehnten ein eingespieltes Team.

Davon hatte Luisa immer geträumt. Doch im Moment war ihr mehr nach Schlafen zumute. Gähnend nahm sie eine Kanne mit dünnem Filterkaffee aus der Maschine, die sie aus dem Büro geholt hatte. Auf ihrer Tasse las sie mäßig amüsiert den Spruch *Vorsicht, koffeinbetrieben*, bevor sie einen Schluck der schlappen hellbraunen Brühe trank.

»Wie weit sind wir?«

»Jippieeee«, seufzte Caipi. »Wir haben die Outdoordecken, grün und beige, reine Baumwolle, ohne Chemiefasern, so wie du es wolltest.«

Karl Wenninger, dessen Krawatte etwas verloren über einer Stuhllehne hing, sah ihn streng an.

»Und die Blumenmuster? Und den Schriftzug *Romantikhotels – wo die Natur zu Hause ist*? Kriegen die das hin?«

»Jawoll, Pupsi, sogar eingestickt. Das wirkt besonders edel und kostet uns nur fünfzig Cent mehr das Stück.«

»Keine Kinderarbeit? Keine Sklavenbedingungen?«, fragte Luisa. »Ihr wisst ja, das ist uns bei den neuen Produkten besonders wichtig.«

»Alles im Lack«, antwortete Caipi. »Der Laden gehört zum Verband indischer Firmen, die sich zu guten Arbeitsbedingungen verpflichten. Werden ständig kontrolliert.«

»Mein Newsletter ist fertig, den hau ich jetzt raus«, verkündete Mario, der an Caipis Laptop arbeitete. »Über die Sklavenbedingungen bei der Fun Connection steht natürlich nix drin, haha.«

Er holte eine Selbstgedrehte hinter dem Ohr hervor und zündete sie an. Auch dagegen protestierte niemand. Hier wurde Extremes geleistet, und jeder hatte seine eigene Taktik, mit dem Stress fertig zu werden. Mario rauchte wie ein Schlot, zwischendurch auch verdächtig süßlich riechende Kippen. Neben Caipi stand eine Flasche Rotwein, aus der er von Zeit zu Zeit sein Glas füllte. Ulla saß vor einem Berg Schokolade, Karl Wenninger zauberte sich die eine oder andere Likörpraline aus dem Ärmel.

»Mist, die Zollkosten werden uns killen«, seufzte Ulla kopfschüttelnd. »Ich hab's dreimal durchgerechnet, aber es bleibt dabei: Mit den Windlichtern aus Südvietnam machen wir ein Verlustgeschäft.«

»Nur am Anfang«, wurde sie von Luisa beruhigt. »Jetzt zählt das Tempo. Wenn dieser erste Auftrag durch ist, können wir in Ruhe Firmen aus der Eurozone suchen. Doch da schlafen sie jetzt alle, also machen wir in Asien weiter.«

»Irgendwann gehen die aber auch mal ins Bett. Im Gegensatz zu uns sind das nämlich normale Menschen«, sagte Karl Wenninger trocken.

Caipi erhob sich halb und wackelte mit den Hüften.

»Wir machen durch bis morgen früh! Yeahi!«

»Pupsi, wenn du schwächelst, geb ich 'ne Runde Ecstasy aus«, witzelte Mario.

»Nein, danke, Espresso. Meine Frau hat schon ein Riesentheater gemacht, als ich gestern Abend mit einem, äh, Marihuanaschwips nach Hause kam.«

Mario hob belustigt die Augenbrauen, dann stimmte er ein keckerndes Gelächter an.

»Alter, wenn du das nächste Mal bekifft zu Muttern gehst, probier's mit Sex. Ich sag dir, das geht ab wie Rakete. Da wird Vati wieder jung.«

Man muss nicht alles auf die Goldwaage legen, was nachts um halb drei geredet wird, dachte Luisa. Derweil versah sie ihre Produktliste mit weiteren Häkchen. Immer wieder fielen ihr die Augen zu. Und immer wieder sah sie Eddy vor sich, mit einem Eimer Knoblauchtee in der Hand und voller Erbitterung darüber, dass sie ihn mit der Gartenarbeit im Stich ließ.

War es denn wirklich so falsch, sich für die Firma zu engagieren? Hätte er nicht wenigstens ein winziges bisschen Verständnis zeigen können? Er wusste doch, dass es in der Fun Connection gewaltig klemmte.

»Wir könnten auch was mit Astrologie anbieten«, überlegte Ulla. »Samentütchen, passend für jedes Sternzeichen. Wusstet ihr, dass die Blumen des Wassermanns Magnolien sind? Und dass zum Steinbock Gladiolen passen?«

»Wie wär's mit Heilkräutern?«, schlug Mario vor. »Die Samen könnten wir mit Tontöpfen verschicken.«

Kreative Ideen zu nachtschlafender Zeit, ich glaub's ja nicht, dachte Luisa. Schnell machte sie sich eine Notiz, denn es waren exzellente Ideen.

»Hey, ich hab was gehört!«, rief Caipi. »Da kommt jemand!«

Alle erstarrten. Es war gruselig. Schwere, schlurfende Schritte näherten sich, wie in einem Spukschloss. Die Schritte wurden lauter, die angelehnte Tür flog auf.

Es war Karnickel. Live, lebendig und in Farbe. Nein, in viel zu vielen Farben. Zu einer zitronengelben Golfhose trug er einen lila Pullover, um den Hals hatte er ein neckisches rotes Halstüchlein mit goldenen Glücksschweinchen geknotet. Seine Schuhe hatten einen grünlichen Ton.

Sicherlich hätte Luisa seinen modischen Mut bewundert, wenn nicht sein Gesicht hochrot und seine Augen blutunterlaufen gewesen wären, was seinem Auftritt etwas Gespenstisches verlieh. Unverkennbar angetrunken, hielt er sich an der Türklinke fest.

»Ich glaub, ich seh nicht richtig!«

»Beachten Sie uns gar nicht weiter«, säuselte Ulla. »Wir sind nur eine Halluzination.«

»Eine Hallu… Hallu… – verdammt, was soll das hier?«

Schweigen.

»Ich hole die Polizei!«, kreischte Hans-Martin Haase. »Das ist Hausfriedensbruch und so weiter!«

»Unsinn. Wir retten die Firma«, sagte Luisa so ruhig wie möglich.

»Sie?« Er stierte sie böse an. »Ausgerechnet Sie? Wo Sie den Ruf meiner schönen Fun Connection untergraben haben?«

Karl Wenninger band sich in Windeseile seinen Schlips um, den die gleichen Glücksschweinchen zierten wie das Halstüchlein von Karnickel.

»Dürfte ich auch mal eine Frage stellen, Herr Haase? Was machen Sie nachts um halb drei im Versand?«

Mit schwankenden Schritten schlurfte Hans-Martin Haase durch den chaotisch aussehenden Raum, bis er einen freien Stuhl gefunden hatte. Er setzte sich. Lockerte sein Halstuch. Rang nach Luft.

»Vorbei«, wimmerte er. »Aus und vorbei.«

»Mehr Information, bitte«, sagte Karl Wenninger.

Wortlos schob Caipi die fast leere Rotweinflasche über den Tisch, bis sie direkt vor Karnickel stand. Sofort griff er danach. Doch statt daraus zu trinken, umklammerte er die Flasche wie ein Schiffbrüchiger den Rettungsring.

»Robin Kon…«

Weiter kam er nicht. Alle fingen lauthals an zu buhen, Mario pfiff gellend auf zwei Fingern. Nachdem sich der Tumult gelegt hatte, stöhnte ihr ehemaliger Chef zum Gotterbarmen.

»Konkurs, hat er gesagt. Wir machen Konkurs und so weiter.«

»Und was machen Sie dann hier?«, erkundigte sich Ulla.

Karnickels Augen glänzten feucht, seine Unterlippe zitterte.

»Wollte noch einmal meine Firma sehen, bevor sie unter den Hammer kommt. In Erinnerungen schwelgen.« Er sah sich um, mit einem melancholischen, fast zärtlichen Blick. »Hier hab ich gestanden, Leute, vor dreißig Jahren. Hab einen Wackeldackel nach dem anderen in Kartons gepackt. Lief ja wie geschnitten Brot und so weiter. Die Leute waren verrückt danach. Und auf jeden Karton hab ich eigenhändig mit einem roten Filzstift geschrieben: *Great Fun wünscht Ihnen die Great Fun Connection.*«

»Ich weiß«, flüsterte Karl Wenninger fast unhörbar. »War doch dabei.«

Wie zwei Kriegsveteranen schauten die beiden Männer einander an. Nun schimmerten auch in den Augenwinkeln von Karl Wenninger winzige Tränen. Verstohlen wischte er sie mit seiner Krawatte weg.

Luisa hatte die Geschichten aus den glorreichen Zeiten so oft gehört, dass sie sich die Situation von damals lebhaft vorstellen konnte. Zwei nicht mehr ganz junge Kerle, der eine, Karnickel, ein leichtlebiger Sohn aus gutem Hause, der andere, Karl Wenninger, ein abgebrochener Jurastudent, die aus der Laune einer durchzechten Nacht heraus beschlossen hatten, die Welt mit Wackeldackeln zu beglücken.

Das war der Stoff, aus dem der Firmenmythos bestand. So wie die Storys von freizügigen Partys mit einem Heer junger Sekretärinnen, die man nur zu diesem Zweck eingestellt hatte. Oder die Anekdoten über Gelage in der Produktionshalle, bei denen sie mit Platzpatronen auf Wackeldackel geschossen hatten.

»Es wird schon alles verramscht«, keuchte Karnickel. »Ich stehe vor den Trümmern meines Lebenswerks.«

»Stehen Sie nicht«, widersprach Luisa. »Sie haben Mitarbeiter, die sich mit der Firma identifi…«, ihr übermüdetes Hirn versagte seinen Dienst, »identi…«

»Identifizieren!«, rief Karl Wenninger.

»Genau. Danke, Pupsi.« Sie strich sich eine blonde Haarsträhne aus der Stirn. »Wir bringen den Kahn wieder auf Kurs. Wir ziehen die Karre aus dem Dreck. Obwohl Sie nicht gerade die richtigen Leute auf die richtigen Posi… Posi… hm, Posten gesetzt haben und so weiter.«

Das entsprach so ziemlich dem Wortlaut von Hans-Martin Haases Rede auf der unsäglichen Firmenfeier. Er schien sich daran zu erinnern.

»Was reden Sie denn da, mein blonder Engel?«

»Die Wahrheit, und nichts als die Wahrheit, Hans-Martin.« Karl Wenninger zog seinen Schlips fest. »Frau Fröhlich hat sich voll für dich ins Zeug gelegt, während dieser Robin Konrad es nur darauf angelegt hat, unseren Laden unter die Erde zu bringen.«

Er duzte den Chef? Vermutlich hatte er es immer schon getan. Klar.

»Das weiß ich inzwischen auch«, japste Karnickel. »Aber was macht ihr nun eigentlich hier?«

Inzwischen hatte der Kaffee Luisas Hirn durchgepustet. Sie setzte sich aufrecht hin.

»Fetter Auftrag, hohe Stückzahlen, phantastische Multiplikationseffekte. Eine Romantikhotelkette hat geordert. Zur Stärkung ihres

Markenauftritts, zur Ausstattung der Hotels und als Geschenke für ihre Gäste. Wir organisieren Firmen in Fernost, die unsere neuen Artikel in Rekordzeit produzieren, mit dem Corporate Design der Hotelkette versehen und per Luftfracht herschicken.«

Sprachlos hörte Hans-Martin Haase zu.

»Die ersten Erlöse reichen locker aus, um Produktion und Transport zu decken, nur die Zölle sind noch ein Problem«, übernahm Ulla. »Aber das wuppen wir morgen früh.«

Mario blies eine Kaskade kleiner Rauchkringel aus.

»Mit dem neuen Verkaufsportal erreichen wir hundertpro unsere grüne Zielgruppe, mit unserem Newsletter aktivieren wir den Handel, bis die uns anbetteln wie winselnde Hunde.«

»Das Design ist scharf«, grinste Caipi.

»Und die Motivation stimmt«, ergänzte Luisa.

»Du hast Frau Fröhlich großes Unrecht getan, Hans-Martin«, sagte Karl Wenninger tadelnd. »Nur ihr hast du zu verdanken, wenn deine halbtote Klitsche durchkommt.«

Das war zu viel für Karnickel. Erschrocken sah Luisa, wie er von seinem Stuhl glitt und vor ihr auf die Knie ging.

»Mein blonder Engel«, er streckte die zitternde rechte Hand aus, »es tut mir so leid und so weiter. Verzeihen Sie mir?«

»Nur, wenn Sie wieder aufstehen«, erwiderte sie.

Umständlich rappelte er sich auf, und sie gaben einander die Hand. Dann fiel sein Blick auf die Ausdrucke, die auf dem Tisch durcheinanderlagen. Andächtig nahm er ein Blatt in die Hand. Dann ein zweites. Ein drittes.

»Wenn Sie jetzt nicht auf der Stelle sagen, dass das obergeile Supersachen sind, kriegen Sie was auf die Mütze«, drohte Caipi. »Aber mit Anlauf.«

»Nein, nein, doch, doch«, stammelte Hans-Martin Haase verwirrt. »Supergeile Obersachen und so weiter. Wirklich, nicht schlecht, ich meine, da und dort vielleicht etwas zu …«

»Raus!«, rief Karl Wenninger. »Ab ins Bett jetzt, schlaf deinen Rausch aus! Wenn du morgen früh einen anständigen Kaffee gezischt hast, kannst du wiederkommen!«

Wow. In diesem mageren, vorsichtigen Mann ist so etwas wie Temperament verborgen, staunte Luisa. Die Erinnerung an die alten Zeiten schien Karl Wenninger gut zu bekommen.

»Ist ja gut, Karl, wird gemacht«, sagte Karnickel und begutachtete ein letztes Mal die Ausdrucke. »Also – alles, bestens, weitermachen und …«

»… so weiter!«, riefen alle im Chor.

Epilog

Die Maschine hatte eine Viertelstunde Verspätung. Mit einer Rose der Sorte Apricot Dawn, die sie noch schnell im Gartencenter besorgt hatte, stand Luisa am Gate. Aufgeregt. Und ziemlich durch den Wind. In Gedanken übte sie die kleine Rede, die sie vorbereitet hatte.

Hallo! Wie schön, dass du endlich da bist! Bevor wir in den Garten fahren, so wie du es dir gewünscht hast, muss ich dir was beichten. Was Schlimmes. Wir werden nämlich gar nicht in den Garten fahren. Sei mir bitte nicht böse, aber Natur ist nun mal nicht so mein Ding. Deshalb habe ich den Garten leider total verkommen lassen. Das heißt, eigentlich dachte ich, alles wäre okay. War's aber nicht.

Auf der Anzeigetafel über Luisas Kopf klackerten Zahlen und Buchstaben. Gelandet, stand neben dem Flug aus Neapel.

Organisiert und strukturiert und unwissend und blöd, wie ich nun mal bin, habe ich einen Friedhofsgärtner engagiert. Der hat deine schöne Parzelle total verschandelt. Als ich es gemerkt habe, war es zu spät. Ein paar Tage lang habe ich versucht, aus der versifften Müllkippe so was Ähnliches wie einen Garten zu machen. Ich hatte sogar Hilfe. Aber dann ...

An dieser Stelle musste Luisa mit den Tränen kämpfen.

... dann ist was Dummes passiert, in der Firma war die Hölle los, ich habe Tag und Nacht am Schreibtisch gesessen. Deshalb musste ich das Gartenprojekt einstampfen. Tut mir echt leid. Inzwischen habe ich die Vereinsleitung per Mail gebeten, die Parzelle weiterzuverpachten. Ist besser so.

Den Kampf mit den Tränen gewann Luisa bravourös. Jetzt bloß nicht sentimental werden. Weiter im Text.

Ich hatte nicht mal Zeit, noch einmal in den Garten zu fahren. Zu viel Arbeit! Du kennst mich ja. Ich hoffe, du magst mich trotzdem noch. Wir können ja ein bisschen im Wald spazieren gehen, da gibt es jede Menge Natur, und dann trinken wir irgendwo in einem Ausflugslokal einen Kaffee.

So weit, so armselig.

Aber ich kann auch was Positives berichten. Nachdem die Firma fast den Bach runtergegangen wäre, konnte ich das Ruder noch einmal rumreißen. Es gab einen Riesenskandal, als wir dem neuen Geschäftsführer anhand seiner Mails nachweisen konnten, dass er betrügerischen Bankrott machen wollte. Alle Zeitungen waren voll davon. Besonders effektvoll war die Veröffentlichung eines bestimmten Fotos. Darauf sah man, wie ich mich gegen den Killer gewehrt habe, als der mich gewaltsam küsste. Ich habe ihm mein Knie in die ...

Hm. In Gedanken strich Luisa diese Passage aus der Rede. Tante Ruth war eine feine alte Dame. Mit solchen Details sollte man sie besser nicht behelligen.

Na ja, Ende gut, alles gut. Karnickel hat mich zur Geschäftsführerin ernannt. Jetzt läuft der Laden wie geschmiert. Ausgerechnet mit Geschenkartikeln rund um Natur und Garten. Wenn du willst, schenke ich dir das gesamte Sortiment. Oder ich schicke es dir nach Italien. In einen Koffer passt der ganze Kram sowieso nicht. Na ja, vielleicht die astrologischen Samentütchen, die ein Verkaufshit geworden sind. Welches Sternzeichen hast du eigentlich?

Jemand rempelte Luisa mit seinem Rollkoffer an. Ein Mann mit dunklen Locken und einem Dreitagebart. Sie erschauerte. Nein, es war nicht Eddy. Nur irgendein rasend attraktiver Typ, der ihm schmerzhaft ähnelte, schmerzhaft für Luisa.

Vor acht Tagen war der Kontakt endgültig abgebrochen. Am Morgen nach der denkwürdigen Nacht im Versand hatte sie Eddy eine SMS geschickt. Ihm geschrieben, dass sie sich bei ihm für ihre harten Worte entschuldigte, ihre spärlichen Erfahrungen mit Männern sie jedoch gelehrt hätten, dass sie nun einmal komplett beziehungsunfähig sei. Sie sei halt ein Workaholic, eine Frau, die gerade mal zwei Katzen versorgen könne, aber die vielbeschworene Work-Life-Balance einfach nicht auf die Reihe kriegte.

Geantwortet hatte er nicht. Nur ein doofes Smiley gesendet. Aber was sollte man von einem digitalen Hippie schon anderes erwarten?

Auf einmal wurde es unruhig am Gate. Erste Fluggäste strömten heraus. Die meisten waren Damen und Herren in Businessuniform, wie auch Luisa sie wieder trug. Schwarze, graue, dunkelblaue Anzüge und Kostüme, genervte Gesichter.

Luisa konnte diese Leute gut verstehen. Eine Viertelstunde Verspätung, das bedeutete fünfzehn Minuten vergeudete Lebenszeit, wenn man einen enggetakteten Terminkalender hatte. Auch ihr Terminkalender war supereng getaktet. Selbst heute, an Tante Ruths Ankunftstag, musste sie noch diverse Telefonate führen und zwei Skypekonferenzen abhalten. Ihren Laptop hatte sie natürlich dabei. Was sonst? Luisa Fröhlich war wieder rund um die Uhr im Dienst, vierundzwanzig Stunden erreichbar und allzeit bereit.

Doch wo blieb Tante Ruth? Am Gate tröpfelte es nur noch. Eine Mutter mit zwei Kindern kam heraus, ein junger Mann mit einem Rucksack, und dann, endlich, schlenderte Tante Ruth gemächlich aus dem Security-Bereich. Auf ihrem schlohweißen Haar schwebte ein breitkrempiger roter Sonnenhut, ein rot-weiß gepunktetes Sommerkleid umspielte ihren immer noch schlanken Körper.

Als sie Luisa entdeckte, begann ihr gebräuntes, kaum gealtertes Gesicht zu strahlen. Sie ließ ihre Reisetasche fallen und breitete die Arme aus.

»Mein Engelchen!«

Auf der Stelle war es mit Luisas Beherrschung vorbei.

»Tante Ruth!«, schluchzte sie los.

Weinend warf sie sich in die Arme der Frau, die ihr Mutter und Vater ersetzt hatte, die immer ihre beste Freundin und engste Vertraute gewesen war. Luisa konnte gar nicht mehr aufhören zu weinen. Tief sog sie den Tante-Ruth-Duft ein, diese unverwechselbare Mischung aus einem altmodischen Lavendelparfum, gestärkter Wäsche und einem undefinierbaren Zuhausegeruch.

»Ha-hallo! Wie … wie sch-schön, dass du-hu eh-endlich …«

Das war alles, was von ihrer ellenlangen, sorgfältig vorbereiteten Rede übrig blieb. Nur ein paar geschluchzte Silben. Mehr brachte sie nicht heraus.

»Scht, scht, alles gut«, flüsterte Tante Ruth. Sanft streichelte sie Luisas zuckenden Rücken. »Ich freue mich auch so sehr. Komm, lass dich mal ansehen.«

Mit beiden Händen fasste sie Luisa an den Schultern und schob sie einige Zentimeter von sich.

»Blass siehst du aus, mein fleißiges Lieschen. Dabei scheint hier doch auch die Sonne. Oder gehst du etwa immer erst nachts in den Garten?«

»Ja – äh, nachts«, nickte Luisa.

Sie brachte es nicht übers Herz, jetzt schon die bittere Wahrheit zu gestehen.

»Dann lass uns losfahren«, seufzte Tante Ruth. »Ich kann es kaum erwarten, mit nackten Füßen über den Rasen zu laufen. Das ist so herrlich! Und nach dem langen Flug die beste Erfrischung!«

»Über den Rasen«, wiederholte Luisa beklommen.

Es gab keinen Rasen. Mit dieser Baustelle war nie auch nur begonnen worden.

»Bestimmt hast du Hunger, Tante Ruth!«, rief sie etwas zu laut. »Ich kenne einen ganz tollen Italiener«, o Gott, sie schluckte, »also, ein italienisches Restaurant, wo man phantastische Spaghetti carbonara bekommt. Fast so gut wie in Italien. Quatsch. Natürlich nicht. Aber bestimmt nicht schlecht. Glaube ich jedenfalls.«

Herrje, was plapperte sie denn da?

»Ach, weißt du, am liebsten würde ich erst in den Garten fahren.«

Himmel, was sollte sie bloß tun? Luisa hatte keinen blassen Schimmer. Zunächst einmal zum Wagen gehen, dachte sie, und dann während der Fahrt ganz vorsichtig das heikle Thema Garten anschneiden.

Zwanzig Minuten später saßen sie im Auto und brausten vom Flughafen in Richtung Stadtzentrum. Je näher die Stadt rückte, desto mulmiger wurde Luisa. Trotzdem machte sie tapfer Konversation über alles und nichts. Das Gartenthema vermied sie. Tante Ruth wirkte so glücklich, so aufgekratzt. Schrecklich. Sie durfte den Garten keinesfalls zu Gesicht bekommen. Dies würde sonst der schwärzeste Tag ihres Lebens werden.

»Engelchen, gleich musst du links abbiegen«, sagte Tante Ruth auf einmal.

Luisa erwog kurz, einfach weiter geradeaus zu fahren, traute sich jedoch nicht und bog links ab. Verflixt. Luisa Fröhlich, die rationale, kühl planende Geschäftsfrau stand im Bann ihrer widerstreitenden Gefühle. Jetzt enttäuschen oder später? Jetzt mit Erklärungen anfangen oder erst, wenn sie in der Nähe der Schrebergartenanlage waren? Und der kamen sie schon gefährlich nahe.

Luisa stieg auf die Bremse und hielt den Wagen schleudernd an.

»Was ist denn?«, fragte Tante Ruth. »Du bist ja ganz grau.«

»Zu wenig geschlafen.«

»Und nun? Willst du etwa jetzt und hier im Auto schlafen?«

Luisa räusperte sich. Und dann brach es völlig chaotisch aus ihr heraus. Alles erzählte sie, jedes Detail, bis zum unrühmlichen Ende ihres Gartenprojekts.

Tante Ruth starrte die Windschutzscheibe an.

»Ich will ihn trotzdem sehen«, hauchte sie. »Es ist mein Garten. Das ist wie eine alte große Liebe. Die stößt man auch nicht von der Bettkante, nur weil sie nicht mehr so gut in Schuss ist.«

Widerwillig ließ Luisa den Motor an. Langsam, sehr langsam tuckerte sie die restliche Strecke zur Schrebergartenanlage Sonnenschein e. V. Sie wollte den furchtbaren Moment hinauszögern. Verhindern konnte sie ihn nicht mehr.

Als sie da waren, stiegen sie schweigend aus. Ebenso schweigsam passierten sie das weiße Tor und gingen den Hauptweg entlang. In Luisa tobte ein Sturm. Hier, in dieser Anlage, hatte sie die glücklichsten

Stunden ihres Lebens verbracht. Aber sie hatte alles im Stich gelassen – den Garten mitsamt Stiefmütterchen und Glockenblumen. Rudi und Rena. Eddy.

Eine schwelgerische Musik zog durch die Gärten. Sofort erkannte Luisa die Melodie.

»Oh«, Tante Ruth blieb stehen, »ich kenne das Lied.«

»Ich auch«, erwiderte Luisa düster.

Tante Ruth fing an zu singen, mit einer hohen, mädchenhaften Stimme.

»*Parlami d'amore, Mariù* …«

Plötzlich konnte Luisa die Tränen nicht mehr zurückhalten, die sie seit einer knappen Stunde erfolgreich in Schach gehalten hatte. Schniefend stolperte sie den Weg entlang, den Blick auf ihre flachen, sachlichen Schnürschuhe gerichtet. Die Musik wurde lauter, doch Tante Ruth hörte mit einem Mal auf zu singen und stieß einen Schrei aus.

»Luisa!«

»Ja, ich weiß, ich bin das Allerletzte«, murmelte sie.

»Warum? Das ist wunderschön!«

Irritiert sah Luisa auf. Rieb sich die Augen, taumelte einen Schritt rückwärts.

Der Gartenzaun wirkte frischgestrichen, so wie die Laube. Unzählige Luftballons mit Glücksschweinchen waren am Zaun festgebunden. Dahinter grünte und blühte es wie angeknipst. Das konnte doch nicht sein. Sie öffnete das Gartentor, das keinen Mucks von sich gab, nicht das kleinste Quietschen.

»Überraschung!«, rief ihr eine Gruppe Menschen entgegen.

Wie in Zeitlupe knickten Luisas Beine weg. Ächzend sank sie in das Blumenbeet. Sie kannte jeden einzelnen aus dieser Gruppe. Ihre sämtlichen Kollegen waren da, außerdem Rudi, Rena – und Eddy. Er hielt die Spieluhr in der Hand und summte leise mit.

»*Parlami d'amore* …«

Luisa verstand gar nichts mehr.

»Willst du mich verladen? Was soll …«

In diesem Moment sah sie den Rasen. Feinsten, besten Rollrasen, auf perfekte vier Zentimeter gestutzt. Und die neue Heimat von ungefähr hundert Gartenzwergen in Badehose. Überwältigt deutete sie darauf.

»Rollrasen. Wahnsinn. Aber wer hat diese scheußlichen Mistdinger da abgestellt?«

»Wird nicht verraten!«, antwortete Karl Wenninger, der ein knallbuntes Hawaiihemd trug. Ein Hawaiihemd! Die Welt war verrückt geworden.

»Willkommen im Bad Taste Club«, krähte Mario.

»Gleich gibt's was zu trinken, aber nicht zu knapp«, griente Caipi.

Sogar Marlene von Stetten hatte sich eingefunden, gänzlich undamenhaft in Jeans und einem T-Shirt mit dem Spruch *Lass wachsen!*.

Unergründlich lächelnd kam jetzt Eddy auf Luisa zu. Er sah so unverschämt gut aus in seiner knappen Jeans und dem schwarzen T-Shirt. *Mach mir den Garten!* stand in roter Schrift darauf.

»*Cara*, verzeihst du mir? Ich bin damals ausgetickt, weil ich dachte, dass dir der Garten komplett egal ist, sobald die Firma ins Spiel kommt. Und dass ich dir sowieso komplett egal bin, wenn es um deinen Job geht. Mittlerweile habe ich geschnallt, dass es eine Ausnahmesituation war.«

»Rate mal, wer Darklord68 ist!«, rief Mario dazwischen. »Es war Eddy, der uns geholfen hat!«

Luisa erstarrte.

»Du? Du warst das?«

»Ja, ich hab die Funkon-Seite gehackt und die User auf euer Portal umgeleitet.«

»Eddy, das ist ja Wahnsinn! Danke!«

»*Di niente*, gern geschehen. Trotzdem müssen wir über deine irre Arbeitswut reden. Lass uns zusammen daran arbeiten, die richtige Balance zu finden. Das heißt, wenn du willst.«

Feierlich überreichte er Luisa die Spieluhr mit den roten Herzchen.

»Du kannst sie behalten und für immer gehen. Oder …«

Luisa wurde schwindelig.

»Ja?«

»… oder sie bekommt einen Ehrenplatz in unserem gemeinsamen Schlafzimmer. *Insomma*, na ja, ich stehe nämlich nicht besonders auf getrennte Schlafzimmer. Eine Wildkatze sollte man immer im Auge behalten.«

»Eddy! Hör auf, schlechte Witze zu machen!«

Er schmunzelte, während er sich einfach neben sie ins Beet setzte.

»Ich wollte dich anrufen. Dich in der Firma besuchen kommen. *Davvero*. Aber Rudi meinte, du bräuchtest Zeit, nachzudenken. Über dein Leben. Über das, was du im innersten Herzen willst. In der Zwischenzeit haben wir deinen Garten hingebogen.«

Das konnte man laut sagen. Es sah perfekt aus. Nein, nicht perfekt, sondern angenehm planlos, aber gerade deshalb wunderschön. So wie die Unterstützer von *Save Aunt Ruth's Garden*, der Zufall und die Natur ihn geschaffen hatten.

Was ich im Innersten will, erklang ein schwaches Echo in Luisa. Was will ich denn eigentlich?

Tante Ruth zog ihre Espadrilles aus. Dann lief sie zum Rasen und wirbelte durch die Gartenzwerge, im Takt der Musik, die immer noch verführerisch durch den Garten wehte.

»Ist Eddy nicht ein Knaller?«, rief sie Luisa zu.

»Wie bitte?«

»Ein Knaller! Deshalb wollte ich ja, dass du den Garten bekommst. Damit du ihn kennenlernst!«

»Was?«, fragten Eddy und Luisa gleichzeitig.

»Sie hat es geplant«, lachte Rudi, der die kichernde Ulla im Arm hielt. »Da staunst du, was, Mädel? Haben wir alles bei einem Bier ausbaldowert. Denk bloß nicht, nur du könntest planen.«

»Hinterhältige Bande«, grinste Eddy.

»Ach was, diese Verbindung wurde von den Sternen beschlossen«, gluckste Ulla.

Luisa war am Ende. Und glücklich. Und durcheinander.

»Das wird 'ne längere Party«, raunte Eddy in ihr Ohr. »Willst du dich vorher ein bisschen ausruhen, *cara?*«

»Siesta, Siesta!«, riefen alle Anwesenden im Chor.

Es war so irre.

Eddy half ihr galant aufzustehen und küsste sie auf den Nacken. Bevor sie in seinen Garten gingen, winkte Luisa den Menschen zu, die es gut mit ihr meinten und die sie später alle einzeln umarmen würde.

»Also, wenn ihr unbedingt darauf besteht, machen wir eben eine Siesta.«

»Stellt schon mal den Holunderblütensekt kalt, ich glaube, wir werden gleich etwas zu feiern haben«, lachte Eddy. »Dann bis demnächst und so weiter.«

Ellen Berg
Mach mir den Garten, Liebling!
(K)ein Landlust-Roman
Hörbuch, 6 CDs
Gelesen von Tessa Mittelstaedt
978-3-945733-07-3

Die Lust am Gärtnern – und am Gärtner ...

Zur Hölle mit dem Job! Statt der überfälligen Beförderung bekommt Luisa einen arroganten Fiesling vor die Nase gesetzt. Sie ist frustriert. 14-Stunden-Arbeitstage und Bürointrigen – wofür das alles?
Ausgerechnet jetzt muss sie sich um den Schrebergarten ihrer Tante Ruth kümmern. Komposthaufen statt Karriere, geht gar nicht. Doch dann stellt Luisa fest, dass Gärtnern sogar glücklich machen kann. Wenn nur nicht dieser rasend charmante Mann im Nachbargarten wäre, der so gar nicht in ihr Leben passt ...

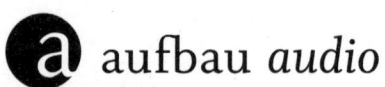

Ellen Berg
Alles Tofu, oder was?
(K)ein Koch-Roman
Hörbuch, 6 CDs
Gelesen von Tessa Mittelstaedt
ISBN 978-3-945733-03-5

Aber bitte mit Soja!

Was tun, wenn's keinem schmeckt? Mit ihrer streng veganen Kost vertreibt Dana nicht nur die Gäste ihres Bistros, sondern auch ihren Freund Paul – er will Currywurst statt Quinoa. Als hätte sie mit ihrer kleinen Tochter und ihrem starrköpfigen Vater nicht schon genug um die Ohren, versuchen fiese Immobilienhaie, sich das Haus unter den Nagel zu reißen, in dem sie ihr Restaurant betreibt. Doch dann entdeckt Dana, wie man für die Liebe kochen muss – und dreht den Spieß um.

Beide Hörbücher liest die Schauspielerin Tessa Mittelstaedt, geboren 1974 in Ulm. Sie wurde als die Assistentin von Ballauf und Schenk im Tatort Köln bekannt und spielt derzeit die Staatsanwältin Elke Rasmussen in der ARD-Serie »Morden im Norden«.

ⓐ aufbau *audio*

Leseprobe

MICHEL BUSSI

Die Frau mit
dem roten
Schal

MICHEL BUSSI

Die Frau
mit dem roten
Schal

ROMAN

Aus dem Französischen von
Olaf Matthias Roth

 rütten & loening

Fünf Monate zuvor,
19. Februar 2014

»Pass auf, Jamal, das Gras auf der Klippe ist bestimmt rutschig!«

Mit einem Trenchcoat über den Schultern stand André Jozwiak, der Besitzer des Hotels *La Sirène*, in der morgendlichen Kälte. Die Quecksilbersäule des Thermometers war kaum über den Nullpunkt geklettert. Nachtfrost überzog das Hotelemblem, einen schmiedeeisernen Segler, das an einem Balken der Fassade hing.

Jozwiak betrachtete den Sonnenaufgang über dem nahegelegenen Strand, dessen eng aneinandergepresste Kiesel so aussahen, als hätte ein riesiger Raubvogel seine Eier zurückgelassen. Die vor dem benachbarten Casino geparkten Autos waren mit einer dünnen Eisschicht bedeckt.

Jamal entfernte sich mit kleinen, schnellen Schritten. André sah ihn am Casino vorbei- und dann die Rue Jean-Hélie hinauflaufen. Anfangs war er ihm seltsam vorgekommen, dieser junge Mann mit nordafrikanischen Wurzeln, der jeden Morgen an den Klippen entlangjoggte. Sein eines Bein war muskulös, das andere endete in einer Carbonprothese, die in einem Joggingschuh steckte.

Doch mittlerweile war er ihm richtig sympathisch geworden. Und dass er Lust hatte, gleich bei Tagesanbruch eine Runde laufen zu gehen, das konnte er gut nachvollziehen. Schließlich war er in seinem Alter auch jeden Sonntag mehr als hundert Kilometer mit dem Fahrrad gefahren; drei herrliche Stunden, in denen ihm niemand auf die Nerven gehen konnte.

Die Silhouette Jamals tauchte am Fuß der Treppe auf, die zur Steilklippe hinaufführte, und verschwand gleich darauf wieder hinter den Müllcontainern des Casinos. André trat einen Schritt vor und zündete sich eine Wilson an. Er war nicht der Einzige in Yport, der um diese Uhrzeit der Kälte trotzte. Drüben am Strand ging eine alte Dame mit einem lächerlich kleinen Hund, der hysterisch die Möwen ankläffte, spazieren. Etwa zweihundert Meter weiter stand ein ziemlich großer Typ, die Hände in den Taschen seiner ausgebeulten Lederjacke vergraben, und starrte aufs Meer hinaus.

Nachdem er aufgeraucht hatte, warf André seine Kippe weg und ging zurück ins Hotel. Es war Zeit, den wenigen Gästen, die er zu dieser Jahreszeit beherbergte, das Frühstück zu servieren, und er wollte nicht, dass man ihm so begegnete, unrasiert, im Schlabberlook und mit zerzausten Haaren.

Jamal Salaoui erklomm mit gleichmäßigen, schnellen Schritten die Steilklippe. Nachdem er die letzten Villen hinter sich gelassen hatte, führte nur noch ein schmaler Trampelpfad weiter nach oben, von wo aus man bis ins zehn Kilometer entfernte Étretat blicken konnte. Jamal beobachtete die beiden Gestalten unten am Strand, eine alte Dame mit dem Hündchen und den Mann, der aufs Meer starrte. Drei Möwen, vielleicht von dem Hundegekläff aufgeschreckt, flogen plötzlich laut kreischend über den Rand der Klippe.

Den roten Schal sah Jamal kurz nach dem Eingangsschild zum Campingplatz *Le Rivage*. Er hing über dem Zaun des Geländes, so als würde er auf eine Gefahr hindeuten. Das zumindest war Jamals erster Gedanke.

Der Hinweis auf einen Erdrutsch, eine Überschwemmung, ein totes Tier.

Im selben Moment verwarf er den Gedanken wieder: Unsinn, es war schließlich nur ein Schal, der sich im Stacheldraht des Zauns verfangen hatte, sicherlich hatte ein Spaziergänger ihn verloren.

Zunächst hatte er gezögert, seinen Laufrhythmus zu unterbrechen, um sich nach dem Schal umzudrehen, und wäre beinahe einfach geradeaus weitergelaufen. Dann wäre alles ganz anders gekommen. Doch Jamal lief langsamer und blieb stehen. Der Schal wirkte ganz neu und leuchtete in einem kräftigen Rot. Jamal berührte ihn, studierte das Etikett.

Kaschmir, von Burberry. Dieses Teil war sicherlich ein kleines Vermögen wert! Vorsichtig löste er die Wolle vom Stacheldraht, er würde den Schal nachher mit ins Hotel nehmen. André Jozwiak kannte Gott und die Welt in Yport, er wusste bestimmt, wem er gehörte. Andernfalls würde Jamal ihn einfach behalten. Während er weiterlief, strich er behutsam über den Stoff. Zu Hause, in der Hochhaussiedlung von La Courneuve, würde er ihn wohl kaum tragen können. Ein teurer Kaschmirschal, dafür würden sie ihn glatt umlegen! Aber er fand bestimmt ein hübsches

Mädchen in seinem Viertel, das bereit war, ihn zu nehmen.

In der Nähe des alten Bunkers rechts von ihm weideten Schafe, die ihre Köpfe hoben, als er sich ihnen näherte.

Gleich dahinter, am Rand der Klippe, sah er die junge Frau.

Sie stand weniger als einen Meter vom Abgrund entfernt. Unmittelbar hinter ihr ging es mindestens einhundert Meter steil in die Tiefe. Jamal verlangsamte seine Schritte, seine Gedanken überschlugen sich: Das Gelände fiel zum Meer hin leicht ab, das Gras war vom Raureif rutschig – ein falscher Schritt, und die junge Frau schwebte in höchster Gefahr. »Alles in Ordnung bei Ihnen?« Seine Worte verhallten in der Kälte.

Keine Antwort.

Jetzt war er noch etwa fünfzig Meter von der Frau entfernt. Trotz der Kälte trug sie lediglich ein Kleid. Es schien zerrissen zu sein, zwei lange rote Stoffbahnen flatterten im Wind und bedeckten nur dürftig ihre Oberschenkel und die Körbchen eines fuchsiafarbenen BHs. Sie zitterte am ganzen Leib.

Jamal hatte sofort bemerkt, wie schön sie war. Doch dafür hatte er in diesem Augenblick keinen Sinn. Die Frau überraschte ihn, rührte ihn, verwirrte ihn, aber ihre sexuelle Anziehungskraft blieb wirkungslos. Als er später darüber nachdachte, fiel ihm am ehesten der Vergleich mit einem geschändeten Kunstwerk ein. Ein Sakrileg, eine unentschuldbare Verletzung der Schönheit.

»Alles in Ordnung bei Ihnen?«, wiederholte er jetzt seine Frage.

Endlich hob sie mit einer langsamen Bewegung den

Kopf und blickte zu ihm herüber. Das Gras war knie-hoch, und während er sich ihr behutsam näherte, schoss ihm durch den Kopf, dass sie vielleicht seine Beinprothese noch nicht bemerkt hatte.

Jetzt stand er ihr direkt gegenüber.

Die Frau war noch ein Stück näher an den Abgrund her-angerückt und ließ ihn nicht aus den Augen. Sie sah ver-heult aus, ihre Wimperntusche war völlig verschmiert und ihre Augen gerötet. In Jamals Kopf tobten die Gedanken: Gefahr, Zeitnot. Vor allem aber: Beklemmung.

Noch nie hatte er eine derart schöne Frau gesehen. Das perfekte Oval ihres Gesichts, eingerahmt von zwei pech-schwarzen Haarsträhnen, die kohlrabenschwarzen Au-gen, die fein gezeichneten Brauen und Lippen. Später versuchte er sich vergeblich daran zu erinnern, ob die selt-same Unbeholfenheit der schönen Fremden, das Bedürfnis, ihre Hand zu ergreifen, sein Reaktionsvermögen beein-flusst hatten.

»Mademoiselle …«, mit einer vorsichtigen Bewegung streckte Jamal den Arm aus.

»Bleiben Sie, wo Sie sind.«

Es war eher eine Bitte als ein Befehl. Ihre Augen wirk-ten wie erloschen.

»Kei… keine Sorge …«, stammelte Jamal. »Verstehe. Be-wegen Sie sich nicht, bleiben Sie ganz ruhig.«

Sein Blick wanderte über das zerrissene Kleid. Viel-leicht war sie aus dem Casino unten am Strand gekom-men. Abends verwandelte sich der große Saal im *Seaview* in eine Disko.

Hatte es beim Tanzen eine unliebsame Begegnung ge-geben? Die junge Frau war groß, schön, sexy …

Jamal bemühte sich um einen möglichst ruhigen Tonfall. »Ich komme jetzt langsam näher und reiche Ihnen meine Hand.«

Zum ersten Mal senkte sie den Blick. Als sie seine Prothese sah, konnte sie ihr Erstaunen nicht verbergen, fasste sich aber sofort wieder. »Einen Schritt näher, und ich springe!«

»Nicht ... ich bleibe, wo ich bin.«

Jamal erstarrte in seiner Bewegung und wagte nicht einmal mehr zu atmen. Nur seine Augen schnellten hin und her, zwischen der verzweifelten jungen Frau und dem Horizont, der sich allmählich orange färbte.

Er stellte sich vor, wie eine Gruppe betrunkener Jungs sie vom Rand der Tanzfläche aus angeglotzt hatte. Wie einer von ihnen, vielleicht sogar mehrere, sie dann bis zum Ausgang verfolgten, ihr den Weg verstellten, versuchten, ihr das Kleid vom Leib zu reißen ...

»Sind Sie ... sind Sie verletzt?«

Aus ihren dunklen Augen flossen Tränen.

»Das können Sie nicht verstehen. Gehen Sie!«

Dann plötzlich hatte er die Eingebung. Ganz langsam führte Jamal seine Hände an den Hals. Und doch nicht langsam genug. Die junge Frau machte einen hastigen Schritt zurück, er zuckte zusammen, beinah wäre sie ins Leere getreten.

»Ich werde mich nicht von der Stelle rühren, Mademoiselle. Ich werfe Ihnen nur den Schal zu. Ich halte ihn an einem Ende. Sie brauchen nur das andere zu ergreifen. Und Sie entscheiden selbst, ob Sie loslassen oder nicht.«

Die junge Frau zögerte, erneut wirkte sie überrascht. Jamal nutzte die Gelegenheit und warf mit einer behutsamen Handbewegung das eine Ende des roten Kaschmirschals in ihre Richtung. Nicht mal ein Meter trennte sie.

Der Schal fiel vor ihre Füße. Zögernd beugte sie sich nach vorn und hob ihn auf.

»Ganz vorsichtig«, sagte Jamal leise. »Lassen Sie sich zu mir ziehen, nur etwas weiter weg vom Abgrund.«

Sie klammerte sich jetzt noch ein wenig fester an den Stoff, und Jamal spürte, wie ihn Erleichterung durchströmte. Er hatte genau das Richtige getan. Unglaublich behutsam zog er sie zu sich heran, Zentimeter um Zentimeter.

»Vorsichtig«, raunte er. »Kommen Sie vorsichtig zu mir.«

Plötzlich wurde ihm wieder bewusst, wie schön sie war. Die schönste Frau, die er je gesehen hatte. Und gerade hatte er ihr das Leben gerettet.

Der Gedanke genügte, um ihn für einen kurzen Moment abzulenken. Plötzlich spürte er eine ruckartige, heftige Bewegung, die Frau riss an dem Schal. Jamal hatte mit allem gerechnet, nur nicht damit. Der Stoff entglitt ihm.

Dann ging alles blitzschnell. Mit einem Ausdruck von Schicksalsergebenheit blickte sie ihm in die Augen und sprang in die Tiefe, den roten Kaschmirschal fest zwischen den Fingern.

Ihn hatte sie ebenfalls mit sich gerissen, nur wusste Jamal das zu diesem Zeitpunkt noch nicht.